VIDA DUPLA

S.J. WATSON

VIDA DUPLA

Tradução de
Ana Carolina Mesquita

1ª edição

EDITORA RECORD
RIO DE JANEIRO • SÃO PAULO
2016

CIP-BRASIL. CATALOGAÇÃO NA PUBLICAÇÃO
SINDICATO NACIONAL DOS EDITORES DE LIVROS, RJ

W333v

Watson, S. J., 1971-
   Vida dupla / S. J. Watson; tradução de Ana Carolina Mesquita. – 1ª ed. – Rio de Janeiro: Record, 2016.

   Tradução de: Second Life
   ISBN 978-85-01-09206-9

   1. Romance inglês. I. Mesquita, Ana Carolina. II. Título.

16-35010

CDD: 823
CDU: 821.111-3

Título original:
Second Life

Copyright © Lola Communications Ltd 2015

Texto revisado segundo o novo Acordo Ortográfico da Língua Portuguesa.

Crédito da foto do autor: Annabel Staff

Todos os direitos reservados. Proibida a reprodução, no todo ou em parte, através de quaisquer meios. Os direitos morais do autor foram assegurados.

Direitos exclusivos de publicação em língua portuguesa somente para o Brasil adquiridos pela
EDITORA RECORD LTDA.
Rua Argentina, 171 – Rio de Janeiro, RJ – 20921-380 – Tel.: (21) 2585-2000, que se reserva a propriedade literária desta tradução.

Impresso no Brasil

ISBN 978-85-01-09206-9

Seja um leitor preferencial Record.
Cadastre-se no site www.record.com.br e
receba informações sobre nossos lançamentos e nossas promoções.

Atendimento e venda direta ao leitor:
mdireto@record.com.br ou (21) 2585-2002.

EDITORA AFILIADA

Para Alistair Peacock e Jenny Hill

Se a repressão foi o principal elo entre poder, conhecimento e sexualidade desde a época clássica, é evidente que não conseguiremos nos libertar sem pagar um preço considerável.

Michel Foucault

Deus me guarde do que os homens pensam
Apenas consigo mesmos

W. B. Yeats

Parte Um

Capítulo 1

Subo a escada, mas a porta está fechada. Hesito um instante do lado de fora. Agora que estou aqui, não quero entrar. Quero dar meia-volta e ir para casa. Tentar outro dia.

Mas essa é minha última chance. A exposição ficou em exibição durante semanas e acaba amanhã. É agora ou nunca.

Fecho os olhos e respiro o mais fundo que consigo. Eu me concentro em encher os pulmões, endireito os ombros e sinto a tensão desaparecer do corpo ao soltar o ar. Digo a mim mesma que não há motivo para me preocupar. Eu venho sempre aqui — para almoçar com amigos, ver as exposições mais recentes, assistir a palestras. Dessa vez não é diferente. Nada aqui pode me machucar. Não é uma armadilha.

Por fim sinto que estou pronta. Empurro a porta e entro.

Tudo está exatamente como sempre foi — paredes off-white, piso de madeira encerado, spots de luz pendurados em vigas no teto —, e, embora ainda seja cedo, já há algumas pessoas perambulando por ali. Observo-as por um instante enquanto param diante dos quadros: algumas se afastam um pouco para ter uma visão melhor, outras assentem ao comentário murmurado pelo acompanhante ou examinam o folheto que pegaram lá embaixo. Com o sussurro das pessoas, há um clima de reverência na galeria, de contemplação tranquila. Elas vão olhar as fotografias. Vão gostar delas ou não. Depois vão sair daqui, voltar às suas vidas e, muito provavelmente, apagá-las da memória.

De início me permito apenas olhar de relance para as paredes. Há pouco mais de dez fotos grandes dispostas a intervalos regulares e outras menores entre elas. Digo a mim mesma que poderia dar uma volta, fingindo estar interessada por todas elas, mas hoje estou aqui para ver apenas uma fotografia.

Levo um tempo até encontrá-la. Está exposta na parede mais distante, no final da galeria, mais ou menos no centro, pendurada ao lado de dois outros trabalhos — o retrato colorido de corpo inteiro de uma garotinha de vestido rasgado e o close de uma mulher de olhos delineados com *kajal* fumando um cigarro. Mesmo a essa distância, a foto me parece impressionante. É colorida, mas foi tirada com luz natural, e sua paleta é formada basicamente por tons de azul e cinza. Ampliada nessa escala, ela é imponente. A exposição se chama Ressaca. Embora eu não olhe diretamente para a foto até estar a poucos centímetros dela, entendo por que merece tanto destaque.

Faz mais de uma década que não a vejo. Que não a vejo diretamente, quero dizer. Eu já a vi antes, claro — embora naquela época ela não fosse tão famosa quanto hoje, já havia sido reproduzida em algumas revistas e até em um livro —, mas desde então não olho para ela de verdade. Assim, de perto.

Eu me aproximo da fotografia pela lateral e, primeiro, examino a legenda. "Julia Plummer", diz. "*Marcus no espelho*, 1997, impressão em cibachrome." E mais nada, nenhuma informação biográfica, ainda bem. Então, eu me permito olhar para ela.

É a foto de um homem de uns 20 anos, nu e retratado da cintura para cima, olhando para o próprio reflexo. A imagem diante dele está em foco, mas ele não, e seu rosto é fino. Os olhos estão estreitados e a boca, ligeiramente entreaberta, como se ele estivesse prestes a dizer alguma coisa ou suspirar. Há algo melancólico nessa foto, mas, olhando para ela, não é possível saber que pouco antes de ela ser tirada, o cara — Marcus — estava rindo. Tinha passado a tarde na cama com a namorada, alguém por quem estava tão apaixonado quanto ela por ele. Os dois leram um para o outro — *Adeus a Berlim*, de Isherwood, ou talvez *Gatsby*, um livro que ela havia lido, mas ele não — e tomaram sorvete direto do pote. Estavam aquecidos, felizes, seguros. Um rádio tocava R&B no quarto do outro lado do corredor, e a boca do homem está entreaberta daquela forma porque a namorada, a mulher que tirou a foto, cantarolava junto com a música e ele estava prestes a acompanhá-la.

Originalmente a foto era diferente. A namorada aparecia em quadro, refletida no espelho logo acima do ombro do homem, a câmera na altura dos olhos. Estava nua e borrada, fora de foco. Era um retrato dos dois, numa época em que fotos em espelhos ainda não eram comuns.

Eu gostava da foto daquele jeito. Quase a preferia assim. Mas, em algum momento — não lembro quando exatamente, mas com certeza antes de eu a expor pela primeira vez —, mudei de ideia. Decidi que ficava melhor sem que eu aparecesse. E me apaguei dela.

Hoje me arrependo. Foi desonesto da minha parte, a primeira vez que usei minha arte para mentir, e agora quero dizer a Marcus que sinto muito. Por tudo. Por ter ido com ele a Berlim e depois tê-lo abandonado lá, sozinho naquela foto, e por não ser a pessoa que ele achava que eu era.

Mesmo tanto tempo depois, ainda sinto muito.

Demoro para virar as costas à minha própria fotografia. Não tiro mais retratos como esse. Agora só fotografo famílias, os amigos de Connor sentados com os pais e os irmãos mais novos, trabalhos que arrumo no portão da escola. Uma coisa ali, outra aqui. Não que haja algo de errado nisso: faço o melhor que posso nesses trabalhos, tenho uma reputação, sou boa nisso. Pessoas me convidam para as festas dos filhos para que eu tire fotos dos convidados e depois as mandam por e-mail, como lembrança. Uma vez cheguei a fotografar uma festa infantil organizada para angariar fundos para o hospital onde Hugh trabalha. Gosto do que faço, mas é muito técnico; não é o mesmo que retratos como esse. Não é arte — palavra que uso na falta de uma melhor —, e sinto falta disso. Eu me pergunto se ainda seria capaz, se ainda teria o olhar, o instinto para saber o momento exato de disparar o obturador. O momento decisivo. Faz muito tempo que não tento de verdade fazer algo assim.

Hugh acha que eu devia retomar meu trabalho artístico, agora que Connor está crescido e já consegue se virar um pouco sozinho. Por causa das dificuldades que ele teve no começo, nos dedicamos de corpo e alma a Connor, mas agora ele não precisa tanto de nós. E tenho mais tempo para mim.

Olho rapidamente para as outras fotos nas paredes. Talvez em breve. Eu poderia me concentrar um pouco mais na minha carreira e ainda assim cuidar de Connor. É possível.

Desço a escada para esperar Adrienne. Ela se ofereceu para me acompanhar na visita à exposição, mas não aceitei, eu queria ver a foto sozinha. Ela não se importou.

— Então encontro você no café — dissera ela. — A gente pode comer alguma coisa.

Adrienne chegou antes da hora que combinamos; está sentada a uma mesa perto da janela, com uma taça de vinho branco. Quando me aproximo, ela se levanta, e nós nos abraçamos. Enquanto nos sentamos, ela já pergunta:

— Como foi?

Ajeito minha cadeira sob a mesa.

— Meio estranho, para ser sincera.

Adrienne já tinha pedido uma garrafa de água com gás para mim, e me sirvo de um copo.

— Não parece mais que é uma foto minha.

Ela assente. Sabe o quanto eu estava ansiosa por vir à galeria.

— Tem umas fotos interessantes lá em cima. Quer dar uma olhada? Mais tarde?

Adrienne ergue a taça.

— Pode ser. — Sei que ela não vai, mas não fico ofendida. Ela já viu a foto antes e não liga para os outros artistas. — Tim-tim — brinda. Bebemos. — Você não trouxe o Connor?

Balanço a cabeça.

— Seria muito estranho. — Eu rio. — De qualquer maneira, ele tinha outros compromissos.

— Com os amigos?

— Não. Hugh o levou para nadar. Os dois foram para Ironmonger Row.

Adrienne sorri. Connor é seu afilhado, e ela conhece meu marido há quase tanto tempo quanto eu.

— Nadar?

— É, isso é novidade. Ideia do Hugh. Ele se deu conta de que ano que vem vai fazer 50 anos e está morrendo de medo. Está tentando entrar em forma. — Faço uma pausa. — Você teve notícias de Kate?

Olho para minha bebida. Não queria ter feito essa pergunta, não tão cedo, mas agora já fiz. Não sei qual resposta prefiro: se sim ou se não.

Ela toma um gole de vinho.

— Faz um tempinho que não tenho notícias dela. E você?

— Umas três semanas.

— E...?

Dou de ombros.

— Ah, o de sempre.

— No meio da madrugada?

— Sim — suspiro.

Eu me lembro da última ligação da minha irmã. Às duas da manhã, tarde até mesmo para ela, que está em Paris. Parecia transtornada. Bêbada, supus. Ela quer Connor de volta. Não entende por que me recuso a devolvê-lo. Não é justo. Aliás, ela não é a única pessoa que acha que eu e Hugh estamos sendo egoístas e pouco razoáveis.

15

— Ela só ficava repetindo a mesma coisa de sempre.

— Talvez fosse bom conversar com ela. De novo, quero dizer. Quando ela não estiver tão...

— Irritada? — Sorrio. — Você sabe tão bem quanto eu que isso provavelmente não vai adiantar nada, e, de qualquer forma, não tenho como entrar em contato com ela. Kate não atende o celular. E, se ligo para o apartamento, quem atende é a mulher com quem ela divide o lugar, e que nunca me diz nada. Não, Kate já se decidiu. De repente, depois desse tempo todo, a única coisa que ela deseja no mundo é cuidar de Connor, e acha que Hugh e eu estamos impedindo isso por puro egoísmo. Ela não parou para pensar nem por um minuto no que Connor iria sentir, no que ele poderia querer. Com certeza Kate não perguntou nada a ele. Como sempre, só está preocupada com ela mesma.

Paro de falar. Adrienne conhece o resto; não preciso continuar. Ela sabe os motivos pelos quais eu e Hugh adotamos o filho da minha irmã, sabe que durante todos esses anos Kate esteve satisfeita com o arranjo. O que nenhuma de nós sabe é por que isso mudou.

— Você pode falar com ela? — peço.

Adrienne respira fundo e fecha os olhos. Por um instante tenho a impressão de que ela vai falar que preciso resolver isso sozinha, que não posso pedir sua ajuda toda vez que discuto com a minha irmã; é o tipo de coisa que o meu pai costumava me dizer. Mas não, ela simplesmente sorri.

— Vou tentar.

Fazemos os pedidos e almoçamos. Conversamos sobre amigos em comum — Adrienne me pergunta se vi Fatima recentemente, se eu sabia que Ali arrumou um novo emprego, quer saber se estou planejando ir à festa de Dee no fim de semana —, então ela me avisa que precisa ir embora, que tem uma reunião. Eu lhe digo que nos falamos no sábado.

Não consigo resistir e dou um pulo na lojinha da galeria antes de sair. Queriam usar a foto de Marcus na capa do catálogo da exposição, mas, como eu não respondi ao e-mail que me mandaram, acabaram usando a foto de um rapaz andrógino chupando um pirulito. Também não respondi aos pedidos de entrevista, mas isso não impediu uma revista — a *Time Out*, se não me engano — de publicar uma matéria sobre mim. Eu era "reclusa", diziam, porém minha foto era um dos destaques da exposição, um "retrato íntimo" ao mesmo tempo "tocante e frágil". Ridículo, tive vontade de responder, mas não disse nada. Vou mostrar a vocês quem é a "reclusa".

Olho de novo para o rapaz do pirulito. Ele me lembra de Frosty, e folheio o catálogo mais uma vez antes de passar para os cartões-postais expostos na pequenina estante giratória. Numa situação normal eu compraria vários, mas hoje compro apenas um, *Marcus no espelho*. Por um instante, sinto vontade de dizer ao atendente do caixa que fui eu quem tirou aquela foto, que a tirei para mim mesma e que, apesar de tê-la evitado durante todos esses anos, fico feliz por ela fazer parte da exposição e por eu ter tido a chance de ser novamente sua dona.

Mas não faço isso. Não digo nada, apenas sussurro um "obrigada", guardo o postal na minha bolsa e saio da galeria. Apesar do frio de fevereiro, percorro a pé a maior parte do caminho até minha casa — passo por Covent Garden e Holborn, depois desço a Theobald's Road em direção à Gray's Inn Road —, e, a princípio, a única coisa que consigo pensar é em Marcus e no tempo que passamos juntos em Berlim, há tantos anos. Porém, quando chego à Roseberry Avenue, já consegui deixar o passado para trás e penso no que está acontecendo aqui e agora. Penso na minha irmã e torço com todas as forças para que Adrienne a faça entender, embora eu saiba muito bem que ela não vai conseguir. Eu mesma vou ter de conversar com Kate. Serei firme, mas gentil. Lembrarei que a amo e que desejo sua felicidade mas também direi que agora Connor já tem quase 14 anos, que eu e Hugh nos esforçamos muito para lhe dar uma vida estável e que é importante não perturbar isso. Minha prioridade será fazer com que Kate entenda que as coisas vão ficar melhor do jeito que estão.

Pela primeira vez me permito pensar que talvez seja uma boa ideia eu e Hugh consultarmos um advogado.

Viro a esquina da nossa rua. Um carro de polícia está estacionado um pouco afastado da nossa casa, mas é a nossa porta que está aberta. Começo a correr imediatamente, só conseguindo pensar que preciso ver o meu filho. Só paro quando já estou dentro de casa, na cozinha, e vejo Hugh na minha frente, conversando com uma mulher fardada. Tiro a toalha e a sunga de Connor de cima do aquecedor, onde foram colocados para secar, e então a policial e Hugh se viram para mim. Ela exibe uma perfeita e calculada expressão neutra, que conheço muito bem: é assim que Hugh me olha quando está prestes a me dar uma má notícia. Sinto um aperto no peito e me ouço berrar, como num sonho.

— *Cadê o Connor?* — grito. — *Hugh! Cadê o nosso filho?*

Mas ele não responde. Tudo que eu consigo ver na cozinha é Hugh. Os olhos dele estão arregalados; percebo que alguma coisa terrível aconteceu, algo indescritível. *Me diz logo!*, sinto vontade de berrar, mas não o faço. Não consigo me mexer; meus lábios não formam palavras. Abro e fecho a boca. Engulo em seco. Estou submersa, não consigo respirar. Vejo Hugh se aproximar de mim, tento afastá-lo quando ele segura o meu braço e então encontro a minha voz.

— Me diz logo! — exclamo, e repito até que ele abre a boca.

— Não é com o Connor — responde, mas mal consigo registrar o alívio que me inunda quando ele completa: — Sinto muito, meu amor. É com a Kate.

Capítulo 2

Estou sentada à mesa da cozinha. Não sei como vim parar aqui. Estamos sozinhos; a policial já foi embora, o trabalho dela aqui está encerrado. Faz frio. Hugh segura a minha mão.

— Quando? — pergunto.

— Ontem à noite.

Tem uma caneca de chá preto na minha frente e observo a fumaça subindo. Parece não ter nada a ver comigo. Não sei como essa caneca foi parar ali. A única coisa em que consigo pensar é na minha irmã caçula, caída num beco parisiense, encharcada de chuva e sozinha.

— Ontem à noite?

— Foi o que disseram.

Hugh fala baixinho. Ele sabe que só vou me lembrar de partes do que me disser.

— O que ela estava fazendo lá?

— Ninguém sabe. Talvez tenha pegado um atalho.

— Atalho?

Tento imaginar a cena. Kate, voltando para casa. Bêbada, provavelmente. Querendo ganhar uns minutinhos.

— O que aconteceu?

— Eles acham que ela tinha acabado de sair de um bar. Foi atacada.

Então me lembro. Um assalto, disse a policial, mas ainda não sabem se levaram alguma coisa. Então ela desviou o rosto para o lado, não quis me encarar. Baixou o olhar e a voz e se virou para Hugh. Mas eu ouvi o que ela disse.

— Aparentemente ela não foi estuprada.

Algo se parte dentro de mim ao pensar nisso. Eu me sinto encolher; fico minúscula, diminuta. Tenho 11 anos, Kate, 4, e preciso contar a ela que, dessa vez, mamãe não vai mais voltar do hospital. Papai acha que tenho idade suficiente para conversar com ela, ele não consegue encarar a situação, não agora, é minha tarefa. Kate chora, mas não tenho certeza se entende o que falei, e eu a abraço.

— Vai ficar tudo bem — digo, embora parte de mim já saiba o que vai acontecer.

Papai não vai suportar, os amigos dele não vão ajudar em nada. Estamos sozinhas. Mas não posso dizer isso, preciso ser forte por Kate. Por minha irmã.

— Você e eu, nós vamos ficar bem — digo. — Eu prometo. Vou cuidar de você. Sempre.

Mas não cuidei, não é verdade? Fugi para Berlim. Levei o filho dela embora. Permiti que fosse morta.

— O que aconteceu? — pergunto novamente.

Hugh é paciente.

— Querida, não sabemos. Mas a polícia está fazendo todo o possível para descobrir.

No começo achei que seria melhor Connor não ir ao velório de Kate. Ele era jovem demais, não suportaria. Hugh discordou. Lembrou que meu pai não deixou que eu e Kate fôssemos ao funeral da minha mãe e que eu me ressentia dele por isso até hoje.

Fui obrigada a admitir que ele tinha razão, mas quem decidiu a questão foi a psicóloga.

— Ele não pode ser poupado — declarou ela. — Precisa lidar com o luto. — Hesitou.

Eu estava no consultório. As mãos dela estavam entrelaçadas em cima da mesa à sua frente. Eu olhava para as marcas que havia nelas, minúsculas escoriações. Eu me perguntei se ela praticava jardinagem. Imaginei-a ajoelhada ao lado de canteiros de flores, segurando uma tesoura de poda, retirando rosas mortas. Uma vida à qual poderia retornar depois que tudo isso terminasse. Ao contrário de nós.

— Julia?

Olhei para ela. Tinha me distraído.

— Ele *quer* ir?

Quando voltamos para casa, perguntamos a Connor. Ele pensou a respeito por um tempo, depois disse que sim, que gostaria de ir.

Compramos um terno para ele, uma gravata preta, uma camisa nova. Connor parece bem mais velho com essas roupas e caminha entre mim e Hugh ao entrarmos no crematório.

— Está tudo bem? — pergunto a ele, depois de nos sentarmos.

Ele faz que sim, mas não diz nada. O lugar parece inundado de dor, porém a maior parte das pessoas está em silêncio. Estão em choque. A morte de Kate foi violenta, sem sentido, incompreensível. As pessoas se retraíram para se proteger.

Eu também não choro, nem Connor, nem seu pai. Apenas Hugh foi olhar o caixão. Passo um braço em torno do meu filho.

— Está tudo bem — digo.

Lá atrás, as pessoas continuam fazendo fila para entrar e se sentar. Ouço passos arrastados, vozes sussurradas. Fecho os olhos. Penso em Kate, na nossa infância. As coisas eram simples naquela época, embora isso não queira dizer que tenham sido fáceis. Depois que a nossa mãe morreu, papai passou a beber muito. Os amigos dele — a maior parte, artistas, pintores, gente do teatro — começaram a frequentar cada vez mais a nossa casa, e a vimos se transformar em palco de uma espécie de festa ininterrupta que, de vez em quando, diminuía de intensidade, mas que jamais chegava a parar. Passavam-se alguns dias e novas pessoas chegavam para substituir as que iam embora; traziam mais bebidas e mais cigarros, havia mais música, às vezes drogas. Agora percebo que tudo isso fazia parte do luto do meu pai, mas, na época, aquilo me parecia uma celebração da liberdade, uma farra com uma década de duração. Kate e eu nos sentíamos lembretes incômodos do passado dele. Embora o meu pai tenha sempre deixado as drogas bem longe da gente e dito que nos amava, ele não tinha a vocação nem os requisitos para ser pai, e coube a mim cuidar de nós duas. Eu preparava nossas refeições, colocava pasta de dente para Kate e deixava a escova dela em cima da pia antes de ela ir para a cama, lia histórias quando ela acordava chorando de noite e todo dia conferia se ela havia feito o dever de casa e se estava arrumada para ir à escola. Eu a abraçava e dizia que papai nos amava, que iria ficar tudo bem. Descobri que adorava minha irmã, e, apesar da diferença de idade, ficamos tão unidas quanto irmãs gêmeas; a conexão entre nós se tornou quase espiritual.

Contudo, aí está ela, dentro desse caixão, enquanto eu estou aqui, diante dele, incapaz sequer de chorar. É inacreditável e, de alguma forma, sei que eu a deixei na mão.

Sinto um tapinha no ombro. Eu me viro. É uma mulher desconhecida.

— Só vim dar um oi — diz. Ela se apresenta como Anna. Demoro um instante para identificá-la. Kate dividia o apartamento com ela, nós havíamos lhe pedido que lesse alguma coisa no velório. — Queria oferecer meus pêsames.

Ela está chorando, mas há certo estoicismo nisso. Certa resiliência.

— Obrigada — digo, e pouco depois ela abre a bolsa sobre o colo e me entrega um papel. — Você acha que está tudo bem... com esse poema que escolhi?

Corro os olhos pela poesia, apesar de já tê-la lido na programação da cerimônia. "Para os irritados", começa, "fui traída, mas para os felizes estou em paz." Eu havia achado uma escolha estranha, pois obviamente a única reação possível seria sentir raiva, mas não comento nada. Devolvo o papel.

— Está ótimo. Obrigada.

— Acho que Kate iria gostar.

Digo que tenho certeza de que sim. As mãos dela tremem e, embora o texto não seja longo, duvido que consiga ir até o fim.

Porém, ela consegue. Mesmo abalada, retira forças de alguma reserva interior e sua voz sai forte e clara. Connor a observa, e o vejo secar uma lágrima com as costas da mão. Hugh também chora, e digo a mim mesma que estou sendo forte pelos dois, que preciso me manter firme; não posso deixar que me vejam abalada. No entanto, fico na dúvida se não estou me enganando; se, na verdade, eu não sinto absolutamente nada.

Depois, me aproximo de Anna.

— Foi perfeito — digo.

Estamos diante da capela. Connor parece visivelmente aliviado por tudo ter terminado.

Ela sorri. Lembro-me das ligações de Kate nas últimas semanas e me pergunto o que Anna deve achar de mim, o que a minha irmã terá lhe contado.

— Obrigada.

— Esse é o meu marido, Hugh. E essa é a minha melhor amiga, Adrienne.

Anna se vira para o meu filho.

— E você deve ser o Connor, não é?

Ele assente. Estende a mão para ela, que o cumprimenta, e por um momento fico novamente impressionada com o quanto ele parece maduro.

— Prazer — diz ele.

Connor parece completamente perdido, sem saber como se comportar. O garoto despreocupado de poucas semanas atrás, que entrava correndo em casa, seguido por três ou quatro amigos, para pegar a bola de futebol ou a bicicleta, de repente parece ter se desmanchado no ar. O garoto que passava horas entretido com um caderno e alguns lápis desapareceu. Digo a mim mesma que é temporário, que logo meu garotinho vai voltar, mas não tenho certeza se isso é mesmo verdade.

Continuamos conversando, mas Hugh, provavelmente sentindo o incômodo de Connor, sugere que os dois vão para o carro. Adrienne avisa que vai acompanhá-los e Hugh se vira para Anna.

— Obrigado por tudo — diz ele, e lhe dá um aperto de mão antes de passar o braço em torno dos ombros de Connor. — Vem, filho — chama, e os três dão as costas a nós.

— Ele parece um bom rapaz — comenta Anna, quando eles estão longe. O vento ficou mais forte; vai chover em breve. Ela afasta uma mecha de cabelo da boca.

— E é mesmo — confirmo.

— Como ele está encarando tudo isso?

— Acho que a ficha ainda não caiu.

Nós nos viramos e caminhamos em direção às coroas de flores, que foram organizadas no pátio em frente à capela.

— Deve ser difícil para ele.

Quanto ela sabe sobre Connor? Ela e a minha irmã eram amigas de longa data; Kate me contou que se conheceram na faculdade por meio de amigos em comum, mas que não ficaram muito próximas. Anos depois se reconectaram pelo Facebook e logo descobriram que ambas tinham se mudado para Paris. Então combinaram de sair e tomar alguma coisa. Meses depois, a pessoa com quem Anna dividia o apartamento se mudou e Kate foi morar com ela. Fiquei feliz; minha irmã nem sempre teve facilidade em manter as amizades. As duas deviam conversar bastante, mas Kate ainda era reservada às vezes, e imagino que o assunto doloroso que era Connor fosse difícil para ela.

— Ele está bem — digo. — Eu acho.

Chegamos à parede sudoeste do crematório, onde estão as coroas de flores, os crisântemos brancos e as rosas cor-de-rosa, os ramalhetes de lírios brancos com cartões escritos à mão. Eu me abaixo para lê-los, ainda sem entender direito por que vejo o nome de Kate em toda parte. Nesse instante o sol surge de trás das nuvens e, por um brevíssimo momento, somos iluminadas por seu brilho.

— Aposto que ele deve dar um trabalhão — comenta Anna, e eu me levanto.

Connor é um bom menino, não dá trabalho nenhum. Decidimos contar a ele a verdade sobre seu passado assim que teve idade suficiente para entender.

— Ele é ótimo — digo. — Até agora...

— Ele se dá bem com o pai?

— Muito.

Não digo que o que me preocupa é ele não se dar bem comigo. Tento ao máximo ser a melhor mãe possível, mas às vezes isso não é fácil. Com certeza Hugh lida melhor com a paternidade.

Eu me lembro de uma vez ter conversado sobre isso com Adrienne. Hugh estava trabalhando, e Connor e eu tínhamos ido passar as férias com os gêmeos dela. Adrienne foi maravilhosa, o dia inteiro, com as três crianças. Eles eram bem mais novos naquela época, houve manha, chilique, Connor reclamava de tudo e se recusava a comer. Não consegui lidar bem com a situação e me senti péssima.

— Será que é porque ele não é meu filho? — perguntei a ela, depois que as crianças foram dormir e nós duas estávamos sentadas, ela com uma taça de vinho e eu com um refrigerante. — Entende?

Ela me disse que eu estava exigindo demais de mim.

— Ele *é* seu filho. Você é a mãe dele, e uma boa mãe. Você precisa lembrar que as pessoas são diferentes, que a sua mãe não esteve por perto para dar o exemplo. Não é fácil para ninguém.

—Pode ser... — respondi, mas só conseguia pensar no que Kate teria dito.

— Que bom — diz Anna agora, e eu sorrio.

— É, temos muita sorte em tê-lo.

Continuamos olhando para as flores, entretidas em uma conversa fiada, evitando falar sobre Kate. Depois de alguns minutos, damos meia-volta e caminhamos em direção ao estacionamento. Adrienne acena para mim, e digo a Anna que é melhor eu ir.

— Foi bom te conhecer — falo.

Ela se vira para mim e segura as minhas mãos. Sua dor reapareceu, ela começou a chorar.

— Sinto saudade dela — declara, simplesmente.

Seguro suas mãos. Também quero chorar, mas não o faço. Sou dominada por um torpor. É uma defesa, tinha dito Hugh. Estou bloqueando as coisas. Adrienne concorda:

— Não existe um jeito certo de ficar de luto — diz.

Não contei a nenhum dos meus outros amigos como me sinto, para que não pensem que não me importo com o assassinato da minha irmã. Eu me sinto péssima.

— Eu sei — digo. — Também sinto saudade dela.

Anna olha para mim. Ela quer me dizer alguma coisa. As palavras saem num atropelo.

— Será que podemos manter contato? Quero dizer, eu gostaria disso. E você? Tudo bem? Você podia ir me visitar em Paris, ou eu podia vir aqui visitar você. Só se você quiser, é claro; acho que você deve ser uma pessoa muito ocupada e...

— Anna, por favor.

Coloco a mão no braço dela para silenciá-la. Ocupada com o quê?, penso. Eu tinha alguns compromissos na agenda — um casal queria tirar fotos com seu bebezinho de oito semanas, a mãe de um amigo de Connor queria retratos da família com o labrador —, mas já os cancelei. No momento, não estou fazendo nada além de existir, pensar em Kate, imaginar se terá sido coincidência o fato de que ela partiu no mesmo dia em que fui olhar a foto de Marcus.

Eu me esforço para sorrir. Não quero parecer mal-educada.

— Seria ótimo.

Capítulo 3

Hugh está tomando o café da manhã. Müesli. Observo-o colocar leite no café e acrescentar uma colher de açúcar.

— Tem certeza de que não é precipitado?

Mas é justamente por isso que quero ir, acho. Porque já faz dois meses e, segundo meu marido, continuo em estado de negação. Preciso tornar a perda real.

— Eu quero ir. Quero me encontrar com Anna. Quero conversar com ela.

Ao dizer isso, percebo o quanto significa para mim. Anna e eu estamos nos dando bem. Ela parece ser simpática, engraçada. Compreensiva. Não parece ser do tipo que julga. E Anna era mais próxima de Kate que qualquer um de nós — portanto, ela pode me ajudar de uma maneira que meus outros amigos não podem. E, quem sabe, talvez eu também possa ajudá-la.

— Acho que vai me fazer bem.

— Mas o que você pensa em conseguir com isso?

Eu paro. Talvez uma parte de mim também deseje ter certeza de que ela não tem uma má impressão de mim e de Hugh por termos adotado Connor.

— Não sei. É algo que quero fazer, só isso.

27

Ele fica em silêncio. Faz nove semanas, acho. Nove semanas, e ainda não chorei. Não como se deve. Novamente penso no cartão--postal que continua dentro da minha bolsa, onde o coloquei no dia em que Kate morreu. *Marcus no espelho.*

— Kate morreu. Preciso enfrentar isso. — Seja lá o que *isso* for. Hugh termina o café.

— Não estou convencido, mas... — Sua voz se abranda. — Se tem mesmo certeza, então vá.

Eu me sinto nervosa ao desembarcar do trem, mas Anna está me esperando na extremidade da plataforma, com um vestido amarelo--claro, sob a luz do sol que entra em arco pelas janelas altas. Ela parece mais jovem do que eu me lembrava, e tem uma beleza simples e serena que eu não havia notado no velório. Seu rosto é do tipo que eu gostaria de fotografar; simpático e sincero. Ela sorri ao me ver. Eu me pergunto se já não estará deixando o luto para trás, enquanto o meu está apenas começando.

Anna acena quando me aproximo.

— Julia! — Ela corre para me cumprimentar. Trocamos beijinhos no rosto e nos abraçamos por um tempo. — Muito obrigada por ter vindo! É tão bom ver você...

— É bom ver você também.

— Você deve estar exausta! Vamos beber alguma coisa.

Entramos num café não muito longe da estação. Ela pede café para nós duas.

— Alguma novidade?

Suspiro. O que dizer? Ela já sabe a maior parte. A polícia fez pouco progresso na investigação; na noite em que foi atacada, Kate estava bebendo num bar, aparentemente sozinha. Algumas pessoas se lembram de tê-la visto; ela parecia animada, conversando com o barman. O histórico de ligações do celular dela não ajudou em grande coisa, e, quando ela saiu, com certeza estava sozinha. É irracional, mas não consigo me livrar da sensação de ter sido responsável pelo que aconteceu.

— Na verdade, não.

— Sinto muito. Como você tem passado?

— Não paro de pensar nela. Em Kate. Às vezes é como se nada tivesse acontecido. Como se eu pudesse pegar o telefone, ligar para ela e tudo ficaria bem.

— Você está em estado de negação. É normal. Afinal de contas, não faz muito tempo.

Suspiro. Não quero lhe dizer o quanto Kate tem me assombrado, como tenho discado o número dela sem parar só para ouvir uma gravação em francês informando que aquele número não foi localizado. Não quero que saiba que comprei um cartão para Kate, que escrevi uma mensagem para ela, fechei o envelope e depois o escondi no escritório, embaixo de uma pilha de documentos. Não quero admitir que o pior de tudo, o mais difícil, é que uma pequena parte de mim, uma parte que odeio mas que não posso negar, sente-se feliz por ela ter morrido, porque pelo menos agora ela não vai mais me ligar de madrugada exigindo que eu devolva seu filho.

— Dois meses — falo. — Hugh diz que isso não é quase nada.

Ela me dá um sorriso triste, mas não diz nada. De certa forma, me sinto aliviada; nada que ninguém me diga poderá me ajudar, tudo é irrelevante. Às vezes o silêncio é melhor, e eu a admiro por estar enfrentando-o.

— E você? — pergunto.

— Ah, você sabe. Estou muito ocupada com o trabalho, isso ajuda.

Eu lembro que ela é advogada, que trabalha para uma empresa farmacêutica de grande porte, embora Anna nunca tenha me dito qual. Espero que fale mais a respeito, mas ela não o faz.

— E Connor? — indaga. Ela parece verdadeiramente preocupada; não acredito que um dia cheguei a pensar que Anna estava tentando ajudar a minha irmã a reavê-lo.

— Ele está bem, eu acho...

Nossos cafés chegam. Duas xícaras com sachês de açúcar no pires e um chocolatinho envolvido em papel-alumínio.

— Na verdade, não tenho certeza. De que ele está bem, quero dizer. Ele parece estar o tempo todo irritado, bate as portas sem motivo, e sei que anda chorando muito. Eu ouço o choro, mas ele nega.

Ela fica quieta. Parte de mim quer dizer que tenho medo de estar perdendo o meu filho. Durante tantos anos fomos tão próximos, mais como amigos do que como mãe e filho. Eu o estimulei a levar adiante seu trabalho artístico, levando-o para desenhar. Ele sempre me procurava quando estava chateado, tanto quanto procurava Hugh. Connor sempre me contou tudo. Então por que agora ele acha que precisa sofrer sozinho?

— Ele não para de perguntar se já pegaram o culpado.

— É compreensível — diz Anna. — Ele é jovem. Perdeu a tia.

Hesito. Ela sabe, não sabe?

— Você sabe que Kate era a mãe de Connor?

Anna assente.

— Quanto ela contou?

— Tudo, eu acho. Sei que você pegou Connor para criar quando ele ainda era bebê.

Sinto um nó na garganta; fico na defensiva. Aquela palavra: "pegou". Sinto o mesmo espasmo familiar de irritação — a história reescrita, a verdade enterrada — e tento engoli-lo.

— Nós não o *pegamos*, na verdade. Na época, Kate quis que a gente ficasse com ele.

Mesmo que mais tarde tenha mudado de ideia, acho. Como seria a versão de Kate dessa história? Imagino que tenha contado aos amigos que nós arrancamos Connor dos seus braços quando ela estava se virando muito bem, que só quisemos o filho dela porque não podíamos ter um.

Mais uma vez, a partezinha de mim que se sente aliviada por ela ter morrido vem até a superfície. Não consigo evitar, embora isso me deixe péssima. Connor é meu.

— Foi complicado. Eu amava Kate, mas ela às vezes tinha uma noção bastante distorcida de como lidar com as coisas.

Anna sorri, como se para me confortar. Eu prossigo.

— Sei que não foi fácil para ela. Entregar o filho, quero dizer. Ela era muito jovem quando ele nasceu. Quase uma criança, na verdade. Tinha 16 anos. Era só um pouco mais velha que Connor hoje.

Olho para a minha xícara de café. Lembro-me do dia em que Connor nasceu. Eu tinha voltado de Berlim poucos meses antes e havia acabado de sair de uma reunião. Tinha voltado ao circuito artístico e estava feliz. As coisas iam bem. Quando voltei para casa, vi que Hugh havia feito uma pequena mala para passarmos a noite fora.

— Aonde vamos? — perguntei, e ele me contou. Kate estava no hospital. Em trabalho de parto. — Liguei para o seu pai — acrescentou. — Mas ele não atende.

Não consegui processar o que estava ouvindo, mas ao mesmo tempo parte de mim soube que era verdade.

— Em *trabalho de parto*? — questionei. — Mas como...?

— Foi o que me disseram.

Mas ela tem *16 anos*!, tive vontade de dizer. Não tem emprego. E mora na casa do nosso pai, que devia estar cuidando dela.

— Não pode ser.

— Bem, pelo jeito é. Precisamos ir.

Quando chegamos, Connor já tinha nascido.

— Não fique nervosa — disse Hugh, antes de entrarmos. — Ela precisa do nosso apoio.

Kate estava sentada na cama, com o bebê nos braços. Ela o entregou a mim assim que entrei. Senti por ele um amor imediato e surpreendentemente intenso. Eu não seria capaz de ficar com raiva dela, mesmo que quisesse.

— Ele é lindo — eu disse. Kate fechou os olhos, subitamente exausta, e em seguida olhou para o lado.

Mais tarde, conversamos sobre o que havia acontecido. Ela disse que nem sabia que estava grávida. Hugh comentou que isso não era tão incomum assim.

— Principalmente com adolescentes — explicou ele. — Às vezes os hormônios ainda não se estabilizaram, portanto, a menstruação delas pode ser irregular mesmo. Por mais surpreendente que possa parecer, acontece.

Tentei imaginar uma coisa dessas. Era possível, suponho; Kate foi uma garota gordinha que agora se via diante de um corpo estranho. Talvez não tenha percebido que tinha um bebê na barriga.

— Ela tentou dar conta da situação — digo a Anna agora. — Por alguns anos. Mas...

Dou de ombros. Quando Connor tinha 3 anos, ela o levou para Bristol — sem contar a ninguém o motivo. Morava em uma quitinete minúscula sem cozinha e com banheiro compartilhado. Kate havia instalado um cooktop perto da pia e sobre ele tinha colocado uma chaleira portátil equilibrada em cima de uma bacia emborcada. Na única vez que a visitei, o lugar tinha cheiro de urina e fralda suja. Kate estava deitada na cama e o filho, nu e faminto, afivelado a uma cadeirinha de carro colocada no chão.

Olho para Anna.

— Ela me pediu que cuidasse dele. Só por alguns meses. Até ela se restabelecer. Kate amava Connor, mas não conseguia criá-lo. Não tínhamos mais nossa mãe para nos ajudar, claro, e papai não tinha o menor interesse. Seis meses se transformaram em um ano, depois em dois. Você sabe como são as coisas. Connor precisava de estabilidade. Quando ele tinha uns 5 anos, a gente decidiu que o melhor seria que eu e Hugh o adotássemos formalmente.

Ela assente.

— Vocês não tentaram entrar em contato com o pai?

— Foi tudo meio confuso. Kate nunca nos disse quem era o pai. — Houve uma pausa. Sinto uma enorme vergonha por Kate e tristeza por Connor. — Acho que nem ela devia saber direito.

— Ou talvez fosse alguém de quem ela não queria ajuda...

— Não. — Olho pela janela, para o trânsito, os táxis, as bicicletas passando. O clima está pesado. Sinto vontade de aliviá-lo um pouco. — Mas agora ele tem Hugh. Os dois são muito próximos. Na verdade, são bem parecidos.

Digo tudo isso de uma tacada só. É irônico, penso. Apesar de Hugh não ter nenhum parentesco com Connor, a referência dele é Hugh.

— Sabe, Kate sempre me disse que, embora tenha sido muito doloroso, ela ficou aliviada quando vocês se ofereceram para cuidar de Connor — diz Anna. — Ela disse que, de certa forma, vocês salvaram a vida dela.

Será que Anna só está tentando fazer com que eu me sinta melhor?

— Ela disse isso?

— Sim. Disse que, se não fosse por você e Hugh, ela teria sido obrigada a morar com o pai novamente...

Anna revira os olhos, ela acha que isso é uma brincadeira. Fico em silêncio. Não tenho certeza se é o momento de lhe contar a história da nossa família. Pelo menos não certas partes, ainda não. Ela sente o meu desconforto e segura a minha mão por cima da mesa.

— Kate amava você, sabia?

Sinto uma onda de alívio, que logo é substituída por uma tristeza tão profunda que chega a ser física, um ritmo dentro de mim. Olho para a minha mão, envolvida pela de Anna, e me lembro de como eu segurava a de Kate. Quando ela era bebê, eu segurava cada dedinho seu e olhava para ele, maravilhada com a delicadeza, a perfeição. Ela nasceu prematura, tão frágil — e, contudo, tão cheia de energia e vitalidade. Eu ainda não tinha 7 anos, mas meu amor pela minha irmã já era intenso.

Entretanto, ele não foi o suficiente para salvá-la.

— Ela disse isso?

Anna assente.

— Com frequência.

— Queria que ela tivesse me contado isso quando ainda estava viva. Mas, enfim, acho que ela jamais confessaria, não é?

Anna sorri.

— Não... — responde, rindo. — Nunca. Não era o estilo dela.

Terminamos o café e depois pegamos o metrô até a rue Saint-Maur. Caminhamos até o apartamento de Anna. Ela mora num prédio geminado, em cima de uma lavanderia. A porta é comum a todos, e Anna tenta abrir a maçaneta depois de digitar o código na tranca.

— Metade do tempo isso aqui está quebrado — comenta.

Subimos ao primeiro andar. No patamar da escada há uma escrivaninha repleta de correspondências. Ela retira uma das gavetas e tateia ali embaixo.

— Tem uma chave reserva aqui. Foi ideia de Kate. Ela vivia esquecendo as chaves. Agora é o meu namorado que usa, quando chega antes de mim.

Então ela tem um namorado, penso, mas não faço nenhuma pergunta. Tal como com qualquer amizade recente, existem detalhes que só vou descobrir com o tempo. Entramos; ela pega a minha bolsa e a coloca no chão ao lado da porta.

— Tem certeza de que não quer ficar hospedada aqui? — pergunta Anna, mas eu respondo que não, que está tudo bem, vou ficar no hotel no qual fiz reserva, perto dali. Já conversamos sobre isso; eu teria de dormir no quarto de Kate, rodeada pelas coisas dela. Ainda é cedo demais para isso. — Vamos beber alguma coisa agora e depois você faz o check-in quando a gente for jantar. Conheço um ótimo restaurante. Enfim, entra...

É um belo apartamento, grande, com pé-direito alto e janelões que vão do teto ao chão. Os móveis da sala são de bom gosto, embora sem graça. Nas paredes há vários pôsteres emoldurados, o Folies Bergère, o Chat Noir; o tipo de coisa que as pessoas escolhem com pressa. Aquele lugar não foi decorado com amor.

— Esse apartamento é alugado?

Ela assente.

— É muito bacana — digo.

— Vai servir por algum tempo. Quer beber alguma coisa? Vinho? Acho que vou tomar uma cerveja.

Quer dizer então que Kate não contou certas coisas a ela.

— Tem suco? Ou água?

— Claro.

Eu a acompanho até a cozinha, que fica nos fundos do apartamento. Está organizada e limpa — bem diferente da minha, quando saí de casa esta manhã —, mas mesmo assim Anna se desculpa pela bagunça. Ela guarda rapidamente um pão e um pote de manteiga de amendoim, que tinham sido esquecidos por ali. Dou uma risada e vou até a janela.

— Eu moro com um adolescente. Isso é fichinha.

Penso na minha família. Como Hugh estará lidando com Connor? Ele disse que os dois sairiam juntos esta noite — para ir ao cinema, ou talvez jogar xadrez. Depois provavelmente vão levar algo para comer em casa ou jantar fora mesmo. Sei que tenho de ligar para eles, mas neste momento é um alívio só precisar pensar em mim.

Anna sorri e me entrega um copo de suco de maçã.

— Tem certeza de que só quer isso?

— Sim, obrigada. — Ela pega uma garrafa de vinho da geladeira. — Não posso tentar você um pouquinho? Última chance!

Sorrio e digo que estou bem assim. Eu poderia revelar que não bebo, mas não estou com vontade. Talvez ela fizesse perguntas, e esse não é um assunto sobre o qual eu deseje conversar. Não agora. Não quero ser julgada.

Anna se senta diante de mim e ergue a taça.

— A Kate.

— A Kate — repito.

Tomo um gole de suco. Identifico o breve desejo de estar tomando vinho também, mas, em seguida, como quase sempre acontece, esse pensamento se vai.

— Quer ver o quarto dela?

Hesito. Querer eu não quero, mas não posso evitar isso. É uma das coisas que vim fazer aqui. Confrontar a realidade da vida dela, e, com isso, também da sua morte.

— Sim — respondo. — Vamos.

Não é tão ruim quanto achei que seria. Há uma porta que dá para uma pequena sacada, uma cama de casal com um cobertor creme, um CD player na penteadeira ao lado dos perfumes. É arrumado; tudo está muito bem organizado. Não é, de jeito nenhum, como eu imaginava que Kate vivia.

— A polícia revistou o quarto — informa Anna. — Deixaram tudo praticamente igual a como encontraram.

A polícia. Imagino os policiais procurando impressões digitais, pegando as coisas dela, catalogando sua vida. Minha pele se aquece. É a primeira vez que relaciono o lugar onde estou com a morte da minha irmã.

Respiro fundo, como se pudesse inspirá-la, mas ela não está mais lá, nem sequer seu espírito. O quarto poderia pertencer a qualquer um. Viro as costas para Anna, vou até a cama e me sento. Vejo um livro em cima da penteadeira.

— É para você.

É um álbum de fotos, daqueles de páginas duras com folhas de plástico adesivo que conservam as fotos no lugar. Mesmo antes de abri-lo, já pressinto o que está ali dentro.

— Kate costumava mostrar essas fotos para as pessoas — comenta Anna. — "São da minha irmã", dizia. Com muito orgulho, juro.

Minhas fotos. Anna se senta na cama ao meu lado.

— Kate me disse que seu pai guardou essas fotos. Ela as encontrou quando ele morreu.

— Meu pai? — pergunto. Nunca imaginei que ele se interessasse pelo meu trabalho, nem sequer remotamente.

— Foi o que ela disse...

Na primeira página está aquela foto. *Marcus no espelho*.

— Meu Deus... — digo.

Sou obrigada a engolir meu espanto. É a foto original, sem edição, sem cortes. Eu estou ali, de pé atrás de Marcus, a câmera cobrindo meus olhos. Nua.

— É você?

— Sim.

— E o cara, quem é? Ultimamente eu o tenho visto em toda parte.

Sinto uma inesperada onda de orgulho.

— Recentemente a foto fez parte de uma exposição e ficou bastante popular.

— Mas quem é ele?

Olho de novo para a imagem.

— Um ex. Marcus. — Gaguejo ao falar seu nome; não sei quando foi a última vez que eu o disse em voz alta. Continuo: — Moramos juntos por um tempo. Há muitos anos. Eu tinha... o quê? Uns 20 anos? Talvez nem isso. Ele era artista. Foi ele quem me deu minha primeira câmera. Eu tirei essa foto no nosso apartamento. Bom, era um apartamento invadido, na verdade. Em Berlim. A gente morava com outras pessoas também. Artistas, basicamente. Gente que ia e vinha.

— Berlim?

— É. Marcus quis ir para lá. Era meados dos anos noventa. O Muro já tinha caído, parecia uma cidade nova. Como se tivesse sido reconstruída do zero. Sabe? — Ela assente. Não sei se está interessada, mas continuo mesmo assim. — Moramos em Kreuzberg. Marcus que escolheu, acho que por causa do Bowie. — Ela parece intrigada. Talvez seja jovem demais. — David Bowie. Ele morou naquele bairro. Ou gravou lá, não tenho certeza...

Pouso os meus dedos na foto. Eu me lembro de como costumava levar minha câmera para toda parte, assim como Marcus levava seu bloco de desenho e nosso amigo Johan, o caderno. Esses objetos não eram meras ferramentas, faziam parte de nossa identidade, era por meio deles que compreendíamos o mundo. Desenvolvi uma obsessão por retratar pessoas quando elas estavam se arrumando, se vestindo, se maquiando, conferindo o cabelo no espelho.

Anna olha de mim para a foto.

— Ele parece... — começa a dizer, mas então para no meio da frase. É como se tivesse enxergado alguma coisa na foto, alguma coisa que a desagradasse, que ela era incapaz de definir. Olho novamente para a foto. Ela exerce esse efeito nas pessoas. Deixa-as inquietas.

Ajudo-a a terminar a frase.

— Triste? Ele era mesmo triste. Não o tempo todo; por exemplo, logo depois que tirei essa foto ele começou a cantarolar alguma música junto com o rádio. Mas, sim, às vezes ele era triste.

— Por quê?

Não quero dizer a verdade. Não *toda* a verdade.

— Ele estava apenas... meio perdido, eu acho, naquela época da vida.

— Ele não tinha família?

— Tinha. Eles eram muito próximos, mas... sabe como é, as drogas atrapalham muito esse tipo de coisa.

Anna olha para mim.

— Drogas?

Assinto. Ela devia ter notado, não?

— Você o amava?

— Eu o amava muito.

Eu me vejo torcendo com todas as forças para ela não me perguntar o que tinha acontecido, e torcendo igualmente para ela não me perguntar como nos conhecemos.

Creio que Anna perceba minha relutância.

— É uma foto impressionante — comenta, e pousa a mão no meu braço. — Todas as suas fotos são impressionantes, aliás. Você é muito talentosa. Vamos olhar as outras?

Viro a página. Ali Kate colocou uma foto que tirei muito antes daquela; é em preto e branco e com vinhetas propositais nas margens. Frosty, toda arrumada, mas sem peruca, calçando saltos altos sentada no nosso sofá. Aos seus pés, um cinzeiro transbordando, um maço de cigarros e um isqueiro. Aquela sempre foi uma das nossas fotos preferidas.

— Quem é essa?

— Frosty.

— Frosty?

— Não me lembro do nome verdadeiro dela. Mas tudo bem, ela odiava.

— Ela? É mesmo uma mulher? — Anna parece chocada e entendo o motivo, acho. Na foto, o cabelo de Frosty está curtíssimo; mesmo de maquiagem ela parece mais um homem que uma mulher.

— Sim. Ela era mulher. — Dou uma risada. — Para falar a verdade, ela não era nem uma coisa nem outra, mas sempre falava que era mulher. Como ela mesma costumava dizer: "Nesse mundo, você precisa tomar decisões. Só existem dois banheiros nos bares. Duas caixinhas para escolher nos formulários. Homem ou mulher." Então ela decidiu que era mulher.

Anna volta a olhar para a foto. Não tenho esperanças que ela entenda. Pessoas como Frosty, ou mesmo como Marcus, não fazem parte do seu mundo. Não fazem parte nem mais do meu, aliás.

— O que aconteceu com ela?

— Não sei — respondo. — Ninguém acreditava que Frosty fosse durar muito. Ela era frágil demais para esse mundo... Bem, talvez fosse só uma impressão melodramática da gente. A verdade é que eu saí correndo de Berlim. Deixei todos eles para trás. Não tenho a menor ideia do que aconteceu depois que parti.

— Você nunca olhou para trás?

É uma pergunta estranha. Penso na esposa de Ló, que se transformou em estátua de sal.

— Não consegui. — Doía demais, é o que sinto vontade de dizer, mas fico quieta.

Fecho o álbum de fotos e o devolvo para Anna.

— Não. É seu.

Hesito.

— Fique com ele. E com isso também — insiste.

Ela me entrega uma lata que estava no chão, ao lado da cama de Kate. É uma caixa de biscoitos decorativa. Na tampa estão impressas as palavras *Huile d'Olive* e a foto de uma mulher de vestido vermelho.

— É para você.

— O que é?

— Objetos pessoais de Kate. Acho que você devia ficar com eles.

Então foi isso o que restou da minha irmã. Foi isso que vim resgatar para levar para casa. Para seu filho.

Fico inquieta, como se dentro da latinha pudesse haver uma armadilha, uma ratazana ou uma aranha venenosa.

Abro a tampa. A caixa está repleta de cadernos, fotos, papéis. O passaporte de Kate está no topo de tudo, e eu o abro na página da foto. É recente, uma foto que eu não conhecia. Seu cabelo está mais curto e percebo que ela emagreceu. Quase parece ser outra pessoa.

Olho para a data de validade. O passaporte ainda é válido por mais oito anos. Oito anos dos quais ela não precisará mais. Fecho-o novamente e o coloco na caixa, em seguida fecho a tampa.

— Vou olhar o resto depois — declaro.

Percebo que estou chorando, pela primeira vez desde que ela morreu. Estou exposta, em carne viva. É como se meu corpo tivesse sido aberto do pescoço à virilha, como um dos pacientes de Hugh. Estou sem pele, meu coração é um corte irregular.

Afasto a caixa para um canto. Quero ir embora, encontrar um lugar silencioso e quente onde eu possa ficar para sempre e não tenha de pensar em absolutamente nada.

Mas, afinal, não foi para isso mesmo que eu vim? Para escavar as memórias da minha irmã, para ter certeza de que uma partezinha minúscula dela sobreviveu para Connor? Para sentir alguma coisa, dizer que sinto muito, dizer adeus?

Foi, penso. Foi por isso que eu vim. Estou fazendo a coisa certa.

Então por que eu me odeio?

— Está tudo bem — diz Anna. — Pode chorar. Não tem problema.

Capítulo 4

Pegamos um táxi para ir ao restaurante. Lá, levam-nos a nossa mesa, do lado de fora, na calçada. Toalha branca, presa com clipes de plástico, um cesto de pães. O entardecer está quente e agradável, o ar parado, repleto de promessas.

Conversamos. Depois de me recompor, eu disse que devíamos passar a noite celebrando a vida de Kate e não só lamentando sua morte. Rimos, estamos à vontade uma com a outra; Anna chega até mesmo a sacar o celular e tirar uma foto da gente, com o rio ao fundo. Ela me diz que gosta dessa região da cidade e que deseja morar aqui, um dia.

— É bastante central — explica. — Perto do rio...

Ela pede uma jarra de vinho. Quando o garçom começa a servir, coloco a mão sobre a minha taça e balanço a cabeça em negativa.

— Você não vai beber?

— Não.

Penso em todas as desculpas que dei no passado — estou tomando antibiótico, estou de dieta, vou dirigir —, mas então acontece o inevitável. Outras desculpas começam a me invadir, aquelas que me dizem que dessa vez, só dessa única vez, posso tomar um golinho. O dia foi difícil, estou estressada, faz quinze anos, e um trago não fará mal nenhum.

Minha irmã foi assassinada.

— Não, eu não quero.

Lembro o que aprendi. Não posso evitar a tentação de beber, preciso reconhecer o desejo. Preciso saber que é algo normal e temporário. Preciso enfrentá-lo e aguentar firme.

— Para ser sincera, eu não bebo. Faz algum tempo.

Anna assente e toma um gole de vinho enquanto peço água com gás. Ela parece curiosa, mas não faz nenhuma pergunta, e fico aliviada. Quando pousa a taça na mesa, percebo que está agitada, inquieta. Ela se remexe na cadeira, arruma o guardanapo de novo sobre o colo.

— Queria conversar com você sobre um assunto.

— Diga.

Ela hesita. O que vai me dizer? Sei que a polícia a interrogou exaustivamente; naquela noite, Kate estava em um bar que Anna costuma frequentar. Eu me preparo para ouvir uma revelação.

— É sobre o dinheiro...

Sorrio. O testamento de Kate deve tê-la surpreendido, e Hugh me avisou que ela provavelmente tocaria nesse assunto.

— O dinheiro que Kate deixou para você?

— Sim. Foi uma surpresa... — Ela puxa um pedaço do pão. — Eu não esperava por isso, de verdade. Para ser sincera, não fazia ideia de que ela tinha dinheiro guardado, e muito menos que deixaria para mim... Não pedi nada a ela. Quero que você saiba disso.

Assinto. Eu me lembro de que, para começo de conversa, foi Hugh quem convenceu Kate a escrever um testamento, e que nós dois ficamos aliviados quando mais tarde ela o modificou e incluiu Anna. Isso significava que Kate tinha amizades, que estava fincando raízes.

— Eu sei. Não tem problema.

— Você não ficou surpresa? De ela ter deixado dinheiro para mim?

— Não. Faz todo o sentido. Você era a melhor amiga dela. Kate era uma pessoa generosa. Provavelmente desejava que você ficasse com esse dinheiro.

Anna parece aliviada. Eu me pergunto se será pelo dinheiro ou pelo fato de essa conversa não estar sendo tão estranha quanto ela receava que fosse.

— De onde saiu esse dinheiro?

— Do nosso pai. Ele morreu dois anos atrás e deixou tudo o que tinha para Kate. O que estava no banco, mais os rendimentos da venda da casa. Isso, no fim, se mostrou uma quantia bem maior do que imaginávamos.

Bem maior!, penso. Quase um milhão de libras. Mas não digo nada.

— Ele deixou alguma coisa para você também?

Balanço a cabeça.

— Ele achou que eu não precisava, imagino.

Ou talvez fosse por se sentir culpado. Ele sabia que havia negligenciado a filha caçula. Tentou compensar isso.

Anna suspira.

— Ah, não tem problema — digo. — A família de Hugh é rica, e Kate estava passando dificuldades.

— Mas ela não gastou nem um centavo!

— Não. Hugh sugeriu a Kate que guardasse uma parte para imprevistos. Mas nenhum de nós achou que ela daria ouvidos a ele.

— Eu entregaria de bom grado minha parte a você. Se quiser.

Ela estava falando sério. Coloco a mão em seu braço.

— De jeito nenhum. Além do mais, Kate deixou o restante para Connor. Que, no fim das contas, resultou numa bolada. — Muito mais do que ela deu a você, penso, embora novamente não comente nada. — Sou a administradora legal do espólio, mas só vou entregar o dinheiro a Connor quando tiver certeza de que ele não vai torrar tudo em jogos de videogame e tênis novos.

Ela fica em silêncio. Não parece convencida.

— Kate obviamente desejava que você ficasse com esse dinheiro. Aproveita...

Então ela dá um sorriso aliviado e me agradece. Logo em seguida o garçom chega, e por um instante ficamos entretidas escolhendo e fazendo nossos pedidos. Quando o garçom se afasta, caímos em silêncio. O sol derrama sua luz dourada sobre o rio. Casais passeiam de braços dados. O véu da minha dor se ergue por um breve momento e vislumbro a paz de espírito. Sinto como se quase fosse capaz de relaxar.

— É tão bonito —- comento. — Agora entendo por que Kate veio para Paris.

Anna sorri. Penso em como teriam sido as coisas se a minha irmã e eu tivéssemos conseguido conciliar nossas diferenças e encontrado uma maneira de resgatar a nossa antiga intimidade. Quem sabe eu tivesse vindo visitá-las. Nós três poderíamos estar aqui, conversando, fofocando, nos divertindo. Será que eu e Kate éramos mesmo tão diferentes assim?

Eu me viro para Anna. Pela primeira vez me sinto capaz de fazer a pergunta.

— Gostaria tanto de saber o que aconteceu — falo em voz baixa. — Naquela noite...

Ela toma um gole de vinho e volta a encher a taça.

— Em geral, nós duas saíamos juntas — diz ela. Alguma coisa no tom da sua voz me diz que não sou a única que se sente culpada. — Mas, naquele dia, eu tinha um compromisso. E ela foi sozinha.

Suspiro. Não quero nem imaginar.

— A região onde ela foi encontrada é perigosa?

— Não. Não especificamente.

— O que aconteceu, Anna?

— O que a polícia disse a você? Você está em contato com eles?

— Sim. Não tanto quanto Hugh. O Ministério das Relações Exteriores diz que prefere restringir a comunicação e falar com apenas um de nós. Isso simplifica as coisas para eles, suponho, e Hugh se ofereceu para ser o interlocutor. Mas eu também falo com a polícia.

— E vocês dois conversam sobre o que eles contam?

— Ah, sim; Hugh me conta tudo, mas nenhuma informação é de grande ajuda.

— É mesmo?

— Sim. É só um beco sem saída atrás do outro. Não existe nenhum motivo para o crime. A polícia nos disse que conversou com os amigos dela, mas...

— Mas nenhum deles sabe de nada...

— Não. Portanto, continuam cheios de lacunas. A única coisa que ainda não entenderam foi essa história do brinco dela.

Fecho os olhos. É difícil. A imagem do corpo da minha irmã me vem à cabeça sem querer. Ela foi encontrada com apenas um brinco. Ao que tudo indica, o outro foi arrancado.

— Eles me interrogaram a respeito.

— Você não se lembra de nada?

Anna balança a cabeça.

— Não. Era caro?

— Era barato. Bijuteria. Imitação de ouro, acho. Parecia um apanhador de sonhos esquisito, com penas azul-turquesa. Talvez no escuro parecesse caro; mas por que levariam apenas um? Além do mais, pelo que a polícia contou, não levaram mais nada. Ela estava com o celular, a bolsa. — Hesito. — Penso que é por isso que acho tudo tão difícil. Porque parece tão gratuito! Hugh não para de sugerir que eu deveria fazer terapia.

— E você, o que acha dessa sugestão?

Pego meu copo.

— Não sei que bem poderia me fazer. Mas isso é típico de Hugh. Ele é um homem maravilhoso, mas é um cirurgião. Se alguma coisa quebra, a reação dele é consertá-la e seguir em frente. Às vezes tenho a impressão de que, por dentro, ele sente raiva por eu estar demorando tanto para retomar minha vida normal, sabe? Ele acha que estou obcecada demais em saber quem matou minha irmã.

— E você está mesmo?

— Claro que não. Eu sei que isso não vai trazê-la de volta. É que... É que a gente era muito próxima, sabe? Do tipo que termina as frases uma da outra. Como não senti que ela estava em dificuldades?

45

— A culpa não é sua... — começa ela, mas eu a interrompo.

— Você a conhecia, Anna. O que ela foi fazer lá, naquele bar, sozinha?

Ela respira fundo.

— Não tenho certeza. — Anna olha para o rio. Os carros na ponte estão banhados pelo brilho prateado da luz do sol poente, os edifícios na margem direita cintilam.

— O quê? Como assim, Anna?

— Acho que ela estava saindo com um cara...

— Um namorado?

— Mais ou menos...

Sinto uma onda de energia. Uma reação pavloviana diante da promessa de algum progresso naquele quesito.

— Como assim? Quem era esse cara? A polícia sabia?

— A coisa não é assim tão simples. — Ela parece pouco à vontade. — Ela... tinha namorados. Namorados, no plural.

Respiro fundo e abaixo o garfo.

— Você está dizendo que ela saía com mais de um cara ao mesmo tempo?

Ela assente.

— E você acha que um deles descobriu sobre os outros? Você chegou a contar isso para a polícia?

— Contei o que eu sabia. Imagino que tenham investigado o assunto, acho que continuam fazendo isso, aliás. O problema é que... as coisas não eram tão simples quanto parecem. — Ela hesita, mas não baixa o tom de voz, embora as mesas ao redor estejam ocupadas. — Eles não eram exatamente namorados, no sentido exato da palavra. Kate gostava de curtir, sabe? De conhecer caras diferentes e se divertir. Nós duas fazíamos isso, de vez em quando.

— Nos bares?

— Não, on-line.

— Tá... — digo. — Quer dizer que ela saía com caras que conhecia pela internet?

— Sim. Mas não só sair.

— Ela saía com caras para transar.

Ao ouvir isso, Anna parece ficar na defensiva:

— É normal, acontece! Mas, enfim, ela não saía com todos os caras, isso eu sei. Ela curtia mais esse lance do que eu, mas boa parte era só sexo virtual, sabe? Fantasias.

Tento imaginar Kate, sozinha no quarto, na frente do laptop. Por algum motivo imagino Connor sentado diante do computador, o rosto iluminado pelo brilho da tela, e depois Hugh fazendo o mesmo.

Afasto aquela imagem. Hugh não é desse tipo.

— Nós duas procurávamos caras pela internet. Antes de eu conhecer meu namorado, claro. A gente conversava com os caras, comparava nossas impressões sobre eles, às vezes marcava encontros... Sabe?

— Mas, segundo a polícia, ela saiu sozinha do bar.

— Não sei. Talvez alguém tenha furado com ela.

— Você me garante que a polícia sabe disso? Eles não me contaram nada... Ela pode ter se exposto a um grande risco.

— Ah, sim, eles sabem. Eu contei. Fui interrogada durante horas. Perguntaram sobre tudo. Os amigos dela. As pessoas que ela conhecia. Até sobre você e Hugh. — Ela me olha, depois olha para a mesa. A raiva aumenta dentro de mim. Quer dizer que nós fomos investigados? Será que a polícia acredita que eu seria capaz de machucar a minha irmã? — Apreenderam o computador e o celular de Kate. Acho que não encontraram nada...

— Talvez não tenham procurado direito.

Ela dá um sorriso triste.

— Bom, suponho que a gente tenha de acreditar que a polícia saiba o que está fazendo. Não concorda? — Ela faz uma pausa. — Desculpa. Se eu a desapontei, quero dizer.

Olho para a cidade. Agora já escureceu, o céu está iluminado, a Notre Dame assoma à nossa frente, com sua própria história terrível. Sou tomada de tristeza. Tantas perguntas que não levam a lugar nenhum.

Começo a chorar novamente. É como se fosse uma habilidade nova: agora que comecei, não consigo mais parar.

— Como alguém consegue fazer isso com a minha irmã, com qualquer pessoa, e se safar?

— Eu sei. Eu sei. — Ela me entrega um lenço de papel que retira da bolsa, e depois põe a mão sobre a minha. — Você precisa concluir esse assunto.

Fecho os olhos.

— Eu sei — digo. — Mas tudo que tento fazer no fim acaba apenas abrindo mais ainda a questão. É como se fosse um corte que não cicatriza.

Na minha cabeça, vejo Kate pequenininha: estamos arrumadas para ir a uma festa, ela com um vestido amarelo-claro que tinha sido meu e uma tiara com um laçarote amarelo. Kate se apoia numa cadeira e a solta logo em seguida. Bamboleia e olha para mim. Está hesitante, determinada, e, após duas tentativas, ergue um pé, depois o outro. Dá alguns passos, com os braços abertos, e em seguida começa a cair. Eu me lembro de que a segurei, de que a peguei no colo — a essa altura ela já dava gargalhadas — e a levei até a minha mãe, que estava calçando as luvas.

— Ela andou — anuncio. — A Katie andou!

E então a nossa mãe nos abraçou, e nós três começamos a rir, encantadas.

O peso do meu sofrimento parece maior, e pisco para afastar aquela imagem. Anna apoia a taça na mesa.

— Ajudaria se você fosse até lá?

— Até lá onde?

— Até o lugar onde tudo aconteceu. — Faço que não, mas ela prossegue: — Pois eu fui. Na semana passada. Precisava ver com meus próprios olhos. — Ela aperta minha mão. — É só um beco. Não tem nada de mais. Perto de uma linha de trem.

Não falo nada. Não consigo dizer quantas vezes imaginei a cena, quantas vezes vi minha irmã ali caída.

— Deixei flores. Acho que isso me ajudou.

Continuo em silêncio. Não estou preparada. Não estou preparada para ver a morte de Kate de frente. Não sou forte o bastante.

— Você só precisa de mais tempo...

Tempo. O que eu mais tenho, e o que Kate já não tem mais.

— Quer que eu vá com você?

Fecho os olhos. Kate está lá, sinto vontade de dizer. Seu fantasma. Ela está presa àquele lugar, gritando. Não consegue sair, mas eu não consigo ajudá-la.

— Não. Não. Eu não consigo.

Sinto um clique dentro de mim. Primeiro a trava, e, em seguida, a liberação. Pego a jarra de vinho. É um gesto automático, mal tenho consciência de que me mexi. Meu pensamento está em Kate, nela sentada diante do computador, conversando com estranhos, contando seus segredos a eles. Penso em Anna. Penso em Hugh, em Connor, em Frosty e Marcus, e, antes que eu me dê conta do que estou fazendo, a taça já está na minha mão, cheia de vinho, e penso "Isso não vai fazer mal nenhum agora, não é?" e "Já não esperei tempo suficiente?".

As respostas virão, se eu não for rápida. Levo a taça aos lábios, afasto todos os pensamentos e, pela primeira vez em quinze anos, eu bebo, bebo e bebo.

Capítulo 5

Estou sentada no trem. Sinto sede, meus lábios estão secos, mas meu raciocínio está surpreendentemente claro. Lembro como eram as ressacas, e isso não é uma. Não bebi tanto assim. Se tivesse bebido, com certeza àquela altura eu já saberia.

Penso na noite passada. A bebida deslizou pela minha garganta como se ali fosse seu lugar, como uma chave na fechadura, algo que me completava, e, enquanto engolia, eu sentia que ia relaxando, que se soltavam músculos que eu nem suspeitava estarem tensionados. Foi como voltar para casa.

Isso não é bom. Eu sei e repito para mim mesma sem parar. Se não tomar cuidado, vou acabar esquecendo que existem casas de reabilitação, vou me convencer de que posso beber só um pouquinho, de vez em quando, ou que, se eu tomar apenas vinho, ou só beber à noite, ou somente junto com as refeições, não vai ter problema nenhum. Uma desculpa se juntará à outra.

Eu sei que preciso fazer alguma coisa. E sei que preciso fazer agora.

Ao chegar em casa, ligo para Adrienne. Ela é quem eu sempre chamo quando preciso de ajuda. Ela me entende, embora nunca tenha participado de nenhum programa de reabilitação. Seu vício é o trabalho, se é que ela tem vício. Adrienne atende na mesma hora.

— Querida, você está de volta! Como foi a viagem?

Fico em silêncio. Não sei o que dizer. Tantos anos de vigilância jogados por água abaixo numa única noite. Eu devia confessar tudo, mas parte de mim não quer fazer isso.

— Eu só...

— O que foi?

— Posso falar com você sobre um assunto?

— Claro.

Não digo nada. Ainda não.

— Você sabia que Kate estava usando a internet? Para encontrar homens, quero dizer?

— Bom, eu sabia que ela usava sites de relacionamento. Como todo mundo. É disso que você está falando?

— É. Mas não era só para saídas casuais. Anna disse que ela fazia sexo virtual.

— Sexo on-line?

— Sim. E que pelo jeito saía para transar com alguns dos caras.

Hesito. Sei que não foi por isso que liguei para ela, não era disso que eu queria falar. Mas parece mais fácil. Uma espécie de aquecimento, de preparação. Adrienne fica em silêncio.

— Você sabia?

— Sim. Ela me contou.

O ciúme eriça minha pele.

— Para *mim* ela nunca disse nada.

Adrienne suspira.

— Querida, ela só estava curtindo. Não era nada importante, era só algo que ela fazia de vez em quando. E enfim, seja como for, vocês duas não se falavam há algum tempo.

Ela tem razão. Não falávamos sobre nada que importava, pelo visto. Sinto outra onda de enjoo.

— E se o homem que a matou foi alguém que ela conheceu pela internet?

— A polícia sabe o que Kate estava fazendo. Tenho certeza de que estão investigando isso.

Estão mesmo?, penso. Não consigo me concentrar nesse assunto agora. Fecho os olhos. Respiro fundo. Abro a boca para contar tudo, mas as palavras não saem.

— Querida, está tudo bem?

Ela sabe, acho. É a minha amiga mais antiga e consegue perceber. Baixo a voz, muito embora não tenha mais ninguém em casa.

— Julia, o que foi?

— Eu bebi.

Ouço o suspiro dela. Não consigo suportar seu desapontamento, mas escuto seu suspiro.

— Foi sem querer. Quero dizer, não foi premeditado, mas...

Paro. Estou dando desculpas. Não estou assumindo a responsabilidade. Não estou admitindo que, diante do álcool, fico impotente. O básico.

Respiro fundo. Repito:

— Eu bebi.

— Certo. Foi só uma vez?

— Não.

Por favor, não me diga que é um deslize sem volta. Eu sei. Por favor, não me faça sentir pior do que já me sinto.

— Ai, querida... — diz ela.

— Eu me sinto péssima. Pior que péssima, na verdade.

Outra pausa. Por favor, não me diga que não foi nada e que é melhor eu deixar pra lá.

— Adrienne?

— Você está passando por muita coisa. Aconteceu. É um deslize, uma recaída, mas você precisa se perdoar por isso... Pensou no que nós duas conversamos?

Ela está falando de terapia. Adrienne concorda com Hugh e, como todo mundo que faz terapia, acha que eu também deveria fazer, ou então procurar algum outro tipo de ajuda psicológica. Chegou inclusive a recomendar um psicólogo. Martin-Qualquer--Coisa.

A verdade, porém, é que eu não quero fazer terapia. Não agora, não ainda. Não enquanto eu ainda estiver assim. Tenho a impressão de que não vai adiantar nada, e aí já não será mais uma carta na manga que eu possa usar em caso de necessidade.

— Não — respondo.

— Certo. Olha, não vou dizer mais nada, mas seria melhor se você fizesse terapia. Se pelo menos pensasse no assunto.

Digo a ela que já pensei, e que vou pensar de novo. Porém, começo a me perguntar se no fim das contas eu não mereça essa dor, se, de alguma maneira, passar por isso não seja pagar uma dívida com a minha irmã. Eu não pude salvá-la. Levei embora o filho dela.

— Já contou a Hugh?

Não respondo.

— Você contou a ele que bebeu?

Fecho os olhos. Não quero. Não posso.

— Julia...?

— Ainda não — respondo. — Não há necessidade. Porque não vai acontecer de novo...

Ela me interrompe.

— Querida, escuta aqui. Você é a minha amiga mais antiga, mais querida. Eu te amo. Incondicionalmente. Mas acho melhor você contar para Hugh. — Ela aguarda minha resposta, mas fico em silêncio. — Eu sei que quem deve decidir é você, mas tenho certeza de que é a melhor coisa a fazer.

Ela está sendo carinhosa, afetuosa; mas, mesmo assim, é brutal. Digo que contarei naquela mesma noite.

Hugh não volta cedo. Ele foi jogar squash, o que significa que depois vai beber com os amigos. Mas também não volta muito tarde: chega logo depois de Connor ir se deitar. Quase imediatamente resolvo lhe contar tudo.

Espero até ele estar acomodado na sala de estar, vendo televisão. No primeiro intervalo, me viro de frente para Hugh, como se fosse perguntar a ele se deseja uma xícara de chá.

— Amor?

— Hum?

Tropeço nas palavras.

— Tive uma recaída.

Não digo mais nada. Não é necessário. Ele sabe o que isso significa. Hugh não fez o programa de reabilitação, nem esteve em reunião nenhuma, mas conhece a literatura a respeito. Sabe o suficiente. Sabe o que é uma recaída, da mesma maneira como sabe que não deve tentar controlar o meu comportamento modificando o seu, que não pode me impedir de beber simplesmente deixando, ele mesmo, de beber.

Também sabe que é melhor não perguntar quanto eu bebi, nem quando, nem por quê. É inútil. As respostas são irrelevantes. Eu bebi. Não importa se foi um golinho de nada ou uma garrafa inteira: isso não faz a mínima diferença.

Ele segura a minha mão. Achei que ficaria com raiva, mas não: é pior. Ele está desapontado. Dá para ver nos seus olhos.

— Sinto muito.

— Não precisa pedir desculpas para mim.

Não é o que eu quero ouvir. Mas, afinal, o que eu quero ouvir? O que ele *pode* dizer? A dependência é uma doença diferente daquelas com as quais Hugh está acostumado a lidar. Ele extirpa partes defeituosas e as despacha para o incinerador. Depois, o paciente se cura. Ou não.

Olho para ele. Quero que diga que me ama. Não quero que me diga que sabe o que estou passando. Quero que ele me lembre de que uma recaída não precisa ser uma recaída, que posso começar a frequentar as reuniões de novo, ou que me faça sentir que estamos nessa juntos.

— Isso não vai mais se repetir — digo.

Ele sorri, e diz que espera que não, pelo meu próprio bem e pelo bem de Connor. Diz que está ao meu lado, sempre, mas é tarde demais. Hugh já lançou sobre mim a camada de culpa, e, portanto, mal escuto o que ele diz agora. Estou pensando na minha ajudante da reabilitação, Rachel. Gostaria de ligar para ela, mas ela se mudou da cidade, passou-se muito tempo. Penso também em Kate.

Por fim ele fica em silêncio. Espero um instante, depois agradeço. Ficamos sentados por algum tempo e depois falo que preciso ir dormir. Ele me dá um beijo e diz que subirá dali a pouco.

Estou sozinha, mas não vou deixar isso se repetir, digo a mim mesma. Vou ficar atenta. Aconteça o que acontecer, custe o que custar, eu não vou beber novamente.

Capítulo 6

Acordo cedo. Meus olhos se abrem de repente. Outra noite ruim. Estamos em junho, faz dois meses que viajei para Paris e quatro desde a morte de Kate. Ainda está escuro. É de madrugada.

O quarto está quente e abafado, os lençóis ensopados. Hugh chutou o edredom para o canto e está deitado ao meu lado, roncando suavemente. O relógio da minha mesinha de cabeceira tiquetaqueia, alto demais. Quatro e quarenta. O mesmo horário em que acordei na noite passada, e na anterior.

Estava sonhando com Kate. Dessa vez ela tinha mais ou menos 4 anos, era verão, estávamos no jardim. Ela usava um vestido amarelo com asas de anjo feitas de papel amarelo e meias-calças pretas. Queria que eu corresse atrás dela; fazia um zumbido, fingindo ser uma abelhinha.

—Vem! — repetia ela, sem parar, mas eu estava entediada, queria parar a brincadeira e voltar a ler meu livro. — Vem, Julia!

Eu queria dizer a ela que não fosse até lá, mas não disse. Eu estava com calor demais, com preguiça demais. Simplesmente deixei que ela saísse correndo para longe e então voltei para casa. Nesse momento, o sonho se modifica, somos adultas agora, algo terrível está acontecendo, e de repente quem está correndo sou eu, correndo atrás dela, chamando seu nome, e é ela quem some de vista, entrando num beco. Está escuro, eu estou desesperada para alcançá-la, para salvá-la. Viro a esquina correndo e a encontro caída no chão. Tarde demais.

Eu me sento na beirada da cama. Toda noite é a mesma coisa, o mesmo sonho com Kate sangrando até a morte, e então, num sonho atrás do sonho, Marcus, sempre Marcus, a boca aberta numa acusação. Sei que não vou conseguir dormir novamente — nunca consigo.

Esta noite me sinto fraca. Sei que é inevitável e, portanto, eu me permito pensar nele. Em Marcus. Pela primeira vez em anos, penso no dia em que nos conhecemos. Fecho os olhos e vejo tudo. Estou lá novamente. Marcus está sentado diante de mim, do outro lado do círculo. É sua primeira reunião. Estamos no salão de uma igreja, está frio; uma grande chaleira elétrica zumbe no canto. O moderador — um cara chamado Keith — já havia explicado o programa e apresentado a primeira palestrante, uma mulher cujo nome esqueci. Mal ouço o que ela diz; frequento as reuniões já faz algum tempo, desde que dei o braço a torcer e admiti que estava bebendo muito havia tempo demais. Além disso, agora estou prestando atenção em Marcus. Ele tem a minha idade; somos muito mais jovens que o restante do grupo. Ele está inclinado para a frente na cadeira. Parece ansioso, atento, mas, ao mesmo tempo, não totalmente interessado. Há algo de errado com ele. Eu me pergunto se a iniciativa de vir para cá foi dele mesmo ou de outra pessoa. Imagino uma namorada, alguém que ele esperava convencer a acompanhá-lo até aqui esta noite, mas que se recusou a vir. Talvez ele esteja querendo voltar para casa, para ela, e contar o que aprendeu. Não é assim tão ruim, talvez lhe diga. Aquelas pessoas querem ajudar. Venha comigo na semana que vem.

Tive vontade de descobrir. Não sei por quê. Talvez ele parecesse alguém com quem eu poderia fazer amizade. Eu o abordei no intervalo. Apresentei-me, e ele disse que se chamava Marcus.

— Oi — cumprimentei.

E Marcus sorriu, e naquele momento me dei conta do quanto me sentia atraída por ele. Um desejo que parecia sólido, tinha forma, uma força quase física. Nunca havia sentido aquilo antes, não daquela maneira. Tive vontade de esticar a mão e tocar seu pescoço, seu cabelo, seus lábios. Só para ter certeza de que ele existia, de que era real.

— Primeira vez? — perguntei, e ele disse que sim, que era, sim.

Conversamos por algum tempo. Não sei como — não lembro, nem lembro se foi ele mesmo quem acabou revelando isso sem que eu precisasse perguntar nada —, fiquei sabendo que a tal namorada não existia. Ele era solteiro. Quando chegou a hora de voltarmos aos nossos lugares, ele se sentou ao meu lado, e depois da reunião saímos. Paramos para nos despedir, prestes a seguir cada um para um lado.

— Você vai vir na próxima semana?

Ele deu de ombros, chutou a grama.

— Provavelmente.

Marcus se virou para ir embora, mas então sacou um papelzinho da carteira e perguntou:

— Você tem uma caneta?

Teria sido ali?, eu me pergunto agora. Teria sido aquele o momento em que a minha vida deslizou de um trilho — o da recuperação, da estabilidade, da sobriedade — e entrou em outro? Ou será que isso só aconteceu mais tarde?

Abro os olhos. Não posso mais pensar nele. Ele pertence ao passado; minha família está aqui, no presente. Minha família é Hugh, e Connor.

E Kate.

Eu me levanto. Isso não pode mais continuar, esse despertar no meio da madrugada. Esse *evitar* as coisas. Estou obcecada com o lugar onde ela perdeu a vida; eu devia ter ido vê-lo quando tive a oportunidade, mas existem outras maneiras.

Desço a escada e me sento à mesa da cozinha. Estou determinada, preciso fazer isso. Em Paris fui covarde, mas agora posso corrigir esse erro. Abro o laptop e acesso o programa de mapas. Digito um endereço.

Aperto Enter. Um mapa surge na tela, atravessado por ruas e disperso em pontos de interesse. Há uma seta, e, quando clico em Street View, o mapa desaparece e no lugar surge uma foto da rua. Parece larga, ladeada de árvores, com lojas, bancos e um monte de edifícios pré-fabricados cobertos de grafites. A foto foi tirada de dia e o lugar parece movimentado; transeuntes congelados passam por ali, os rostos borrados grosseiramente pelo programa.

Olho para a tela. Aquele parece um lugar como outro qualquer. Como é possível que a minha irmã tenha perdido a vida ali? Como é possível que não reste nenhum vestígio?

Reúno coragem e então navego pela rua. Vejo o beco, aninhado entre um prédio e a linha elevada de trem que atravessa a rua.

Foi lá, penso. Foi lá que ela morreu.

Dou um zoom. Parece insignificante, inofensivo. Numa das extremidades há um quiosque, pintado de azul com uma propaganda anunciando *Cosmétiques Antilles*, e duas fileiras de frades bloqueando a passagem sobre o asfalto. Depois de uns quatrocentos ou quinhentos metros, o beco faz uma curva, e não consigo mais ver o que existe adiante.

Eu me pergunto onde o beco vai dar, o que está do outro lado. Eu me pergunto por que não havia ninguém por perto para salvar a vida dela e, pela milionésima vez, o que ela foi fazer ali.

Preciso de respostas. Subo para pegar, embaixo da cama, a caixa que Anna me deu, e depois a levo para o andar de baixo. Olho para a foto estampada, a mulher de vestido vermelho. Durante dois meses tentei ignorar essa caixa, com medo do que poderia encontrar ali dentro, mas agora não dá mais. Quão ruim pode ser, afinal?, pergunto a mim mesma. Anna mesma não disse que eram só documentos? É só isso.

Porém, continuo com medo. Mas do quê? De encontrar provas de que ela foi longe demais, quem sabe? De que ela tinha razão, de que Connor teria ficado melhor se tivesse voltado a morar com ela?

Retiro seu passaporte da caixa e o seguro por um momento antes de colocá-lo de lado. Embaixo dele, algumas cartas, e, sob elas, a certidão de nascimento de Kate e sua carteira de motorista, junto do cartão do plano de saúde e um bilhete com o que suponho ser seu número de beneficiária da previdência social.

Aquilo, de certa maneira, me acalma. Estou diante de algo que estava à minha espera. Estou indo bem. Sinto-me surpreendentemente bem.

Vou mais fundo. É mais difícil; há fotos, tiradas em festas; uma de Connor que eu enviei para ela, outra de alguns amigos num passeio de barco pelo Sena. Digo a mim mesma que mais tarde as olharei com calma. Mais abaixo há uma agenda-fichário cor-de-rosa de bolso. Essa parece ser a parte mais difícil de todas, mas, quando folheio suas páginas, vejo que aparentemente ela deixou de usar a agenda desde que comprou um iPhone, no verão passado. Dobrada ali dentro há uma única folha de papel. Eu a retiro e a desdobro.

No mesmo instante vejo um nome que reconheço. No alto está escrito: "Jasper1234". É o nome do labrador que tivemos quando pequenas seguido de quatro dígitos. Ao lado está escrito "KatieB", e depois o endereço de um site, encountrz.com. O restante da página está repleto de uma lista de palavras estranhas — "Oriental"; "Atletico27"; "Kolm", "Ourcq" — escritas em diferentes momentos, com tintas diferentes e canetas diferentes. Levo um instante para juntar as informações. Encountrz é o site de que Anna me falou, aquele que as duas usavam. A senha de Kate era o nome do nosso cachorro, KatieB, seu nome de usuário.

Volto a dobrar a página e guardo-a de novo na agenda. A culpa que eu disse a mim mesma que não deveria sentir volta a girar na minha barriga. Eu devia ter olhado tudo isso antes, penso; pode ser importante, algo que tenha passado despercebido pela polícia. Eu deixei Kate na mão; havia algo que eu poderia ter feito para salvá-la, algo que ainda posso fazer para compensar.

Disco o número de Anna. É cedo, mas isso parece urgente. E em Paris o fuso é de uma hora a mais. São quase seis da manhã por lá.

Ela atende quase imediatamente. Sonolenta, ansiosa.

— Alô?

— Anna? Sou eu, Julia.

— Oi, Julia. Está tudo bem?

— Sim, tudo. Desculpa ligar tão cedo. Não queria acordar você, mas sabe aquela caixa que você me deu? Tem certeza de que a polícia a revistou?

— Caixa? Você quer dizer aquela com as coisas de Kate?

— É. A polícia com certeza deu uma olhada nela?

— Sim, com certeza. Por quê?

— É que agora estou olhando as coisas que estão nela e...

— Agora? Mas é tão cedo...

— Eu sei, mas não consegui dormir. Sabe o que é? Tem uma lista de nomes lá. Acho que podem ser dos caras com quem Kate conversava. Pela internet, quero dizer. Achei que seria melhor se a polícia desse uma olhada...

— Eles já deram, acho. Olharam tudo o que estava nessa caixa. Disseram que guardariam o que achassem necessário.

— Tem certeza?

— Sim, acho que sim. Me dá só um segundo.

Ela fica em silêncio por um tempo; imagino-a balançando a cabeça para acordar.

— Desculpa. Quais são os nomes?

Leio os dois primeiros para ela.

— Algum deles lhe parece familiar? Ela mencionou algum deles para você?

— Não...

Continuo lendo. Depois de mais alguns nomes, ela me interrompe. Agora está completamente desperta.

— Espera aí. Você disse "Ourcq"? Isso não é um nome de usuário. É uma estação de metrô.

Eu já sei o que ela vai dizer.

— Fica perto de onde encontraram o corpo dela.

— Será que foi isso que ela foi fazer lá? Encontrar alguém dessa lista?

— Não sei — diz Anna, mas eu já sinto uma estranha onda de energia. — Acho que é possível.

Termino a ligação. Olho novamente para a lista de nomes da agenda. É como se tivesse encontrado um ponto fraco na muralha do meu sofrimento, algo que poderia me dar a chance de rompê-la, atravessá-la e sair do outro lado. O lado onde está a paz.

Ligo o laptop e digito depressa: encountrz.com. Digo a mim mesma que vou apenas dar uma espiada. Isso não pode fazer mal nenhum. Estou prestes a apertar Enter quando ouço um barulho. Uma tosse, depois uma voz.

— Amor? — É Hugh. — São cinco e meia da manhã. O que você está fazendo acordada?

Fecho a janela do navegador e me viro para olhar para Hugh. Ele está de roupão amarrado na cintura e boceja enquanto esfrega os olhos.

— Está tudo bem?

— Sim. Não estava conseguindo dormir.

— De novo? O que aconteceu?

— Não paro de pensar que a polícia deixou de examinar algo.

Ele suspira. Eu digo isso todo dia.

— Bem, acho que eles estão sendo bastante meticulosos.

Hugh se aproxima e se senta ao meu lado. Sei que pode ver o que está na tela do meu computador.

— Quando recebo alguma novidade, sempre conto para você imediatamente. Você sabe disso.

— Eu sei. Mas você acha que eles ainda estão investigando o que aconteceu?

— Tenho certeza de que estão fazendo tudo o que...

Eu o interrompo.

— Quero dizer, investigando *de verdade*?

Ele sorri. É seu sorriso triste, cheio de compaixão. Seu sorriso de cirurgião. Eu costumava imaginá-lo praticando aquele sorriso diante do espelho, decidido a não ser um daqueles médicos acusados de ser frio.

— Tenho *certeza*. Eu e você já falamos disso com a polícia. Eles interrogaram todos os amigos dela, todas as pessoas com quem ela trabalhava. Vasculharam o histórico das ligações telefônicas, extraíram todas as informações do computador. Seguiram cada uma das pistas. Mas solucionar um crime desses não é fácil. Gratuito, sem motivo...

— Você falou para eles dos sites de relacionamento?

— Sim. Eu liguei para a polícia assim que você me contou, mas eles já sabiam. Por Anna. Eles disseram que Kate não tinha um namorado...

— Mas isso não é uma questão de namoro. Anna deu a entender que Kate saía com esses caras só por sexo. Sexo casual. — Ele balança a cabeça, mas eu continuo. — E ela nem sempre avisava a Anna aonde ia ou com quem ia se encontrar.

Um olhar de desaprovação atravessa o rosto de Hugh. Fico na dúvida se, por um momento, ele não acredita que ela colheu o que plantou, porém afasto esse pensamento no mesmo instante.

— Você acha que foi um deles que a matou?

— Um deles quem?

— Um desses caras com quem ela saía. Com quem fazia sexo, quero dizer. Ou alguém com quem estava pelo menos trocando mensagens.

— Tenho certeza de que a polícia está investigando isso...

— Eles não disseram que estão.

— Escuta, Julia, nós já conversamos sobre isso. Eles estão investigando. O fato é: acho que ela conversava com muita gente on-line, mas só se encontrou de verdade com um ou dois.

Hesito. Preciso pressioná-lo; tenho quase certeza de que ele sabe mais do que está me dizendo, que pode haver uma informaçãozinha minúscula que tenha passado despercebida, um detalhe capaz de decifrar todo o resto e fazer tudo aquilo se encaixar.

— Mas...

Hugh me interrompe.

— Julia, a gente já conversou sobre isso mais de mil vezes. Eles apreenderam o laptop dela, estão fazendo todo o possível. Mas, se Kate estava saindo com esses caras em segredo, é quase impossível encontrar todos com quem ela possa ter tido contato. Pode ser que ela usasse outros sites que não sabemos, que estivesse se comunicando com muito mais gente... O que é isso?

De início não sei do que ele está falando, mas então percebo que está olhando para a tela do meu computador.

— É uma foto. — Ele está sem óculos e precisa se inclinar para a frente para ver melhor. — Do lugar onde Kate morreu.

Ele pousa a mão no meu ombro. Parece pesada, com a intenção de reafirmar o que diz.

— Tem certeza de que é uma boa ideia olhar isso, meu amor?

— Não — respondo. Não estou desesperada, mas gostaria da aprovação dele.

Mas por que ele aprovaria? Hugh acha que a polícia está fazendo o melhor que pode e fim de papo.

— Não acho que seja uma boa ideia, mas o que mais eu posso fazer?

— Voltar para a cama?

— Daqui a pouco...

— Vem. — Ele aperta o meu ombro e então fecha a tampa do laptop com delicadeza. — Vem descansar. Você vai se sentir melhor. Tenho certeza.

Eu me levanto. Não vou me sentir melhor, tenho vontade de dizer, nunca me sinto melhor. Ele se vira para subir a escada.

— Subo daqui a pouco — digo. — Vou só preparar uma xícara de chá e talvez ler um pouco. Até sentir sono.

— Certo — concorda ele, sabendo que não tenho a menor intenção de acompanhá-lo. — Você não esqueceu que hoje temos convidados para o jantar, não é?

— Não — digo, embora tivesse esquecido.

— Maria e Paddy...

Claro. Há anos conhecemos os Renoufs, desde que Maria entrou no departamento de Hugh como escrivã. Hugh previu o sucesso dela logo de início, disse que iria longe, que era alguém que ele não poderia dispensar. Gosto dos dois, mas é a primeira vez que ele os convida para jantar — que convida qualquer um, na verdade — desde que Kate morreu. Acho que Hugh imaginou que cozinhar me faria bem. Talvez tenha razão. Seguir uma receita. Cortar, pesar, medir. Eu costumava gostar disso, antes de Kate. Fiz cursos, sentia orgulho de ter me transformado de alguém que não sabia cozinhar nada em alguém que preparava a própria massa.

Mas agora? Agora não quero ver ninguém.

— Será que não daria para cancelar?

Ele se aproxima de mim.

— Querida, vai fazer bem a você, acredite.

Ele beija o alto da minha cabeça. É um beijo terno, carinhoso. Por um instante sinto vontade de subir com ele, de deixar que ele me proteja.

— A gente vai se divertir. A gente sempre se diverte. Maria vai ficar falando de trabalho sem parar, Paddy vai dar em cima de você, e, quando eles forem embora, nós vamos dar muitas risadas lembrando tudo. Eu garanto.

Ele tem razão. Eu sei disso. Não posso continuar fugindo.

— Certo, vou ao supermercado agora de manhã — aviso.

Ele volta para o quarto. Eu me sento na cadeira. Deixo o laptop fechado. Não quero acessar o Encountrz. Tenho medo do que posso encontrar.

Preparo um chá e me sento com um livro. Uma hora se passa, duas. Hugh desce, agora de banho tomado, pronto para o trabalho, e, algum tempo depois, chega Connor.

— Oi, mãe — cumprimenta ele.

Está de uniforme: suéter cinza, camisa branca e gravata marrom. Observo enquanto ele se serve de uma tigela de cereal e um copo de suco. Cada dia ele parece mais velho, penso.

— Tudo bem com você, querido? — pergunto, e ele responde:

— Tudo. — E dá de ombros, bem à vontade, como se não houvesse motivo para não estar.

Talvez esteja mesmo bem, mas eu duvido. Ele parou de chorar, no entanto isso é ainda mais preocupante. Connor só fala da morte de Kate para perguntar se "tem alguma novidade", o que para ele significa: "Já descobriram quem foi?". No começo eu ficava irritada — é a única coisa em que ele consegue pensar —, mas agora vejo que é o único prisma através do qual ele consegue processar a dor. Afinal de contas, Connor acabou de fazer 14 anos. De que outra maneira poderia reagir?

Ele se senta com o café da manhã, e eu o observo quando começa a comer.

A psicóloga à qual o levamos disse que tudo isso é normal. Ele está reagindo tão bem quanto se poderia esperar, processando o sofrimento à sua maneira, e devemos tentar não nos preocupar. Mas como posso não me preocupar? Connor não conversa comigo. Está fugindo pela tangente. Quero que saiba o quanto eu o amo, que eu faria qualquer coisa por ele, mas é quase como se ele tivesse decidido não dar a mínima.

Pigarreio e digo:

— Se quiser conversar, estou aqui.

— Eu estou bem.

Ele come o cereal tão rápido quanto levo para preparar café. Por um instante eu me vejo de novo com Kate, é ela quem está se arrumando para ir à escola, e não seu filho, mas logo depois Connor já se levantou e começa a juntar suas coisas. Não vá, sinto vontade de dizer. Fica comigo. Conversa comigo. Mas claro que não posso fazer isso.

— Até mais tarde! — digo, e num piscar de olhos ele já quase atravessou a porta. De repente, sinto uma vontade quase avassaladora de abraçá-lo.

Antigamente eu teria feito isso, mas agora não. Hoje em dia é mais provável que ele reaja aos meus abraços com indiferença, como se aquele gesto não tivesse nada a ver com ele, e agora eu não conseguiria suportar isso.

— Eu te amo! — grito, e ele responde:

— Tchau, mãe! — E se afasta. É quase o bastante.

Connor está crescendo. Eu sei disso. Está se tornando um homem, o que por si só já seria uma fase difícil, independentemente da morte de Kate. Não importa o que aconteça, o quanto tudo fique difícil, o quanto ele fique distante, preciso me lembrar de que ele está sofrendo. Posso até achar que o deixei na mão um milhão de vezes, mas mesmo assim preciso cuidar dele, protegê-lo, da mesma forma como cuidei e protegi sua mãe quando ela era pequena.

Dou as costas para a janela. Vou fotografar uma família na semana que vem — uma colega de Adrienne, o marido e as duas filhinhas — e preciso pensar nas fotos. É a primeira vez que sinto forças para trabalhar desde que Kate morreu, e quero que tudo corra bem. Além disso, tenho um jantar para preparar. Existem coisas a fazer.

Capítulo 7

Ligo para Adrienne para pegar os dados da amiga dela. Quero tratar dos preparativos. O meu estúdio fica nos fundos do jardim. É lá que guardo o tripé, os refletores e dois panos de fundo que podem ser pendurados no teto. Lá fica minha mesa, embora em geral eu edite minhas fotos no meu laptop, em casa, na mesa da cozinha ou da sala.

— Seria melhor se eles pudessem vir até aqui — digo. — Facilitaria as coisas.

Ela ouve a falta de entusiasmo na minha voz.

— O que foi?

— Você percebeu.

— Claro. Fala.

Não quero falar, mas não consigo descobrir o motivo. Será porque sinto receio de que ela simplesmente me diga para deixar tudo pra lá, para parar de fuçar, de me preocupar?

— Eu dei uma olhada nas coisas de Kate. Aquelas que Anna me deu.

— Querida...

— Achei as informações do login dela. Do site que ela estava usando.

— Para quê?

— Para conhecer caras. Tinha uma lista de nomes. De gente com quem ela estava conversando... ou saindo, sei lá.

— Você passou essas informações para a polícia?

— Hugh me disse que eles já têm isso tudo.

— Ótimo. Então não tem mais nada que você possa fazer.

O problema é que tem, sim.

— Eu poderia fazer login. Fingindo que sou ela, quero dizer. Eu tenho a senha. Assim daria para descobrir se havia mais alguém.

Ela fica em silêncio por um longo tempo.

— Adrienne?

— Será que a polícia já não fez isso?

— Não sei. E se eles não soubessem o que é encountrz.com? E que Jasper1234 era a senha dela? Pensei em entrar no site e olhar o histórico de conversas de Kate. Ver se tem mais algum nome ali.

— Não sei... Isso me parece arriscado.

A dúvida dela fortalece a minha decisão.

— Só vou obter uma lista de nomes, só isso.

Longa pausa, como se ela estivesse tentando pesar prós e contras. A sabedoria de talvez me proporcionar algo para fazer *versus* a probabilidade, a quase certeza, de que isso só levaria a mais frustração.

Porque, afinal, ela está certa. É muitíssimo provável que a polícia já tenha feito isso.

— Acho que mal não poderá fazer — declara Adrienne. — Desde que você só pegue os nomes e mais nada. Mesmo assim, por que não verifica com a polícia antes?

De repente não tenho mais a menor certeza se será mesmo uma boa ideia. Uma lista de nomes. O que a polícia poderia fazer com isso?

— Ah, não, acho que nem vou me dar o trabalho.

Ela suspira.

— Toma cuidado, Julia, seja lá o que você vá fazer. E me dá notícias.

Passo a tarde fazendo compras e cozinhando. Por um instante fico entretida com as receitas. Só por um instante. A noite não começa muito bem. Connor avisa que vai fazer o dever de casa e que quer comer no quarto. Isso, é claro, leva a uma discussão entre mim e Hugh para ver se permitimos ou não. As tensões são muitas, e as coisas não melhoram até os nossos convidados chegarem.

Depois disso a noite segue seu curso normal, mas o clima é inegavelmente outro. A morte de Kate lança sua sombra agora familiar — Paddy toca no assunto praticamente assim que eles chegam, e os dois dizem o quanto sentem muito —, mas esse não é o único motivo. Estou distante, não consigo me envolver. Eles conversam muito sobre Genebra, pois Hugh tinha sido convidado para fazer o discurso de abertura de uma conferência lá na semana que vem. Maria também apresentará um trabalho e, embora eu já tenha visitado a cidade, não digo nada. Eu me sinto alheia, observando tudo a uma enorme distância. Vejo Hugh servir o vinho e pareço gostar quando todos o provam e aprovam, como o bife Wellington que preparei e aceito afavelmente os elogios, mas tudo não passa de encenação, estou fingindo ser uma pessoa normal. Essa não sou eu.

Quando terminamos, Paddy diz que gostaria de fumar um cigarro lá fora.

— Não sabia que você fumava — comento.

— Ah, é um hábito horroroso — diz ele —, mas... — Dá de ombros.

Digo que ele pode fumar aqui dentro, desde que perto de uma das janelas abertas, mas Maria protesta.

— De jeito nenhum! Mande-o para fora!

Ele finge ficar chateado, mas encara aquilo numa boa, com humor. Paddy tira o maço de cigarros da jaqueta e olha para mim.

— Me acompanha?

Digo que sim. Hugh me olha, mas não fala nada. Saímos, eu fecho a porta do pátio depois de passarmos. Está quase escuro, ainda quente. Sentamos na mureta à beira do halo de luz que vem da cozinha; atrás de nós fica o meu estúdio. Ele me oferece um cigarro.

— Você não fuma, né?

Aceito.

— Muito de vez em quando.

Ele acende seu cigarro e me passa o isqueiro. Trago profundamente, sentindo o ardor da fumaça, o barato instantâneo. Ficamos ali sentados em silêncio por um instante, depois ele pergunta como estou encarando as coisas.

— De verdade, quero dizer.

Engulo em seco.

— É difícil. Você sabe...

— Sei. Meu irmão morreu. Há alguns anos. De câncer. Era mais velho que eu...

— Oh, nossa — digo. — Eu não sabia...

— Ah, não teria como saber, mesmo. — Silêncio. Por um segundo. — O fim já era esperado, mas mesmo assim foi terrível. Não consigo nem sequer imaginar o que você deve estar passando.

Ficamos quietos por algum tempo.

— E Connor? — pergunta ele.

Suspiro. Não há o que dizer, mas mesmo assim fico feliz por ele ter tido a delicadeza de perguntar.

— Está bem, eu acho. Ele não fala muito no assunto. Não tenho certeza se isso é bom ou ruim...

— Uma hora ele vai falar, imagino. Quando se sentir preparado.

— É, acho que sim. Mas eu queria saber no que ele está pensando. O que está passando pela sua cabeça. Ele passa horas trancado no quarto, mas acho que não é novidade. É como se ele estivesse me evitando.

— É da idade. Além disso, ele é menino.

Olho para Paddy, para seu perfil, destacado contra a luz da casa. Será tão simples assim? Perdi a minha mãe quando eu era bem jovem;

não tenho ideia do que é normal. Talvez ele tenha razão; é só porque ele é um garoto e eu sou mulher, por isso ele está se afastando de mim. Acho a ideia curiosamente reconfortante. Talvez não tenha nada a ver com o fato de eu não ser sua mãe legítima.

— Você e Maria já pensaram em ter filhos?

Ele olha para a sua mulher, visível na cozinha, ajudando o meu marido a preparar a sobremesa. Connor se juntou a eles e os três riem de alguma coisa.

— Na verdade, não — responde Paddy, olhando de novo para mim. — A carreira de Maria... Sabe como é. E por mim tudo bem. Minha família é grande. Temos muitos sobrinhos...

Ele parece desapontado, mas não o conheço assim tão bem a ponto de investigar mais a fundo. Não nesse nível.

— Que bom — comento. Apago meu cigarro. — Vamos entrar?

— Claro! — Ele limpa as mãos no jeans, depois se levanta e oferece a mão para me ajudar a levantar. — Vocês vão à festa da Carla?

Eu tinha me esquecido completamente. É outra colega de trabalho de Hugh, que tem uma casa enorme em Surrey com um jardim gigantesco e uma churrasqueira a gás. Todo mês de julho ela oferece uma festa e convida todo mundo. A do ano passado foi divertida, mas este ano não estou nem um pouco entusiasmada para ir. Preciso ir, porém; ela envia os convites em abril e agora não tem como não irmos.

— Acho que sim — respondo, levantando-me.

Ele sorri e diz que fica feliz em saber. Paddy demora um pouco para soltar a minha mão, não o bastante para eu ter certeza de que aquilo significa algo. Fico sem saber se eu é que estou segurando sua mão ou ele a minha.

Eles vão embora. Hugh entra na cozinha sem dizer absolutamente nada. Vou atrás dele. Ele começa a arrumar as coisas, raspando todos os pratos antes de enxaguá-los e colocá-los na pia. Não sorri nem sequer me olha quando pergunto:

— Qual é o problema, hein?

Nenhum contato visual ainda. Um dos pratos bate ao cair na pia. Foi porque acompanhei Paddy lá fora?

— É o Connor — diz ele.

— Connor? — Pego um pano de prato e começo a limpar a bancada. — O que tem ele? Vamos continuar brigando para decidir se ele pode ou não comer no quarto?

— Por isso e por outras coisas mais.

Opto por ignorá-lo. Se ele quer discutir mais alguma coisa, então é melhor falar de uma vez, e não ficar me obrigando a adivinhar.

— Ele anda bastante chateado — digo. — Acho que não devíamos obrigá-lo a fazer o que não quer. A gente devia pegar mais leve com ele.

Hugh pousa o prato que estava segurando e se vira para me encarar.

— Certo. Na minha opinião, a gente tem pegado leve demais com Connor ultimamente. Não devíamos passar a mão na cabeça dele. É muito importante retomarmos a normalidade, Julia.

— O que isso quer dizer exatamente?

Ele vira as palmas da mão para cima.

— A psicóloga disse que não devíamos fazer tantas concessões. Connor precisa se dar conta de que a vida continua.

A vida continua? Minha raiva aumenta um pouco. A vida não continuou para Kate, continuou? Respiro fundo.

— Estou preocupada com ele, só isso.

— E eu, não? Ele volta para casa cheirando a cigarro... ·

— Cigarro?

— Você não percebeu? O cheiro nas roupas dele?

Balanço a cabeça. Não percebi nada disso. Ou eu virei uma mãe negligente, ou Hugh está imaginando coisas, e desconfio da última opção.

— Quem sabe algum amigo dele fume? Já pensou nisso?

Ele estreita os olhos numa expressão acusadora.

— E depois, hein? O que vai ser? Bebida?

— Hugh...

— Brigas na escola...

— O quê?

— Ele me contou que se meteu em alguma confusão.

— *Ele* contou para você?

— Sim. Estava chateado. Não quis me dizer o motivo da briga, mas isso não é do feitio dele, Julia. Connor nunca tinha se metido em brigas na escola antes.

Ele nunca havia perdido a mãe antes, penso, mas fico em silêncio.

— Talvez seja melhor a gente deixar que ele cometa os próprios erros. Ele precisa crescer. Precisa extravasar, principalmente depois de tudo o que aconteceu.

— Eu acho que a gente devia ficar mais de olho nele, só isso.

— Que *eu* devia ficar mais de olho nele, você quer dizer. Você acha que *eu* devia ficar mais de olho nele. Quer saber do que mais? Acho que você é o pai perfeito quando o assunto é jogar xadrez ou pedir comida se eu não estou em casa. Mas quando ele precisa de disciplina a responsabilidade é minha? — Hugh me ignora. — É isso?

— Não foi isso o que eu quis dizer. Olha, só não tenho certeza se você...

— Se eu *o quê?*

Eu sei exatamente o que ele quer dizer. *Se você está dando um bom exemplo.* É por causa do que aconteceu em Paris.

— Não tenho certeza da sua disponibilidade para o Connor quando ele precisa.

Não consigo controlar a vontade de rir, mas é um reflexo. Em algum nível, talvez Hugh tenha razão mesmo.

— O que você quer dizer com isso, exatamente?

Ele abaixa a voz.

— Julia, por favor, se acalme. Seja razoável.

Volto para a mesa para terminar de limpá-la, para dar as costas a ele. É então que acontece. Na minha frente está o copo que eu estava usando e, ao pegá-lo, uma necessidade repentina e quase irresistível se agita dentro de mim. Eu me imagino enchendo o copo com o resto de vinho tinto que eles não tomaram e virando tudo de uma vez. Posso sentir a bebida, pesada na minha boca. Posso sentir seu gosto, ácido e quente. Quero sentir isso, mais que qualquer outra coisa.

Seguro o copo. Digo a mim mesma que é a primeira vez desde que voltei de Paris, a primeira vez que senti a tentação. Não é uma recaída. O significado disso sou eu que vou dar.

— Julia?

Ignoro Hugh. Aguenta firme, digo a mim mesma. Aguenta firme. A vontade vai aumentar como uma onda do mar e, depois, sumir. A única coisa que preciso fazer é esperar. Hugh está aqui, de toda forma, e eu não vou beber na frente dele, não importa o que aconteça.

Mas a verdade é que arrumei um jeito de beber em Paris, e isso foi semanas atrás. Desde então não senti mais vontade de beber. Ainda que eu bebesse agora, não quer dizer que seria o começo do fim.

Penso no programa. No primeiro passo. Isso não é algo que eu controlo; o fato de ter passado semanas sem sentir vontade de beber não significa que superei a dependência. O controle é uma ilusão.

Penso na minha ajudante, Rachel.

— A dependência é uma doença paciente — disse certa vez. — Se for preciso, ela vai esperar sua vida toda. Nunca se esqueça disso.

Eu não me esqueci, digo a mim mesma. Nem vou esquecer.

— Julia? — chama Hugh. Ele parece irritado. Eu não o ouvi; ele estava falando alguma coisa comigo.

Eu me viro.

— Sim?

— Eu sei que Connor está mal por causa da morte da mãe dele...

Essa escolha de palavras dói, mas minha raiva diminui um pouco o desejo de beber.

— Ele nunca considerou Kate como mãe.

— Você sabe o que eu quero dizer. A morte de Kate é difícil para ele, mas...

— Mas o quê?

— Mas ele não está falando do assunto, e eu acho isso preocupante. A uma altura dessas ele já devia estar fazendo isso.

Aquele comentário me enfurece.

— Já passou pela sua cabeça que isso é um processo? Não é uma planilha. Nem todo mundo consegue lidar com a morte de Kate do mesmo modo que você.

— O que você quer dizer com isso?

— Que Connor vai demorar muito mais para superar a morte de Kate do que você, só isso.

Eu me lembro do que Adrienne me disse. "Não pensa que Hugh não está nem aí. É só o jeito rígido dele. O luto é confuso, e ele não gosta de confusão. Além do mais, não se esqueça de que ele lida com a vida e a morte no trabalho. O tempo todo. Isso deve endurecer um pouco a pessoa."

Ele parece chocado.

— Eu não superei a morte de Kate. Eu e ela fomos próximos um dia. Eu também sinto falta dela. Por que você está dizendo uma coisa dessas? Isso me deixa triste.

— Você ainda está conversando com o Ministério das Relações Exteriores? Ou vai deixar tudo nas minhas costas para...?

— Eu falo com eles o tempo inteiro, Julia.

— Você acha que eu não devia entrar na internet para ver o lugar onde ela foi assassinada...

— Eu só acho que você já está sofrendo demais e não precisa disso. Você precisa se concentrar em Connor, no seu trabalho. No futuro, não no passado.

— O que *isso* quer dizer?

Hugh abre a boca para responder, mas então parece pensar duas vezes. Pouco depois ele se vira e atira na bancada o pano de prato que havia colocado sobre o ombro.

— Julia, estou muito preocupado com você.

— *Comigo?*

— Sim, acredite se quiser. Acho que você devia consultar alguém. Você não está conseguindo lidar bem com as coisas sozinha. Vou viajar para Genebra na segunda e você vai ficar aqui sozinha...

— Ah, não se preocupa comigo, vou ficar bem — digo, mas ele ainda está falando, não parece me ouvir.

— ... e eu gostaria que você pelo menos pensasse na ideia de procurar ajuda...

Minha fúria aumenta, com força dupla. Algo se rompe. Não consigo mais aguentar.

— Ah, vai se foder, Hugh.

O copo que eu não me lembrava de ainda estar segurando se quebra no chão. Eu não me lembro de tê-lo atirado.

Ele dá um passo na minha direção, depois parece pensar duas vezes e se vira, como se fosse embora. Finalmente está com raiva, e eu também, e quase parece ser melhor assim. Pelo menos é algo diferente da apatia ou da dor.

— Aonde você vai?

— Vou sair. Andar um pouco. Preciso me acalmar.

Ele vai embora. Toda a casa estremece, em seguida cai em silêncio — e me vejo sozinha.

Capítulo 8

Fico sentada na beirada da cama por algum tempo. Acaricio o edredom. Algodão egípcio, azul-turquesa. Nossa cama, penso. O que aconteceu?

Compramos a cama quando nos mudamos para cá, quatro anos atrás, e não tem nada de especial. É um lugar onde dormimos, conversamos, lemos. De vez em quando fazemos amor, e, quando isso acontece, é terno, lento. Gostoso em geral, ainda que não muito empolgante.

Teria sido empolgante um dia? Acho que sim, por algum tempo, mas o frenesi do início do relacionamento é insustentável; deve arder e se apagar como fogo, tornar-se outra coisa. Não é culpa dele nem minha. Acontece com todo mundo.

Talvez com a gente tenha acontecido antes. Hugh é filho do melhor amigo do meu pai; ele me conhece desde a época da escola. Embora fosse mais velho que eu, sempre nos demos bem, e, enquanto seu pai tentava cuidar do meu, Hugh cuidava de mim e me ajudava a cuidar de Kate. Nossa paixão, quando veio, foi arrefecida. Já veio acompanhada de uma história. Às vezes tenho a impressão de que pulamos um estágio, como se tivéssemos passado direto de amigos para companheiros.

Ouço Hugh voltar para casa. Ele entra na sala. Eu me levanto. Preciso descer, conversar com ele, acertar os ponteiros. Se não fizer isso, ele vai dormir no sofá do escritório e eu vou passar outra noite deitada na cama sozinha, tentando dormir enquanto meu cérebro se agita com imagens, pensamentos que teimam em não ir embora. Vou repassar os acontecimentos da noite sem parar, e no centro deles estará sempre Kate. Caminhando pelo beco, erguendo os olhos e avistando uma silhueta nas sombras à sua frente, cumprimentando-a com um sorriso — mas então, quando ela se aproxima, ele ergue a mão, e o sorriso de Kate se transforma em uma expressão de terror ao se dar conta de que as coisas deram errado, de que dessa vez ela cometeu um erro. O homem que ela foi encontrar não é quem ela achou que fosse.

Eu sei que, se eu fechasse os olhos, veria tudo, tão claramente quanto se estivesse acontecendo diante de mim. Um soco na cara, um chute com uma bota. Como eu não pressenti nada? Aquela conexão mediúnica que sempre acreditei existir entre nós duas... Por que ela nos deixou na mão no momento mais crucial? Será que ela se acabou quando eu e Hugh adotamos Connor? Eu veria o sangue da minha irmã, espalhado no concreto. Veria seu nariz quebrado. Ouviria seu grito. Eu me indagaria se ela percebeu, se pressentiu que era o fim. E me perguntaria quanta dor sentiu. Se pensou em mim. E, se pensou, se foi com amor. Eu me perguntaria se, no fim, ela conseguiu me perdoar.

Desço a escada.

— Hugh?

Ele está sentado na sala com um copo de uísque. Eu me sento à sua frente.

— Você devia ir se deitar.

— Desculpa.

Ele olha para mim, pela primeira vez desde que entrei na sala. Suspira, toma um gole do uísque.

— Isso me deixa triste.

— Eu sei.

Não há mais o que dizer. Vamos dormir.

De manhã, converso com Connor.

— Não sei o que você ouviu na noite passada — digo —, mas seu pai e eu te amamos muito.

Ele mistura leite na tigela de cereal e respinga um pouco na mesa. Resisto ao impulso de pegar um pano para limpar.

— Só ouvi vocês dois discutindo.

Recebo aquilo como um tapa. É o contrário do que eu desejo para o meu filho, do que prometi a Kate. Estabilidade. Pais amorosos. Um lar onde não existem conflitos.

— Todo casal discute. É normal.

— Vocês vão se separar?

— Não! É claro que não.

Connor volta a atenção para o cereal.

— Por que vocês estavam discutindo?

Não quero dizer a ele.

— É complicado. Os últimos meses foram difíceis. Para todos nós. Por causa do que aconteceu com a tia Kate, e tudo o mais.

Sei que estou falando o óbvio, mas é sincero e necessário. Uma sombra atravessa o rosto de Connor e, por um instante, entrevejo como ele será quando for bem mais velho, mas então a sombra passa, deixando uma espécie de tristeza. Tenho a impressão de que vai dizer alguma coisa, mas ele fica em silêncio.

— Você sente saudade dela?

Ele congela, com a colher no ar entre a tigela e a boca. Devolve a colher à tigela. Novamente parece pensativo, muito mais velho. Por algum motivo me lembra de Marcus — é a mesma expressão que ele fazia nas raras ocasiões em que ficava pensativo ou preocupado —, mas então ele fala e volta a se transformar em um adolescente.

— Não sei. — Seu rosto se contorce, surgem lágrimas. É inesperado, e num instante fico de pé, querendo consolá-lo e acalmá-lo.

— Tudo bem. Pode sentir o que quer que você esteja sentindo, mesmo que não saiba o que é.

Ele hesita.

— Acho que sim, que sinto saudade dela. Um pouco. E você?

— Sinto. Todo dia.

— Quer dizer — continua ele —, a gente não a via com frequência, mas, mesmo assim...

— É diferente, não é?

— É. Quando a pessoa está viva, pode até ser que você não a veja muito, mas sabe que pode ver, se quiser.

— Sim.

— Mas agora, não.

Fico em silêncio. Quero lhe dar espaço para falar mas também quero saber se ele realmente achava que poderia ver sua mãe. Hugh e eu poderíamos ter lhe dado permissão, se ele tivesse pedido — permissão de ir vê-la —, mas nunca chegamos a encorajá-lo de fato. Talvez eu tivesse medo demais de que ela não o deixasse voltar.

— Sabe — digo, casualmente —, o que quer que você esteja sentindo... pode me perguntar qualquer coisa. Qualquer coisa mesmo.

Embora eu esteja sendo sincera, minhas palavras soam vazias. Porque na verdade existem segredos, coisas que eu não diria para ele mesmo que me perguntasse.

Há uma longa pausa, depois ele pergunta:

— Você acha que vão pegar os caras? Os que mataram Kate.

Aquilo me pega de surpresa. Ele não a chamou de tia. Será o primeiro passo para depois chamá-la de mãe? O clima fica tenso entre nós.

— Espero que sim, querido. Mas é complicado.

Paira um silêncio no ambiente.

— Papai disse que ela era uma boa pessoa que acabou se envolvendo com gente ruim.

Coloco pão na torradeira e olho para ele. Sorrio. É exatamente o que Hugh costumava pensar de mim. Uma boa pessoa sob as más influências dos indivíduos que me rodeavam. Quando eu estava em Berlim, ele me dizia: "Se cuida, todo mundo aqui sente saudade de você..." E eu sabia que isso queria dizer: *Essa gente não é sua amiga.* Ele estava tentando me salvar, mesmo naquela época; só que eu ainda não estava pronta para ser salva.

— Ela era uma pessoa ótima. Sensacional.

Ele hesita.

— Então, por que ela não quis ficar comigo?

— Connor — começo a dizer. — É complicado...

— Papai disse que eu não devia me preocupar com isso. Disse que a tia Kate me amava muito, mas que não estava conseguindo cuidar de mim, que não tinha dinheiro para criar um filho e vocês tinham, portanto fazia todo o sentido.

— Bom, esse é um jeito bastante simplista de encarar as coisas...

Quando foi que Hugh disse todas essas coisas a Connor? Eu nem sequer sabia que os dois conversavam sobre esse assunto. Digo a mim mesma que precisamos nos esforçar mais, ser francos com Connor, unidos. Como decidimos ser, há muitos anos.

— Se vocês queriam ter filhos, por que não tiveram?

— Não conseguimos. — Tento manter a voz tranquila; não quero que ela falhe, não quero que traia quanta mágoa existe em mim. — Tentamos. Durante muitos anos. Mas um de nós... — Paro. Ele não precisa dos detalhes. — Simplesmente não conseguimos.

Então tudo me vem à lembrança. A clínica: paredes brancas e piso de linóleo, caixas cheias de luvas azuis, cartazes divulgando os telefones dos serviços de assistência e caridade para os quais jamais liguei. Eu me lembro dos estribos, do metal frio entre as minhas pernas. Parecia um castigo.

Percebo que nunca disse nada a respeito para ninguém, pelo menos não para Hugh, com certeza. Ele não sabe nada sobre o bebê que eu podia ter tido e não tive.

— Por que não?

Olho para o meu filho. O filho de Kate.

— Não sei. — Então me ocorre uma sensação de vergonha familiar. Achei que já tivesse superado isso há muito tempo. Estava enganada. — Não sabemos. Mas não tem importância. Não faz diferença. Nós te amamos, Connor. Você é o nosso filho.

A torradeira emite um som agudo e o pão pula. Eu me assusto por um breve instante, depois começo a passar manteiga na torrada dele.

— Obrigado, mamãe — diz Connor, e não tenho certeza pelo que ele está me agradecendo.

Pego a chave na minha bolsa e abro o cadeado. A porta do chalé abre para dentro com um rangido e, antes de entrar, espero alguns instantes até parte do calor sair. Embora as paredes sejam revestidas e pintadas, e eu acenda velas aromatizadas sempre que venho trabalhar, o lugar tem um leve cheiro de madeira. Mesmo assim é reconfortante; meu espaço, meu refúgio.

Fecho a porta e me sento à mesa. Coloco a caixa de biscoitos à minha frente, aquela que Anna me deu. Sinto-me mais calma agora. Sei o que preciso fazer.

Retiro a agenda-fichário de Kate da caixa e a coloco sobre a mesa, ao lado do meu laptop. A luz que inunda o meu estúdio pela janela atrás de mim incide sobre a superfície do computador e eu ajeito a cadeira e modifico o ângulo da tela. Por fim, aperto uma tecla.

O papel de parede do meu laptop é uma antiga foto minha, sentada num banco no Heath com Connor no colo. Ele devia ter uns 4, talvez 5 anos. Isso foi há uma década, e eu pareço tão feliz, tão animada por finalmente ser mãe. Mas agora sinto como se tudo isso tivesse acontecido numa outra era. Percebo, mais uma vez, como a morte de Kate cortou minha vida ao meio.

Pressiono outra tecla e a foto de Connor some, sendo substituída pela última janela que abri. É um vídeo.

Aperto Play. É um filme de nós dois, eu e Connor, numa praia. Foi feito por Hugh muito tempo atrás, quando ele ainda usava sua câmera de vídeo digital. Connor está com uns 5 anos e uma sunga vermelha, todo coberto de protetor solar, e nós dois fugimos da câmera e entramos no mar, rindo.

Foi um verão maravilhoso. A gente alugou uma casa de praia em Portugal. Passávamos os dias na beira da piscina ou na praia. Almoçávamos num restaurante da cidadezinha ou íamos de carro para as colinas. Sentávamos na varanda e víamos o pôr do sol após colocar Connor para dormir. Ficávamos conversando e depois também íamos para a cama, onde, silenciosa, cuidadosamente, fazíamos amor. Éramos felizes. Muito, muito felizes.

O vídeo está quase no fim quando recebo uma ligação; é Anna, pelo Skype. Não quero conversar com ela. Clico "ignorar". Mais tarde ligo de volta. O que tenho de fazer não vai demorar.

O vídeo termina; Connor fica congelado a distância.

Estou pronta.

Abro o navegador e começo a digitar o endereço do site: encountrz. Só preciso digitar as primeiras letras; o restante vem automaticamente pelo histórico da noite passada, quando não cheguei a apertar Enter.

Agora eu aperto. Tenho a sensação de não ter mais peso; é inexplicável, mas real. Meu corpo se desatracou. Estou flutuando. A página é carregada. Surge uma foto, um casal andando numa praia, rindo. É, de certa maneira, banal, mas o que eu esperava?

No alto da tela há uma caixinha onde está escrito "Usuário" e outra com "Senha". Digito "KatieB" e depois "Jasper1234". Aperto Enter.

Não tenho certeza do que vai acontecer. A máquina parece em suspensão, leva uma eternidade para completar o processo, mas então a tela muda e aparece uma mensagem no centro.

"Bem-vinda, Katie. Há quanto tempo!"

É como se eu tivesse sido golpeada, atirada com força no chão. Perco o fôlego, não consigo respirar, mas então percebo que é uma mensagem automática. Respiro fundo, tento me acalmar. Ao lado há um botão dizendo "Enter". Aperto.

Não estou preparada para o que vejo; é uma foto da minha irmã, no canto superior esquerdo ao lado da logo do site. Isso é um novo golpe. É como se ela estivesse ali, sentada na frente do computador. Como se a única coisa que eu precisasse fazer fosse digitar uma mensagem e apertar "Enviar" — como faço com Anna, Adrienne, Dee e Fatima — e então pudesse conversar de novo com Kate, dizer que sinto muito, que Connor está bem. Que sinto saudade.

Mas é impossível. Ela se foi. Eu me concentro no motivo de ter me logado nesse site, me obrigo a olhar para a foto que ela usava. Parece ter sido tirada durante umas férias. É um close. Ela está deitada numa toalha de praia, de bruços, lendo um livro, com os óculos escuros sobre a cabeça e a pele bronzeada. Está de biquíni, apoiada nos cotovelos. Seus seios tocam o tecido da toalha, mas isso não parece posado, e sim natural.

Ela está sorrindo. Alegre. Olho para a foto. Quando teria sido tirada, e por quem? Ela parece tão relaxada. Não consigo acreditar que a menininha que segurei no colo, na qual dei banho, para quem li histórias, morreu. Não consigo acreditar que nunca mais vou falar com ela novamente.

Começo a chorar. Eu deslizo para trás, em direção à dor. Não vou conseguir fazer isso, penso. Não sozinha.

Retorno a ligação de Anna.

— Tem uma aba no alto, das atividades recentes. Você pode procurar ali. Tem uma lista das últimas pessoas que olharam o perfil dela.

Ela já me perguntou se estou bem, o que estou fazendo. Já perguntou se aquilo seria mesmo uma boa ideia, e eu falei uma pequena mentira, dizendo que tinha sido sugestão de Adrienne.

— Eu só queria checar se existe algo que a polícia deixou passar despercebido.

— Certo. Entendi. Vê as salas. À direita.

Minimizo a janela de conversa e o rosto de Anna desaparece. Atrás dele está o site de relacionamentos, a lista de salas de bate-papo. Procurando por Amor? Algo a Mais. Sexo Casual. Casais e Grupos. Eu me pergunto quais daquelas salas Kate costumava frequentar.

— Certo.

— Kate e eu costumávamos entrar em Papo Descontraído — diz Anna. — Mas no alto deve ter uma aba. Amigos e Favoritos.

— Estou vendo.

— São pessoas com quem Kate conversava, gente com quem ela estava conectada, com o perfil linkado ao dela.

Clico na aba e a página se transforma. Aparece uma lista de nomes com fotos em thumbnail. Congelo. Minha mão direita começa a tremer. Robbie676, Lutture, StevexXX... A lista continua.

Rolo a página para baixo; há uns quinze nomes ao todo.

— Achou alguma coisa? — pergunta Anna.

Minha esperança desaparece e de repente me sinto oca. Vazia. Isso é inútil, sou uma idiota. O que pensei que veria? Uma mensagem de um dos amigos dela dizendo que a havia matado? Uma mensagem para ela: "No fim eu te peguei"?

— Não sei. Só uma lista de nomes. Pode ser qualquer um.

Ela não diz nada.

Percebo pela primeira vez que talvez ela esteja assustada. Afinal, já usou esse mesmo site, talvez tenha até conversado com as mesmas pessoas. Deve estar pensando que podia muito bem ter sido ela, e não Kate, naquele beco.

Por um instante desejo que tivesse sido, mas então afasto esse pensamento. Não quero desejar algo assim a ninguém.

— E se você visse o perfil de alguns deles? — sugere ela. — Descubra se moram por perto.

Fico surpresa.

— Ué, pensei que todos morassem.

— Não necessariamente. Não se esquece de que Kate não estava interessada só em se encontrar com os caras na vida real. Com alguns deles, o lance era puramente virtual. Eles podem estar em qualquer lugar do mundo, até do outro lado do planeta.

Lógico, ela tem razão. Seleciono dois dos perfis para analisar com cuidado. SexyLG, cuja foto é uma imagem do pôr do sol, mora em Connecticut; CRM1976 é uma mulher. Vou a mais alguns perfis e descubro que a maioria, aparentemente, mora em outros países — na Europa, nos Estados Unidos, na Austrália. Alguns são bem mais velhos que Kate, uns dois são mais jovens. Eu jamais imaginaria que qualquer um deles fizesse o tipo de Kate, sexualmente ou não.

— E aí?

— Nada ainda. Preciso olhar com mais calma.

Corro os olhos pelo restante. Só encontro um que parece se encaixar no que eu procuro. Harenglish.

— Achei um. Homem, mora em Paris.

Vou ao perfil dele. A foto é uma três por quatro. É careca, de óculos, veste uma jaqueta de motoqueiro. Escondeu a idade, mas parece ter uns 30 e muitos anos. É pisciano, diz, e solteiro; em busca de amor ou, "no meio-tempo, curtição".

— Como ele se chama? — pergunta Anna.

Respondo, e então ouço o barulho dela digitando. Imagino que tenha feito login no site e agora esteja buscando o perfil do cara.

Olho para a foto dele como se fosse um mistério que preciso resolver. Ele parece bacana, meio inocente, mas o que isso significa? Qualquer um é capaz de encontrar uma foto decente de si mesmo, qualquer um pode se apresentar à melhor luz possível. Não é isso o que todo mundo tenta fazer, de certa maneira? Mostrar seu lado mais bonito para o mundo e esconder o lado sombrio? A internet apenas facilita as coisas.

Se existisse um jeito de descobrir o quanto ele conhecia minha irmã. Se os dois eram íntimos o bastante para ela considerá-lo um amigo, por que ele não lhe mandou uma mensagem, por que não expressou espanto ou no mínimo surpresa quando ela desapareceu?

— Não sei quem ele é.

Penso em fazer o que Adrienne sugeriu. Anotar o nome desse homem, bem como o de mais alguns que talvez possam ter se encontrado com Kate, e entregar todas as informações para a polícia. Talvez, porém, eles já tenham investigado essa gente.

— Vou mandar uma mensagem para ele.

— Espera! — A voz dela está alarmada; espantada, surpresa. Abro a janela do Skype; ela estreitou os olhos como se estivesse se concentrando, parece ansiosa.

— O que foi?

— Pode ser perigoso. Quero dizer, pensa bem. Você entrou como se fosse Kate. Se ele for o assassino da sua irmã, vai saber que você é alguém querendo se passar por ela. Isso só vai fazer com que ele suma do mapa. Precisamos usar a cabeça. — Ela hesita. — E se *eu* mandasse uma mensagem para ele? Dando um "oi", para ver se descubro alguma coisa.

Ouço Anna começar a digitar.

— Mandei — avisa, depois de alguns segundos, e então meu computador dá um sinal de que recebi uma mensagem. Não é dela, porém, nem de Harenglish. Foi outro cara que mandou uma mensagem para Kate. O nome dele é Oriental.

Sinto uma estranha, e inesperada, onda de animação.

— Recebi uma mensagem!

— De quem?

Respondo. Ele é familiar. Abro a lista de nomes que Kate havia guardado na agenda-fichário e vejo que tenho razão: está ali.

— É um cara que estava na lista de Kate. É ele.

— Julia, não temos como ter certeza.

Ela tem razão. Mesmo argumentando, percebo que meu raciocínio tem buracos. Se foi ele quem matou a minha irmã, por que mandaria mensagens agora?

Olho para a mensagem como se fosse perigosa, venenosa.

— Talvez esteja só estranhando o silêncio de Kate.

— Vou ler.

Clico na mensagem de Oriental e ela se abre em outra janela. Parece ter sido digitada às pressas. "Oi, katie. Vc voltou! Senti saudade! Qdo tiver a fim de outro rolé, dá um tq!"

Tento imaginar o que Kate faria. Será que responderia — diria que sim? E depois? Eles marcariam um encontro, suponho, se veriam. Para beber e jantar? Ou será que ela simplesmente iria para a casa dele, ou ele para a dela? Seria mais prático simplesmente cortar as preliminares?

— Ele quer saber se ela está a fim de um rolé.

— Rolé onde?

— Ele não diz.

Clico em seu perfil. Ele tem 30 e poucos anos, diz ali, embora pela foto pareça ter no mínimo dez anos a mais. Em "Localização", ele escreveu "Nova York".

— Nova York.

— Mas não faz o menor sentido.

Leio de novo.

— "Outro rolé". Não me lembro de Kate ter ido a Nova York. Ela foi?

— Não. Ele deve estar querendo dizer sexo virtual.

Sexo virtual. Descrições intermináveis de quem está fazendo o que com quem. O que estão vestindo, como isso faz com que se sintam. Adrienne sempre brincou que na vida real é só um monte de gente sentada na frente do computador vestindo calça de moletom manchada de vômito de bebê.

— Mas eles chamariam isso de "rolé"?

— Bom, pelo visto, acho que sim.

— Não existe histórico de mensagens.

— Então é melhor deixar pra lá, Julia.

— Eu poderia responder à mensagem. Ele pensa que sou Kate.

— E o que você ganharia com isso?

— Descobriria o que ele sabe...

Olho de novo para a foto. Esse Oriental. Parece inocente, inofensivo. Ele tem entradas no cabelo e escolheu como foto de perfil um retrato em que abraça uma mulher cortada da imagem de forma amadora. Da mesma maneira como eu me excluí da foto de Marcus.

Fico imaginando sobre o que ele e Kate conversavam. Quão bem ele a conhecia, se é que a conhecia mesmo?

Não foi por isso que eu entrei no site? Para descobrir?

— Não sei se isso vai ajudar em alguma coisa — diz Anna.

— Confia em mim — peço. — A gente se fala mais tarde.

Nossas mensagens rolam pela tela. Oriental acha que está conversando com Kate.

"Você não lembra como foi gostoso? Não acredito."

Na linha seguinte vem um símbolo, um rosto amarelo redondo, piscando. É uma brincadeira.

Eu me sinto desconfortável. É assim que se começa a fazer sexo virtual? Falando como foi "gostoso"?

"Aconteceu muita coisa comigo nesses últimos tempos."

A resposta dele é quase imediata.

"Trabalho?"

Não tenho certeza do que ele está falando. Que eu soubesse, Kate só tinha empregos temporários; em bares, como garçonete, auxiliar de escritório. Novamente me pergunto o que ela terá dito a ele.

Preciso manter a coisa o mais vaga possível.

"Mais ou menos."

"Que pena. Bom, seria ótimo retomar de onde a gente parou. Você está bem? Achei que tivesse acontecido alguma coisa."

"Por quê?"

"Você sumiu. Aí a polícia me procurou. Perguntando sobre o que a gente conversava. Se eu tinha ido a Paris recentemente. Achei que pudesse ter alguma coisa a ver com você."

Congelo.

"E você, contou?"

A resposta dele demora um pouco.

"O que você acha?"

O que ele quer dizer? Que sim, contou, ou que não, não contou?

Eu lembro a mim mesma que ele não pode ser o assassino da minha irmã. Ele acha que está conversando com Kate.

A menos que esteja mentindo.

"Não aconteceu nada comigo. Está tudo bem."

"Mais que bem, na minha opinião!"

Vem outro ícone; um rosto vermelho com chifres.

"Obrigada", digo. Eu me dou conta de que preciso ir com calma, se quiser atraí-lo para que revele algo. "Então... você disse que estava com vontade de retomar de onde a gente parou."

"Primeiro me diz o que você está vestindo."

Hesito. Isso é errado, eu me sinto péssima. Estou fingindo ser a minha irmã — a minha falecida irmã — e por quê?

Tento convencer a mim mesma: quero descobrir quem a matou. Estou fazendo isso pelos motivos certos, pelo bem de Kate e do filho dela.

Então por que sinto vontade de vomitar?

"O que eu estava usando na vez passada?", digito.

"Você não lembra?"

"Não. Quer refrescar a minha memória?"

"Bom... No fim, você não estava usando quase nada."

Outro rosto sorridente, este com a língua para fora.

Hesito. O cursor pisca, esperando que eu decida o que digitar, até onde levar essa história. Parece surreal; eu em Londres, ele em Nova York, separados ao mesmo tempo por milhares de quilômetros e por nada.

"Imagino que seja isso que você esteja usando agora."

Não digo nada.

"Que você não esteja usando nada..."

Continuo sem responder. Não era isso que eu queria que acontecesse.

"Estou ficando de pau duro."

Fecho os olhos. Eu não devia estar fazendo isso. Sou uma *voyeuse*, estou tendo um gostinho da vida virtual da minha irmã, da vida íntima da minha falecida irmã. Sou uma turista.

É melhor parar, mas não posso. Não agora. Não até eu saber com certeza que não foi ele.

Chega outra mensagem.

"E você? Você me quer?"

Hesito. Kate me perdoaria, não é? Digito.

"Quero."

"Que bom", diz ele. "Diz que você se lembra. Que se lembra de como foi gostoso. O jeito como você descreveu o seu corpo. As coisas que você fez."

"Eu lembro."

"Me diz o que você quer agora."

"Você."

"Estou te beijando. O corpo todo. Sua boca, seu rosto. Vou descendo. Seus seios, sua barriga."

Mais uma vez, algo me diz que isso é errado. Ele acha que está conversando com Kate. Imagina que está transando com a minha irmã morta.

"Você gosta?"

Minhas mãos pairam sobre o teclado. Como eu gostaria de saber o que responder!

"Gosta de sentir a minha língua no seu corpo? Seu gosto é tão bom..."

O que Kate diria?

"Você quer que eu desça ainda mais?"

O que eu posso dizer? Sim? Quero, sim? Posso dizer que quero que ele desça mais ainda, que não quero que ele pare, ou posso perguntar o que ele disse para a polícia, onde ele estava em fevereiro, na noite em que Kate morreu, se ele matou a minha irmã. Porém, mesmo na minha cabeça, essas perguntas parecem ridículas.

Seguro o computador e me levanto. Não sei o que fazer.

"Você está pronta para mim?"

A terra se abre. Começo a afundar. Meu coração bate muito rápido e não consigo respirar. Quero que minha cabeça pare de rodar, mas só consigo pensar no que Kate diria, no que ela faria.

Olho para o computador na minha mão. Por um instante, eu o odeio; como se ele contivesse todas as respostas e eu quisesse sacudi-las dali de dentro, exigir a verdade.

Mas isso não vai acontecer. Ele não passa de uma ferramenta, é incapaz de me dizer qualquer coisa.

Fecho-o com força.

Hugh volta do trabalho e jantamos, nós três sentados à mesa. Depois ele vai arrumar a mala, perguntando de vez em quando onde está tal e tal camisa, ou se eu vi a loção pós-barba. Então ele desce para terminar a apresentação enquanto eu e Connor nos sentamos na sala para assistir a um DVD. *A identidade Bourne*. Não consigo me concentrar direito; não paro de pensar nessa tarde, imaginando se o cara para quem Anna mandou uma mensagem — Harenglish — respondeu. Também penso em sexo virtual, que, acho, não é muito diferente de sexo pelo telefone. Isso me faz pensar em Marcus; não havia mensagens de texto naquela época, nem e-mails ou serviços de mensagem instantânea, só pagers, que quase ninguém tinha. Só havia voz.

Connor se inclina para a frente e pega um pouco da pipoca que fiz para ele. Minha mente vagueia.

Eu me lembro da primeira vez que eu e Marcus transamos. A gente se conhecia há algumas semanas, ligava um para o outro, tomava café junto depois das reuniões. Ele tinha começado a me contar sua história. Vinha de uma boa família, seus pais estavam vivos, ele tinha uma irmã bacana, normal, estável. Mas sempre houve álcool em casa, que ele não podia beber, e era sempre uma tentação. O primeiro porre de Marcus foi de uísque; ele não se lembrava de nada, a não ser de que sentiu como se uma parte sua tivesse sido aberta e que um dia gostaria de repetir aquilo.

— Quantos anos você tinha? — perguntei então.

Ele deu de ombros.

— Sei lá. Uns 10?

Achei que estivesse exagerando, mas Marcus disse que não. Ele começou a beber. Sempre teve jeito para trabalhos artísticos, disse, mas a bebida o fazia se sentir ainda mais habilidoso. Sua pintura melhorou. As duas coisas se tornaram interligadas. Pintava, bebia, pintava... Ele largou a faculdade, e os pais o chutaram para fora de casa. Só a irmã ficou do lado dele, mas ela era bem mais nova, não entendia o que estava acontecendo.

— E depois fiquei sozinho. Tentei me virar, mas...

— O que aconteceu?

Marcus tentou pegar leve.

— Acordei vezes demais sem ter a menor ideia de onde estava nem de como tinha ido parar lá. Vezes demais sem saber por que eu estava sangrando. Liguei para a minha mãe, disse que precisava de ajuda. Ela tinha um amigo que me levou à minha primeira reunião.

— E aqui estamos nós.

— Sim, aqui estamos nós. — Ele fez uma pausa. — Fico feliz por ter conhecido você.

Ele só me ligou duas semanas depois. Kate estava vendo televisão com um amigo e eu atendi o telefone na extensão que ficava na cozinha. Ele parecia aborrecido.

— O que foi? — perguntei.

— Eu bebi.

Suspirei, fechei os olhos.

— Você ligou para o Keith?

— Não quero falar com ele. Não quero ver o Keith. Quero ver você.

Eu me senti ao mesmo tempo péssima e felicíssima. Ele tinha bebido, mas estava recorrendo a mim. Marcus me convidou para ir ao apartamento dele, e eu disse que era claro que iria. Quando cheguei, ele estava sentado no seu sofá sem forro, com uma garrafa aos pés. Eu me sentei ao seu lado e segurei sua mão. Será que eu sabia que a gente iria se beijar? Provavelmente. Será que eu sabia que aquilo era, quase com certeza, um erro?

Provavelmente não.

O filme termina, e Connor sobe até o quarto. Um pouco depois eu também subo. Tento ouvir por trás da porta dele, mas não ouço nada a não ser o barulho ritmado dos dedos no teclado. Preparo um banho de imersão para mim e fico deitada na banheira por um bom tempo, de olhos fechados, alternando entre um sono cansado e a vigília, de vez em quando colocando mais água quente na banheira. Quando saio, Hugh já está na cama.

— Vem — chama ele. Dá um tapinha no colchão ao seu lado e eu sorrio.

— Daqui a pouco.

Eu tinha me enrolado numa toalha, e a aperto mais um pouco, depois me sento à penteadeira e aplico hidratante. Quando termino, Hugh está roncando, então apago a luz. A noite está quente, mas há uma leve brisa, por isso vou até a janela para ajeitar as cortinas. Lá fora, vejo uma silhueta que mal se distingue nas sombras, uma imagem fina como fumaça. Parece um homem, e eu me viro para acordar Hugh, para perguntar se também está vendo aquilo ou se acha que é só coisa da minha imaginação. Mas o sono dele é pesado; e, quando olho de novo, o homem se foi, e fico na dúvida se em algum momento chegou de fato a estar ali.

Capítulo 9

Levo Hugh ao aeroporto, depois volto para casa. É segunda-feira, o trânsito está ruim e o ar abafado. Decidi me ocupar durante a ausência dele — dar prosseguimento aos meus compromissos de trabalho, arrumar o quarto de Connor, organizar os arquivos do computador, verificar se está tudo preparado para a sessão de fotos de quarta —, mas, quando volto para casa, já é início de tarde e está quente demais para fazer muita coisa.

Eu me sinto inquieta, incomodada. Troco de roupa e coloco um vestido fresco. Resolvo ficar no jardim. Vou até a geladeira pegar limonada, mas, quando abro a porta, vejo a garrafa de vinho que Hugh abriu na noite passada. A vontade aumenta de novo, como na noite do jantar com nossos amigos. Pego a limonada e fecho a geladeira; no entanto, não faz sentido fingir que não estou sentindo o que sinto.

Rachel costumava me dizer:

— Dá um passo para trás e encara a vontade racionalmente. Analisa a situação.

Faço exatamente isso. Primeiro, gostaria de tomar uma taça. Segundo, estou sozinha. Hugh está viajando; Connor, na escola. Não existe uma razão lógica para não tomar vinho.

Mas existe, sim. Todas as razões.

Dessa vez a vontade aumenta. Eu a reconheço, sinto-a, mas ela não vai embora. Cresce, começa a parecer mais forte que eu, é um animal, um predador cruel, cheio de dentes, algo que quer me destruir.

Não vou deixar que ele vença. Não dessa vez. Digo a mim mesma que sou forte, que sou maior que essa coisa que deseja tomar conta de mim. Aguento firme, encaro fixamente a vontade e, aos poucos, ela começa a diminuir. Coloco gelo na minha limonada, encontro o livro que estava lendo, pego o laptop e saio. Sento-me à mesa do pátio. Meu coração bate acelerado, como se a luta tivesse sido física, mas novamente fico feliz por ter sido forte.

Tomo um gole de limonada, ouvindo os ruídos do verão, o trânsito, os aviões lá em cima, uma conversa em um jardim distante. O livro está na minha frente, mas eu o ignoro. Sei que não vou conseguir me concentrar; vou ler a mesma página sem parar. É inútil.

Abro o computador. Será que o cara de ontem — Harenglish — respondeu à mensagem de Anna? Será que Oriental, o cara com quem eu estava conversando, me mandou alguma nova mensagem?

Vou até a página de mensagens. Sim, mandou. Abro.

"O que aconteceu? Espero que esteja tudo bem."

A ansiedade me domina. É elétrica. Ansiedade e empolgação; embora ele pense que está conversando com Kate, parte de mim se sente lisonjeada com sua frustração.

Tento me concentrar no que é importante. Preciso ser mais metódica. Digo a mim mesma que é improvável que ele tenha algo a ver com a morte de Kate: supondo que o que ele disse seja mesmo verdade, a polícia já o interrogou como suspeito e o riscou das investigações. Além disso, ele mora em Nova York.

Não faz sentido responder à sua mensagem. Clico Delete. Parte de mim se sente mal, mas ele é um estranho, alguém que nunca vou conhecer. Não estou nem aí para o que ele pensa. Tenho mais o que fazer.

Vou até a página de amigos e favoritos de Kate e olho a lista. Dessa vez, tomo mais cuidado; confiro todos os perfis, descubro onde moram. São de toda parte. Além do tal Oriental, ela costumava conversar com onze pessoas. Dessas, apenas três moram na França, e somente uma — Harenglish, o cara para quem Anna mandou uma mensagem — vive em Paris.

Hesito. Abro o Skype, mas Anna não está on-line. Envio um recado a ela perguntando se ele respondeu, mas sei que ela teria me dito alguma coisa caso tivesse respondido.

Lembro a mim mesma que, só porque Harenglish não respondeu, não significa que ele seja o assassino de Kate. De forma alguma. Talvez os dois mal conversassem, mal se conhecessem. Talvez ele entre muito raramente e quase não veja as mensagens, ou não costume responder de imediato. Existem milhares de motivos para o silêncio dele. Não necessariamente é porque ele sabe muito bem o paradeiro de Kate.

Porém, preciso ter certeza. Fico quieta por um instante. Tomo um gole de limonada. Penso na minha irmã e no que posso fazer para ajudá-la. Enquanto isso, a ideia que estava se formando na minha cabeça ao longo da noite finalmente vem à luz.

Ligo para Anna.

— Estava pensando... — diz ela.

— No quê?

— Na sua sugestão. Sabe, de conversar com o cara. Talvez não seja uma ideia tão ruim assim.

Conto tudo.

— Estou pensando em criar um perfil para mim. Pensei que, se eu pudesse conversar com esses caras... se eles achassem que sou outra pessoa... seria mais provável que me dissessem coisas.

Ela me incentiva a fazer isso. Ajo rápido, e não demora muito. Hesito quando o site pede que eu escolha um nome de usuário, então resolvo colocar JayneB. É parecido com o meu nome verdadeiro, mas nem tanto. Escolho uma foto que Hugh tirou de mim há alguns anos, numas férias. Nela, o sol forte deixa o meu rosto parcialmente escondido nas sombras. Não escolhi essa foto por acaso; Kate e eu em geral não nos parecemos, mas nessa foto, sim. Alguém que chegou a se encontrar pessoalmente com Kate poderá notar certa semelhança; e isso pode ser uma deixa para mim. Preencho meus dados: data de nascimento, altura, peso. Por fim, aperto "Salvar".

— Pronto — aviso.

Ela me diz para tomar cuidado. Volto a entrar no site. Estou empolgada, até que enfim estou fazendo algo. O cara de ontem — Harenglish — talvez queira conversar comigo, achando que sou outra pessoa. Talvez eu consiga descobrir quem ele é e se conhecia bem minha irmã.

Mando uma mensagem para ele. "Oi", digo. "Como vai?" Sei que ele não vai me responder logo de cara, se é que vai responder, então entro em casa para encher meu copo. Pego uma maçã na fruteira. O que esse cara vai fazer quando vir a mensagem? Será que ele recebe muitas ou só algumas poucas? Será que responde a todas ou apenas àquelas que lhe despertam interesse? Eu me pergunto o que normalmente costuma acontecer, se é que existe um "normalmente".

Volto para fora. Há uma brisa, o tempo está esfriando. Tomo um gole de limonada e me sento de novo. Dou uma mordida na maçã; está firme, mas ligeiramente ácida. Coloco-a em cima da mesa e, nesse momento, o computador apita.

Recebi outra mensagem, mas não é dele. É de alguém novo. Quando a abro, tenho a sensação mais esquisita do mundo. Como uma queda, uma descida. Uma porta se entreabriu. Algo está chegando.

Parte Dois

Parte Dois

Capítulo 10

Fiquei horas sentada no jardim naquele dia, com o laptop zumbindo na minha frente. Eu navegava pelo site, clicava nos perfis, abria fotos. Era como se acreditasse que poderia topar por acaso com o assassino de Kate, que, de alguma maneira, eu seria levada para ele. O gelo do meu copo derreteu, os restos da minha limonada atraíram as moscas. Eu continuava lá quando Connor voltou da escola, embora àquela altura a bateria do computador já tivesse descarregado e eu estivesse simplesmente parada, em silêncio, pensando em Kate, nas pessoas com quem ela conversava e sobre o quê.

— Oi, mãe — cumprimentou ele, e fechei o computador.

Eu o cumprimentei e dei um tapinha na cadeira ao meu lado.

— Estava tratando umas fotos — expliquei, quando ele se sentou. A mentira saiu com tanta facilidade da minha boca que mal percebi.

Na noite seguinte, ele iria para a festa de Dylan, seu melhor amigo. Um rapaz legal, embora meio quieto. Os dois passam bastante tempo juntos, basicamente aqui, jogando no computador ou no Xbox de Connor. Procuro deixar os dois a sós, mas de vez em quando subo para conferir se está tudo bem. Em geral eles riem bastante, ou pelo menos riam, antes de Kate. Dylan, às vezes, vem pedir mais suco ou biscoito, sempre extremamente educado. No Natal passado, levei-os para andar de trenó no Heath com outros dois garotos da escola que eu não conhecia. A gente se divertiu bastante; foi bom ver Connor com garotos da idade dele, ter uma ideia do tipo de homem que ele se tornará. Apesar disso, não consigo imaginar que ele e Dylan conversem sobre seus sentimentos. Não consigo imaginar que ele seja alguém a quem Connor recorreria em busca de ajuda.

É aniversário de Dylan. Ele vai dar uma festa em casa; pedir umas pizzas, abrir umas garrafas de refrigerante, botar um som, quem sabe organizar um karaokê. Alguns dos convidados vão dormir por lá, em uma barraca no jardim; e, na minha cabeça, imagino DVDs no fim da noite e um lanche, depois serão distribuídos lanternas e sacos de dormir. Eles provavelmente vão para o jardim e passarão a noite rindo, conversando, jogando no celular, e, no dia seguinte, quando os pais forem buscar os filhos, ninguém vai contar nada, a não ser que correu tudo bem.

Levo Connor até a festa. Estacionamos em frente à casa de Dylan e vejo balões amarrados ao portão, cartões nas janelas da sala de estar. Connor abre a porta do carro, e imediatamente Sally, mãe de Dylan, vai até a varanda. Eu a conheço muito bem — já saímos para tomar café juntas depois da escola, embora sempre com outras pessoas —, mas faz tempo que não a vejo. Aceno para ela, que retribui o cumprimento. Atrás de Sally noto enfeites de festa e vejo de relance adolescentes subindo a escada correndo. Ela ergue as sobrancelhas e eu sorrio, com empatia.

— Divirta-se — digo para Connor.

— Pode deixar.

Ele permite que eu lhe dê um beijo na bochecha, depois pega a mochila e corre para dentro da casa.

Quando volto, minha casa parece imensamente vazia. Hugh está em Genebra e me enviou uma mensagem de texto — foi tudo bem no voo, o hotel é bacana, ele vai sair para jantar em breve e pergunta como eu estou. Digito uma resposta: "Estou bem, obrigada. Com saudade".

Aperto "Enviar". Preparo o jantar, depois sento em frente à televisão. Eu devia ligar para os meus amigos, eu sei. Mas é difícil, não quero me impor a eles e percebo que, quando ouvem a minha voz, a energia cai um pouco, ao sentirem a sombra da morte de Kate pairar sobre nós.

Já não sou eu mesma, percebo. Carrego algo a mais, agora. O estigma da dor. E não quero isso.

Penso em Marcus. Estávamos namorando havia menos de um ano quando ele disse que queria se mudar.

— Para onde? — perguntei, e ele respondeu:

— Berlim.

Ele parecia tão decidido e ao mesmo tempo tão desesperado. Achei que estivesse tentando se afastar de mim, muito embora até então estivéssemos bem. Marcus percebeu isso nos meus olhos. O vislumbre do desapontamento, reprimido logo em seguida.

— Não — disse ele. — Você não entendeu. Quero que venha comigo.

— Mas...

Ele balançou a cabeça. Estava determinado.

— Você precisa vir. Quero ir com você. Não quero ir sozinho.

Mas você vai, pensei. Se eu não for. Já se decidiu.

— Por favor, venha. O que prende você aqui? — Fiz que não. — É por causa das reuniões? Já estamos limpos há séculos. A gente não precisa mais frequentar aquilo.

— Eu sei, mas...

— É por causa da Kate?

Fiz que sim.

— Ela só tem 12 anos.

Marcus acariciou o meu braço, me deu um beijo.

— Ela está na escola agora. Você não pode ficar cuidando dela para sempre.

Pensei em como eu e Kate nos divertíamos, apesar de às vezes ter sido bem difícil. Fazíamos pipoca e víamos filmes, ou então brincávamos na grama alta dos fundos do jardim da nossa casa, fingindo que estávamos sendo perseguidas por dinossauros. Usávamos as roupas da nossa mãe, os sapatos dela, colocávamos seu perfume.

— Há quanto tempo você cuida dela?

— Oito anos.

— Exatamente. Agora chegou a hora do seu pai fazer a parte dele também. Além do mais, ela é quase uma adolescente agora. Você tem de viver sua própria vida.

Eu disse que precisava pensar no assunto, mas na verdade já havia me decidido. Kate tinha quase 13 anos, era mais velha que eu quando comecei a cuidar dela. Já tinha absorvido tempo demais da minha vida. Ficaria bem.

Mas não ficou. Abro os olhos. Pego o computador.

Anna está on-line. Digito uma mensagem para ela.

"Teve sorte?", pergunta Anna.

Penso nas poucas pessoas que me enviaram mensagens. Nada de interessante.

"Ainda não", respondo.

Hugh volta da conferência. Pega o trem no aeroporto, depois um táxi, e chega com um enorme buquê de flores. Ele me beija e depois me entrega o buquê.

— O que eu fiz para merecer isso? — pergunto, e ele dá de ombros.

— Nada. Eu te amo, só isso. Senti saudade.

Encontro um vaso.

— Eu também fiquei com saudade — digo, um pouco automática demais.

Pego a tesoura na gaveta da cozinha e começo a aparar os ramos.

— E o Connor, como está?

— Bem, acho.

— E você?

Digo que também estou.

— Arrumei um trabalho — comento, lembrando o dia anterior. — Uma amiga de Fatima. A filha quer virar modelo e precisa de fotos para o book.

— Que ótimo — comenta ele. — Viu Adrienne?

— Não, mas ela ligou. Está em York, a trabalho. Marcamos de sair para jantar.

Ele sorri e fala que acha que isso me fará bem. Não conto a Hugh que Adrienne perguntou se resolvi entrar no site e que respondi que ainda não.

Outra mentira. Já entrei algumas vezes. Hoje é sexta à noite e Hugh está lá em cima, verificando pendências com a administração do hospital, enquanto Connor está na casa de um amigo, fazendo um trabalho da escola. Já tratei as fotos da sessão de quarta e agora meio que vejo televisão. Está passando um filme com policiais infiltrados, uma série de assassinatos brutais, com direito a silver tape, vingança e estupro. Todas as vítimas são lindas, é claro, como se ninguém fosse se importar caso não fossem; além disso, devemos invejar suas vidas até o instante em que a lâmina corta sua carne.

Não adianta, não consigo me concentrar. Desligo a televisão. Não consigo tirar Kate da cabeça. Ela era bonita, mas não linda, e não foi estuprada. Kate morreu porque, por acaso, estava passando pelo beco errado, no lugar errado da cidade, na hora errada, ou pelo menos é o que Hugh e todo mundo me diz. Simples assim.

Mas não é. Não pode ser.

Volto a fazer login no encountrz. Sei que devia deixar essa história pra lá e fazer outra coisa, mas não consigo. Faz uma semana que mandei uma mensagem para Harenglish e ele ainda não me respondeu.

Ele não está on-line, mas há algo novo na minha caixa de mensagens.

Largos86. Clico no perfil. Vejo que é mais novo que eu — ele diz ter 31 anos, mas não parece ter nem isso — e bonito, com cabelo curto e cacheado. Imagino que deva ser modelo, ou ator, embora eu saiba muito bem que provavelmente escolheu uma das suas melhores fotos. Se estivéssemos no filme que acabei de desligar, ele seria um médico bonzinho, ou um amante. É bonito demais para fazer o papel do marido. Abro sua mensagem.

"Oi", diz ele. "Adoraria conversar com você. Você me lembra alguém."

Estremeço; é como se tivessem me dado um soco. *Eu te lembro alguém*. Por um instante, só existe uma coisa, uma *pessoa*, a quem ele pode estar se referindo. Afinal de contas, escolhi de propósito aquela foto para o meu perfil, por ser uma foto em que estou parecida com Kate.

Preciso saber. Embaixo da mensagem dele tem um link, um convite para uma conversa privada. Largos86 sabe que estou on-line. Clico em "Aceitar" e depois digito:

"Oi. Eu te lembro quem?"

A resposta dele é quase imediata.

"Alguém de quem eu gostava muito."

Gostava, penso. Passado. Alguém que saiu de cena, de um jeito ou de outro.

"Mas não quero falar dela. Como você está?"

Não! É dela que eu quero falar.

"Bem."

Pouco depois, ele diz:

"Meu nome é Lukas. Aceita conversar?"

Paro. Desde que entrei no site, descobri que é incomum as pessoas revelarem o nome assim tão depressa. Será que ele está mentindo?

"Eu me chamo Jayne."

Faço uma pausa.

"Onde você está?"

"Em Milão. E você?"

Penso na primeira mensagem. *Você me lembra alguém*.

Quero descobrir se ele conversou com Kate. Resolvo contar uma mentira também.

"Em Paris."

"Uma cidade linda!"

"Você conhece? Como?"

"Vou aí a trabalho. De vez em quando."

Estou suando, e minha pele se arrepia. Tento respirar fundo, mas não existe oxigênio na sala.

Será que ele conversou com a minha irmã, ou a conheceu? Será que pode ter sido ele quem a matou? Parece pouco provável; ele parece inocente demais, confiável demais. Mas sei que estou baseando essa impressão em nada, apenas em uma impressão, e as impressões podem enganar.

E agora, o que fazer? Estou tremendo. Não consigo respirar. Quero encerrar a conversa, mas, se fizer isso, jamais vou saber.

"É mesmo?", comento. "Com que frequência?"

"Ah, não muita. Poucas vezes por ano."

Sinto vontade de perguntar se ele esteve por lá em fevereiro, mas não posso me arriscar. Preciso tomar cuidado. Se ele realmente conhecia Kate e tem algo a esconder, vai saber que sei de alguma coisa.

Preciso manter o tom leve, casual. Se a coisa descambar para o sexo, não vai ter jeito de descobrir nada, e minha única solução vai ser encerrar a conversa o mais rápido possível. Quero procurar pistas, mas não posso deixar as coisas saírem do controle.

"Onde você fica quando vem para cá?"

Aguardo. A mensagem pisca. Não consigo decidir se quero ou não que ele me conte que tem um apartamento no 19º arrondissement ou que sua empresa o deixa hospedado em um hotel perto da estação Ourcq. Se for verdade, então é ele. Tenho certeza. Hugh e eu contaríamos o que descobri à polícia e eu poderia seguir em frente com a minha vida.

E se ele não disser? E então? Eu continuaria sem saber.

A mensagem dele chega.

"Não vou a Paris com frequência. Costumo me hospedar em hotéis."

"Onde?"

"Varia. Em geral no centro. Ou perto da Gare du Nord."

Não preciso de um mapa de Paris para saber que a Gare du Nord fica bem longe da região onde o corpo de Kate foi encontrado. Eu me sinto estranhamente aliviada.

"Por que a pergunta?"

"Por nada."

"Acha que pode ser perto de onde você mora?"

Ele acrescentou depois da frase uma carinha feliz. Eu me pergunto se o flerte terá saltado para o nível seguinte. Parte de mim deseja terminar aquilo, mas outra não. Talvez ele esteja mentindo.

Hesito um instante e depois respondo:

"Moro na região nordeste da cidade. A estação mais próxima é Ourcq."

É um risco. Se for ele, vai saber que sou parente de Kate. Não pode ser uma coincidência.

Mas e aí, o que ele vai fazer? Encerrar a conversa, fazer logoff? Ou será que vai continuar falando para tentar descobrir o que, exatamente, eu sei? Então me ocorre que talvez ele já tenha adivinhado quem sou eu e por que estou conversando com ele. Talvez ele já soubesse disso desde o começo.

Aperto "Enviar" e aguardo. Largos86 começa a digitar. O tempo se expande; isso parece demorar uma eternidade.

"É bacana?"

"Ah, é razoável. Você não conhece?"

"Não, por quê? Deveria conhecer?"

"Não necessariamente."

"E aí, o que você está a fim de fazer? Teve um bom dia?"

Hesito. Na última conversa, a essa altura, já tinham me perguntado o que eu estava vestindo ou se preferia partir direto para o sexo virtual ou tentar uma fantasia. É um alívio que essa conversa não seja intimidadora.

"Mais ou menos", respondo.

Por que será que sinto alívio? Será porque, por um breve instante, não sinto mais dor e luto?

"Me conta o que você está fazendo."

"Ah, você não vai querer saber."

"Quero, sim. Me conta tudo!"

"Por que não me conta alguma coisa sobre você, primeiro?"

"Certo, me deixa pensar."

Ele acrescenta outro emoticon, outra carinha. Essa parece intrigada. Pouco tempo depois sua mensagem seguinte chega.

"Certo. Preparada?"

"Sim."

"Eu adoro cachorros. E músicas românticas melosas. Quanto mais cafonas, melhor. E morro de medo de aranhas."

Sorrio, quase sem querer. Olho de novo para a foto dele. Tento imaginar o que Kate pensaria, olhando para ele. Certamente é atraente e tem mais ou menos a idade dela.

Vem outra mensagem dele.

"Sua vez. Você me deve duas coisas sobre você."

Repasso uma lista de coisas que poderia dizer. Procuro algo que possa fazer com que ele revele alguma coisa, algum fato que o leve a dizer que esteve em Paris em fevereiro ou que ele e Kate conversavam.

Eu me inclino para a frente e começo a digitar.

"Certo. A minha estação do ano preferida é o inverno. Adoro Paris, principalmente em fevereiro."

Aperto "Enviar" e um instante depois ele responde.

"Fato número um. Falta outro."

"E...", começo, mas paro.

Ouço um barulho, a chave na fechadura. O mundo real está se intrometendo, é Connor, que está de volta. Quando ele abre a porta ainda estou me acostumando de novo à sala onde estava sentada, à minha própria casa. Ligo a televisão e os créditos passam silenciosamente. Connor entra.

— Ah, não sabia que você estava aqui.

Fecho o computador e o coloco de lado. Meu coração bate forte, como se eu tivesse usado drogas. Ele está com um boné de basquete que nunca vi antes e um moletom preto, mascando chiclete.

— E aí? O que estava fazendo?

— Estudando.

Dou um sorriso forçado.

— E como está indo?

— Beleza. E você, o que estava fazendo?

Eu me sinto tonta. É como se a vida doméstica estivesse caindo com força em cima de mim numa invasão de banalidades — de preparo de refeições, de levar e trazer meu filho da escola, de preocupações com o que fazer para o jantar e se todas as bancadas da cozinha estão limpas.

Ajeito meu colar.

— Lendo os e-mails.

Ele pede um lanche. Preparo um, depois ele sobe e eu volto ao computador. Largos86 não está mais on-line, e assim mando uma mensagem para Anna.

"Ele me disse que se chama Lukas."

"E...?"

O que dizer? Tenho uma impressão, uma desconfiança. Baseada em quê?

"Não sei. Tem alguma coisa estranha nele. Ele parece ansioso demais."

Hesito, mas em seguida continuo.

"Só fico pensando se ele conheceu Kate."

"É pouco provável, não acha?"

Concordo.

"Mas, sim, é possível que eles tenham conversado on-line."

"Você acha?"

"Bom, o encountrz não tem tanto usuário.

"Então você acha que pode valer a pena conversar mais um pouco com ele?"

"Bom, não fica tão esperançosa. Mas pode ser. A gente pode descobrir com quem mais Kate conversava, ou pelo menos provar, de um jeito ou de outro, que ele a conhecia."

No dia seguinte levo o laptop para o meu estúdio. O mesmo cara está on-line. O tal de Largos86.

"Você sumiu", diz ele. "Fiquei pensando se eu tinha feito alguma coisa..."

É sua quarta ou quinta mensagem. De início não sabia se respondia ou não, mas as mensagens não paravam de chegar.

Não consigo esquecer do que ele disse: *Você me lembra alguém. Alguém de quem eu gostava muito.*

"Desculpa", digo.

Resisto ao impulso de dar uma desculpa. Não posso explicar que foi porque Connor tinha voltado para casa. Não seria certo. Levaria a conversa para a direção errada. Quem estará de olho em quem? Quem é o rato, e quem é o gato?

"Você está sozinha?"

Hesito. Connor está no quarto, fazendo o dever de casa, segundo me disse, e Hugh foi para um concerto com um amigo, portanto, devo estar. Com certeza me sinto sozinha.

Além disso, percebi que preciso entregar algo, se quiser ganhar alguma coisa em troca.

"Sim. Estou, sim."

Pouco depois chega a mensagem dele.

"Gostei de conversar com você ontem..."

Fiquei querendo saber se não haveria um "mas"...

"Obrigada."

"Mas a gente não chegou a falar de você."

"O que você quer saber?"

"Tudo! Mas pode começar me contando o que você faz da vida."

Decido que não quero falar a verdade.

"Lido com arte. Sou curadora."

"Uau! Parece interessante."

"Às vezes. E você? Sei que viaja muito."

"Ah, não quero falar de mim. É chato."

Talvez seja, mas estou tentando descobrir por que está tão ansioso em conversar de novo comigo hoje.

"Não. Tenho certeza de que não é. Pode falar."

"Trabalho com mídia. Compro espaço publicitário para grandes campanhas."

"E o que está fazendo em Milão? Está de férias?"

"Não", diz ele. "Estou morando aqui temporariamente a trabalho. Num hotel. Estou pensando em sair para jantar e depois quem sabe ir a um bar. Mas não tem graça fazer isso sozinho..."

A frase no ar indica que está esperando um elogio. Lembro a mim mesma que ainda preciso descobrir se ele sai com as pessoas com quem conversa no site e o que faz com elas, caso saia.

Tento imaginar como Jayne responderia. No mínimo dos mínimos, ela faria alguma referência ao que ele acabou de dizer.

"Aposto que você não ficaria sozinho muito tempo", digo.

"Obrigado", responde ele. E então chega outra mensagem: "Posso perguntar como você está vestida?"

Tão educado, penso. Diferente do que eu imaginava.

Mas o que eu imaginava? Aparentemente é assim que funciona a coisa: *Como você está vestida? Me diz. Quero tirar tudo, me conta qual é a sensação.* Só que bem mais rápido, depois de poucas mensagens, e não depois de dois dias.

— Por que você quer saber?

Fico na dúvida se devo acrescentar uma carinha piscando o olho. Kate faria isso?

— Só quero imaginar você.

Sinto que fico tensa. Não tenho certeza se quero que ele me imagine. Isso parece desagradável. Lembro a mim mesma que estou fazendo isso pelo bem de Kate e de Connor. Pelo bem de todos nós.

"Se quer mesmo saber, estou de jeans", digito. "E camisa. Sua vez."

"Bom, só estou deitado aqui na cama."

Olho novamente para a foto dele e o imagino. Vejo o quarto de hotel, com aparência neutra e corporativa. Será que ele está sem roupa? Será que tem um corpo bonito, forte e musculoso? Imagino que esteja tomando alguma coisa; não sei por que eu o vejo tomando uma cerveja direto do gargalo. Algo dentro de mim começa a se abrir, mas não sei o quê. Será porque finalmente estou chegando a algum lugar, prestes a solucionar o mistério da morte da minha irmã? Ou será porque um homem bonito escolheu conversar comigo on-line?

"Se estiver ocupada, tudo bem. Eu deixo você em paz."

"Não, não estou ocupada."

"Certo. Então eu estou aqui, você está aí. O que está fazendo? O que está aprontando?"

Tento imaginar o que Kate diria.

Não consigo.

"Não tenho certeza."

"Está tudo bem?"

Decido que é mais fácil contar a verdade.

"Eu nunca fiz isso antes."

"Não tem problema. Podemos conversar outra hora, se você estiver com vergonha."

"Não, não estou com vergonha. Só não queria desapontar você."

"Você é linda. Como poderia me desapontar?"

No fundo, bem lá no fundo, mas sem nenhuma sombra de dúvida, sinto uma empolgação que parece pulsar. Um sinal distante, vindo da mais remota estrela.

"Obrigada."

Logo em seguida ele responde:

"É um prazer. Você é linda *mesmo*. Estou gostando de conversar com você."

"Eu também estou gostando de conversar com você."

"Por que não me conta o que vai fazer hoje à noite?"

Paro para pensar. Em breve vou fazer o jantar, depois, talvez, leia um livro. Mas não quero contar isso a ele.

"Talvez saia com uns amigos. Ou veja um filme."

"Legal."

A gente conversa mais um pouquinho. Ele pergunta que filmes assisti recentemente, conversamos sobre livros e música. No fim, nós dois gostamos de Edward Hopper e tentamos ler *Finnegans Wake*, mas não conseguimos. É uma conversa agradável; no entanto, eu pareço estar me distanciando cada vez mais da chance de descobrir se ele um dia conversou com a minha irmã, se foi a Paris em fevereiro ou com quem eu me pareço. Depois de mais alguns minutos, ele diz:

"Bom, é melhor eu me arrumar, preciso sair para jantar."

"E depois ir a um bar?"

"Pode ser. Mas agora não sei mais se estou com vontade."

"Por quê?"

"Talvez eu volte, só para ver se você continua on-line."

Outro leve choque de prazer.

"Quer conversar mais tarde?"

"Talvez."

"Eu quero."

Não digo nada.

"E você?"

Fico olhando para o cursor piscando. Por algum motivo eu me lembro da época em que morei em Berlim, no apartamento invadido, com Marcus, Frosty e os outros; da sensação de ao mesmo tempo querer e não querer uma coisa.

Outra vez lembro a mim mesma o motivo pelo qual estou fazendo tudo isso.

"Sim. Eu quero."

Terminamos a conversa. Faço logoff e ligo para Anna.

— E aí, como foi?

— Não tenho certeza.

— A coisa descambou para sexo?

— Não exatamente. Não.

— Mas vai — diz ela.

— Escuta, você daria uma olhada no perfil dele no site? Para ver se o conhece.

Ela hesita. Eu a ouço se levantando, movimentando-se pelo apartamento.

— Claro, mas não reconheço o nome dele. Não acho que seja um dos caras com quem Kate saiu. Talvez seja só alguém com quem ela conversava on-line.

— Preciso descobrir.

— Só não fica otimista demais.

Pode deixar, digo. Conversamos mais um pouco. Depois de nos despedirmos, volto a me conectar. Não consigo me controlar. Olho o perfil de Lukas, as fotos que ele colocou. Parecem completamente comuns. Ele usando uma camisa xadrez com os primeiros botões abertos. Seu rosto é largo e bonito, os olhos escuros. Será que ele conhecia a minha irmã? É possível?

Leio o restante do perfil. Ele se diz atlético, alguém que gosta de se divertir, ler, música, ir a restaurantes. Rolo a página para baixo e vejo um link para sua página do Facebook. Clico nele.

Ele usou a mesma foto no perfil, mas mal olho para ela. Vou direto à linha do tempo e começo a navegar de trás para a frente. Vou até fevereiro. Preciso ter certeza.

Tem uma foto dele no deserto, ao lado de um homem. Os dois estão abraçados lado a lado, triunfantes. Ao fundo, vê-se Uluru. "Conseguimos!", diz a legenda. Quando Kate foi assassinada, ele estava na Austrália.

Mas isso não quer dizer que não a tenha conhecido. Penso novamente no que ele me disse: *Você me lembra alguém.*

Mando uma mensagem para Anna: "Entrei no perfil dele no Facebook. Ele estava na Austrália."

Vou para a cama. É mais tarde do que eu imaginava; Hugh já apagou a luz e está dormindo. Ele deixou as cortinas abertas para que eu pudesse me despir no escuro, sob a luz da rua. Antes disso, dou uma olhada lá fora para ver se tem alguém, mas hoje a rua está vazia, exceto por um casal que passeia de mãos dadas e parece estar bêbado ou apaixonado, é difícil diferenciar. Quando me deito, estou nua; viro de lado e olho para a silhueta de Hugh recortada à meia-luz. Meu marido, digo a mim mesma, como se precisasse me lembrar disso.

Dou um beijo carinhoso em sua testa. A noite está quente e abafada, e sinto o gosto do suor na pele dele. Eu me viro para o outro lado. Minha mão entra por baixo das cobertas, por entre as minhas pernas. Não consigo evitar. Foi a conversa da tarde. Com o cara da internet. Lukas. Aquilo despertou alguma coisa em mim, algum desejo complicado, porém inegável.

Deixo que ele venha. Penso em Lukas, mesmo sem querer, mesmo que pareça uma traição. *Você é linda*, disse ele, e a excitação que senti foi pura e imediata. Eu o imagino agora, imagino-o repetindo sem parar: *Você é linda, você é maravilhosa, eu te quero*; mas, por algum motivo, ele muda e se transforma em Marcus. Ele me leva para o andar de cima, estamos no apartamento invadido, indo para o nosso quarto, para o colchão no chão, para a roupa de cama embolada da noite anterior. Eu passei o dia sozinha ali, ele tinha saído. Mas agora está de volta, e estamos sozinhos. Marcus discutiu com a família, sua mãe está transtornada, ela quer que ele volte para casa. Mesmo que por apenas algumas semanas, disse ela, mas Marcus sabe que é para sempre. Digo que vou apoiá-lo se ele decidir voltar, se quiser voltar, mas sei que não vai fazer isso. Não agora que está aqui, feliz. Ele me beija. Imagino seu cheiro, sua pele macia, a penugem no peito. Esses detalhes voltam — coisas que sei serem metade lembrança e metade imaginação, uma mistura de fantasia e memória — e me transportam a algum lugar, onde sou forte e estou no controle e Kate está viva e tudo vai ficar bem.

Minha mão, meus dedos, se movem em círculos. Tento pensar em Hugh, uma versão de Hugh, um Hugh idealizado que nunca existiu. Imagino como ele olharia para mim, o jeito como costumava olhar para mim, descendo os olhos do meu rosto para o meu pescoço e depois para os meus seios, antes de descer ainda mais por um átimo de segundo para logo voltar para o meu rosto. Sua aprovação duraria três segundos, talvez quatro. Eu me imagino deixando meu olhar seguir o mesmo caminho que o dele, olhando primeiro para o seu queixo com a barba por fazer, depois para o pelo escuro saindo por baixo da camisa, e então para o seu peito, para a fivela do cinto. Imagino que ele se inclina para falar comigo, o cheiro da loção pós--barba, o odor leve de seu hálito. Imagino-o me beijando, esse Hugh idealizado, que na verdade é Lukas, que na verdade é Marcus.

Minha mão se movimenta mais rápido, meu corpo se ergue e depois cai. Estou livre. Eu me transformo em leveza e ar, em nada além de pura energia.

Capítulo 11

Estou sentada à mesa com um copo de água com gás. Adrienne está atrasada.

O restaurante é novo. Até mesmo Bob teve dificuldade em conseguir uma reserva para nós, segundo Adrienne, e, sendo alguém que escreve críticas de restaurantes, ele raramente enfrenta esse tipo de problema. Eu estava na dúvida quanto ao que vestir e no fim me decidi por um vestido simples sem mangas com estampa xadrez e o colar que Hugh me deu no Natal, além do meu perfume preferido. Faz tanto tempo que não saio para jantar que a sensação é de estar indo a um encontro, e agora começo a ter a impressão de que me deram o cano.

Enfim, vejo Adrienne chegando. Ela acena, depois se aproxima da mesa.

— Querida! — Adrienne me dá dois beijinhos e em seguida nos sentamos. Ela coloca a bolsa embaixo da mesa. — Vamos ver... — Pega o cardápio, ainda falando comigo enquanto lê. — Desculpa o atraso, o metrô ficou parado. "Contratempo com um passageiro", segundo informaram. — Ela olha para mim. — Algum idiota egoísta decide que para ele é o fim da linha e resolve acabar com o dia de todo mundo. — Sorrio. Esse é o tipo de humor negro que podemos compartilhar; eu sei que ela não está falando sério.

Como poderia, depois do que aconteceu com Kate? — Tudo bem se eu pedir uma bebida?

Faço que sim, e ela pede uma taça de Chablis, depois me diz que preciso provar a lagosta. Adrienne sempre foi um furacão, mas essa noite parece mais agitada que o normal. Não sei se está tentando compensar o atraso ou se está ansiosa por alguma outra coisa.

— Bem — diz Adrienne, depois que o vinho chega. Sua voz assume um tom relaxado e confiante. — E você, como vai? — Dou de ombros, mas ela ergue a mão. — Não, nem me venha com essa baboseira de "está tudo bem". Quero saber como você está de verdade.

— Eu estou bem *mesmo*, é sério. — Ela me olha com uma expressão de desapontamento exagerada. — Na maior parte do tempo — acrescento.

Adrienne empurra para mim o cesto de pães que acabou de chegar, mas eu o ignoro.

— Faz quanto tempo, já? Uns quatro meses, não é?

Pela primeira vez não sei de imediato e sou obrigada a pensar. Parei de contar os dias e as semanas; talvez essa seja a primeira evidência de que houve um avanço. Fico estranhamente satisfeita.

— Quase cinco.

Ela dá um sorriso tristonho. Sei que entende o que eu sinto, mais que a maioria das pessoas. Há alguns anos seu padrasto morreu subitamente, de ataque cardíaco, enquanto dirigia. Os dois eram próximos; a intensidade do seu próprio luto a espantou.

— Você sabe se houve algum avanço que ajude a entender o que aconteceu?

Por um momento sua expressão parece mudar; ela parece quase faminta, a menos que seja fruto da minha imaginação. Eu já vi Adrienne fazer essa cara antes, é a jornalista que existe dentro dela, ela não consegue se controlar. Está ávida para saber os detalhes.

— Você quer saber se descobriram quem matou Kate? Ainda não. Mas não estão nos contando muita coisa, para falar a verdade...

Deixo a conversa morrer. Parece que a cada semana que passa fica menos provável que peguem o culpado, mas não quero colocar as coisas nesses termos.

— E Hugh, como vai?

— Ele está bem, sabe? — Penso por um instante. Com ela, posso ser sincera. — Na verdade, às vezes acho que ele está quase satisfeito.

Acho mesmo? Ou só estou dizendo isso porque algumas vezes *eu* fico preocupada, achando que estou quase feliz?

Ela inclina a cabeça para o lado.

— Satisfeito?

— Ah, não por ela ter morrido. É que... às vezes acho que ele está satisfeito porque agora as coisas ficaram mais simples, sei lá. Por causa do Connor. — Hesito. — Talvez ele tenha razão. Eles dois parecem muito mais próximos ultimamente.

Olho para Adrienne. Ela sabe como antes eu estava com medo de que as coisas fossem parar no tribunal, porque, se isso acontecesse, dariam a Connor o direito de escolha.

— Conheço Hugh desde sempre, Julia. Ele sempre gostou de tudo organizadinho e dentro dos conformes, mas não está satisfeito. Não seja tão dura com ele.

Eu me sinto vazia, como se quisesse dividir tudo com Adrienne, descarregar tudo, entregar tudo a ela e encontrar alguma paz.

— Na maior parte do tempo ele nem sequer fica em casa.

— Querida... mas não foi sempre assim?

Adrienne toma um gole de vinho. Uma onda de desejo me atinge, a primeira em semanas. Digo a mim mesma que aguente firme. Ela continua falando, mas tenho dificuldade para me concentrar.

— Todos são assim. A gente se casa com eles porque são bem-sucedidos, ambiciosos e sei lá mais o quê, mas é justamente isso que os afasta da gente. Foi a mesma coisa com Steve, e agora com Bob. A gente mal se vê, ele está sempre ocupado...

Retomo a compostura. Com ela é diferente. Adrienne tem uma carreira desafiadora. Pode se afastar do marido com a mesma facilidade com que ele se afasta dela. Mas não estou a fim de discutir.

— Você anda conversando com alguém?

Sinto-me retrair. Ela sabe, eu penso. De Lukas. Mesmo que não haja nada a saber. Eu e ele continuamos a conversar com frequência, e, embora eu tente dizer a mim mesma que a minha suspeita é infundada, não consigo evitar de pensar que ele deve ter saído com Kate. Não consigo saber qual é a dele, portanto, continuo a procurá-lo.

— Como....? — pergunto a Adrienne, mas ela me interrompe.

— Com um terapeuta, quero dizer.

Claro! Meu pânico arrefece.

— Ah, sim. Não, não estou.

Há um instante de silêncio. Ela não tira os olhos de mim; está me estudando, tentando descobrir por que reagi daquela maneira.

— Julia, se não quiser conversar sobre isso...

Mas eu quero. Quero conversar sobre isso, e ela é a minha amiga mais antiga.

— Lembra que eu disse que talvez entrasse no site? Para conseguir a lista das pessoas com quem Kate estava conversando.

— Sim, mas você falou que tinha mudado de ideia.

Fico em silêncio.

— Julia?

— Eu estava na dúvida sobre um dos caras.

Ela pousa a taça e ergue as sobrancelhas.

— Continue...

— Ele costuma visitar Paris. Me mandou mensagens. Tenho certeza de que pode ser alguém com quem Kate conversava. Alguém de quem a polícia não sabe.

— E você forneceu essas informações às autoridades?

Continuo em silêncio.

— Julia...?

— Ainda não.

— Por que não?

— Preciso ter certeza... Por enquanto estou só conversando, tentando descobrir o que ele sabe.

— Minha querida, tem certeza de que isso é uma boa ideia?

— E existe opção? Entregar o nome dele à polícia...?

— Sim! É exatamente o que você deveria fazer!

— Eu não quero assustar o cara. Além do mais, é provável que a polícia simplesmente ignore o assunto.

— Claro que não! Por que ignorariam algo assim, Julia? A polícia tem a obrigação de investigar. Se ele mora em Paris, isso deve ser fácil.

Não revelo a ela que ele mora em Milão.

— Eu sei o que estou fazendo. A gente só conversou umas duas vezes.

É mentira, ou, melhor, é apenas parte da verdade. Tento repassar os acontecimentos de trás para a frente. As coisas evoluíram. Agora Lukas liga o vídeo e me pediu para fazer o mesmo, porém ainda não fiz. Ele sempre diz que sou linda, que gostaria que estivéssemos juntos, e, embora eu me sinta culpada por mentir, digo que também gostaria. Nossas conversas sempre terminam com ele me dizendo que adorou falar comigo, que mal pode esperar para conversarmos de novo. Ele pede que eu me cuide, que tome cuidado. E, porque seria indelicado da minha parte não o fazer, por ainda não conseguir descobrir qual é a dele, eu lhe digo as mesmas coisas.

Às vezes parece cruel. Não é minha intenção, e, no entanto, está na cara que ele gosta de mim, ou da pessoa que acha que eu sou.

— Ele sabe onde você mora?

Balanço a cabeça. Outro dia cometi um erro e mencionei o metrô de Londres. Tive de confessar que estava em Londres e não em Paris, mas ele não sabe mais que isso.

— Não, óbvio que não.

Longa pausa.

— E então, sobre o que vocês conversam?

Não respondo, o que em si já é uma resposta.

— Você está muito vulnerável no momento, Julia. Tem certeza de que sabe o que está fazendo?

— Sim. Claro.

Mas Adrienne não parece convencida.

— Você gosta dele.

Balanço a cabeça novamente.

— Não, não é nada disso. É que... parece ter uma conexão. E quero saber se essa conexão tem algo a ver com a Kate.

— Em que sentido?

— Você sabe o quanto a gente era próxima. De um jeito quase paranormal. E, bem...

— Você acha que, se sentir uma conexão com esse homem, é porque ela é relevante?

Não respondo. É exatamente o que acho. Ela não tem ideia da diferença que isso faz, a sensação de no mínimo estar fazendo alguma coisa útil, algo que possa resolver as coisas para mim e Connor e nos dar segurança.

— Julia. — Ela assume uma expressão severa. — Você está parecendo uma adolescente com uma paixonite por um cara mais velho, da outra série.

— Isso é ridículo.

Estou falando sério, mas não pareço nada convincente, nem para mim mesma. Será que é assim que, na verdade, eu me sinto? Não posso negar que aguardo ansiosamente as mensagens de Lukas.

Talvez nada disso esteja relacionado à investigação, e sim ao fato de que agora sei o que Kate sentia ao conversar com todos aqueles homens. Isso faz com que eu me sinta mais próxima dela. Agora conheço seu mundo.

— Sabe — digo —, mesmo que seja fútil, uma perda de tempo... e daí? Estou apenas tentando fazer alguma coisa para superar a morte da minha irmã.

— Você já contou sobre ela para esse cara?

Digo que não, mas é mentira. Outro dia eu estava tendo uma manhã péssima depois de uma noite insone e não conseguia parar de pensar em Kate. Ele percebeu que havia alguma coisa errada e ficou perguntando se estava tudo bem, se existia algo que pudesse fazer. Não consegui me segurar e contei tudo a ele.

Lukas falou que sentia muitíssimo saber que a minha irmã tinha morrido e me perguntou como. Eu estava prestes a lhe dizer a verdade quando percebi que seria um erro. Falei que ela se suicidou. Houve uma longa pausa em que fiquei pensando no que me diria, e então ele repetiu que sentia muito, que gostaria de poder me abraçar, estar ao meu lado.

Ele disse que entendia e isso foi bom. Por um momento, quase me senti mal por um dia ter pensado que ele pudesse estar envolvido na morte da minha irmã. Quase.

— Bem, pelo menos já é alguma coisa. Vocês fazem sexo?

— Claro que não! — retruco, mas penso em como me sinto quando ele liga a câmera, quando eu o vejo respondendo minhas mensagens, sorrindo para mim, acenando para mim ao se despedir. Será que eu o quero?

Penso no que aconteceu outra noite, na cama. Hugh e eu fizemos amor, pela primeira vez em meses, mas era em Lukas que eu estava pensando.

Mas ao mesmo tempo não era. O homem que eu estava imaginando, com quem eu estava sonhando, era uma fantasia. Fruto da minha imaginação, quase completamente dissociado do Lukas com quem converso, do Lukas que vejo pela webcam.

— Ele sabe sobre Hugh?

— Lógico que não.

— Por quê?

— Porque quero que ele pense que estou disponível. Senão, como vou descobrir se ele é mesmo quem diz ser?

— Certo. — Adrienne me encara profundamente. — E o que você acha que Hugh diria, se descobrisse?

Não é a primeira vez que penso no assunto, claro.

— Estou só tentando descobrir o que aconteceu. No mínimo para ajudar Connor.

125

Agora ela parece exasperada, e com motivo. É como se achasse que sou idiota. Provavelmente acha mesmo. Provavelmente eu sou.

Nossos pratos chegam. Eu me sinto aliviada. A tensão se dissipa enquanto arrumamos os guardanapos e começamos a comer.

— Escuta — digo. — Não existe nenhum sentimento envolvido nessa história. São só palavras numa tela...

Ela pega um pouco de salada com o garfo.

— Acho que você está sendo ingênua. Está se envolvendo.

— Será que podemos mudar de assunto?

Adrienne pousa o garfo.

— Você sabe que eu te amo e que te apoio. Mas...

Lá vem, penso.

— Mas o quê?

— É que... é impressionante como as pessoas se revelam on-line, sem perceber. Como é fácil confundir isso com a realidade.

— Adrienne. Eu não sou idiota, você sabe.

— Só torço para que você saiba o que está fazendo.

Terminamos o jantar e tomamos um café antes de sair. É outra noite agradável; casais passeiam pela cidade de braços dados. O ar está tomado de risadas, de possibilidades. Eu me sinto bamba, quase como se tivesse bebido. Decido voltar de metrô para casa.

— Foi ótimo ver você.

— Igualmente.

Trocamos um beijo de despedida, mas estou desapontada. Achei que Adrienne encararia minhas conversas com Lukas pelo que elas são, que inclusive me daria apoio. Mas não. Ela não fez isso.

— Se cuida — diz ela, e respondo que sim.

Chego à plataforma justamente quando um trem se aproxima. Está lotado, mas consigo me sentar em um dos poucos assentos disponíveis e, tarde demais, percebo que está grudento porque alguém derramou cerveja nele. Retiro meu livro da bolsa, mas é uma defesa. Eu não o abro.

Em Holborn ocorre uma comoção. Entra um grupo de rapazes, adolescentes ou de 20 e poucos anos, de short e camiseta, com cerveja na mão. Um deles diz qualquer coisa — não consigo ouvir o que —, e os outros gargalham. "Merda!", exclama um deles; outro diz, "Que puta!". Falam alto, não fazem o menor esforço para serem discretos; há crianças ao redor, apesar do horário. Meu olhar cruza com o do homem sentado à minha frente, ele sorri e ergue as sobrancelhas. Por um instante nos unimos em nossa desaprovação. O rosto dele é comprido, o cabelo bem curto, ele usa óculos. Leva no colo uma maleta de couro macio, mas está de jeans e camiseta. O trem parte. Ele sorri, depois volta a ler o jornal, então abro meu livro.

Não consigo me concentrar. Leio o mesmo parágrafo várias vezes. Não dá para fingir que não estou esperando encontrar uma mensagem de Lukas quando estiver em casa. Fico pensando no homem sentado à minha frente.

Suspiro, olho para cima. Ele está me olhando de novo, e agora sorri e sustenta meu olhar por um longo tempo. Dessa vez sou eu a primeira a desviar os olhos: olho para o anúncio sobre sua cabeça. Finjo achar aquele anúncio fascinante; é a propaganda de uma universidade. SEJA QUEM VOCÊ QUISER, diz. A foto mostra uma mulher com um capelo de formatura segurando um canudo e sorrindo. Ao lado está outro cartaz, anunciando uma agência de relacionamentos. E SE VOCÊ DESCOBRISSE QUE TODO MUNDO QUE ACHA INTERESSANTE NESTE VAGÃO ESTÁ SOLTEIRO? E se eu descobrisse, hein?, penso. O que eu faria? Nada, acho que nada. Sou casada, tenho um filho. Olho para baixo, apenas por um instante, desviando os olhos do cartaz; o homem está lendo o jornal de novo. Eu me pego observando seu corpo, seu peito, que é mais largo do que o rosto estreito sugeriria, suas pernas, suas coxas. Embora ele não se pareça em nada com Lukas, começo a vê-lo como Lukas. Eu o imagino olhando para mim, sorrindo do jeito como vi Lukas sorrir pelo Skype tantas vezes nos últimos dias. Eu me imagino beijando-o, deixando-o me beijar. Imagino arrastá-lo até uma das escadarias da estação seguinte, abrindo a braguilha do jeans dele, sentindo-o endurecer na minha mão.

De repente eu me vejo como os outros me veem. Fico chocada com meus pensamentos. Isso não está certo. Eu não sou assim. Olho para o meu livro e finjo que estou lendo.

Capítulo 12

Acho que ele está lá de novo. De pé, meio afastado da luz do poste. Observando minha janela.

Está lá, mas ao mesmo tempo não está. Quando olho diretamente para as sombras, consigo me convencer de que não é nada, apenas um jogo de luz, uma ilusão de ótica. É só o meu cérebro buscando ordem no caos, tentando compreender o acaso. Mas, quando afasto o olhar, o vulto parece prestes a entrar em foco. A se manifestar como real.

Dessa vez, não me afasto. Dessa vez, digo a mim mesma que ele é real. Não é fruto da minha imaginação. Fico exatamente onde estou, observando-o. Da última vez contei sobre o vulto para Hugh e ele disse que não era nada, apenas um jogo de luz, portanto hoje quero gravar aquela imagem na minha retina, levá-la novamente ao meu marido, mostrar a ele. Olha, sinto vontade de dizer. Dessa vez não estou vendo coisas, não estou imaginando. Ele estava mesmo ali.

O vulto não se mexe. Fica completamente parado. Observo, e, enquanto isso, de alguma maneira, o vulto parece recuar, entrar nas sombras. Estar ali e ao mesmo tempo não estar.

Eu me viro e acordo o meu marido.

— Hugh. Vem cá. Olha. Aquele cara está ali de novo.

Ele se levanta com relutância. A rua está vazia.

Talvez Hugh tenha razão. Talvez eu esteja mesmo ficando paranoica.

— Hugh acha que estou ficando louca — digo a Anna.

Estamos conversando pelo Skype, depois que terminei de acrescentar algumas imagens ao meu site, de atualizá-lo. Vejo o rosto dela na janelinha do canto da minha tela.

— Não seria alguém passeando com o cachorro?

— Não tinha cachorro nenhum.

Anna começa a retrucar, mas o vídeo congela e eu não escuto mais o que diz. Pouco depois a imagem volta ao normal e eu continuo.

— Ele fica na frente da minha casa. Isso me deixa apavorada. Se dou as costas, para chamar Hugh ou sei lá o que, ele sempre desaparece.

— Pode ser que seja apenas um cara bizarro qualquer.

— Pode ser.

— Já contou para Adrienne?

— Não — respondo. Tive vontade de fazer isso outra noite, mas fiquei com medo de ela já estar pensando que fiquei louca.

— O que você vai fazer?

Respondo que não sei.

— Mas parece tão real! Eu juro. Não estou louca.

— Claro que não — diz ela. — Não achei isso nem por um instante. Além do mais, é uma reação bastante compreensível a tudo o que aconteceu.

Sinto-me aliviada. Ainda que Anna esteja querendo fazer graça, pelo menos faz isso em vez de tentar me convencer que estou enganada ou maluca.

— E como andam as coisas com aquele carinha? Aquele com quem você estava conversando... Aquele que você acredita que tenha alguma relação com a Kate.

— Lukas?

Será que conto a ela? Ou será que ela vai simplesmente me dizer para passar as informações para a polícia e deixar toda essa história de lado?

— Não tenho certeza — digo, e em seguida conto a ela alguns detalhes; mais do que contei a Adrienne, porém não tudo. — A gente conversa de vez em quando. Tem alguma coisa nele que... alguma coisa que não consigo identificar o que é. Provavelmente não deve ser nada de mais...

É isso? É isso mesmo? Ele continua atrás de mim. Ou eu dele; não sei. Seja como for, agora eu também já liguei a câmera. Ontem à noite. Só por um instante, menos de um minuto. Mas deixei que ele me visse.

Porém, não revelo isso a ela.

— Bom, o cara para quem mandei mensagem me respondeu. Aquele da lista de Kate. Harenglish.

— É mesmo?

E como você não me contou antes?, penso. Pelo visto, ele não deve ter tido nada a ver com a morte de Kate.

— O que ele disse?

— Pouca coisa. Mas falou que não está a fim de conhecer pessoas no mundo real. Que entra no site só para se divertir um pouco. Para ter umas conversas mais quentes, foi o que ele disse. Mas só virtuais. Ele ama demais a esposa para ir além disso.

— E você acredita nele?

— Sim. Acredito, sim.

Chegou o dia da festa de Carla. Ela mora a quilômetros de distância, na metade do caminho até Guildford. Hugh dirige e Connor vai sentado atrás de mim, ouvindo música no iPod, alto demais. No ano passado todos nós curtimos bastante a festa; levei uma salada que eu mesma preparei — berinjela grelhada e salmão com conserva de limão-siciliano — e cheguei até a comprar um vestido novo para a ocasião. Connor fez amizade com os filhos dos vizinhos, Hugh relaxou com os colegas. Mas, dessa vez, eu não queria vir; tive de ser convencida a comparecer.

— Vai ser divertido — disse Hugh. — Connor vai ter a chance de ver os amigos e você poderá mostrar a ele como está lidando bem com a situação.

Mas estou mesmo lidando bem com a situação? Penso em Lukas. Ele foi a um casamento hoje. Ontem à noite dei a ele o número do meu telefone, depois que conversamos, depois de falar do homem que pensei ter visto embaixo da minha janela, depois que ele me deu o dele.

Agora me arrependo de ter feito isso. Eu me sinto mal por enganá-lo.

Eu me viro para olhar para Hugh. Lukas disse que gostaria de me proteger, que nunca deixaria ninguém me fazer mal. Eu me senti protegida quando ele falou isso. E meu marido? Ele está inclinado para a frente no banco, com os olhos fixos na estrada. É assim que o imagino na sala de cirurgia. Com o bisturi na mão, inclinado sobre um corpo aberto como um peixe destripado. Ele me protegeria? Claro que não. Na cabeça dele, estou imaginando coisas.

Carla nos recebe com um monte de sorrisos e beijos, depois nos conduz pela casa até o pátio. Hugh vai conversar com o marido dela, e Connor segue até uma toalha de piquenique onde os outros adolescentes estão reunidos. Vejo Maria e Paddy conversando com alguns convidados e me aproximo deles.

Maria me dá um abraço, e o marido dela faz o mesmo. A conversa é sobre trabalho; Maria comenta sobre a conferência em Genebra. Começa a descrever o trabalho que apresentou, falando em artérias descendentes, calcificação, isquemia, enquanto os outros ou assentem ou parecem não entender nada. Eu me lembro de ter visto na festa do ano passado o senhor mais velho que está ao lado de Paddy, um advogado de Dunfermline, e, quando Maria para de falar, ele exclama:

— Parece completamente impenetrável!

E todos caem na risada. Logo depois, ele se vira para mim.

— E onde você se encaixa nisso? Também ganha a vida retalhando as pessoas?

Há um momento de silêncio. Kate não foi retalhada, mas mesmo assim a palavra me magoa. Surge na minha cabeça uma imagem da minha irmã e não consigo afastá-la. Abro a boca para responder, mas não sai nenhuma palavra.

Paddy tenta me ajudar.

— Julia é fotógrafa. — Ele sorri e se vira para mim. — Muito talentosa.

Tento sorrir, mas não consigo. Ainda vejo Kate, sua carne aberta, exposta, definhando. O homem a quem fui apresentada estende a mão para mim, sorrindo.

— Poderiam me dar licença? — digo. — Preciso ir ao banheiro.

Tranco a porta do banheiro e me encosto nela. Respiro fundo e dou um passo. A janela está aberta; do pátio lá embaixo sobem risadas.

Eu não devia ter vindo, devia ter inventado uma desculpa. Estou farta de fingir que está tudo normal quando não está. Saco o celular. É um gesto automático, instintivo, não tenho certeza de por que faço isso, mas fico feliz: recebi uma mensagem de Lukas.

"O casamento está divertido. Já estou bêbado. Pensando em você."

Apesar da escuridão que sinto, uma onda de alegria me invade, como se tivesse vindo desinfetar uma ferida. Não é porque recebi uma mensagem dele, digo a mim mesma. É simplesmente a alegria de ser desejada.

A essa altura, já sei como Kate responderia.

"Estou numa festa terrível", digito. "Queria que estivesse aqui..."

Aperto o botão "Enviar". Lavo as mãos na água fria, então molho o rosto e o pescoço. Um filete de água escorre por baixo do meu vestido até a minha lombar, atiçando a minha pele. Olho pela janela.

Connor está lá fora, sentado na grama com um rapaz e uma garota. Estão todos rindo de alguma coisa; ele parece especialmente próximo da garota. Eu me dou conta de que em breve ele vai começar a namorar, depois a fazer sexo, e então uma parte dele se perderá de mim para sempre. É um processo necessário, mas me enche de tristeza.

Ele ergue a mão para acenar para o pai. Percebo, chocada, o quanto Connor se parece com Kate quando ela tinha a mesma idade. Os dois têm o mesmo rosto ligeiramente rechonchudo, o mesmo meio sorriso capaz de aparecer e desaparecer num instante.

Ele se parece com a mãe. Não deveria ser uma surpresa. Mas é, e dói.

Volto a me juntar ao grupinho, mas não consigo me entrosar na conversa. Por que fiquei tão empolgada com a mensagem de Lukas? Por que respondi? As perguntas giram sem parar na minha cabeça, e depois de um ou dois minutos peço licença e vou dar um oi para Connor. Mas ele está com os amigos; vou acabar interrompendo e me sinto mal por isso. Então passo reto e vou até a casinha que fica na lateral do jardim, entre a casa principal e o portão que leva ao local onde os carros estão estacionados. A casinha é octogonal, pintada de verde-menta e cheia de almofadas. Ao chegar, vejo que as portas estão abertas e que o lugar está vazio.

Eu me sento e me encosto na madeira. O murmúrio das conversas continua. Fecho os olhos. O cheiro é de madeira recém-tratada; faz com que eu me lembre das únicas férias da minha infância de que me recordo com a minha mãe ainda viva, num chalé que alugamos na floresta de Dean. Vejo-a de pé na frente do fogão, fervendo água para o café do meu pai enquanto dou comida para Kate. Minha mãe cantarola baixinho junto com o rádio e Kate ri de alguma coisa. Estávamos todos vivos então, e basicamente felizes. Mas isso foi antes do lento processo de deslocamento que só terminou quando a morte da minha irmã me deixou completamente sozinha.

Quero beber. Agora. Quero beber e, o que é pior e mais perigoso, acho que mereço.

Uma sombra cobre o meu rosto. Abro os olhos; vejo um vulto na porta à minha frente, destacado contra a luz da tarde. Levo um instante para reconhecer Paddy.

— Oi! — Ele parece animado, mas seu entusiasmo é ligeiramente forçado. — Posso ficar aqui com você?

— Claro.

Ele dá um passo e tropeça no primeiro degrau. Está mais bêbado do que pensei.

— E aí, como vão as coisas? — Paddy me estende uma das duas taças de vinho que trouxe. — Pensei que você pudesse querer isso aqui...

E quero, penso. Como eu quero.

Porém, agora eu sei que preciso ignorar essa vontade.

Ele pousa a taça no chão, ao meu alcance. Aguenta firme, digo a mim mesma. Aguenta firme. Paddy se senta ao meu lado no banco, tão perto que nos tocamos.

— Eles continuam conversando sobre trabalho. Será que não param nunca?

Dou de ombros. Não quero ser arrastada para aquela história de "nós contra eles". Os cirurgiões *versus* seus maridos e esposas, na maior parte das vezes, esposas.

— Ah, eles são assim mesmo.

— E por que fazem isso?

— Isso o quê?

— Dão essas festas? Você gosta?

Decido ser sincera.

— Não muito. Não gosto de ficar perto de gente bêbada, por causa do meu vício.

Ele parece surpreso, mas deve saber. A gente já conversou, embora apenas por alto, sobre o fato de eu não beber.

— Seu vício?

— Álcool.

— Eu não sabia.

Ficamos em silêncio por algum tempo, depois Paddy enfia a mão no bolso da calça, com movimentos lentos e descoordenados.

— Quer um cigarro?

Estendo a mão para pegar o cigarro que ele me oferece.

— Obrigada.

O ar entre nós parece denso. Carregado. Alguma coisa precisa acontecer, senão algo irá se quebrar. Uma decisão, ou uma defesa. Um de nós precisa dizer alguma coisa.

— Escuta... — começo, mas ele também fala no mesmo instante. Não entendo o que diz e peço que repita.

— É que... — começa, depois baixa a cabeça e torna a hesitar, sem coragem.

— O quê? O que foi? — Percebo que sei o que ele está prestes a dizer. — É que... o quê?

Do nada, vejo Lukas. Imagino-o me beijando. Eu me lembro da minha fantasia, quero que seja luxúria, pura luxúria, do tipo que ameaça quebrar minha cabeça na parede atrás de mim. Quero as mãos dele no meu corpo, desesperadas, subindo o meu vestido. Quero sentir o desejo de ceder, de deixar que ele faça o que quiser.

Quero sentir um desejo tão forte que se transforme numa necessidade, numa necessidade irrefreável.

— Paddy? — começo a dizer, mas ele me interrompe.

— Eu só queria dizer que acho você linda.

Paddy segura a minha mão brevemente e eu deixo. Fico ao mesmo tempo chocada e não chocada. Parte de mim sempre soube que mais cedo ou mais tarde ele me diria isso.

Novamente penso em Lukas. Nas palavras dele, na boca de outra pessoa. Percebo que, se Paddy olhasse para mim, segurasse a minha nuca e me beijasse, eu não o impediria. Não o impediria se ele fizesse isso agora. Esse é o momento em que estou frágil o bastante para isso, mas o momento não vai durar muito.

Uma ideia absurda me vem à mente. É você, penso. É você que fica embaixo da janela do meu quarto, que está lá e ao mesmo tempo não está...

Então Paddy vai em frente. Ele me beija. Mas não me agarra, não tenta arrancar as minhas roupas. É quase juvenil. Dura pouco, depois nos separamos. Olho para ele. O mundo parou, as conversas da festa parecem um murmúrio distante. Esse é o momento em que ou nos beijaremos de novo — dessa vez com mais urgência, com mais paixão — ou um de nós desviará o olhar e o momento passará, se perderá para sempre.

Os olhos dele se estreitam. Tem alguma coisa errada. Paddy estava olhando para mim, porém agora não está mais: agora ele olha por cima do meu ombro.

Eu me viro e acompanho seu olhar. Tem alguém ali.

Connor.

Eu me levanto. A taça de vinho de Paddy tomba sobre o meu vestido, encharcando-o, mas eu mal percebo.

— Fica aqui! — digo com voz baixa e irritada, forçando a porta para que se abra. Começo a correr. Paddy me chama, mas eu o ignoro também.

— Connor! — grito, quando estou lá fora. Ele está se afastando, voltando até o pai. — Connor!

Ele para, depois se vira para me encarar. Seu rosto é inescrutável.

— Mãe! Você está aqui! Eu estava procurando você.

Eu o alcanço. Não sei se ele está sendo sarcástico ou se eu é que estou imaginando coisas.

— O que aconteceu?

— Papai mandou procurar você. Ele vai fazer um discurso ou algo assim.

— Certo.

Sinto-me péssima, pior do que se ele simplesmente tivesse colocado as cartas na mesa. *Eu vi você beijando aquele cara. Vou dizer ao papai que ele está sendo traído.* Pelo menos então eu teria certeza.

Mas ele não diz nada. É impassível, inescrutável. É isso, penso. Eu ferrei tudo. Quando cometo um deslize, depois de todo esse tempo, meu filho tinha de estar presente para ver. Parece injusto, mas, ao mesmo tempo, merecido.

— Volto num segundo — digo.

Depois que ele se afasta, volto até onde Paddy está.

— Merda!

— Ele viu a gente?

Não respondo. Preciso pensar.

— Ele disse alguma coisa?

— Não, mas isso não significa que não viu a gente. — Corro os dedos pelo cabelo. — Merda...!

Paddy se aproxima de mim. Não tenho certeza do que vai fazer, mas então ele segura a minha mão.

— Vai ficar tudo bem. — Ele sobe a mão até o meu rosto, como se fosse afagá-lo.

— Paddy, não!

— Qual o problema...?

O problema?, sinto vontade de dizer. Meu marido. Meu filho. Minha irmã morta.

— Eu gosto de você. Você gosta de mim. Então...

Lembro que ele está bêbado.

— Não.

— Julia...

— Não — repito. — Paddy, eu nunca vou dormir com você. Jamais.

Ele parece ferido, como se eu tivesse lhe dado um tapa.

— Paddy... — começo a dizer, mas ele me interrompe.

— Você realmente se acha o máximo, não é?

Tento manter a calma.

— Paddy. Você bebeu demais. Vamos voltar para a festa e esquecer isso tudo, OK?

Ele olha para mim. Seus olhos estão frios.

— Vai se foder.

Capítulo 13

São três da manhã. Deve ser, talvez, um pouco mais tarde. Está muito quente, meu corpo está pesado. Ouço o som suave da chuva de verão batendo na janela. Estou exausta, mas o sono nunca esteve tão distante.

Minha mente não se acalma. Não paro de pensar em Paddy. No que eu devia ter feito, no que não devia. E não consigo parar de pensar no que o meu filho talvez tenha visto. Ou não.

Hugh acha que eu bebi. Ele me perguntou isso no caminho para casa. Como quem não quer nada, sem olhar para mim. Esperando me emboscar, me enganar para que eu lhe contasse a verdade sem querer.

Falou baixinho. Connor estava no banco de trás, ouvindo música no iPod.

— Querida, você...?

— O quê?

— Você bebeu?

Fiquei indignada.

— Não!

Ele levou um instante para decidir se acreditava ou não em mim. Se levava a conversa adiante ou não.

— Tudo bem. É que pensei ter visto Paddy levando uma taça de vinho para você.

— E levou mesmo, mas não tomei nem um gole.

Prendi a respiração, mas Hugh simplesmente deu de ombros. Olhei para trás; Connor estava indiferente, era uma bomba--relógio.

— Já disse a você que não vou mais beber — retruquei, olhando de novo para o meu marido. — Eu prometo.

Agora, atiro as cobertas para o lado. Desço a escada e tomo um copo de água. Meu laptop está exatamente onde eu o deixei de manhã, na ilha no meio da cozinha.

Melhor deixá-lo assim. É de madrugada; Lukas não deve estar on-line. Ninguém deve. Além do mais, será que já não causei estrago suficiente por hoje? Lavo o copo e o coloco para secar, depois vou até a janela. Está escuro lá fora. Olho para o jardim. Meu reflexo paira acima do pátio.

Ele não entra em contato desde ontem à tarde, quando já estava bêbado. Quem sabe em que estado estava quando foi dormir? Eu o imagino deitado de bruços no quarto de hotel, meio despido, depois de chutar para longe um dos sapatos.

Talvez ele não esteja sozinho. As pessoas costumam se dar bem nos casamentos; o amor está no ar, há bebidas à vontade, quartos de hotel por perto. E se uma mulher tiver dado em cima dele? Ou ele em cima dela? E se...

Eu me interrompo. Por que estou pensando essas coisas? Não tenho motivo nenhum para sentir ciúme.

Sento-me. Não consigo me controlar.

Ele está on-line. No início imagino que apenas deva ter deixado o computador ligado sem querer, mas então ele me manda uma mensagem.

"Você está aqui! Também não consegue dormir?"

Sorrio. É como se, de alguma maneira, estivéssemos conectados.

"Não. E aí, se divertiu?"

"Cheguei faz uma hora. Não queria ir dormir ainda."

"Por quê?"

"Estava esperando uma chance de falar com você, acho. Eu ia telefonar, mas não quis acordar você."

Sinto uma mistura de emoções. Estou lisonjeada e ao mesmo tempo aliviada. Hugh teria ouvido o telefone tocar e sabe-se lá o que pensaria.

Teria sido irresponsável, mas então lembro que Lukas pensa que sou solteira. Que estou disponível.

"Eu não estava dormindo."

"Não consegui parar de pensar em você. O dia inteiro. Querendo que existisse um jeito de você estar lá comigo. De mostrar você para todo mundo."

Sorrio comigo mesma. Não pela primeira vez, eu me pergunto como ele sempre consegue dizer a coisa certa.

Pouco depois chega uma nova mensagem dele.

"Preciso confessar uma coisa."

Tento manter o tom leve.

"Nossa, parece terrível! Boa ou ruim?"

"Não sei."

Será que ele vai confessar que...?

"Então é melhor me contar."

Eu me pergunto como me sentiria se ele digitasse: "Eu estive em Paris em fevereiro e fiz uma coisa terrível."

Lembro-me da página do Facebook que eu vi. Não é isso.

"Boa, eu acho. Não contei a você antes porque não tinha certeza, mas agora eu tenho."

Pausa.

"Mas quero dizer pessoalmente. Quero conhecer você."

Seja lá o que estava crescendo dentro de mim, agora aumenta ainda mais. Percebo que parte de mim deseja isso também, mas outra parte quer apenas olhá-lo nos olhos. Medi-lo, analisá-lo. Descobrir o que ele sabe, ou o que pode ter feito.

Afasto a imagem. Estou me aproximando demais do precipício. Sou casada. Ele está em Milão e eu, em Londres. Não consigo ver como isso poderia acontecer. É uma fantasia. Só isso. Absurda. Só estou imaginando tudo isso porque sei que é impossível. Lukas precisa existir dentro de uma caixa; precisa haver uma barreira entre ele e a minha vida real.

Outra mensagem chega.

"A gente *pode* se encontrar, sabia? Não quis dizer antes para não assustar você, mas o casamento foi em Londres."

Congelo.

"Eu estou aqui. Agora."

O medo me atinge em ondas, mas vem misturado com outra coisa. Empolgação; meu estômago dá voltas, sinto o gosto metálico da adrenalina na língua. Minhas desculpas se evaporaram. Ele está aqui, estamos na mesma cidade. É como se ele estivesse bem na minha frente. As coisas que imaginei, as coisas que ele descreveu que faria comigo, poderiam de fato acontecer. Se eu quiser. Mas, o que é mais importante, eu poderia conhecê-lo, nos meus próprios termos, no meu próprio território. Eu poderia descobrir o que ele sabe. Se de fato conheceu a minha irmã.

Tento me acalmar. Digito:

"Por que não me disse nada?"

Fico aliviada por ele não poder me ver, não poder ver a ansiedade estampada no meu rosto.

"Não sei. Eu não tinha certeza de que você ia querer me conhecer. Não sabia se seria uma boa ideia. Mas alguma coisa aconteceu hoje. Senti sua falta, de um jeito estranho. Talvez porque tivesse seu número de telefone, sei lá. Enfim, agora eu sei o que eu quero. Eu quero você."

As palavras dele ficam ali, na tela.

Eu quero você.

"Diga que também quer me conhecer."

Quero mesmo? Sim, acho que quero. Por Kate. Se ele a conheceu, talvez ela tenha lhe contado algo sobre os outros caras. Talvez tenha lhe contado sobre todo tipo de coisa, coisas que não diria a mais ninguém. Talvez ele possa me ajudar.

Penso no que tanto Adrienne quanto Anna me disseram. *Tome cuidado.*

Eu devia ter contado a ele sobre Hugh. Que sou casada, que tenho um filho. Que as coisas não são tão simples quanto parecem. Então eu poderia ser sincera. Dizer que é impossível conhecê-lo, não importa o quanto eu queira. Não precisaria inventar nenhuma desculpa.

"Você quer me conhecer, não quer?"

Hesito. Eu devia dizer a ele que estou ocupada. Que tenho algum compromisso inadiável. Uma reunião, talvez. Uma consulta. Poderia até mesmo dizer que estou prestes a sair de viagem, de férias. Poderia ser vaga. "Que pena", eu diria. "Quem sabe uma outra vez."

Mas ele saberia o que isso quer dizer. "Uma outra vez" significaria "nunca". Então eu perderia tudo, todo o progresso que já fiz. E, pelo resto da minha vida, ficaria sem saber se ele tinha ou não a chave para desvendar o que aconteceu naquela noite fria de fevereiro em Paris e simplesmente o deixaria escapar por entre os dedos.

Penso nas primeiras palavras que ele me disse. *Você me lembra alguém.*

Tomo uma decisão.

"Claro! Você vai ficar aqui por quanto tempo?"

"Até terça à noite. A gente poderia se encontrar na própria terça. No horário do almoço."

Eu sei o que Adrienne diria. Ela deixou bem claro. Converse com Hugh. Informe os detalhes desse homem à polícia e se afaste dessa história.

Mas não posso fazer isso. A polícia não vai fazer nada. Minhas mãos pairam sobre o teclado. Lá fora o dia está começando a clarear; logo o meu marido vai se levantar, depois Connor. Outro dia irá começar, outra semana. Tudo será exatamente igual.

Preciso fazer alguma coisa.

Capítulo 14

É de manhã. Hugh e Connor já saíram, um para o trabalho, o outro para a escola. Não sei o que fazer com o tempo disponível.

Ligo para Anna. Ela não atende, mas um minuto depois recebo uma mensagem de texto. "Está tudo bem?"

Aviso que é urgente e ela diz que vai inventar uma desculpa. Alguns minutos depois, ela retorna minha ligação. Sua voz tem certo eco; acho que ela está em um banheiro do escritório.

— Bom, por essa a gente não esperava! — diz ela, depois que explico o que aconteceu na noite passada. — Você aceitou encontrá-lo?

Relembro minha última mensagem.

— Sim.

— Certo...

— Você não acha que seja uma boa ideia.

— Não — retruca ela. — Não é isso. É que... você precisa tomar muito cuidado. Tem certeza de que ele é quem diz ser?

Tenho certeza, penso. Tanta quanto posso ter em relação a alguém que nunca vi na vida.

— Ele poderia ser qualquer um — insiste ela.

Eu sei o que Anna está tentando me dizer, mas quero ter o apoio de alguém.

144

— Você acha que eu não devo ir.

— Não foi isso o que eu disse.

— Eu preciso saber. De um jeito ou de outro.

— Mas...

— Por Connor, tanto quanto por mim.

Ela não responde. Ouço um barulho ao fundo, de água, vozes, uma porta se fechando, e em seguida Anna torna a falar.

Parece ansiosa, mas ao mesmo tempo empolgada, como se pressentisse que estamos nos aproximando da verdade.

— Você vai encontrá-lo em algum lugar público?

Combinamos de nos encontrar no hotel onde ele está hospedado, em St. Pancras.

— Lógico.

— Promete.

— Prometo.

— Não daria para você levar uma amiga? Adrienne, por exemplo?

— Ele acha que a gente vai se encontrar para... bom, ele pensa que é um encontro.

— Não tem problema, ela pode ficar num canto. Você não precisa apresentá-la.

Anna tem razão. Mas já sei o que Adrienne diria se eu lhe pedisse isso, e não existe mais ninguém a quem eu possa recorrer.

— Vou pensar no assunto.

— Peça a ela!

— Tudo bem...

Como seria bom se Anna não estivesse tão longe!

— Vou ficar bem.

— Eu sei — diz ela. — Mas promete que vai tomar cuidado.

— Pode deixar.

Eu me arrumo. Tomo banho, aplico hidratante. Raspo as pernas com uma lâmina nova, passo-a o mesmo número de vezes em cada perna. Uma necessidade absurda de simetria que não sinto há anos.

145

Converso com Hugh durante o café da manhã. Cogito dizer a verdade a ele, mas sei o que vai pensar, o que vai dizer. Ele vai fazer com que eu me sinta uma louca. Vai me impedir de seguir em frente com essa história. E por isso eu preciso de uma desculpa, de um álibi, caso ele me ligue e eu não atenda ou caso ele volte para casa sem avisar.

— Querido — digo, quando nos sentamos com nossos cafés. — Preciso dizer uma coisa.

— O que foi? O que aconteceu?

Ele parece tão preocupado. Sinto uma pontada aguda de culpa.

— Ah, não é nada de mais. É que andei pensando na sua ideia. De fazer terapia. E decidi que você tem razão.

Hugh segura a minha mão.

— Julia — diz. — Que maravilha! Tenho certeza de que você não vai se arrepender. Posso perguntar a algum colega, se quiser, ver se alguém pode me recomendar algum terapeuta...

— Não — retruco, um pouco rápido demais. — Não, não precisa. Já encontrei alguém. Marquei uma consulta para hoje.

Ele assente.

— Quem é? Sabe o nome dele?

— Claro.

Silêncio. Hugh está esperando a resposta.

— Quem é?

Hesito. Não quero dizer, mas não tenho escolha. E não vai ter problema nenhum, na verdade. Porque ele respeitará o juramento de Hipócrates. Pode ser que pesquise o nome, mas jamais tentará entrar em contato com ele.

— Martin Green.

— Tem certeza de que ele é bom? Conheço um monte de gente que poderia recomendar um...

— Hugh, eu não sou sua paciente. Isso é algo que preciso fazer sozinha. Está bem? — Ele começa a protestar, mas eu o silencio. — Hugh! Está tudo bem. Adrienne disse que ele é ótimo e, além do

146

mais, é só uma consulta inicial. Só para ver se a gente vai se dar bem. Confia em mim, por favor.

Eu o vejo relaxando. Sorrio, para mostrar que minha raiva passou. Ele sorri também e depois me dá um beijo.

— Estou orgulhoso de você — diz. Sinto uma culpa enorme, mas aguento firme. — Muito bem.

Agora estou diante do meu armário. Preciso escolher com cuidado o que vestir. Preciso convencer Lukas de que sou quem ele pensa que sou, que quero o que ele acha que eu quero.

Experimento um jeans com uma blusa branca, depois um vestido com meias-calças e botas. Fico diante do espelho. Melhor, acho. Escolho um colar e me maquio — não muito, estamos de dia, afinal, mas o bastante para eu não me sentir mais eu mesma.

Talvez seja isso que eu esteja fazendo, na verdade. Escolhendo roupas que transformarão a Julia em outra pessoa, na pessoa que Lukas conheceu on-line. Em Jayne.

Sento-me diante da penteadeira e borrifo perfume, um pouco atrás de cada orelha, um pouco em cada pulso. O cheiro é amanteigado e doce. Um perfume caro, que Hugh me deu no Natal há dois anos. Fracas. Minha mãe costumava usá-lo, e era o preferido de Kate também. Sua fragrância faz com que eu me sinta mais próxima das duas.

Por fim estou pronta. Olho no espelho. Para o meu reflexo. Penso na foto. *Marcus no espelho*. Eu me lembro da primeira vez em que fizemos sexo. Nunca fui insegura, mas naquela noite, quando ele me beijou, achei que se afastaria. Enquanto Marcus tirava minha roupa, pensei: é a primeira e última vez que vamos fazer isso. Quando ele me penetrou, pensei: nunca estarei à altura desse homem.

Porém, eu estava. Começamos a sair. Começamos a faltar às reuniões, no início de vez em quando, depois com mais frequência. Aí nos mudamos para Berlim. Estava frio, eu me lembro de que não dormimos bem na primeira noite e que depois nos encontramos com os amigos que ele tinha na cidade. O que seria uma semana dormindo no chão se transformou em um mês, e então encontramos um lugar para morar, e aí...

E aí não quero mais pensar nisso. Em como éramos felizes.

Eu me levanto. Verifico o celular para ver se chegou alguma nova mensagem. Parte de mim deseja que ele cancele o encontro. Então eu poderia tirar aquela roupa, a maquiagem e colocar de novo o jeans e a camiseta que estava vestindo quando me despedi de Hugh essa manhã. Poderia preparar uma xícara de chá e me sentar em frente à televisão, ou então com um livro. Poderia trabalhar um pouco à tarde, ligar para algumas pessoas. Junto com alívio, curtiria um pouquinho de arrependimento, juraria que nunca mais mandaria nenhuma mensagem para Lukas e então voltaria para Hugh e passaria o resto da vida sem saber se Lukas conhecia Kate, se ele poderia ter me conduzido ao homem que a assassinou.

Mas não há nenhuma mensagem; ele não mudou de ideia, e não me sinto desapontada por isso. Pela primeira vez em meses, tenho a sensação de que alguma coisa irá acontecer, sei lá como. Sinto uma espécie de elasticidade; o futuro é desconhecido, mas parece maleável, flexível. Tem certa maciez, quando antes parecia duro e inflexível como vidro.

Pego um táxi. O tempo está quente e úmido, mesmo com a janela aberta. Sinto o suor escorrendo pelas minhas costas. No táxi vejo o mesmo anúncio que vi quando voltava para casa depois de jantar com Adrienne. SEJA QUEM VOCÊ QUISER.

Chegamos a St. Pancras. O carro entra pela trilha com calçamento de pedra, alguém abre a porta para mim. Sinto uma brisa no pescoço quando saio e entro no hotel. As portas se abrem automaticamente e uma escadaria de mármore conduz ao interior refrigerado. O teto é de vidro, com vigas de ferro — que deviam pertencer à antiga estação, suponho. Aqui tudo é pura elegância: flores frescas, cheiro de limão, couro e riqueza. Olho ao redor do lobby; dois homens estão sentados lado a lado em um sofá verde; uma mulher de terninho lê o jornal. Vejo sinalizações: Restaurante, Spa, Salas de reunião. Atrás do balcão da recepção tudo é agilidade e eficiência; olho para o meu relógio de pulso e vejo que cheguei adiantada.

Saco o celular. Nenhuma mensagem.

Espero que minha respiração se acalme, que meu coração não fique mais agitado em sua tentativa de me advertir. Tiro a aliança e a guardo na bolsa. Agora minha mão parece nua, como o restante de mim, mas sem ela, de alguma maneira, o que estou prestes a fazer parece menos uma traição.

Na recepção pergunto onde fica o bar. O atendente é jovem e incrivelmente belo. Ele aponta a direção e me deseja um bom dia. Agradeço e me afasto. Sinto seu olhar me queimando, como se soubesse por que estou aqui. Quero me virar e dizer a ele que não é nada do que está pensando, que não vou seguir em frente com essa história.

Estou só fingindo.

Lukas está sentado no balcão do bar, de costas para mim. Tive receio de que não fosse reconhecê-lo, mas ele é inconfundível. Está com um terno de alfaiataria, mas, quando me aproximo, percebo que não se deu o trabalho de colocar a gravata. Ou seja, fez um esforço, mas não grande. Como eu, acho. Fico surpresa ao ver uma taça de champanhe à sua frente e outra diante do banquinho vazio ao seu lado. Eu me lembro de que vim aqui por causa de Kate.

O rosto dela flutua à minha frente. Ela pequena, com 7 ou 8 anos. Nosso pai disse que vamos para um internato, somente por alguns anos, mas nós duas sabemos que será até Kate ter idade suficiente para sair de casa. Ela parece aterrorizada, e mais uma vez eu lhe digo que vai dar tudo certo.

— Estou ao seu lado — digo —, e você vai fazer um montão de amigos. Eu prometo!

Naquela época, eu não sabia se faria mesmo. Ela tinha um temperamento forte, estava ficando um pouco rebelde. Ofendia-se com facilidade e acabava arrumando problemas. Mas ela de fato fez amizades, no fim das contas. Uma delas deve ter sido Anna, mas houve outras. A vida não foi fácil para Kate, mas ela não era infeliz, não sempre. E eu cuidei dela. Fiz o melhor que pude. Até...

Não, penso. Não posso pensar nisso agora. Não posso trazer Marcus para cá. Portanto, afasto sua imagem e caminho.

Lukas ainda não me viu, o que é bom. Quero chegar de repente, estar ali antes de ele ter a chance de me analisar a distância. Ele é dez anos mais novo que eu, e de fato aparenta ser. Já estou nervosa o bastante, não preciso me arriscar a ver um brilho de desapontamento em seu rosto quando eu me aproximar.

— Oi! — digo, ao chegar perto dele.

Ele me olha. Seus olhos são azul-escuros, ainda mais impressionantes na vida real. Por um brevíssimo instante, seu rosto fica inexpressivo, seu olhar me penetra, como se estivesse me virando do avesso, descobrindo como sou por dentro. Ele me olha como se não tivesse a menor ideia de quem sou, ou de por que estou aqui, mas então seu rosto se abre num largo sorriso e ele se levanta.

— Jayne! — Não o corrijo. Sinto uma breve surpresa e me dou conta de que ele pensou que eu não viesse. — Você veio!

Ele sorri aliviado, o que me deixa aliviada também. Sinto que nós dois estamos nervosos, o que significa que nenhum de nós está no controle da situação.

— Claro que vim! — exclamo. Há um momento de estranheza: será que devemos nos beijar? Trocar um aperto de mão? Ele empurra a bebida para mim.

— Bem, fico feliz. — Outra pausa. — Pedi champanhe para você. Não sabia o que você gostaria de beber.

— Obrigada, mas acho que prefiro um copo de água com gás.

Eu me sento e ele pede a água para mim. Olho para Lukas, para esse homem de barba por fazer e olhos azuis, e mais uma vez me pergunto por que vim. Fiquei dizendo a mim mesma que foi para descobrir se ele conhecia minha irmã, mas não é só isso, claro que não.

Será que estou sendo ingênua? Teria sido com ele que Kate foi se encontrar naquela noite? Essa ideia me invade. É brutal. O homem na minha frente parece tudo, menos violento, mas isso não quer dizer nada. Agressão com armas não é exclusividade dos caras tatuados de cabeça raspada.

Eu lembro a mim mesma o que vi. De onde ele estava em fevereiro. Começo a me acalmar quando minha água chega.

— Pronto. Você não vai beber nada?

— Não. Eu não bebo.

Vejo a familiar tentativa de entender isso. É o que as pessoas sempre fazem quando eu digo a elas que não bebo. Sei que estão tentando descobrir se sou puritana, religiosa ou viciada.

Como sempre, não digo nada. Não preciso dar desculpas. Em vez disso, observo o bar ao redor. Antes ali funcionava a bilheteria; as pessoas faziam fila para comprar passagens antes de embarcar no trem, e boa parte das características anteriores do lugar — as paredes cobertas com lambris de madeira, o enorme relógio na parede atrás de nós — foi mantida. É um lugar movimentado; há pessoas com malas, ou lendo o jornal. Almoçando ou tomando o chá da tarde. Estão de passagem ou hospedadas no hotel mais acima. Por um instante, eu gostaria de ser uma delas. Gostaria que o motivo pelo qual estou aqui fosse assim tão simples.

Como se fosse a primeira vez, percebo que Lukas está num quarto aqui, alguns andares acima de nós. O motivo pelo qual ele pensa que eu vim entra em foco.

— Você está bem? — pergunta ele.

Há certa tensão no ar; estamos hesitantes. Lembro a mim mesma que ele acha que nós dois somos solteiros e que, ainda que os caminhos dele e de Kate tenham de fato se cruzado, não há motivo para eu achar aquela situação difícil.

— Estou ótima, obrigada. — Pego meu copo como se fosse dar um gole. — Tim-tim!

Brindamos. Tento imaginá-lo com a minha irmã e não consigo.

Eu me pergunto o que em geral costuma acontecer agora. Imagino Kate, ou Anna — eu sei que ela também fazia esse tipo de coisa. Vejo beijos, um arrancando a roupa do outro. Vejo gente sendo empurrada para a cama com um desejo fervoroso. Vejo corpos nus, pele.

Tomo um gole de água. Quando pouso o copo, percebo que a borda está manchada de batom e fico momentaneamente chocada com a cor. Parece viva demais, como se estivesse em tecnicolor, e além do mais não é nada que eu costume usar, pelo menos não de dia. Não sou eu. E foi justamente por isso que a escolhi, claro.

Sinto-me perdida. Achei que seria fácil. Achei que eu o encontraria e que as respostas fossem simplesmente vir à tona, que a verdade sobre o que aconteceu com Kate ficasse imediatamente clara. Mas nunca as coisas pareceram tão nebulosas, e não sei o que fazer.

— Você está linda — comenta ele.

Sorrio e agradeço o elogio. Olho-o. Lukas parece real, mais real que qualquer coisa me parece ser há muito tempo. Mal posso acreditar que ele esteja aqui, de que quase sem nenhum esforço eu poderia estender a mão e tocá-lo.

Ele sorri. Sustento seu olhar, mas de alguma maneira quem parece nua sou eu. Olho para o outro lado. Penso em Hugh no trabalho, um corpo à sua frente sob um lençol, a carne aberta, úmida e cintilante. Penso em Connor na sala de aula, a cabeça inclinada sobre a carteira escolar ao fim de mais um ano letivo, as longas férias à sua frente. E então Lukas sorri e eu afasto esses sentimentos, tranco-os. Ele pousa o copo e meus olhos avistam algo brilhando em sua mão esquerda.

Eu me sinto quase aliviada. É um choque, mas a estranheza que existia entre nós se quebrou.

— Você é casado.

— Não.

— Mas essa aliança...

Ele olha para a própria mão, como se para conferir o que vi, depois olha para mim.

— Nunca contei a você?

Faço que não. Lembro a mim mesma que, depois de todas as mentiras que contei, não posso acusá-lo de me enganar.

— Eu *fui* casado... — Lukas respira fundo, depois solta um pesado suspiro. — Ela faleceu. Câncer. Quatro anos atrás.

— Oh.

Estou atônita. É brutal. Busco seus olhos e só vejo dor. Dor e inocência. Estendo a mão como se para segurar a dele. É um gesto automático, que faço sem pensar. Em seguida ele faz o mesmo e segura a minha mão. Não sinto nenhuma faísca, nenhuma energia saltando de um para o outro. Ainda assim, tenho a vaga consciência de que é a primeira vez que nos tocamos, e aquele instante, portanto, é significativo, não importa o que venha a acontecer depois.

— Sinto muito. — Parece inadequado dizer isso, como sempre parece.

— Obrigado. Eu a amava muito, mas a vida continua. É um clichê, mas é verdade.

Lukas sorri. Ainda está segurando a minha mão. Nossos olhos se encontram. Pisco, devagar, mas não olho para o outro lado. Sinto algo, algo que não sinto há muito tempo, tanto que não consigo identificar direito o que é.

Desejo? Poder? Uma mistura de ambos? Não sei.

Mais uma vez, tento imaginá-lo com Kate. Será que eu saberia se ficaram juntos, com certeza? Durante toda a nossa infância eu sempre soube o que ela estava pensando, sempre soube quando estava em apuros. Se aquele homem teve alguma coisa a ver com a sua morte, será que eu simplesmente saberia?

— Não consigo mais esperar. Vamos lá para cima?

Não está certo. Não foi para isso que eu vim.

— Desculpa. Será que não podemos apenas conversar um pouco?

Ele sorri e diz:

— Claro.

Tira o paletó e o pendura no encosto da cadeira, depois segura a minha mão mais uma vez. Deixo que o faça. Conversamos um pouco, mas sobre frivolidades, estamos evitando um determinado assunto, embora cada um evite algo específico. No meu caso, Kate; e no dele? O fato de que ele quer me levar lá para cima, acho. Depois de alguns minutos há um momento de decisão. Ele terminou o champanhe, minha água está quase no fim. Podemos pedir mais uma bebida e continuar a conversa, ou então ir embora. Há uma hesitação, uma pausa para respirar, e então Lukas diz:

— Desculpa. Por não ter dito que fui casado, quero dizer. — Não digo nada. — Posso fazer uma pergunta?

— Claro.

— Por que você disse que estava em Paris? Na nossa primeira conversa.

Agora estamos tateando os limites.

— Porque eu estava mesmo. Estava de férias.

— Sozinha?

Penso em Anna.

— Com uma amiga. — Percebo uma oportunidade. — Por quê? Quando foi a última vez que você esteve por lá?

Lukas pensa um instante.

— Em setembro do ano passado, acho que foi isso.

— E depois não voltou mais?

Ele inclina a cabeça.

— Não, por quê?

— Por nada. — Tento uma abordagem diferente. — Você tem amigos por lá?

— Acho que não. Não.

— Nenhum?

Ele ri.

— Não que eu me lembre!

Finjo parecer saudosa.

154

— Eu sempre quis ir para lá no inverno. Em fevereiro. Passar o Dia dos Namorados em Paris, sabe? — Sorrio, como se estivesse sonhando. — Deve ser lindo.

— Muito romântico.

Suspiro.

— Acho que sim. Você já esteve por lá no inverno?

— Não. É engraçado, não consigo imaginar aquela cidade embaixo de neve. Acho que eu a associo com o verão. Mas você tem razão, deve ser lindo.

Olho para o meu copo. Por que Lukas mentiria? Ele não sabe quem sou eu. Por que me diria que nunca esteve em Paris no inverno, se não fosse verdade?

— Então, quem é essa sua amiga?

Fico sem entender.

— A que você foi visitar.

— Ah, só uma amiga. — Hesito, mas já decidi meu curso de ação. — Achei até que você a conhecesse, para ser sincera.

— Que eu a conhecesse?

— Ela usa o encountrz às vezes.

Ele sorri.

— Não conheço muita gente pelo site, acredite ou não.

Eu me obrigo a rir.

— Não?

— Não. Você é a primeira com quem eu saio.

— Verdade?

— Juro.

Eu me dou conta de que acredito. Ele e Kate nunca se falaram. Minha frustração começa a aumentar.

— Mas você conversa com gente de lá.

— Com algumas pessoas. Não muitas.

Sei o que preciso fazer. Saco o celular e desbloqueio a tela inicial. Sorrio, tentando manter o clima leve.

— Não seria engraçado... uma coincidência e tanto... Ela adoraria se...

Mostro o telefone para ele. Abro uma foto de Kate. Eu me forço a falar.

— É ela. Minha amiga.

Silêncio. Eu o encaro enquanto ele pega o meu celular.

— Vocês já conversaram pelo site?

O rosto de Lukas está inexpressivo. Sei muito bem que a próxima emoção que surgir nos olhos dele denunciará a verdade. Mostrei a foto de supetão, quando ele estava despreparado. Se já viu Kate na vida, vai dar na cara. Precisa dar.

Passa-se algum tempo, e então seu rosto se abre num sorriso. Ele olha para mim, balança a cabeça e ri.

— Nunca a vi on-line, não. Mas ela parece legal.

Percebo que ele está falando a verdade. Tenho certeza. Mais frustração me invade, porém abafada, misturada com alívio.

— E é mesmo! — exclamo. Eu forço um sorriso e guardo o telefone. Começo a dizer coisas desconexas. — Para ser sincera, ela não entra muito no site. Não entra mais, quero dizer... Na verdade, não sei nem se ela um dia chegou a entrar...

Lukas começa a rir. Fico com medo de que ele perceba alguma coisa esquisita.

— Teria sido uma coincidência e tanto! Vamos pedir outra rodada?

Digo que não.

— Estou bem, obrigada. — Tento me acalmar.

— E você? Sai com muita gente que conhece on-line?

— Não, na verdade não.

— Mas está saindo comigo.

— É. Estou mesmo.

Lukas volta a segurar a minha mão e me olha no fundo dos olhos. Mal consigo respirar. Ele não conhecia a minha irmã. Nunca saiu com ela.

— Por quê?

Eu devia me levantar. Sei disso. Devia ir embora, dizer que vou ao banheiro e não voltar mais. Seria fácil; ele não sabe onde eu moro.

Vou fazer isso, digo a mim mesma. Daqui a pouco.

— Acho que eu gosto de você, por isso.

— E eu de você.

Ele se inclina na minha direção. Suspira. Sinto seu hálito no meu rosto.

— Gosto muito de você.

Sinto o calor de sua pele, o cheiro de sua loção pós-barba misturado com suor. Ele abriu alguma coisa dentro de mim. Alguma coisa que estive contendo há semanas, meses, anos, começa a tomar conta do meu ser.

— Vamos subir.

— Não. Não, desculpa...

— Jayne... — Ele está quase sussurrando agora. — Minha linda Jayne... Amanhã eu vou embora. Essa é a nossa chance. Você quer, não é? Você me quer?

Olho para ele também. Nem consigo lembrar quando me senti assim tão viva. Não quero que isso acabe. Ainda não. Não pode parar.

Faço que sim.

— Quero.

Ele me beija, suas mãos envolvem minha cintura, ele me puxa para si e ao mesmo tempo me empurra para trás, para trás, na direção da cama. Caio de costas sobre ela e então ele vem por cima de mim, e eu começo a tirar sua camisa de dentro da calça, desabotoando-a às cegas com mãos desajeitadas, e suas mãos estão nos meus seios, depois sua boca, e tudo é suor e fúria, e eu não resisto, porque não faz sentido resistir, essa fronteira já foi atravessada, foi atravessada quando eu o abordei naquele bar, quando eu saí de casa para vir até aqui, quando eu disse "Sim, sim, sim, vamos nos encontrar", e não faz sentido fingir que não. Minha traição foi gradual, mas inexorável, uma volta completa do relógio, e me levou até aqui, até essa tarde. E nesse momento, com suas mãos sobre minha pele nua e as minhas sobre a dele, com seu pau endurecendo entre as minhas pernas, eu não me sinto arrependida. Não tenho nenhum arrependimento. Percebo o quanto fui idiota. O tempo todo, desde o início, era disso que a coisa se tratava.

Quando terminamos, ficamos deitados na cama, lado a lado. O pós--sexo. Porém, de alguma maneira, é esquisito. Entendo agora por que chamam isso de "a pequena morte", mas, ainda que seja mesmo verdade, pelo menos significa que antes estávamos vivos.

Ele se vira para me encarar. Apoia a cabeça no braço e novamente me dou conta da diferença de idade entre nós, do fato de que ele tem mais ou menos a idade de Kate. Sua pele é rija e firme, seus músculos se flexionam quando ele se movimenta, visíveis, vivos. Enquanto fazíamos amor isso me espantou, e agora me pergunto se um dia cheguei a viver algo assim com Hugh. Não consigo me lembrar direito; é como se as minhas lembranças de um Hugh mais jovem de alguma forma tivessem sido solapadas por tudo o que veio depois.

Eu lembro a mim mesma que, sendo dez anos mais novo que eu, Lukas é vinte anos mais jovem que o meu marido.

Ele estende a mão e afaga o meu braço.

— Obrigado...

Tenho a impressão de que eu é que devia agradecer-lhe, mas fico em silêncio. Não dizemos nada por algum tempo. Olho para o seu corpo, agora que está imóvel. Olho para sua barriga, que é firme, e os pelos do peito, nenhum dos quais é grisalho. Examino sua boca, seus lábios, que são úmidos. Olho em seus olhos e vejo que ele está me observando da mesma maneira.

Lukas me beija.

— Você está com fome? Vamos comer alguma coisa?

— No restaurante?

— A gente podia pedir aqui no quarto.

Devem ser quase três da tarde, acho, talvez até mais. Connor logo vai voltar para casa. E, mesmo que não voltasse, mesmo que eu tivesse todo o tempo do mundo, almoçar com esse homem me parece ir longe demais. Seria compartilhar algo além do que simplesmente os nossos corpos, implicaria uma intimidade maior do que a que já compartilhamos, baseada apenas em luxúria e pele.

Sorrio.

— Qual é a graça?

— Nada.

Percebo que parte de mim deseja ir embora. Preciso ficar sozinha, para processar o que acabei de fazer e os motivos que me levaram a isso. Quando cheguei aqui não era essa a minha intenção; entretanto, aqui estou.

— Adoraria almoçar, mas é melhor eu ir embora. Daqui a pouco.

Ele afaga o meu ombro.

— Você precisa mesmo ir?

— Sim. — Procuro uma desculpa. — Vou encontrar uma pessoa. Uma amiga.

Lukas assente. Então me dou conta de que quero que me peça para ficar, de que gostaria que ele implorasse para eu cancelar o encontro, de que adoraria ver seu desapontamento ao dizer a ele que não posso.

Mas sei que ele não vai pedir. Passar o resto do dia juntos não fazia parte do acordo que imaginou ter feito comigo; é contra os termos do nosso envolvimento. E, portanto, o silêncio entre nós se amplia, torna-se quase incômodo. A esquizofrenia da luxúria: difícil acreditar que a intimidade que compartilhamos há pouquíssimo tempo possa evaporar quase num segundo. Tomo consciência dos detalhes do quarto, do relógio na televisão presa na parede em frente, da lareira, da pilha de livros antigos de capa dura sobre ela, que, com certeza, ninguém lê. Eu não os havia notado antes.

— Que horas é o seu voo?

Lukas suspira.

— Só à noite. Às oito, acho. — Ele me beija. Eu me pergunto vagamente por que ele ainda não fez o check out, depois percebo que o motivo sou eu. — Tenho a tarde inteira. — Ele me beija mais uma vez, agora com mais intensidade. — Fica...

Imagino-o embarcando no avião, voltando para casa. Penso que nunca mais vou vê-lo. Lembro quando pensei o mesmo em relação a Marcus, quando tive certeza de que ele conheceria alguém em Berlim, alguém mais interessante, e que eu acabaria voltando para casa, para Kate e meu pai, para minha antiga vida. Mas não foi o que aconteceu. Nosso amor ficou mais intenso. No inverno, abríamos a janela do apartamento e saíamos engatinhando para fora, pela laje gelada. Nós nos enrolávamos em um cobertor e ficávamos vendo o Fernsehturm cintilando no céu de um azul intenso, conversando sobre o nosso futuro, sobre todos os lugares que iríamos visitar e as coisas que iríamos ver. Ou então levávamos uma garrafa de vinho barato ou de vodca até o Tiergarten, ou matávamos o tempo na Estação do Zoológico. Eu levava minha câmera; fotografava os garotos de programa, os renegados, os que vivem à margem da sociedade. Conhecemos pessoas novas, nossa vida se expandiu, se abriu. Eu sentia saudades terríveis de Kate, mas não me arrependia de tê-la deixado para trás.

Só que essa era a Julia de antigamente. Não posso mais me comportar assim.

— Desculpa... — começo a dizer.

Tenho a nítida impressão de que estou escapando, de que a Jayne, esse meu outro eu, essa versão de mim, que é capaz de fazer o que acabei de fazer, está sumindo. Logo será substituída por Julia, mãe, esposa e, um dia, filha. Não tenho certeza se desejo que ela se vá.

— Eu realmente preciso...

— Por favor, não.

Agora ele fala de um jeito mais enérgico, e, por um instante, parece tão desesperado, tão vivo de desejo que sinto uma onda intensa me tomar de surpresa. É de felicidade, acredito. Eu tinha esquecido como era essa felicidade pura e descomplicada, mais poderosa que qualquer droga. Não é simplesmente por causa do que acabei de fazer, do que percebo que vou fazer de novo. Não é porque enganei o meu marido e me safei. É por minha causa. Tenho algo agora, algo que é só meu. Uma coisa privada, um segredo. Posso guardá-lo numa caixa e retirá-lo de lá de vez em quando, como se fosse um tesouro. Tenho algo que pertence apenas a mim e a mais ninguém.

— Fica — pede ele. — Pelo menos um pouquinho.

Então eu fico.

Capítulo 15

Vou para casa. Quando abro a porta, encontro um monte de cartões enfiados pela caixa de correio. Eu me abaixo para pegá-los e, estarrecida, vejo que são os cartões que as prostitutas deixam nas cabines telefônicas. Em cada um, há a foto de uma mulher, uma mulher diferente, vestindo lingerie, ou completamente nua, posando ao lado de um número de telefone. "Putinha jovem e gostosa", diz um, "Curtição sadomasô", diz outro. De imediato, penso na última coisa que Paddy me disse — *Vai se foder* —, e logo concluo que foi ele quem os mandou. Ele os enfiou por baixo da porta num ataque de fúria infantil, ressentido.

Tento me acalmar. Estou sendo paranoica. É claro que não podem ser dele. É tão ridículo quanto achar que era ele quem estava embaixo da minha janela. Quanto mais simples a explicação, maiores as chances de ser verdadeira, e Paddy seria obrigado a atravessar a cidade, num dia útil, quando deveria estar no trabalho, e num horário em que soubesse que eu não estaria em casa. É muito mais provável que tenha sido coisa de criança. Apenas crianças fazendo traquinagem.

No entanto, ainda sinto o gosto do medo enquanto rasgo os cartões em pedacinhos e os jogo no lixo. Vou ignorar essa história.

Não deixarei que me atinja. Não é nada, não há nada com o que me preocupar, é apenas uma brincadeira idiota. Devo parar de ser paranoica.

Subo a escada e tiro as botas. Removo a maquiagem, depois as roupas. É difícil imaginar que poucas horas atrás eu estava colocando tudo isso; é como um filme passando de trás para a frente, uma vida passando ao contrário. Quando termino, quem está de pé ali diante do espelho é um outro eu. Julia. Nem melhor nem pior. Apenas diferente.

Visto a calça jeans, uma camiseta, e volto para o andar de baixo. Meu celular toca. O som parece diferente, alto demais. Fico irritada; queria ter mais tempo para pensar sozinha antes de voltar ao mundo real, mas, quando atendo, vejo que é Anna e fico contente. Ela é alguém com quem posso conversar, alguém com quem posso ser honesta.

— E aí, como foi? Descobriu alguma coisa?

— Ele não sabe de nada. Tenho certeza.

Ela hesita, depois diz:

— Que pena.

Sua voz é suave. Ela sabe o quanto preciso de respostas.

— Tudo bem.

— Eu realmente achei que... — começa ela, mas interrompo. Um desejo enorme de dizer a verdade toma conta de mim e ela é a única pessoa que pode entender.

— A gente fez sexo.

— O quê?

Repito. Penso em dizer que achei que poderia ser útil, mas desisto. Não é verdade, por mais que eu queira acreditar. Fizemos sexo porque eu quis.

— Você está bem?

Será que eu deveria me sentir mal? Não me sinto.

— Sim. Estou ótima. Eu gostei.

— Foi por causa da Kate?

Foi? Não sei. Eu queria transar com Lukas para me colocar no lugar dela, ver como era?

De certa maneira, agora eu a entendo melhor.

— Talvez.

— Vocês vão se ver de novo?

A pergunta dela me choca. Tento encontrar uma ponta de condenação, mas não há nenhuma. Sei que ela entende.

— Não. Não, não vamos. E enfim, seja como for, ele parte hoje à noite.

— E para você, tudo bem?

— Não tenho escolha — respondo. — Mas, sim, tudo bem.

Tento parecer leve, despreocupada. Não sei se Anna acredita em mim.

— Bem, se você tem certeza... — comenta ela, e em seguida eu mudo de assunto.

Conversamos mais um pouco — sobre ela, seu namorado, Ryan, e como as coisas estão indo bem. Ela diz que eu devia visitá-la novamente, quando puder, e me conta que terminará o trabalho dentro de algumas semanas, mas que ainda não recebeu as datas.

— Então a gente poderia colocar a conversa em dia — diz ela. — Sair para jantar, talvez. A gente se diverte um pouco.

Diversão. De que tipo de diversão ela está falando? Lembro que Anna é mais jovem que eu, mas não tanto assim.

— Seria ótimo! — respondo.

Sei que provavelmente pareço distraída. Ainda estou pensando em Lukas, imaginando encontrá-lo novamente, como seria poder apresentá-lo aos meus amigos um dia, imaginando se o motivo por que nunca farei isso é que torna essa ideia tão atraente.

Lembro que essa é a minha vida real. Anna é minha amiga de verdade. Não Lukas.

— Seria ótimo — digo.

Connor entra. Preparo um sanduíche para ele e digo que não se esqueça de colocar o uniforme da educação física no cesto de roupa suja, e pouco tempo depois ouço o som da chave de Hugh na fechadura. Ele entra na cozinha enquanto estou fazendo o jantar. Eu o beijo, como de costume, e o observo pegar uma bebida, depois tirar a gravata e pendurar o casaco cuidadosamente no encosto da cadeira. A culpa que sinto é previsível, mas surpreendentemente breve. O que eu fiz essa tarde não tem nada a ver com o amor que sinto pelo meu marido. Lukas é uma coisa, Hugh é outra.

— Como foi seu dia? — pergunto.

Ele não responde, e sei que isso significa *não foi bom*. Hugh pergunta como foi minha sessão de terapia.

— Legal. — Sei que não pareço convincente. — Acho que foi boa.

Ele se aproxima e põe a mão no meu braço.

— Não desiste. Leva tempo. Sei que está fazendo a coisa certa.

Sorrio e volto a preparar o jantar. Hugh diz que vai subir para o escritório, e fico contente, mas, quando ele se vira para sair, eu não aguento mais. Ele não está agindo naturalmente. Sua voz está monótona, ele se move como se o ar estivesse pesado. Tem algo errado.

— Querido?

Ele se vira.

— O que foi?

— Tive um dia ruim — responde ele. — Só isso.

Pouso a faca que estava usando para cortar os legumes.

— Quer conversar?

Hugh faz que não. A frustração me corta por dentro e percebo o quanto me sinto ligada ao meu marido. Mesmo agora, depois do que aconteceu essa tarde — depois do que eu fiz —, preciso que ele se abra para mim. Sua reticência parece uma rejeição.

— Hugh?

— Não é nada — diz ele. — De verdade. Mais tarde a gente conversa.

Jantamos os três, sentados à mesa da cozinha. Connor está de frente para mim, com o computador aberto diante dele, ao lado de um bloco de notas e uma pilha de livros didáticos de biologia. Está estudando as válvulas do coração, a especialidade do pai, e se debruça sobre a tela, clicando no trackpad com frequência. Seu olhar é de profunda concentração. Hugh está sentado ao lado dele com um papel, fazendo suas próprias anotações, olhando ocasionalmente para o trabalho de Connor e fazendo algum comentário quando recebe uma pergunta. Parece ter voltado ao normal agora; o que quer que o estivesse incomodando foi esquecido, ou varrido para debaixo do tapete. Provavelmente não era nada. Apenas minha imaginação.

O celular toca com a chegada de outra mensagem.

"Eu devia ter te comprado flores essa tarde. Você merece um clima de romance."

Viro o telefone para baixo. Olho para a minha família. Eles não perceberam nada, e não tinham como ver o que a mensagem dizia, mas ainda assim me sinto culpada. Não devia estar fazendo isso, não aqui, não agora.

Mas não estou fazendo nada. Não mesmo. Novo toque.

"Você é incrível. Sei lá, pode soar estranho, mas parece que eu conheço você há anos!"

Dessa vez, tenho de responder.

"Sério? Você acha mesmo?"

"Acho."

A resposta dele é imediata. Eu o imagino, no teclado, esperando minha próxima mensagem.

"Você também não é nada mau."

Clico em "Enviar", depois escrevo outra mensagem.

"E, veja bem, você me comprou champanhe."

"Que você não bebeu."

"Mas você comprou para mim. Isso é o que importa."

"É o mínimo que você merece."

Hugh pigarreia e eu olho para cima. Ele está olhando para mim, para o telefone na minha mão.

— Está tudo bem?

— Ah, sim! — Tento manter o tom normal. — É só Anna. Ela está pensando em vir para cá.

— Para ficar aqui? — pergunta Connor olhando para mim, cheio de expectativas. Será que está pensando em Kate, no que ele poderia descobrir sobre sua mãe com a amiga mais antiga dela?

— Não, acho que não. Ela vem a trabalho. Acho que vai ficar hospedada em um hotel.

Ele não diz nada. Passa-me pela cabeça que pode ser bom para Connor conhecer Anna um pouco melhor. Prometo a mim mesma que, quando ela vier, farei questão de que se encontrem.

Olho de novo para o celular. Outra mensagem.

"O que você está a fim de fazer?"

A pergunta é inegavelmente sexual. No entanto, quando ele a fez antes, quando conversamos da primeira vez, as mesmas palavras foram totalmente inocentes.

Ou talvez eu tivesse escolhido não as ver como de fato eram.

Hugh se levanta.

— Vou fazer café — avisa. — Julia?

Digo a ele que não quero. Ele vai até a máquina e a liga antes de encher o reservatório na torneira atrás de mim. Seguro o celular mais perto do peito. Só de leve.

— Como ela está?

— Bem — respondo. — Acho.

— Eu não sabia que vocês ainda mantinham contato.

Fico surpresa. Ele deve saber que temos conversado. Talvez suspeite, de alguma maneira, que estou mentindo.

— Pois é.

Hugh não responde. Quando se senta novamente, meu celular toca mais uma vez.

"Você está aí?"

Hugh percebe. Parece incomodado, ou chateado. Não dá para saber.

— Desculpa, querido.

— Tudo bem. — Ele pega a caneta, como se fosse voltar às suas anotações. Seu incômodo durou só um instante. — Pode falar com a sua amiga. A gente conversa depois.

— Desculpa. — Desligo o telefone, mas Connor começa a bombardear o pai com perguntas sobre artérias e daqui a pouco Hugh estará ocupado dando explicações. Não estou fazendo mal a ninguém.

— Vou sair e trabalhar um pouco — aviso.

Atravesso o jardim e vou para o chalé, que é o meu escritório. Coloco o telefone sobre a mesa e abro o laptop.

"Desculpe", escrevo. "Eu estava fora. Já cheguei em casa."

"Fazendo?"

"Nada."

"Vestindo?"

"O que você acha?"

Pausa. Então:

"Preciso ver você de novo. Diga que quer me ver também."

Sim, penso. Quero. É engraçado o quanto meus desejos são menos ambíguos, agora que não podem ser saciados.

"Claro que quero."

"Estou imaginando você. Nua. Só consigo pensar nisso..."

Estou sentada na banqueta. Sinto o apoio metálico sob meus pés, o acrílico duro do assento sob a bunda. Fecho os olhos. Posso vê-lo, aqui na sala comigo. Parece real. Mais que qualquer outra coisa.

Demoro um instante para responder. Vejo minha família na cozinha, Connor confuso, Hugh o ajudando, tomando café, mas deixo isso de lado e passo a imaginar o que Lukas está descrevendo. Imagino o que ele quer fazer.

Começo a digitar, imaginando-o enquanto escrevo. Ele, de pé atrás de mim. Sinto o cheiro da sua loção pós-barba, o aroma tênue do seu suor.

"Quero ficar nua para você."

"Eu desejo tanto você."

Penso na urgência dele nessa tarde, sua necessidade, seu desespero. O choque do desejo de Lukas. Deixo isso correr pelo meu corpo. Sinto-o vivo.

"Eu também desejo você."

"Estou imaginando a cena. Eu tocando você. Passando a mão pelo seu cabelo."

Novamente, penso no meu marido, no meu filho. Isso é errado, reflito. Eu não devia estar fazendo isso. Devia resistir. Mas sinto a mão dele na minha cabeça, ao mesmo tempo bruta e gentil. Lukas está despertando tudo em mim, aos poucos me faz sentir segura, a cada momento incentiva a entrega. Ele faz com que as minhas fantasias venham à tona, e elas estão se revelando diante dele.

"Me diz o que você quer."

Levo a mão à garganta. Imagino que é ele, me tocando.

"Me fala o que você deseja."

Eu me viro. Passo o ferrolho que tranca a porta por dentro. Respiro fundo. Será que consigo fazer isso? Nunca fiz antes.

"Com o que você fantasia?"

Há muitas coisas que nunca fiz antes. Desabotoo um botão da blusa.

Começo a digitar.

— Estou sozinha. Num bar. Tem um desconhecido.

— Continua...

Deixo as imagens virem.

— Não consigo tirar os olhos dele.

— Ele é perigoso...

— Alguém a quem não vou conseguir dizer não.

— Alguém a quem não vai conseguir dizer não? Ou que não aceita um não como resposta?

Hesito brevemente. Eu sei o que ele quer. Eu sei o que eu quero também.

São só palavras em uma tela, digo a mim mesma. Apenas isso.

— Que não aceita um não como resposta.

— E aí?

Respiro fundo. Encho-me de possibilidades. Desaboto outro botão da blusa. Não estou fazendo mal a ninguém.

— Eu faço o que você quiser — diz ele.

Quando terminamos, não sinto vergonha. Não exatamente. Não descrevi uma cena de estupro — foi algo mais complicado que isso, com mais nuances —, no entanto, apesar disso, sinto-me desconcertada, como se de alguma forma tivesse traído meu sexo.

Foi só uma fantasia, digo a mim mesma, e, pelo que já li por aí, nada fora do normal. Mas não é algo que eu desejaria a alguém. Não na vida real.

Ele me manda uma mensagem.

"Nossa! Você é realmente sensacional!"

Sou mesmo?, penso. Não sinto isso. Agora que acabou, quero dizer tudo a ele. Quero falar sobre Hugh, o marido que ele não sabe que tenho. Quero contar a ele sobre o meu gentil, afetuoso e solícito Hugh.

Também quero dizer a Lukas que, às vezes, Hugh não é o suficiente. Meu desejo é cru e animal, e sim, sim, muito de vez em quando eu só quero me sentir usada, como se eu não fosse nada, só sexo, só puro ar e luz.

E quero dizer que uma pessoa não pode ser tudo, não o tempo inteiro.

Mas como, se ele nem sequer sabe que Hugh existe?

"Você também."

Olho a hora. Já são quase nove; estou aqui há quase quarenta e cinco minutos.

"Preciso ir", aviso, mas depois escuto o ronco sutil de um avião e me dou conta de uma coisa.

"Você não deveria estar viajando agora?"

"Deveria."

"Perdeu o voo?"

170

"Não, cancelei. Queria passar mais um dia em Londres."

"Por quê?", pergunto, esperando já saber a resposta.

"Para ver você."

Não sei o que sentir. Fico empolgada, claro, mas no fundo é outra coisa. No momento posso quase me convencer de que não fui infiel, de que não traí meu marido. Mas e se eu o vir novamente?

Digo a mim mesma que não teria de ir para a cama com Lukas.

Chega outra mensagem. Não é exatamente o que eu estava esperando.

"Na verdade, tenho uma coisa para contar a você."

Capítulo 16

Combinamos nos encontrar novamente no hotel no dia seguinte. Chego cedo; quero ter tempo para colocar a cabeça no lugar, acalmar-me. Estou nervosa, não consigo imaginar o que ele tem para me dizer. Não deve ser coisa boa, senão, com certeza, já teria me dito ontem, quando estávamos juntos na cama, ou na noite passada, quando conversamos por mensagem. É difícil se preparar para o pior quando não se sabe o que esse pior pode ser.

Já estou bastante desnorteada sem isso. Essa manhã Hugh finalmente me contou o que o estava preocupando. Ele recebeu uma carta, uma reclamação, que tinha sido copiada para o diretor do Departamento de Cirurgia e para o diretor-executivo do hospital.

— Uma reclamação? — perguntei. — O que aconteceu?

Ele serviu o chá que havia feito.

— Nada, na verdade. Coloquei um marca-passo em um paciente algumas semanas atrás. Um procedimento bem normal. Nada fora do comum. Ele passa bem, mas está com síndrome de pós-perfusão.

Esperei, no entanto, Hugh não falou mais nada. Ele faz isso muitas vezes. Para ele, é como se eu devesse saber o que é.

— O que é isso?

— É uma síndrome cujos sintomas são falta de atenção, coordenação motora fina debilitada, problemas com a memória de curto prazo... É bem comum. Geralmente melhora.

— Então, qual o motivo da reclamação?

Hugh pousou a xícara na mesa.

— A família está dizendo que eu não a avisei dessa possibilidade antes da operação. Dizem que isso poderia ter afetado a decisão dela, se soubesse.

— E você avisou?

Hugh olhou para mim. Não consegui identificar se estava com raiva ou não.

— Mas é claro. Eu sempre aviso.

— Então, qual é o problema?

— Ontem puxei do arquivo as minhas anotações dessa consulta e as li. Eu não anotei nada especificando que avisei à família que isso podia acontecer. — Ele suspirou. — E, pelo visto, se eu não escrevi, então, do ponto de vista jurídico, é como se eu não tivesse dito nada. O fato de *sempre* contar isso a *todos* os pacientes não faz nenhuma diferença.

Pouso minha mão sobre o seu ombro.

— Eles vão levar isso adiante?

— Bem, a reclamação é oficial. — Ele balançou a cabeça. — É ridículo! Afinal, o que eles teriam feito? Ninguém muda de ideia e diz que não vai mais colocar um marca-passo porque corre o risco de esquecer a droga da lista de compras por algumas semanas! Quero dizer...

Observei-o enquanto ele lutava para controlar a raiva. Hugh já havia se queixado para mim outras vezes — sobre o quanto alguns pacientes são insensatos, o quanto estão determinados a encontrar pelo em casca de ovo —, mas dessa vez parece furioso.

— Vão ter de abrir um inquérito. Vou escrever uma carta com um pedido de desculpas, acho. Mas eu conheço esse tipo de gente. A família está atrás é de indenização. Não fiz nada de errado, mas vão levar isso até as últimas consequências.

— Ah, querido...

— E essa é a última coisa que eu preciso agora.

Eu me sinto culpada. Ando tão envolvida na morte de Kate que esqueci que ele tem um emprego, uma vida para tocar também. Digo a Hugh que estamos nessa juntos, que vai ficar tudo bem. Quase me esqueci de Lukas.

Agora, no entanto, ele é a única coisa em que penso. Atravesso a estação, subo a escada e vou para o saguão perto das plataformas. Penso em ontem, e em quando passei aqui quando fui ver Anna, quando fui visitá-la em Paris. Naquele período, Kate era a única coisa em que eu conseguia pensar.

Lukas está me esperando. Apesar de termos marcado de nos encontrar no lobby do hotel, ele está em frente ao bar, sob uma estátua gigantesca que fica no fim das plataformas — um homem e uma mulher, abraçados, a mão dele envolvendo a cintura dela, a mão dela repousando no rosto e no pescoço dele —, segurando um buquê de flores. Enquanto me aproximo, noto que ele não percebe que cheguei. Anda para lá e para cá, nervoso, mas, quando me vê, abre um sorriso. Nós nos beijamos. Se alguém nos observasse, acharia que estamos tentando imitar a estátua de bronze que assoma sobre nós.

— Chama-se *O ponto de encontro* — lembra ele, quando nos separamos. — Achei melhor esperar aqui. Parecia apropriado.

Sorrio. Ele me oferece as flores. São rosas, muito belas, de cor lilás-escuro.

— São para você.

Recebo-as. Ele se inclina e me beija de novo, mas ponho a mão em seu ombro como se fosse afastá-lo. Sinto-me tão exposta; é como se todo o mundo estivesse aqui na estação, observando a gente. Estou nervosa, pareço querer tudo ao mesmo tempo: que ele vá direto ao ponto rapidamente e que vá embora, que me convide para almoçar, que me diga que ontem foi um erro, que admita não se arrepender de nada.

Mas a princípio ele fica em silêncio enquanto atravessamos o bar escuro em direção à claridade do lobby.

— *É* você mesma — comenta, quando chegamos à luz. Pergunto o que ele quer dizer com isso.

— Esse perfume. Você estava com ele ontem...

— Não gosta?

Lukas balança a cabeça e ri.

— Não muito.

Sinto uma pontada de decepção. Provavelmente ele percebe, pois pede desculpas.

— Tudo bem. É só um pouco forte demais. Pelo menos para mim...

Sorrio, e desvio brevemente o olhar. O comentário me magoa por um momento, mas digo a mim mesma para não me preocupar.

— Acho que é meio forte demais. Para usar durante o dia.

— Desculpa — diz ele. — Eu não devia ter falado isso. — Lukas abre a porta para mim.

— O que você queria me dizer?

— Já, já eu conto. Vamos beber alguma coisa?

Nós nos sentamos e pedimos um café. Ponho as flores sobre a bolsa aos meus pés. É como se eu estivesse tentando escondê-las, e espero que ele não perceba.

Pergunto novamente por que estamos aqui. Ele suspira, depois passa a mão pelos cabelos. Não acho que seja nervosismo. Ele parece perdido. E assustado.

— Não fica com raiva, mas eu menti para você.

— Tudo bem. — É a esposa, penso. Ela está viva, e acha que ele ainda está aqui porque perdeu o voo. — Pode falar...

— Sei que a gente começou isso apenas como uma aventurazinha na internet, mas a verdade é que eu quero muito ver você de novo.

Sorrio. Não sei o que pensar. Estou lisonjeada, aliviada, mas não entendo o porquê do suspense. *Preciso confessar uma coisa. Não fica com raiva.* Tem de haver um *porém*...

— Você quer me ver de novo? — Ele parece esperançoso, incerto.

Hesito. Não sei o que eu quero. Não consigo descartar a ideia de que talvez ele possa me ajudar a encontrar as respostas de que necessito.

No entanto, isso é só uma parte da história. Parte de mim deseja ver Lukas novamente por motivos que não têm nada a ver com Kate.

— Quero — respondo. — Quero, sim. Mas não é fácil. Você vai voltar para casa hoje, eu moro aqui, e...

— Eu não vou voltar para casa hoje. Ou pelo menos não para a Itália.

— Certo... — Agora estamos chegando ao x da questão. Minha mente se adianta: *Então onde?*, quero perguntar. *Onde?* Mas, em vez disso, apenas assinto. Parte de mim já sabe o que ele vai dizer.

— Eu moro aqui.

A reação é imediata. Tenho calafrios; estou extremamente sensível. Sinto o sol sobre o meu ombro, a aspereza do tecido do assento, o peso do relógio no meu pulso. É como se tudo que antes estava fora de foco ficasse nítido.

— Aqui?

Lukas confirma.

— Em Londres?

— Não, mas não muito longe. Moro nos arredores de Cambridge.

Então é por isso que estamos nos encontrando aqui. Na estação.

— Certo...

Ainda estou processando o que ele me disse. É íntimo, próximo demais. Estranhamente, a notícia me faz sentir vontade de me afastar dele para refletir um pouco e descobrir como me sinto.

— Você parece muito... silenciosa.

— Não é nada. Foi só a surpresa. Porque você me disse que morava em Milão.

— Eu sei, desculpa. Você não está com raiva de mim, não é?

De repente ele parece tão jovem, tão ingênuo. De algum modo me faz lembrar a mim mesma quando eu tinha 18, 19 anos, na época em que estava me apaixonando por Marcus.

Ele prossegue:

— Quero dizer, por mentir. Foi uma dessas coisas que você diz quando pensa que está só em um bate-papo virtual, que a conversa não vai ter grandes consequências. Sabe como é...

— Eu sou casada.

Isso sai de forma abrupta, como se eu mesma não estivesse esperando, e tão logo falo desvio o olhar para um ponto acima do ombro de Lukas. Não sei qual será a reação dele, se de raiva, frustração ou outra coisa totalmente diferente, mas não quero vê-la.

Por um longo tempo ele não diz nada, mas depois repete:

— Casada?

— É. Desculpa por eu nunca ter dito isso. Pensei que não tinha importância. Que era só uma coisa da internet, assim como você.

Ele suspira.

— Eu já imaginava.

— Sério?

Com a cabeça, ele aponta para a minha mão.

— A aliança. Deixa uma marca.

Olho para a minha mão. É verdade. Ao redor do meu dedo existe uma leve mossa, o inverso da aliança que costumo usar, seu negativo.

Lukas sorri, mas está obviamente desapontado.

— Como é o nome dele?

— Harvey. — A mentira escapa dos meus lábios com facilidade, como se o tempo todo eu soubesse que teria de dizê-la.

— O que ele faz?

— Trabalha em um hospital.

— É médico?

Hesito. Não quero dizer a verdade.

— Mais ou menos.

— Você o ama?

A pergunta me surpreende, mas a resposta sai de pronto.

— Sim. Nem consigo imaginar como seria a vida sem ele.

— Às vezes, é só uma questão de falta de imaginação...

Sorrio. Eu poderia escolher me sentir ofendida, mas não. Pelo visto, cada um tinha suas mentiras.

— Talvez... — Nossos cafés chegam: um cappuccino para mim, um espresso para ele. Aguardo enquanto Lukas põe açúcar, e digo: — Mas não no meu caso, com Harvey. Não acho que seja falta de imaginação.

Misturo o cappuccino. Talvez ele esteja certo e seja mesmo falta de imaginação. Talvez eu não consiga imaginar como seria a vida sem Hugh porque ele está nela há muito tempo. Talvez ele tenha se tornado algo parecido com um membro do meu corpo, algo que só percebo que existe quando não está mais lá. Ou talvez ele seja como uma cicatriz. Parte de mim, algo que nem percebo mais e que, no entanto, é indelével.

— Acabou, então?

Seu rosto está vermelho; ele parece desafiador, mas de um jeito infantil. Desvio o olhar para a recepção. Um casal está fazendo check-in; os dois são mais velhos, estão animados. São norte-americanos, fazem muitas perguntas. Primeira viagem à Europa, acredito.

Eu me dou conta de que, mesmo sem saber o que existe entre mim e Lukas, não quero que acabe. Eu me senti melhor nesses últimos dias e semanas, e agora sei que nem tudo tinha a ver com a tentativa de descobrir quem assassinou Kate.

— Não quero que acabe. Mas meu marido, ele é o... — Paro. O pai do meu filho, era o que eu ia dizer, mas, além de não querer contar isso a Lukas, é outra mentira. Ele me olha cheio de expectativa. Preciso dizer alguma coisa. — Foi ele quem me salvou.

— Ele salvou você? Do quê?

Pego o cappuccino e o coloco de volta na mesa. Como eu gostaria de um drinque...

Aguenta firme. Aguenta firme.

— Eu conto outra hora, talvez.

— Vamos subir? — sugere ele. Há uma urgência em sua voz, como se quisesse terminar a frase antes que eu pudesse dizer não. — Ainda tenho um quarto aqui.

Balanço a cabeça, mesmo querendo subir. Quero tanto, mas sei que é melhor não. Não agora. Agora que sei o que pode acontecer. Aguenta firme, repito a mim mesma. Aguenta firme.

— Não — respondo. — Não dá.

Ele põe a mão sobre a mesa, entre nós. Não consigo me conter. Ponho a minha sobre ela.

— Desculpa.

Lukas ergue a vista, olha no fundo dos meus olhos. Parece nervoso, hesitante.

— Jayne, sei que a gente mal se conhece, mas tenho a sensação de que encontrar você foi a melhor coisa que já me aconteceu desde a morte de minha mulher. Eu não vou conseguir deixar você ir embora tão fácil assim.

— Tenho medo...

— Está dizendo que ontem foi um erro?

— Não, não, de jeito nenhum. É...

É mais complicado que isso, sinto vontade de dizer. A questão aqui não sou só eu, ou Hugh, mas Connor também e o que está acontecendo na nossa vida. A morte de Kate. O inquérito de Hugh. Não é um momento fácil. Nada é preto no branco.

Percebo que quero dizer a verdade sobre Kate. Talvez ele possa me dar uma força. Ser imparcial. Solidário. Ele perdeu a esposa, afinal. Pode entender de uma forma que Hugh, Anna, Adrienne e os outros não podem.

— É o quê?

Algo me detém.

— Não quero pôr meu casamento em risco.

— Não estou pedindo a você que largue o seu marido. Estou pedindo que suba comigo. Só mais uma vez.

Fecho os olhos. Como posso saber se será mesmo apenas mais uma vez? Lembro-me de dizer isso a mim mesma mais uma vez, enquanto a agulha me picava pela segunda vez, e depois pela terceira.

— Não.

E, no entanto, assim que digo isso, penso no depois, em nós dois deitados juntos, enrolados nos lençóis. Imagino o quarto, o pé-direito alto, o ar seco suave do ar-condicionado. Vejo Lukas, dormindo. Quando seu peito sobe e desce, faz um leve barulhinho. Não sei por que, mas percebo que me sinto segura, apesar dos caminhos que me levaram até ele.

Logo vou voltar para casa — para a vida real, para Hugh e Connor, para Adrienne, para a vida sem a minha irmã —, mas, quem sabe, se eu fizer isso antes, as coisas sejam diferentes. A dor da morte dela pode até não sumir, mas terá diminuído. Não vou me importar tanto com o fato de que a pessoa que tirou a vida de Kate ainda está em liberdade. Em vez disso, pensarei nesse momento, quando tudo parece tão vivo e simples, quando toda a dor e tristeza parecem diminuir, se condensar e se transformar nessa única coisa, nessa única necessidade, nesse único desejo. Eu e ele, ele e eu. Se eu for para a cama com Lukas outra vez, será ao menos mais um breve momento em que não existe passado nem futuro, em que não existe mais nada no mundo exceto nós, e será um pequeno momento de paz.

Ele toma a minha mão. Murmura:

— Vem. Vamos subir.

Parte Três

Capítulo 17

Minha câmera nova chega. É uma Canon SLR; não é top de linha, mas menor e mais leve em comparação à que eu vinha usando nos últimos anos. Pesquisei pela internet e fiz o pedido alguns dias atrás. Não preciso dela, é uma extravagância, mas quero sair mais, tirar mais fotos na rua, como eu costumava fazer. Foi Hugh quem sugeriu comprá-la de aniversário, e ele parecia satisfeito quando me entregou o pacote no sábado.

Eu o abri mais tarde naquele mesmo dia, sozinha no andar de cima, depois a usei na Upper Street, nos arredores do Chapel Market e do Angel. Fiz algumas fotos de teste. Aproximar a câmera do olho era um gesto intuitivo, instintivo. Quando olhava pelo visor, a sensação que eu tinha era quase como se aquela fosse a maneira como prefiro ver o mundo. Enquadrado.

Saio com ela novamente agora, pendurada ao pescoço, com uma lente de zoom que comprei junto com a câmera. Fotografar coisas andando é muito diferente. Sou obrigada a identificar uma foto em potencial no meio do caos e depois esperar pelo momento perfeito, ao mesmo tempo que tento me fazer de transparente e despercebida. Minhas fotos no sábado saíram ruins; não fui seletiva. Eu me sentia enferrujada, como uma cantora que foi forçada a passar anos em silêncio.

Contudo, tentei não me sentir frustrada. Disse a mim mesma que, assim que recuperasse a confiança, encontraria o meu tema; por ora, a única coisa que preciso fazer é tirar fotos e aperfeiçoar o meu olhar. A graça está no processo, e não tanto no resultado final.

Mas, enfim, sempre foi assim. Lembro-me das fotografias que tirei em Berlim. Lá era fácil. As amizades que fizemos eram profundas, as pessoas eram atraídas a nós, nossa casa rapidamente se tornou um refúgio de vagabundos e largados. Era repleta de artistas e *performers*, drag queens, viciados e prostitutas; eles ficavam por algumas horas, dias ou meses. Descobri que queria documentar todos. Eles me fascinavam: para eles, a identidade era fluida, movediça, algo que eles mesmos escolhiam para si, sem ser condicionados pela expectativa de outras pessoas. No começo, alguns me tratavam com desconfiança, mas logo percebiam que, longe de tentar imobilizá-los, eu estava tentando entender e documentar sua fluidez. E começaram a confiar em mim. Tornaram-se minha família.

E no centro, sempre, estava Marcus. Eu o fotografava obsessivamente. Tirava fotos dele enquanto dormia, comia, ficava em uma banheira de água fria que no fim acabava parecendo lama; enquanto trabalhava em um quadro ou desenhava nas ruas marcadas pela guerra da antiga Alemanha Oriental. Preparávamos jantar para todos, panelas gigantes cheias de macarrão servido com tomates e pão, e eu fotografava. Íamos à Love Parade e tomávamos ecstasy e dançávamos techno com os outros malucos, e eu continuava tirando fotos. O tempo todo. Era como se não considerasse que a vida tinha sido vivida se não fosse também documentada.

Hoje vim à Millennium Bridge. Está muito quente no meio da tarde — enquanto eu caminhava para cá, o vapor da cidade parecia subir das ruas —, mas pelo menos aqui na ponte há uma brisa.

Eu me agacho para ficar o menor possível e monto o meu equipamento. Bebo um gole da água que comprei no caminho, depois minhas mãos voltam para a câmera. Estou sondando rostos, buscando a foto, esperando.

Pelo quê? Por um sentimento de alteridade, do extraordinário que reside no mundano. Durante um longo tempo não vejo nada que me interesse. Metade das pessoas na ponte são turistas de short e camiseta, enquanto o restante sua dentro de ternos. Tiro algumas fotos mesmo assim. Mudo de posição. E então vejo alguém interessante. Um homem, andando na minha direção. Tem quase 40 anos, acho; veste uma camisa e um paletó sem gravata. A princípio ele parece comum, mas então identifico alguma coisa. É intangível, mas inequívoco. Sinto um arrepio, meus sentidos estão aguçados. Esse homem é diferente dos outros. É como se ele tivesse uma gravidade, perturbasse o ar enquanto o atravessa. Levo a câmera ao olho, enquadro o homem pelo visor, aproximo bem a imagem com o zoom. Foco, espero, foco de novo enquanto ele caminha na minha direção. Ele olha direto para mim, bem abaixo da lente, e, apesar de sua expressão permanecer inalterada, algo parece nos conectar. É como se ele ao mesmo tempo me visse e não me visse. Sou um fantasma, translúcido e tremeluzente. Disparo o obturador, depois espero um segundo antes de dispará-lo de novo, e depois outra vez.

Ele nem percebe. Desvia o olhar, olha por cima do meu ombro para a Tower Bridge e continua a andar. Pouco depois, some.

Permaneço por ali mais um pouco, mas, mesmo sem ainda ter olhado para as minhas fotos, eu sei. Tenho minha imagem. É hora de partir.

Atravesso o lobby e vou para o quarto. Lukas vem atender à porta, de toalha; como de costume, serviu uma bebida para nós dois — cerveja para ele, água com gás para mim — e, assim que nos beijamos, ele a entrega. Sinto seu cheiro, o cheiro profundo, amadeirado, de sua loção pós-barba, o traço vago de quem, lá no fundo, ele é de verdade, e sorrio, pouso a câmera sobre a mesa. É a primeira vez que a trago comigo.

— Você seguiu o meu conselho!

— Segui. Um presente de aniversário adiantado para mim — minto.

— É o seu aniversário?

— Semana que vem. Terça que vem, na verdade.

Ele me beija de novo. Terça-feira. Tornou-se o nosso dia. Ainda não perdemos um, e no meio-tempo conversamos por mensagem. É quase tão bom quanto, mas não é a mesma coisa. Compartilhamos nossas vidas. Descrevemos coisas que gostaríamos de fazer um ao outro, um com o outro. Trocamos nossas fantasias mais secretas. Mas terça é o dia dos nossos encontros.

— Eu devia saber disso. Devia saber quando é o seu aniversário.

Sorrio. Mas como poderia saber? É outra coisa que eu não disse, algo que guardei para mim, junto com o verdadeiro nome do meu marido e o fato de que tenho um filho.

Mas eu disse a verdade sobre Kate.

Não era minha intenção, mas semana passada ele me contou que, desde que começamos a conversar pela internet, já sabia que queria me conhecer. Eu me senti culpada.

O que eu poderia dizer? Só quis conhecer você porque pensei que tivesse alguma conexão com a minha irmã morta?

— Ah, a coisa não é tão simples — retruquei, então. Decidi ser honesta, dizer a verdade. Já tinha havido mentiras demais. — Tenho algo para dizer. Lembra a minha irmã, aquela de quem falei? Ela não se matou. Foi assassinada.

Vi o familiar olhar de espanto. Ele fez menção de me tocar, depois hesitou.

— Mas como...?

Contei o que havia acontecido, que a única coisa que levaram tinha sido um brinco. Até o descrevi para ele. Uma gota dourada, com um pequenino apanhador de sonhos e penas azul-turquesa. Contei da visita a Anna, falei da lista de nomes que encontrei nas coisas de Kate, de quando criei um perfil no encountrz.

— E foi por isso que você veio me encontrar?

— Desculpa. Foi, sim.

Lukas me abraçou forte.

— Jayne, eu entendo. Talvez eu possa ajudar.

— Ajudar? Como?

— Há outros sites. Sua irmã pode ter usado também. Eu podia tentar encontrá-la.

Era tentador, mas parecia inútil, e eu não sabia se conseguiria passar por tudo aquilo de novo. Disse que pensaria a respeito.

E agora ele está aqui, bem na minha frente. Falando que não sabia quando era o meu aniversário.

— Vamos fazer alguma coisa especial — propõe. Pega minha câmera — Anda tirando fotos?

Especial? Imagino o que ele quer dizer. Sair para jantar, ir a um espetáculo? Parece ridículo.

— Achei que já estava na hora. Para ver se ainda tenho jeito para a coisa.

— E aí? Tem?

Dou de ombros, mas estou sendo modesta. Hoje, na ponte, eu me senti a pessoa que fui na época em que morava em Berlim e tirava fotos a toda hora. Já consigo me sentir reencontrando meu talento. É como voltar para casa.

Lukas segura a minha câmera.

— Posso?

Tomo um gole de água.

— Se quiser...

Ele liga a câmera e vê as fotos, demonstra aprovação com a cabeça enquanto o faz.

— São boas.

— Trouxe algumas das minhas fotos antigas. Como me pediu, lembra?

Ele larga a câmera e dá um passo na minha direção.

— Quer ver agora?

Lukas me beija.

— Depois — responde, e me beija de novo. — Meu Deus, como eu estava com saudade! — Ele solta a toalha da cintura e eu olho para baixo.

— Também senti saudade.

E, mesmo que só faça uma semana desde a última vez em que estive em um quarto como esse — e que tenhamos conversado pela internet diariamente —, estou falando sério.

Ele me beija outra vez. Sinto-o endurecer entre nós e sei que daqui a pouco ele estará por cima e em seguida dentro de mim, e então tudo ficará bem de novo.

Depois, ele está de pé em frente à janela. Uma lufada de vento levanta as cortinas e vejo rapidamente a rua lá fora. Estamos no primeiro andar; vejo o céu, algumas nuvens, ouço o murmúrio da rua, o trânsito, as vozes. O quarto está quente, úmido.

Deixo meus olhos passearem pelas curvas do corpo de Lukas, pelo pescoço, pelas costas, pela bunda. Percebo suas manchas, os detalhes que não vejo pela câmera e dos quais me esqueço toda vez que nos encontramos. A verruga em seu pescoço, a marca de vacina no ombro que é igual à de Hugh, a vermelhidão de uma marca de nascença na parte superior da coxa. Agora já faz um mês, e esses detalhes ainda me surpreendem. Pego a câmera; ele se vira enquanto disparo o obturador, e, quando percebe que tirei uma foto dele, seu rosto se abre no mesmo meio sorriso que eu costumava ver em Marcus.

— Volta para cama. Vamos ver essas fotos.

Nós nos deitamos, lado a lado. O envelope que eu trouxe está entre nós, seu conteúdo espalhado. Meu trabalho, meu passado. Uma pilha de fotografias em formato vinte e cinco por vinte centímetros e papel brilhante.

Ele pega uma foto de Marcus.

— E essa aqui?

É *Marcus no espelho*, e conto mais ou menos a mesma história que contei para Anna.

— Um ex. Tirei essa foto no banheiro do apartamento onde morávamos.

— Também em Berlim?

— Sim. — Já contei a ele sobre a minha vida lá. Sobre quem eu costumava ser, quem eu era antes de me tornar a pessoa que sou hoje.

— Você era feliz lá?

Dou de ombros. Não é uma resposta.

— Em alguns momentos, eu era.

— Por que foi embora?

Suspiro e me deito de costas. Olho para o teto, para os arabescos no gesso. Como não respondo, ele larga a câmera e se aproxima, para ficar bem ao meu lado. Sinto o calor de seu corpo. Lukas deve pressentir meu conflito.

— Quando você foi embora?

É uma pergunta mais fácil, e respondo diretamente.

— Fui para lá em meados dos anos noventa e fiquei por três ou quatro anos.

Ele ri.

— Nossa, eu ainda estava na escola...

Rio também.

— Pois é.

Ele beija o meu ombro.

— Sorte a minha eu amar mulheres mais velhas — diz.

Lá vem aquela palavra de novo. *Amor*. Não a usamos ainda. É algo de que nos aproximamos apenas de forma oblíqua. *Amo quando você... Amo o jeito que você...*

Ainda não deixamos de lado o verbo, o qualificador. Não chegamos a ponto de dizer *Eu te amo*.

— Pois então, eu estava curtindo, sabe. Bares e clubes. Morava num apartamento invadido.

— Em Berlim Oriental?

Balanço a cabeça.

— Kreuzberg.

189

Lukas sorri.

— Bowie... Iggy Pop.

— É, mas isso foi anos antes. Eu estava fotografando. Começou como uma coisinha sem importância, mas as pessoas gostaram do meu trabalho, sabe? Conheci o dono de uma galeria. O editor de fotografia de uma revista ouviu falar de mim, quis publicar algumas fotos minhas. Daí tudo meio que saiu do controle. Exposições, até ensaios de moda. — Eu paro. Agora estou chegando perto daquilo que quero dizer a ele, e que ele pode não gostar. — Foi na metade dos anos noventa. Época do visual *heroin chic*.

Ele não diz nada.

— E, bem, rolava muito disso por lá.

Uma pausa.

— Heroína?

Quero que o meu silêncio baste como resposta, mas não é o suficiente. Tenho de contar.

— Sim.

— *Você* usava heroína?

Olho para ele. Sua expressão é indecifrável. Será algo tão difícil de acreditar assim? Parte de mim quer se rebelar, me defender. Muita gente usava, sinto vontade de dizer. Ainda usa. O que é que tem?

Mas não faço nada. Forço-me a respirar fundo. Quero responder, em vez de reagir.

— Todos nós usávamos. — Eu me viro para ficar de frente para ele. — Quero dizer, no começo, não. Fui para Berlim com Marcus. Ele era um artista. Um pintor. Muito bom, muito talentoso. Um pouco mais velho que eu. Eu o conheci quando ele estava na escola de belas-artes. Foi ele que me estimulou a fotografar. Quando ele se mudou para Berlim, eu fui junto. — Com a cabeça, aponto para as fotos entre nós. — A gente se envolveu com um grupo e...

— Gente barra-pesada?

— Não. — Mais uma vez, o desejo de me defender. — Não, eu não diria isso. Eles cuidavam de mim. — Estou pensando em Frosty e nos outros. Não eram viciados, não do jeito como ele entende esse termo. — Eles não eram barras-pesadas. Eram apenas... Éramos apenas... *diferentes,* acho. A gente não se encaixava. E simplesmente gravitávamos um ao redor do outro.

Hesito. É mais fácil do que se pensa, quero dizer. Usar heroína todo fim de semana se torna dia sim, dia não, e depois vira todo dia. É assustador me lembrar disso. Apesar de nem todas as minhas lembranças serem ruins, ainda é dolorido. Estou sendo arrastada de volta, e para baixo. Não é um lugar onde eu possa ficar por muito tempo.

— As drogas eram só parte daquilo tudo.

— E aí, o que aconteceu?

— Depois que eu fui embora?

— É. Na outra semana você disse que seu marido "a salvou"?

— A coisa saiu do controle. — Estou sendo cuidadosa. Não quero contar tudo; no entanto, sei que não posso mentir. — Eu precisei ir embora. Rápido. — Titubeio, tropeçando no nome que inventei para o meu marido. — Foi Harvey quem me estendeu a mão.

Minha mente volta para aquela época. Eu na cozinha, com Frosty. Ela preparava café para mim, enquanto bebia vinho tinto em uma caneca. Acho que não tinha dormido, era a época do festival; tínhamos saído no dia anterior com amigos de Johan, farreando nos bares, e depois um grupo voltou para cá. Agora o apartamento estava silencioso; a maior parte das pessoas tinha saído para continuar a farra ou estava dormindo.

Marcus estava no andar de cima, tocando um violão que alguém havia deixado ali meses atrás.

— Toma — disse Frosty, me passando o café. — O leite acabou.

— Eu estava acostumada com isso. Nunca tinha leite.

— Valeu.

— E Marky, como está?

— Está bem — respondi. — Acho. Apesar de a família dele estar tendo um ataque de nervos.

— De novo?

— Eles querem que ele volte para casa.

Frosty sufocou um gritinho de espanto, fingindo estar assustada.

— O quê? Para longe de tudo *isso*? Mas por quê? — Ela riu. — Acho que eles não entendem.

Fiz que não.

— É, acho que não.

— Você já os conheceu?

Ponho o café sobre a mesa.

— Não. Ainda não. Marcus acha que talvez o pai venha para cá e quer que a gente vá embora com ele. Diz que devíamos insistir. Quer mostrar que está de cara limpa.

Frosty inclinou a cabeça.

— E está mesmo?

— Está — respondi.

Não era bem verdade. Nós tínhamos parado juntos, passado pela crise de abstinência. Tinha sido um inferno de suor, vômito, diarreia e cólicas tão pesadas que os dois gemiam de dor. Nossos ossos doíam, e não encontrávamos alívio no sono. Era como se eu estivesse queimando por dentro, nada ajudava, o tempo todo brilhava diante de nós a consciência de que bastaria um pico para fazer a dor ir embora. Mas fomos fortes, ajudamos um ao outro quando a barra ameaçava ficar pesada demais, e ficamos limpos durante algumas semanas. Agora o pai de Marcus estava a caminho, e Marcus me implorou por mais um pico. Por fim, concordei. Só mais um, depois acabou; nunca mais. Íamos fazer isso hoje ainda, mais tarde, ou na manhã seguinte, vendo o sol nascer. Uma última despedida.

Porém, não contei tudo isso a Frosty.

— Nós dois estamos — respondi. Ela não disse nada, depois sorriu.

— Que bom! — exclamou ela, mudando de assunto em seguida. Terminamos nossas bebidas, falando da farra que planejávamos para o fim de semana.

— Você me ajuda a me arrumar? — perguntou ela, e respondi:

— Sim, claro.

— Ótimo.

Foi então que aconteceu. Algo atravessou Frosty; ela parecia ter sido transportada para um lugar totalmente diferente. Durou apenas um instante; depois ela olhou para mim.

— Amorzinho, cadê o Marky?

Não respondi nada. O quarto estava silencioso, e já fazia algum tempo. O som do violão havia parado.

Agora, olho para a foto na cama — *Marcus no espelho* — e depois para Lukas. Ele está balançando a cabeça. Tenho medo de que me desaprove, de que essa conversa marque o começo do nosso desligamento; no entanto, ele merece a minha honestidade, pelo menos com relação a isso. Segura a minha mão.

— O que aconteceu?

Não quero lembrar; não posso. Às vezes acho que o que fiz naquela noite foi o catalisador do que aconteceu com Kate. Se eu tivesse agido de forma diferente, ela ainda estaria aqui.

— Acho que tomei um susto. Fui embora. Sabia que precisava partir, mas não tinha para onde ir. Então Harvey me salvou.

— Você já o conhecia?

— Já. Ele era filho do melhor amigo do meu pai. Nós nos conhecemos quando eu ainda estava na escola e a gente se tornou amigo. Ele foi basicamente a única pessoa que manteve contato comigo enquanto eu estava em Berlim, e, quando tudo acabou, foi para ele que liguei. Perguntei se falaria com o meu pai por mim. Sabe, para preparar o terreno...

— E ele fez isso?

— Ele pagou a minha passagem. Estava esperando por mim quando desembarquei do avião. Disse que eu podia ficar na casa dele por alguns dias, até me recompor...

— E você ainda está lá...

Por um momento, sinto raiva.

— É, mas você faz isso parecer um acidente. Estou lá porque a gente se apaixonou.

Lukas assente, e eu me acalmo. Fico feliz que ele não tenha feito o que seria naturalmente a próxima pergunta: se ainda estamos apaixonados. A resposta não é simples. O que antes era um amor puro e profundo, hoje é algo mais complexo. Passamos por bons e maus momentos. Discutimos, já tive raiva, já o odiei tanto quanto o amei. Ajudamos um ao outro, mas não é algo tranquilo. As coisas vão se assentando com os anos. Tornam-se outra coisa. Não posso resumir tudo com um simples *Sim, eu ainda o amo,* ou *Não, não o amo mais.*

— E aí você me conheceu.

Prendo a respiração.

— É.

O quarto está silencioso. De algum lugar, bem distante, ouço os sons do hotel, dos outros hóspedes, o bater de portas, risadas, e, lá fora, o ruído contínuo do trânsito. Mas aqui dentro tudo está calmo.

Eu me viro de lado. Fico de frente para ele.

— Me fala sobre a sua esposa.

Lukas fecha os olhos, respira fundo e depois os abre novamente.

— Ela se chamava Kim. A gente se conheceu no trabalho. Ela trabalhava para um cliente meu. Eu a amava muito.

— Vocês foram casados por quanto tempo?

— Ela foi diagnosticada pouco antes do nosso primeiro aniversário de casamento. Os médicos deram a ela de um ano a um ano e meio de vida. Ela morreu sete meses depois.

Silêncio. Não há o que falar. Digo que sinto muito.

Ele olha para mim.

— Obrigado. — E segura a minha mão. — Sinto saudade. Já faz anos, mas sinto falta dela. — Ele sorri, e me beija. — Ela teria gostado de você.

Sorrio. Não sei o que sinto ao ouvir isso. Sei que não tem importância, nunca nos conheceríamos — se ela ainda estivesse viva, Lukas não estaria comigo agora. Fico em silêncio por muito tempo, e depois digo:

— Você disse que ia me ajudar a encontrar a minha irmã na internet...

— Claro. Você quer?

Faz uma semana que ele se ofereceu a fazer isso, mas andei pensando no assunto desde então. Talvez seja doloroso, mas vale a tentativa. E não estarei sozinha nessa história.

— Quero. Se você acha que consegue.

Ele me diz que vai ver o que pode fazer. Digo a Lukas o nome dela, o que ela usava no encountrz, a data de nascimento, qualquer coisa que ele possa julgar útil. Ele digita esses dados no telefone e me diz que fará tudo o que estiver ao seu alcance.

— Deixa comigo — diz.

O quarto parece claustrofóbico, cheio de fantasmas. Lukas deve ter a mesma sensação; sugere sairmos.

— Podemos almoçar. Ou tomar um café.

Nós nos vestimos e descemos, saímos do hotel e vamos até a estação. O saguão está movimentado, mas encontramos uma mesa em um dos cafés. Fica perto da janela, e me sinto exposta, mas, de alguma maneira, agora isso não importa. O olhar das pessoas desliza sobre mim. Lukas pega as nossas bebidas.

— Agora, sim. — Ele se senta. — Está tudo bem? Quero dizer, por eu ter falado de Kim e tudo o mais?

— Sim, claro.

Lukas sorri.

— Fico feliz que possamos conversar sobre coisas reais. Que importam. Nunca tive isso antes.

— E o que você costuma fazer, então?

— Com as pessoas com quem converso na internet?

Faço que sim. Ele continua sorrindo. Penso nas fantasias que compartilhamos.

— A mesma coisa que fazemos?

— É, mas nada é tão louco quanto com você. — Ele faz uma pausa. — E você?

Ele sabe que nunca fiz algo assim, porque eu já disse isso.

— Meu marido e eu... — começo, mas a frase fica no ar. — Somos casados há muito tempo.

— E isso significa que...?

— Acho que significa que eu o amo. Quero dar apoio a ele. Mas...

— Mas não é sempre tão excitante assim?

Não respondo. É isso o que estou querendo dizer?

Olho para Lukas. É mais fácil com você, eu penso. Queremos impressionar, reservamos só o melhor um para o outro. Não compartilhamos os estresses do dia a dia, ainda não, mesmo que tenhamos partilhado nossas grandes derrotas. Eu não tive de sentar ao seu lado enquanto você desabafava sua raiva em relação à família que reclamou de você, enquanto resmungava que precisaria escrever uma carta, um "pedido de desculpas humilhante", mesmo cansado de saber que alertou sobre os possíveis efeitos colaterais da cirurgia. Eu não tive de tentar apoiar você, sabendo que não será apoiado, que nada do que eu possa dizer ou fazer fará qualquer diferença.

— Nem sempre — admito.

— Mas você sempre foi fiel?

Penso em Paddy, no caramanchão.

— No geral, sim.

Ele dá um sorriso largo. É lascivo.

— Não é tão excitante assim.

— Me conta.

— Teve um cara. Há bem pouco tempo...

Lukas se inclina para a frente na cadeira e eu pego o meu café.

— É um amigo do meu marido. — Eu me lembro do jantar. Quero contar uma história para Lukas. — Ele se chama Paddy. Faz um tempo que está dando em cima de mim.

— Dando em cima? Como?

— Ah, você sabe. Quando estamos juntos ele sempre ri das minhas piadas, elogia as minhas roupas. Esse tipo de coisa.

Lukas faz que sim com a cabeça, e eu me escuto ao falar:

— Até achei que ele estava me perseguindo.

— Perseguindo você? Como?

— Teve um cara uma noite... Quando eu estava me arrumando para dormir.

— Você me contou.

Contei, acho. Ele disse que gostaria de poder me proteger.

— Você acha mesmo que é ele?

Mesmo sabendo que Paddy jamais seria a pessoa que estava lá na rua — que com certeza não devia ser ninguém, só a minha imaginação fértil combinada com poucas horas de sono —, eu me ouço dizer:

— Sim.

Os olhos de Lukas se arregalam. Ele parece quase satisfeito. Lembro o que ele disse: *Eu nunca deixaria ninguém fazer mal a você.*

Eu me senti protegida. Segura.

Será que é por isso que falei que achava ser Paddy? Porque quero me sentir daquele jeito de novo?

— Alguém colocou uns cartões na minha caixa do correio também.

— Que cartões?

Explico.

— Daqueles que as prostitutas colocam nas cabines telefônicas.

Ele me encara. Será que isso o está deixando com tesão?

— Acha que foi ele?

Minha mente se transporta para Paddy e sua tentativa desastrada de me beijar. Ele odiaria saber as mentiras que estou contando a seu respeito, mas nunca vai saber.

— Talvez. Ele tentou me beijar, e...

— Quando?

— Se lembra da festa? Quando você foi a um casamento? Ele tentou me beijar. Eu disse que nunca faria sexo com ele. Acho que foi a forma que ele encontrou de me dar o troco.

— Você retribuiu o beijo?

Lembro-me de todas as vezes que conversamos na internet, falando sobre nossas fantasias. Isso não é a mesma coisa?

— Não. Eu não queria beijá-lo. Ele forçou a barra.

— Filho da mãe! Por que você não me disse nada?

— Eu tive vergonha...

— Vergonha? Por quê?

— Eu podia ter dito não.

— E você não disse?

— Sim, eu disse. — Olho para o tampo da mesa. — Não sei. Talvez eu pudesse ter resistido mais.

Ele toma a minha mão.

— Me diz onde esse cara mora.

— O quê?

— Ele não pode se safar de uma merda dessas. Ninguém deveria. Eu vou ter uma palavrinha com ele.

— E dizer o quê?

— Sei lá, vou pensar em alguma coisa.

Eu o imagino batendo à porta de Paddy, mas a visão muda, como um sonho que se retorce, tornando-se horrendo. Eu o vejo perto do corpo de Kate.

— Não — digo. Tento fazer a imagem sumir, mas ela persiste.

— Você está com medo.

— Não, não, está tudo bem.

Ele leva minha mão aos seus lábios e a beija.

— Quero proteger você. — Lukas olha nos meus olhos. — Quero cuidar de você. Se estiver com medo.

Alguma coisa no ambiente muda. Penso nas coisas que contei a ele. No que quero fazer e nunca fiz. Nas coisas que queria que fizessem comigo. O ar fica espesso de desejo.

— Eu sei.

— Você está com medo?

Olho para Lukas. O laço entre nós se estreita. A pele da mão dele parece cheia de energia, funde-se com a minha, e percebo que eu o desejo, e que ele me deseja, que quer que eu sinta medo e, se é isso que quer, então é o que eu quero também.

— Sim — respondo, num sussurro. Ele se senta ainda mais na ponta da cadeira. — Estou com muito medo.

Ele baixa o tom de voz também, mesmo havendo apenas mais uma pessoa no café. Um viajante solitário, com uma maleta, lendo.

— Esse cara. Paddy. O que você acha que ele gostaria de fazer com você? Se pudesse?

Começo a ficar excitada. Meu desejo está dentro de mim, é algo físico, que posso tocar, que posso sentir. Alguma coisa começa a se abrir.

Abro a boca para responder, mas não tenho palavras. Resta apenas o desejo. Lukas se afasta de mim, ainda segurando a minha mão.

— Vem.

Ele me empurra para dentro da cabine do banheiro e tranca a porta. E se torna puro movimento, me beijando, me empurrando, me abraçando. Eu me entrego às suas vontades, ao que quer que esteja acontecendo. Ele rasga as minhas roupas, nossos braços e pernas se agitam, e percebo, como se estivesse a distância, que estou rasgando as dele. Sinto cheiro de desinfetante ou sabão, e, por baixo, o de urina.

— Lukas... — digo, mas ele me silencia com a boca, depois me vira e me empurra contra a parede.

— O que você acha que ele poderia fazer? — pergunta. — Isso?

Tento assentir com a cabeça. O braço dele enlaça minha garganta; não é algo bruto, ele não está segurando com força, mas está longe de ser gentil. Tira minha calça jeans. Sinto o pau dele entrar em mim enquanto afasta as minhas pernas com o joelho. Arqueio as costas,

199

para facilitar. Em algum momento, uma decisão foi tomada; vou deixá-lo fazer o que quiser. Seja lá o que for. Até certo ponto.

Será que era desse jeito com Kate?, penso. Foi assim com a minha irmã?

— Me fala — sussurra ele. — Você quer que eu dê uma lição nesse cara? Me fala o quanto você ficou assustada...

Capítulo 18

Estou dolorida, quando acordo. Ainda sinto os dedos dele em mim, suas mãos.

No entanto, é uma dor que faz com que eu me sinta viva. É algo, ao menos, melhor que aquela outra dor, a dor que me faz desejar estar morta.

Levanto-me para ir ao banheiro. Paro para escutar através da porta de Connor. Há um tímido som de música, é o alarme do rádio. Estou prestes a bater à porta quando decido que é melhor não. Está cedo. Ele está bem. Estamos todos bem.

No banheiro, penso em Lukas. Algo especial, ele tinha dito. Para o meu aniversário. Mal posso esperar; no entanto, também sinto a deliciosa antecipação do prazer adiado. Penso nele enquanto me olho no espelho. Examino os meus braços, as minhas coxas. Eu me viro, tento ver as minhas costas. Há marcas: uma no formato de uma mão, outra parece um pássaro. São vermelhas, e parecem feitas com raiva. A borda das marcas está ficando roxa.

Estou começando a ficar com hematomas.

Seis dias se passam. Quase uma semana. Ponho o papo em dia com Adrienne, Hugh e eu vamos ao teatro, e depois vem a terça-feira mais uma vez, o dia do meu aniversário, 37 anos. Durmo até tarde e uma vez na vida sou a última a acordar. Desço a escada e a minha família já está lá. Há uma pilha de cartões na mesa, um presente embrulhado. Estamos nas férias escolares, então não há pressa. Hugh preparou um bule de café e há um prato com croissants que não o vi comprar.

— Querida! — Ele me entrega um enorme buquê de flores que estava sobre o balcão; são vermelhas e verdes, crisântemos e rosas. Hugh ainda está de roupão. É simples, de cor cinza-ardósia. — Feliz aniversário!

Eu me sento. Connor empurra um cartão na minha direção e eu o abro.

— Que lindo!

É uma foto de nós três, impressa a partir de uma foto digital, colada em um cartão. Dentro, ele imprimiu: "Feliz aniversário, mãe!" Beijo o topo da sua cabeça. Cheira a xampu e, por um instante, penso nele como um garotinho e sinto uma pontada de culpa. Estou aqui, com a minha família; no entanto, também penso no depois, na visita ao meu amante.

Posso chamá-lo assim, agora. Reviro a palavra na mente. *Amante.* Eu me viro para Hugh.

— Você não vai se atrasar para o trabalho?

Ele abre um sorriso largo — quase parece forçado, como se estivesse se obrigando a esquecer aquele caso no trabalho; a família não ficou satisfeita com a carta e está considerando um processo —, e Connor está participando da brincadeira. Ele me entrega o presente.

— Abre esse primeiro. Depois a gente conversa.

Eu o pego; está em um lindo embrulho.

— Feliz aniversário, querida!

Parte de mim sabe o que é, mesmo antes de abri-lo.

— Meu perfume favorito! Fracas!

Minha voz soa entusiasmada demais, até mesmo para mim. Há uma ponta de falsidade. Espero que ele não ache que sou mal-agradecida.

— Percebi que o seu tinha acabado.

— Pois é. Praticamente.

É o perfume que Lukas odeia.

— E eu sei que era o perfume favorito de Kate também.

Sorrio.

— Você foi muito atencioso, querido.

— Coloca um pouquinho, vai.

— Ah, não quero desperdiçar.

— Por favor. — Hugh parece desapontado. Por um momento, ele parece preocupado, mas então sorri de novo. — Você fica tão cheirosa com ele. — Ele me dá um beijo. — Usa hoje...

— Hugh...

— Você ainda gosta dele, não é?

— Sim, adoro.

Abro a caixa, retiro o frasco. Agradando um homem, desagradando outro. Só uma borrifada, penso. Posso tirá-lo antes de me encontrar com Lukas. Por um momento, sinto os dedos dele apertarem o meu punho. Sorrio comigo mesma enquanto borrifo um pouco atrás de cada orelha.

— Mas esse não é o seu presente de verdade.

— Não?

— Papai vai levar você para sair! — diz Connor. O rosto dele se ilumina de alegria. Percebo que eles bolaram algum plano juntos.

— Quando?

Hugh é quem responde.

— Hoje! Tirei o dia de folga.

Os dois olham para mim. Cheios de expectativa.

— Que ótimo! — Eu me concentro em não deixar o pânico transparecer no meu rosto. — Que horas?

— O dia todo! — exclama Connor. — E eu vou sair com o Dylan.

— Que maravilha!

Agora estou realmente começando a ficar preocupada. Imagino Lukas, sentado lá, sozinho, sem saber onde estou. Ele vai pensar que o deixei na mão. Vai achar que perdi o interesse e nem me dei o trabalho de avisá-lo.

Eu não sou assim, não quero que ele ache que sou.

Penso rápido.

— Você se lembra de que hoje eu tenho terapia?

Hugh franze o cenho; havia se esquecido.

— Não, eu não me lembrava. — Ele espera que eu dê uma sugestão, mas não digo nada. — Não seria o ideal, mas será que dá para você cancelar? Só dessa vez?

Fico tensa, quase resvalando na raiva.

— Não quero perder a sessão. Martin acha que estamos fazendo progresso.

Martin. Foi esse o nome que eu usei antes? Por um instante, não consigo me lembrar.

Ele olha para Connor, depois para mim. Não sei se está buscando apoio, ou se acha que não deveríamos ter essa conversa na frente do nosso filho.

— Eu sei...

— Quero dizer, finalmente estou começando a me sentir melhor, sabe?

— Eu sei. E fico muito feliz. Claro que fico. Mas não dá para reagendar?

Connor larga a colher. Está esperando por minha resposta.

— Para outro dia da semana?

Não, penso. Não, não dá.

— Ele é muito ocupado... — Penso rápido. — Cobra pelos cancelamentos.

Hugh estreita os olhos. Percebo que está ficando irritado.

— Acho que podemos bancar isso, querida. E, de qualquer forma, já reservei algo especial para a gente. Também tem uma taxa de cancelamento para isso.

— O que você reservou?

— É surpresa. Coisa para um dia inteiro. Pensei em chegarmos lá às onze.

— Vou ver...

Eu me levanto. Estou arrasada. Meu marido; meu amante. Não posso ter os dois, do mesmo jeito que jamais poderia beber e não beber, ou pegar a seringa e ao mesmo tempo deixá-la de lado. Tenho de escolher entre um e outro.

A não ser que...

Pego o celular.

— Vou ver se consigo fazer a sessão mais cedo — digo a Hugh. — Encontro você lá por volta das onze e meia?

Hugh começa a se opor, mas eu o silencio.

— Gosto de ser confiável — explico. — E comparecer à terapia é importante para mim. — Tento manter um tom de voz sóbrio, razoável, mas já o levantei um pouco. — Tenho certeza de que meia horinha não vai fazer diferença.

Saio da cozinha, vou ao corredor e fecho a porta. Pressiono "Chamar". Alguns segundos depois, Lukas atende.

— Oi! — digo, e sem pensar, acrescento: — Sou eu. Julia Plummer.

— Julia? — pergunta. Ele está confuso; é a primeira vez que uso meu nome de verdade. — Jayne — diz ele, com calma —, é você?

De repente, sinto medo. Sei que Hugh está a apenas alguns metros de distância, do outro lado da porta. Tento manter a calma. Com o dedo, abaixo o som do telefone até ter certeza de que sou a única que consegue ouvir as respostas de Lukas.

— Sim, estou bem — digo, com uma voz sem entonação. Espero um momento, depois continuo. — Não, não... — Rio. — De forma alguma!

— Você não pode falar.

— Exato. Bem, só gostaria de saber se dá para a gente remarcar para uma hora mais cedo. É meu aniversário e o meu marido vai me levar para sair!

Tento parecer entusiasmada, pelo bem de Hugh e Connor, mas não consigo. Lukas vai pensar que estou falando sério, que estou de fato animada para ver o meu marido em vez dele. Não vai dar certo.

Lukas fica em silêncio por um tempo. Não dá para saber se ele entrou no jogo ou se de fato não entendeu o que está acontecendo.

Até que por fim ele fala.

— O mesmo lugar de sempre, mas uma hora mais cedo?

A voz dele parece estranha. Não sei se é frustração ou raiva.

— É, pode ser?

— Está ótimo. — Ele ri. — Por um terrível momento achei que você estava me ligando para cancelar.

— Não, de jeito nenhum — respondo. — Até mais tarde.

Desligo e volto para Hugh.

— Pronto. Resolvido!

— Foi o presente que Harvey me deu — digo.

Lukas não gosta nada disso. Dá para perceber.

— Ele fez você usar?

— Mais ou menos.

— Ele faz você fazer muitas coisas?

— Não como você.

Lukas não sorri. Ele não relaxou desde que cheguei, alguns minutos atrás. Algo está diferente.

— Não é tão ruim assim, é?

— Acho que não.

Sorrio. Estou tentando deixar o clima leve, fazer isso soar irrelevante. O que de fato é, até onde sei, pelo menos. Beijo-o de novo.

— Desculpa — digo.

Tento me afastar do seu abraço, mas ele me beija, prensando-me à medida que o faz. É urgente, quase violento. Sua mão vai até o meu pescoço, e por um instante não sei se ele vai apertar a minha garganta, mas Lukas coloca a mão na minha nuca. Começa a me empurrar em direção à cama.

— Por favor, desculpa — falo.

Apesar de não ser real, meu medo tem algo de viciante. Lukas me solta com um pequeno empurrão, depois ergue a mão, como se fosse me bater.

— Não me castiga — peço. — Por favor?

Por um instante, ele parece genuinamente com raiva; eu vacilo e dou um passo para trás. O rosto de Kate aparece na minha frente, aterrorizada e com os olhos arregalados. Tento me ater ao que sei: que ele nunca teve nada a ver com a minha irmã.

— Não... — digo, mas ele me interrompe.

— Ah, é? Por que não? — Lukas começa a rir. Seu punho continua erguido. — Me dá um bom motivo para eu não fazer isso. Eu disse a você que não usasse essa merda de perfume — diz, e, por um brevíssimo instante, é como se eu estivesse no lugar da minha irmã. Um terror puro e verdadeiro me invade, e então o rosto de Lukas relaxa. Ele baixa a mão, mas me segura.

— Você está de brincadeira — digo.

— É mesmo?

— Não está?

Ele sorri, depois me beija, com força.

— Isso depende.

Depois, deitamos juntos no chão. Estou vestindo metade das minhas roupas. Fico com medo de a minha blusa ter se rasgado — ouvi um rasgão enquanto ele a desabotoava furiosamente, e de pronto pensei em uma explicação para dar a Hugh — e bati a cabeça na quina da cama.

Ele se vira para mim.

— Você se machucou.

— Eu sei.

— Fui eu?

Sorrio.

— Sim. — Eu me sinto quase orgulhosa.

— Você sabe que eu jamais machucaria você de verdade, não é?

— Sim, eu sei disso.

Será que de fato sei? Onde estou me metendo, e quão fundo estou indo?

Ao mesmo tempo, não consigo negar que isso vem tanto de mim quanto dele. Tudo é retribuído, cada fantasia que partilho com ele é estimulada, levada além. Não posso fingir que não estou gostando.

— Sim. Eu confio em você.

— Que bom.

Lukas me beija de forma tão terna, tão devagar, sem toda a urgência de apenas alguns poucos minutos atrás, e nada da trivialidade, do pragmatismo, da superficialidade de Hugh.

— Então... aonde ele vai levar você?

— Quem? — Não consigo discernir se isso é mesmo um sinal de ciúmes. — Meu marido? Não sei.

— Aonde você espera que ele leve?

Eu me sento. Ter trazido Hugh para o quarto me deixa incomodada. As coisas deram certo até agora porque consegui mantê-lo fora disso, assim como mantive Connor.

De repente me vem uma imagem dele. Connor deve estar com Dylan agora. Brincando no computador, ou talvez no parque.

Ainda não sei por que me sinto feliz por Lukas não saber que eu tenho um filho.

— Não sei. Provavelmente vamos almoçar em algum lugar, ou vamos ao teatro. Alguns anos atrás ele me deu ingressos para a ópera, mas no fim não pôde ir comigo. Tive de ir com Adrienne.

— Quem é Adrienne?

— Ah, só uma amiga. A gente se conhece há anos. Praticamente desde que me mudei para Londres.

— Você vai transar com o seu marido?

Olho para ele.

— Isso não é justo.

Ele sabe que estou certa.

— Sabe, do jeito que você fala, parece que tanto faz para onde seu marido vai levar você e o que vão fazer.

Levanto-me e começo a pegar minhas roupas. Não é exatamente verdade, mas isso é um jogo, e sei o que tenho de dizer.

— Pois é, e tanto faz mesmo. Eu iria preferir passar o dia aqui, com você.

— É o que eu quero também.

Respiro fundo. Estava tentando adiar a pergunta, mas tenho de fazê-la antes de sair.

— Você descobriu alguma coisa? Sobre Kate?

Ele se levanta e começa a se vestir.

— Ainda não. Mas estou em cima disso.

Será que está mesmo?, penso. Por algum motivo, não sei se acredito nele.

— Andei pensando no brinco. Aquele que você disse que desapareceu.

— E?

— Tem certeza de que a polícia está investigando o assunto? Quero dizer, talvez o brinco seja uma pista mais útil do que observar os amigos dela na internet.

— Bem, a polícia diz que está, mas não tenho certeza.

Ele me beija.

— Deixa comigo. Estou certo de que alguma coisa vai aparecer. A gente só precisa continuar investigando.

— Obrigada.

— Não há de quê. — Ele me dá um beijo de despedida. — A propósito, você ainda não ganhou o meu presente.

Sorrio.

— Depois eu te dou. É uma surpresa.

Saio de um hotel para ir direto a outro. Minha cabeça está latejando e tem um rasgão na minha camisa, que tento esconder abotoando o casaco. Quando chego, vejo Hugh do outro lado do lobby. Está sentado em uma poltrona; do lado oposto há um piano e, acima do piano, um lustre. Caminho em direção ao meu marido e ele se levanta quando me aproximo. Parece cansado, e me sinto culpada.

— Querida! Como foi lá?

Digo que foi tudo bem. Vejo que ele está carregando uma das minhas sacolas de praia. Deve ter sido a primeira que encontrou. Nós nos sentamos e ele me serve chá.

— Toma.

Aceito a bebida. Olho ao redor do lobby para os outros hóspedes: um casal mais velho comendo biscoitos, duas mulheres almoçando e discutindo alguma coisa em voz baixa, um homem com um jornal. Eu me pergunto que tipo de pessoa fica em um hotel, se esse é o tipo de lugar ao qual Lukas um dia vai me levar.

— Está indo bem — diz Hugh de repente. — Sua terapia, quero dizer. Você parece muito...

— Melhor?

— Não. Relaxada? Em paz? Você parece muito menos confusa em relação à morte de Kate.

Ele me olha, como se aguardasse que eu dissesse mais alguma coisa. Como permaneço em silêncio, ele diz:

— Você pode conversar comigo, sabe.

— Eu sei.

— Fizemos todo o possível, entende? Para ajudar Kate. Para dar apoio.

Olho para o outro lado. Quero mudar de assunto.

— É que... bem... é complicado.

— Você está falando do Connor?

— Sim.

— Não teria sido melhor, sabe. Se ele tivesse ficado com ela. Teria dado na mesma... ou pior. Tínhamos de tirá-lo de lá. Não era um bom lugar para ele.

Dou de ombros, e depois digo:

— Pode ser. Você acha que ele está bem?

— Acho que sim. Quero dizer, ele está tendo um pouco de dificuldade. Com a questão da Kate. Deve ser muito confuso para ele.

— Com certeza. Vou levar Connor para sair na semana que vem. Para a gente passar o dia junto, ir ao cinema ou algo assim. Vou falar com ele depois.

210

Hugh concorda. Eu me sinto culpada. Devia ter discutido isso com ele. Nós deveríamos nos unir quando o assunto é Connor, como sempre fizemos antes.

— Boa ideia — diz. — Ele vai ficar bem. É um bom garoto, tem a cabeça no lugar.

— Assim espero.

— Sabe, acho que ele está namorando.

Hugh sorri. Uma agradável cumplicidade entre pai e filho.

— Sério?

Fico surpresa, mesmo sabendo que não devia, e também com uma ponta de ciúmes. Sempre pensei que seria eu quem ele procuraria para contar esse tipo de coisa, aquela a quem contaria seus segredos.

— Você não percebeu? Ele vive falando dessa menina, Evie.

Sorrio. Não sei por que estou tão aliviada.

— Acho que a conheci.

— Sério?

Eu me lembro da festa de Carla. A garota que vi com Connor: tenho certeza de que esse era o nome dela.

— Sim. Ela parece ser boazinha.

— Que bom. — Ele toma um gole de chá. — Ele também tem saído muito com Dylan. Todo mundo gosta do cara. Connor vai ficar bem.

Hugh para.

— E hoje à noite a casa é só nossa. Pensei que podíamos jantar e...

A frase fica no ar. Penso nas marcas nas minhas costas, nas minhas coxas. Durante uma semana tenho ido me deitar mais cedo, despindo-me no escuro e pegando meu roupão assim que acordo. Não posso deixar que ele as veja.

Não digo que sim, nem que não.

— Seria ótimo.

Hugh sorri.

— Então, o que viemos fazer aqui?

Ele dá um sorriso largo e pousa a xícara na mesa. Inclina-se para a frente na cadeira, como se fosse se levantar para fazer uma apresentação, ou uma declaração.

— Bem, achei que a gente precisava relaxar...

Hugh sorri e me entrega a minha sacola; ali dentro posso ver o azul-escuro do meu maiô, além do xampu e do condicionador.

— Eles têm um spa aqui. — Hugh aponta para a placa perto do lobby. — Marquei para você um pedicuro, e depois nós dois vamos fazer uma massagem. Tinha marcado para o meio-dia, mas tudo bem, eles conseguiram mudar para a tarde.

— Um spa?

— Sim. Podemos passar o dia inteiro lá. Eles têm salas de vapor e sauna, piscina...

— Que ótimo! — exclamo. A ansiedade começa a revirar no meu estômago, a se transformar em pânico. Meu maiô tem um decote baixo na parte de trás.

— Vamos? Ou você quer almoçar aqui, primeiro?

Faço que não. Não sei o que vou fazer.

— Não, estou bem.

— Hoje é o seu dia.

— Eu sei.

Tento desesperadamente pensar em uma desculpa, em um jeito de escapar. Mas não existe nenhuma; já estamos caminhando pelo lobby em direção ao spa. Penso em quando me vesti, há apenas mais ou menos uma hora, no quarto com Lukas. Olhei por sobre o ombro para o meu reflexo em um espelho imenso. Os hematomas eram escuros e de um tom arroxeado inconfundível.

Hugh está sentado na beira da piscina, onde disse que estaria. Pediu um suco para nós dois — é verde, parece orgânico — e está bebendo o dele. Está de short, o que comprei para ele pouco antes das nossas últimas férias, na Turquia. Vagamente, por baixo das camadas de preocupação, percebo que está bonito. Perdeu peso.

Sento-me ao lado dele. Amarrei a toalha ao redor do peito.

— Quer dar um mergulho?

Eu me deito na espreguiçadeira.

— Daqui a pouco.

Ele deixa o jornal de lado.

— Vamos lá! — Hugh se levanta. — Tem hidromassagem. Vou entrar agora.

Ele estende a mão para mim e não tenho escolha a não ser tomá-la. Sinto pavor, esse é um momento inexorável. E também sinto culpa; poucas horas atrás era outro homem que estendia a mão para mim.

A gente entra e se senta na piscina. A água está morna e límpida. Hugh liga a hidromassagem e a água começa a borbulhar. Eu me reclino, mirando a luz que dança no teto, refletida da água que ondula. Os machucados nas minhas costas ardem, como se eu tivesse sido marcada a ferro.

Por um momento, quero contar tudo a ele. Sobre Lukas e o que eu tenho feito. Não foi minha culpa, sinto vontade de dizer. Kate morreu, eu saí dos trilhos, e...

E o quê? E isso não significa nada? Eu realmente achava que estava tentando descobrir quem a havia assassinado, por mim, pelo filho dela? Que estava fazendo a coisa certa?

Mas a quem estou tentando enganar?

— Hugh... — começo, mas ele me ignora por completo.

— Quero falar com você.

Olho para ele. Chegou a hora, penso.

A ficha cai. Connor viu tudo na festa de Carla, no caramanchão. E por fim contou ao pai.

Ou alguém me viu, na rua, em um lobby de hotel, beijando alguém que não é o meu marido.

— O que foi?

Hugh estende a mão por baixo da água e toma a minha.

— É sobre sua recaída com a bebida.

O alívio se mistura à confusão.

— O quê? Que recaída?

— Julia, estou preocupado.

Ele parece pouco à vontade, mas não tanto quanto deveria. Gostaria tanto que isso fosse difícil para ele, um assunto complicado, mas não é. Não mesmo. Hugh está no modo profissional.

— Hugh, não há nada com o que se preocupar. Eu não bebi uma gota sequer.

— Julia, por favor, não insulta a minha inteligência. Você mesma me falou. Quando voltou de Paris.

— Eu sei, mas estava extravasando. Não foi uma viagem fácil.

— Eu sei. Mas acho que você devia começar a frequentar as reuniões de novo. Já faz alguns meses...

Penso nas idas à clínica quando voltei de Berlim, as cadeiras em círculo, a volta ao programa de doze passos. Penso nos dias e nas semanas de cãibras e náuseas e na sensação de estar com a pior ressaca do mundo, o pior enjoo matinal, e não haver nada, nada que pudesse me fazer sentir melhor. Penso nos meses em que implorei a Hugh que me ajudasse, quando na verdade ele já estava me ajudando.

— Olha, se um de nós é especialista em vício, esse alguém sou eu. Ele fica calado.

— Minha irmã morreu. Você se esqueceu?

— Claro que não esqueci — responde ele, irritado. Isso não está saindo tão bem quanto ele imaginou. — Você me pergunta toda hora sobre o andamento das investigações. Como posso me esquecer?

— Trazer isso à tona agora é golpe baixo, Hugh. Eu me importo, só isso.

Ele hesita. Por que não vai você mesmo a algumas reuniões?, sinto vontade de perguntar. Para o AA. Resolva os seus próprios problemas antes de se preocupar com os meus.

— Desculpa — pede ele por fim. — É que... não sei se é saudável para você. Gostaria que confiasse em mim para lidar com isso.

— Eu confio — digo — E vou confiar.

Penso em dizer que não sou só eu que não consegue encontrar paz, que não vai ter descanso até pegarem a pessoa que matou Kate. Connor também.

— Eu me preocupo, só isso.

— Eu não bebi nada desde então. Nem uma gota.

Ele aperta a minha mão. Eu tinha me esquecido de que a estava segurando.

— Na festa de Carla...

— Foi Paddy! Ele me trouxe uma taça de vinho, mas não toquei nela. E depois, quando estávamos conversando, ele derrubou o vinho em mim.

Olho para Hugh. Será que acredita no que digo?

Sua voz fica mais branda.

— Eu só não quero ver você naquele estado de novo. Não posso. Não vou.

— Não vou voltar para estado nenhum...

— Então, por favor, me conta a verdade.

— O quê?

— Você caiu?

— Como? Caí onde?

— Você caiu? Bebeu com Adrienne?

— Hugh, do que você está...

— Esses hematomas. Eu percebi outro dia. Vi que estava tentando esconder hoje também. Então, o que aconteceu?

O alívio é avassalador. Ele acha que a única coisa com que deve se preocupar são algumas taças de vinho a mais.

— Você ficou bêbada, não é?

— Hugh... — digo. — Eu caí. Não estava *bêbada*.

Encontro uma saída. Ele viu os machucados, não posso negar a existência deles. Mas posso explicar por que os tenho escondido.

Dou um suspiro.

— Eu tomei uma taça de vinho. Só isso. Acho que não preciso de muito para... — Hesito, depois continuo. — Escorreguei na escada rolante da estação de metrô.

— Você não me contou nada.

Tento sorrir.

— Não. Foi humilhante demais, se quer saber... — Outra pausa. — Pode perguntar a Adrienne, se não acredita em mim...

Quando falo isso, sei que é um erro. É possível que ele pergunte mesmo. Estou me esforçando demais, acrescentando detalhes extras.

— Desculpa — digo. — Estou com vergonha. Eu cometi um erro.

— Mais um erro.

A fúria me sobe à cabeça.

— É. *Mais um* erro. Olha, já me sinto mal o bastante. Já pedi desculpa. Será que não dá para a gente deixar isso pra lá?

— Não é a mim que você precisa se desculpar.

— Então é a quem?

— Como eu disse, acho que você precisa começar a frequentar as reuniões.

Não, penso. Não. Não vou. Não estou pronta.

Faço que não.

— Prometa que pelo menos vai pensar no assunto.

Não. Não consigo suportar a ideia. Teria de confessar tudo. Teria de admitir que voltei para onde comecei.

— Não posso.

— Por quê?

— Eu só...

— Me diz que vai pensar no assunto, só isso.

Suspiro.

— Tudo bem, vou pensar no assunto.

— Ou pelo menos falar com o seu terapeuta sobre isso.

— Eu vou...

A raiva derrete do rosto dele. Hugh solta a minha mão e acaricia a minha perna.

— Querida, só não quero ver você passar por isso de novo...

— Não vou. E, enfim, isso faz *muito* tempo. Já não caio mais nessa. Além disso — digo com leveza —, eu tenho você. Para me proteger.

Olho bem nos olhos dele. Encaro-o; é mais fácil do que penso, mas ainda assim me odeio por fazer isso. Isso me lembra dos anos que passei convencendo as pessoas de que eu não tinha um problema, com a diferença que, dessa vez, não tenho mesmo. Estou apenas fingindo ter.

— Eu sei — responde ele. Sua mão ainda está sobre a minha perna. — Eu sei.

Ele fica um momento em silêncio, e começo a relaxar. Percebo que preciso tomar uma providência. Talvez eu não tenha tanta sorte na próxima vez, e, seja lá o que esteja acontecendo entre mim e Lukas, não posso deixar que isso destrua o que tenho com Hugh.

Reclino a cabeça, fecho os olhos. Estou sendo ingênua ao pensar que posso manter Lukas longe da minha família? Será que no fim os segredos sempre vêm à tona?

Ficamos os dois em silêncio, e então, sem mais nem menos, Hugh fala:

— Ah, meu Deus. Eu não contei a você sobre Paddy.

Meus olhos se abrem. A menção a esse nome é inesperada e tomo um susto. Espero que não dê para perceber.

— Maria me ligou ontem — continua Hugh. — Eu me esqueci totalmente de contar a você. Ele foi agredido.

Eu me ouço repetindo o que ele disse. Parece minha própria voz, mas vindo de muito longe.

— Agredido?

De repente, sinto calor demais. Estou suando. A água está oleosa e viscosa.

— Foi. No fim de semana. Acho que Maria disse que foi na sexta.

— Onde? Por quem? Ele está bem?

Um pensamento terrível começa a se formar. Semana passada eu contei a Lukas o que Paddy havia feito. Deixei-o pensar que fora pior do que realmente havia sido. Muito pior.

Ele disse que queria me proteger.

— Ele levou uma surra, ficou com o nariz quebrado, mas vai ficar bem. Parece que aconteceu bem perto de onde eles moram. Paddy estava voltando tarde da noite para casa. Ele não consegue se lembrar direito...

Penso em Lukas. Ele disse que daria o meu presente depois. Será que era disso que estava falando?

Volto a pensar em Kate. Vejo-a caída sobre o próprio sangue, com o nariz quebrado, os olhos fechados de tão inchados.

Olho para o meu marido. É como se eu soubesse o que ele vai dizer em seguida.

— O mais estranho é que não levaram nada.

Algo dentro de mim começa a ruir. Eu me levanto, sem saber por que nem aonde estou indo. A água desliza do meu corpo e, por um instante, penso que é sangue.

— Como Kate — digo. — Exatamente como Kate.

Hugh também se levanta.

— Julia? Julia, desculpa. Eu não devia ter contado isso a você. Não pensei que... Julia, por favor, senta.

Não pode ser, digo a mim mesma. Não pode ser ele.

Me diz que você quer que eu dê uma lição nesse cara, falou ele no meio do sexo. E acho que eu disse sim. Será que eu disse sim?

Mas ele não estava falando sério. Ou estava? Será que me levou a sério? Deve ser só uma coincidência. Deve ser, tem de ser.

Penso nas mãos de Lukas no meu corpo, nos hematomas, nas coisas que ele fez. Nas coisas que me disse que gostaria de fazer.

— Sou um idiota — disse Hugh. — Julia, desculpa.

Eu me viro. Tremo, estou morrendo de frio, no entanto, jorra suor de mim. Corro para os vestiários. Só consigo chegar até o banheiro.

Capítulo 19

Connor volta para casa tarde na manhã seguinte. Dylan está com ele e os dois entram, falando sem parar. Estou esperando a água ferver na chaleira quando aparecem na cozinha.

Meu filho. Senti saudade dele; Connor é tudo o que eu queria quando entrei em casa na noite passada, a única coisa na minha vida que ainda acredito ter chances de poder fazer dar certo.

— Oi, mãe! — exclama ele. Parece surpreso por eu estar em casa, e por um instante penso que vai me perguntar se estou bem. Não sei direito o que responder se ele o fizer. Dylan está logo atrás dele, e, quando lhe dou um sorriso, ele fala:

— Olá, Sra. Wilding.

— A gente pode subir? — pergunta Connor.

Dou um sorriso forçado.

— Tudo bem. Vocês se divertiram?

— Sim. — Ele não entra em detalhes.

— Quer comer alguma coisa?

— Não, valeu.

— Dylan?

O outro garoto balança a cabeça e murmura alguma coisa. Está ainda mais magro do que eu me lembrava.

— A gente já comeu — explica Connor. — A gente pode ver um DVD?

— Claro. Avisem se quiserem alguma coisa — digo, enquanto eles desaparecem escada acima. Viro-me de volta para a chaleira e preparo meu chá.

Sei o que tenho de fazer. Estou adiando isso a manhã inteira. Eu me sento à mesa e ligo para Lukas.

— Bom dia, linda. Também estava pensando em você.

Normalmente esse comentário me animaria, mas hoje mal o percebo. Estou tensa, ansiosa demais. Minha energia se esgotou. Passei a noite inteira pensando nele e em Paddy, no que ele pode ter feito. No que *eu* posso ter feito. Estou exausta.

— Lukas, a gente precisa conversar.

Sinto que ele muda de atitude. Imagino-o deitado na cama, depois abruptamente se sentando empertigado. Tento visualizar essa imagem, mas não consigo. Nunca vi seu quarto, ou sua casa. Ele me disse que é bonita, geminada, com três quartos. "Moderna, mas com personalidade." Sempre parecia sentir orgulho dela, então por que ainda não me levou lá?

Será que ele a mantém limpa e arrumada? Um homem, morando sozinho... Será que ele faz a cama? Connor não faria, se eu não insistisse.

— O que foi? Está tudo bem?

O sangue de repente me sobe à cabeça. Sinto vontade de gritar, berrar. De dizer a ele: "Não, não está!"

Respiro fundo e tento me acalmar.

— Agrediram Paddy.

O simples fato de dizer essas palavras é doloroso. Elas me lembram demais de Kate.

— Quem?

— Paddy. — Estou irritada, e ao mesmo tempo assustada. Será que ele esqueceu? — O cara de quem falei. O amigo que me beijou. — Hesito. Minha voz vacila. — Ele foi espancado.

220

— Meu Deus... — Lukas parece preocupado. Acho que é genuíno, mas como vou saber? Eu não sei de nada. — Você está bem, Julia?

Não quero fazer a pergunta a ele, mas é um peso nas minhas costas e não tenho escolha. Afinal, foi justamente por isso que liguei para Lukas.

— Você tem alguma coisa a ver com isso?

Silêncio. Falar isso em voz alta faz o fato parecer real. A suspeita se torna uma certeza.

Eu o imagino, balançando a cabeça com incredulidade. Cada músculo do meu corpo está tenso. Então ele diz:

— Quem, eu? Mas o que..?

Interrompo. Não quero, mas não consigo me segurar. Repito, mais alto dessa vez.

— Você tem alguma coisa a ver com isso?

Sua resposta vem mais rápido. Lukas se apressa em se defender.

— É claro que não! — Não consigo decidir se ele parece estar com raiva ou apenas com empatia. — Ele vai ficar bem?

As palavras saem da minha boca num turbilhão, tropeçando umas nas outras.

— É que parece uma grande coincidência, só isso. Quero dizer, eu conto essa história a você semana passada, e agora, nessa semana...

— Escuta. Se acalma...

— ... nessa semana — prossigo —, nessa semana, isso acontece.

Paro de falar. Meu corpo de repente está cheio de vida. Posso sentir as mãos de Lukas em mim, minha pele se atiça com a urgência bruta do sexo na cabine do banheiro, meus punhos ainda sentem uma leve dor onde ele os agarrou. Eu me lembro do que disse.

— Você me perguntou se eu queria que você desse uma lição nele.

— Eu sei — responde. — E, caso não se lembre, você disse sim.

Desmorono. Estou quase sem fôlego, em pânico e com raiva.

— Mas eu não estava falando sério! A gente só estava brincando. Era fingimento!

— Será mesmo? — A voz dele se agita; Lukas parece diferente. Não parece mais o mesmo. — Sabe de uma coisa? Você precisa tomar cuidado com o que deseja, Julia. Muito cuidado...

O medo toma conta de mim. O terror. É real, é físico. Estou ardendo, meu telefone está vivo, é perigoso. Quero atirá-lo do outro lado da sala com força. Antes eu nunca o tivesse conhecido. Não sei quem ele é, esse homem, essa pessoa a quem permiti entrar na minha vida. Quero que tudo volte a ser como antes.

— Lukas! — Minha voz está suplicando, estou quase gritando, apenas vagamente ciente de que Connor está no andar de cima. Agora mesmo eu daria tudo para ter certeza de que o que aconteceu com Paddy não teve nenhuma ligação com Lukas. Quase tudo. — Por favor...

Paro. Ele está fazendo um barulho; a princípio não consigo identificar o que é, mas então percebo. Está rindo, praticamente consigo mesmo. Sou inundada por luz, ar.

— Lukas?

— Relaxa! Estou só brincando...

— Brincando? E qual é a graça?

— Julia, acho que você precisa se acalmar. Pensa bem. Você não está sendo meio paranoica? Quero dizer, você só me falou sobre esse cara na semana passada. Acha mesmo que fui lá dar uma surra nele? Como eu podia fazer isso? Você não me disse onde ele mora, nem me contou o nome completo dele. Pelo amor de Deus, eu só fui descobrir o *seu* nome verdadeiro ontem!

É verdade. Não pode ter sido ele. Mas seria mesmo uma coincidência?

— Não sei. Desculpa.

— Também peço desculpa. Por ter rido. Por não ter levado a sério. — Outra pausa. Ele parece arrependido. — Quando foi isso?

— Acho que sexta à noite.

— Eu estava em Cambridge na sexta. Saí com um grupo de amigos. — Ele hesita. — Pode até checar no Facebook, se quiser. Ade publicou um montão de fotos.

Meu computador está na minha frente. Eu o abro.

— Julia, esse cara... Tem certeza de que ele vai ficar bem?

— Vai — respondo. — Acho que sim. — Abro o Facebook e vejo a linha do tempo de Lukas. É verdade. Tem fotos dele.

Eu me sinto péssima. Culpada. Cheia de um desejo intenso de consertar tudo.

— Fui muito idiota. Desculpa.

— Você confia em mim, não é?

A voz dele está calma agora. Gentil. Reconfortante. A voz à qual estou acostumada. No entanto, uma visão surge do nada. Ele diz exatamente a mesma coisa, só que para Kate.

— Julia? Você está aí?

Percebo que não respondi.

— Sim. Desculpa. Só fiquei em pânico, nada mais. — O alívio invade as minhas veias, e percebo a verdade do que estou dizendo. Uma claridade retorna ao mundo, uma claridade que eu nem havia percebido que tinha desaparecido. — Desculpa. Toda essa conversa de fantasias, acho que fiquei preocupada...

— Tudo bem...

— Eu não devia ter acusado você. — O prazer invade as minhas veias. O prazer da tensão liberada. — Não sei o que me deu.

— Está *tudo bem*. Fica calma, Julia. Vai ficar tudo bem.

Será? Eu quero que fique. Penso em todos os bons momentos que tivemos, todo o apoio que Lukas me deu com relação a Kate. Tenho a impressão de que, se tem alguém capaz de fazer tudo ficar bem, então é ele.

É sua voz. Ele faz isso. Ele faz com que eu me sinta melhor, mais calma.

— Escuta — diz Lukas. — Acho que talvez eu tenha descoberto alguma coisa. Sobre Kate.

Meu coração bate mais forte.

— O quê? O que foi?

Ele parece demorar uma eternidade para me responder.

— Não tenho certeza.

— O quê? O que foi?

— Provavelmente não é nada.

— O que você descobriu?

Mais uma vez, ouço-o hesitar. Ele não quer me dar esperanças.

— Tem um site...

— Que site?

— Eu não me lembro. Mas descobri alguém lá que está usando o nome Julia.

— Julia?

— É. Foi por isso que olhei duas vezes. Não tem foto, mas ela deve ter uns 28, 29 anos. Mora em Paris. E...

— E?

— Bem, a questão é que ela não entra no site desde o fim de janeiro.

— Qual é o nome desse site?

— Por quê?

— Porque eu quero tentar usar os mesmos dados do login que funcionaram no encountrz. Quero saber se é ela.

— Por que não deixa isso comigo?

Porque eu quero saber.

— Por favor, Lukas. Só me diz o nome. Vou dar uma olhada...

Ele suspira alto. Quase posso ouvi-lo tentando decidir o que vai ser melhor.

— Não sei se é uma boa ideia — começa ele. — Você só vai se chatear, e...

— Lukas!

— Escuta. Vou contar a você o que eu acho que devemos fazer: vou mandar uma mensagem para ela. Se responder, vamos saber que não é Kate.

— Mas se ela não entra desde janeiro...

— Tudo bem. Então por que você não me dá o login e a senha de Kate? Vou testar por você.

224

Então, chegou o momento, penso. Tenho de decidir agora. Será que confio nele, ou não?

E que escolha eu realmente tenho? Dou a ele a senha. Jasper1234.

— É o nome do cachorro que a gente tinha quando era criança. Promete que vai tentar.

Ele me liga uma hora depois. Não consegui parar quieta. Fiquei andando de um lado para o outro, depois me sentei ao computador, tentei trabalhar e não consegui. Quando meu telefone toca eu atendo rapidamente.

— Alô?

— Sinto muito.

— Você não conseguiu entrar.

— Não...

— Ela pode ter usado uma senha diferente...

— Julia, espera. A mulher respondeu à minha mensagem. Eu pedi uma foto e ela me enviou. Não é Kate.

— Posso ver a foto? Pode ser alguém tentando se passar por ela.

— Não é — responde ele. — Essa mulher é negra.

Sinto um desânimo profundo. Iludir-me não vale a pena, pois isso só leva a uma frustração devastadora. Qualquer coisa é melhor. Até o vazio.

— Posso continuar procurando, se você quiser.

— Eu fiquei decepcionada, é só isso — digo.

— Tenta não ficar. A gente se vê essa semana? Terça?

Hesito. Tudo é brilhante, intenso demais. Quero normalidade, estabilidade. Lembro-me do amor visceral que tenho pelo meu filho, a forma como senti sua falta na noite passada após saber do ataque que Paddy sofreu. Como se fosse pela primeira vez, percebo que esse amor não é compatível com o que estou fazendo.

Lembro por que comecei a falar com Lukas e o conheci. Para descobrir quem assassinou minha irmã, pelo bem de Connor, pela família.

Entretanto, isso não me levou a lugar nenhum, e agora Connor precisa de outra coisa. Uma ida ao cinema. Um hambúrguer. Mãe e filho. Tomo minha decisão.

— Não dá. Não na terça. Tenho um compromisso.

Sinto como se uma constrição de repente se libertasse. Estou aliviada. É uma sensação boa. Fui egoísta; agora, estou fazendo a coisa certa.

— Compromisso?

— É. Desculpa.

Percebo que estou prendendo a respiração. Parte de mim quer discutir, reclamar, a outra espera que ele apenas sugira outro dia. Quero ter certeza de que posso aguentar uma semana sem o ver.

Silêncio. Preciso dar uma desculpa.

— É que eu tenho uma amiga. Anna. Ela quer ajuda para comprar um vestido de noiva.

— Mas ela não pode outro dia?

— Não. Desculpa...

— Tudo bem.

Quero que ele argumente mais, que tente me persuadir, que pergunte quem é mais importante, ele ou Anna.

Mas Lukas não faz isso. Despede-se e, logo em seguida, desligamos.

Capítulo 20

Chega a terça-feira. É o dia de Connor, e decido que vamos fazer o que ele quiser. Eu lhe devo isso; ele merece. Parece mais alegre, está mais falante agora, como era antes.

No fim de semana, fomos visitar Paddy. Ideia de Hugh. Ele não estava tão mal quanto eu esperava. Os olhos estavam inchados e machucados, havia um arranhão na bochecha. Ele não sabia dizer quantas pessoas o atacaram, nem se foi mais de uma. Não levaram nada, só deram uma surra nele. Paddy não olhou para mim nem uma vez sequer durante todo o tempo em que estivemos lá.

Acordo cedo. Não dormi bem: na noite passada, vi o vulto de novo, embaixo da minha janela. Parecia mais real dessa vez, tinha mais forma. Até pensei ter visto o brilho de um cigarro; no entanto, outra vez, quando me virei para falar com Hugh e voltei, ele havia sumido. Se é que esteve lá mesmo.

Minha vista está embaçada enquanto desço a escada. Encontro o celular e vejo que perdi outra ligação de Adrienne na noite passada. Sinto-me culpada. Ela tem viajado; quer saber se recebi o presente, um colar de prata que me chamou a atenção alguns meses atrás, quando fomos às compras.

— Me dá um toque, OK? — dissera na última mensagem. — Vamos ver se a gente se encontra. Estou ocupada, como sempre, mas louca para ver você! Me liga.

Eu não liguei, e não sei por quê. Talvez porque ela me conheça bem demais; logo perceberia se eu tentasse esconder qualquer coisa. Além disso, também tem a mentira que contei a Hugh, a de que eu caí na escada rolante. Preciso me afastar um pouco dela. É mais fácil evitá-la, só por um tempinho.

Connor e eu tomamos café diante da televisão. Quando terminamos, pergunto o que ele quer fazer hoje e ele diz que talvez ir ao cinema.

— Claro! — respondo. Peço que escolha um filme. — O que você quiser.

Ele escolhe a nova versão de *Planeta dos macacos*. Não era o que eu queria, mas tomo cuidado para não deixar isso transparecer.

Vamos a pé até o cinema, atravessando o Islington Green. Percebo que faz muito tempo desde a última vez que fizemos isso, só nós dois. Senti falta dessas coisas, e me pergunto se ele também. Do nada, um sentimento forte de amor toma conta de mim, e de culpa também. Percebo que, agora que Kate partiu, Connor é o único parente consanguíneo que tenho, a única pessoa com quem partilho do mesmo DNA. Percebo que Kate foi o elo, para todos nós. Nossos pais, eu, ela e, agora, Connor: ela foi o centro de tudo.

Preciso dizer alguma coisa. A necessidade fala mais alto.

— Você sabe que eu te amo, não sabe?

Ele olha para mim; sua expressão é inescrutável, como se estivesse com um pouco de vergonha. Por um instante, vejo o menininho vulnerável dentro dele, que tenta lidar com o mundo adulto no qual se enreda cada vez mais a cada dia que passa. Mas isso some e outra coisa aparece brevemente em seu rosto. É a dor, penso, acompanhada logo depois pela determinação de dominá-la.

— Connor? Está tudo bem?

Ele faz que sim, arqueando as sobrancelhas. É um gesto familiar, que devia ser tranquilizador, mas é automático demais para significar qualquer coisa.

— Estou bem. — Cruzamos a rua e paramos do outro lado, ambos ao mesmo tempo, como se tivéssemos ensaiado. — De verdade.

Ponho meus braços sobre seus ombros; às vezes Connor não gosta de ser abraçado, e eu acho que um desses momentos pode ser quando está no meio da Upper Street.

— Você pode falar comigo, Con.

Quanto tempo faz desde a época em que eu costumava chamá-lo assim? Será que ele me pediu que parasse, ou o hábito apenas desapareceu? Talvez isso sempre aconteça entre mães e filhos.

— Por favor, não se esqueça de que pode contar comigo. Sempre.

Ao dizer essas palavras, sinto-me culpada. Ele pode mesmo contar comigo? Não é o que tem acontecido recentemente.

— Eu sei.

— As últimas semanas... meses... — começo a dizer, mas não sei onde vai dar. Estou tentando criar um laço entre nós, algo que eu nunca devia ter colocado em risco. — Não foram fáceis. Eu sei. Para todos nós. — Connor olha para mim. Quero que me perdoe, que me diga que eu estive ali para apoiá-lo, que ele está bem. — Sei que eles têm sido uma merda para você também, Connor. Quero que saiba disso. Eu realmente entendo.

Ele dá de ombros, como eu esperava. Fica em silêncio, mas me olha com uma expressão de gratidão, e algo acontece entre nós. Algo bom.

No cinema, Connor vai ao banheiro enquanto compro os ingressos na maquininha, e depois entro na fila para comprar a pipoca que prometi a ele. Quando volta, entramos na sala de projeção. Pensei que estaria lotada, mas menos da metade das cadeiras está ocupada. Há pessoas aqui e ali — a maioria casais —, e sugiro irmos para uma fileira quase vazia mais para o fim da sala. Connor concorda, e nos sentamos. O filme ainda não começou e o lugar se enche com os sons de garrafas sendo abertas, goles de bebidas sugados por canudinhos, pacotes de bala ou biscoito sendo abertos. Passo a pipoca para Connor.

— Quer mais alguma coisa? — sussurro, e ele diz que não.

Connor está checando o celular e me olha com ar de culpa. Suponho que seja uma mensagem da namorada. Evie. Ele de vez em quando a menciona; disse que ela não estava na festa de Carla, mas é evasivo, ainda está naquela idade em que se tem vergonha de falar da namorada. Sem pensar, e para mostrar que não vejo problema nisso, pego a minha bolsa e checo meu próprio telefone.

Recebi uma mensagem de Lukas. Fico aliviada; nossas últimas conversas foram gélidas, e, desde a última vez que nos vimos, fiz acusações e disse que não queria vê-lo hoje. Pensei que talvez ele tivesse decidido terminar tudo antes que eu o fizesse, e de fazê-lo com seu silêncio.

"Como andam as compras?"

"Chatas. Mas obrigada por perguntar..."

Aperto "Enviar". Parte de mim espera que ele não responda, no entanto fico com o telefone na mão, caso ele o faça. Dito e feito, a resposta chega em seguida.

"Queria estar aí com você..."

Sorrio para mim mesma. Ele não está mais com raiva de mim, se é que um dia esteve; eu fui ridícula.

"Eu também." Novamente, aperto "Enviar" e, depois, desligo o telefone.

O filme começa. Não é mesmo a minha praia, mas lembro a mim mesma que estou aqui por Connor e, quando olho para ele, percebo que está gostando. Tento me aquietar. Tento parar de pensar em Lukas, tento ignorar a tentação de pegar o telefone da bolsa e ver se ele respondeu. Concentro-me no filme.

Mais ou menos um minuto depois, Connor muda a posição das pernas. Alguém está passando por ele, desculpando-se baixinho ao fazê-lo. Acho estranho. Esse recém-chegado está sozinho e há muitos assentos vazios. Por que escolheu justamente a nossa fileira? Dou passagem também e ele se desculpa, mas olha para a tela enquanto o faz. Fico ainda mais surpresa quando ele se senta do meu lado. Penso em avisar que há um monte de assentos vagos mais à frente, mas então penso: que mal tem isso? Volto a me concentrar no filme.

Pouco depois, sinto uma pressão na perna. A princípio não tenho certeza se é real, mas depois fica evidente. O recém-chegado está encostando a perna na minha; parece proposital, mas não dá para saber ao certo. Olho para baixo — suas pernas estão de fora, numa bermuda de surfista — e afasto a minha perna, só alguns centímetros. Pode ter sido acidental; não quero causar nenhum tipo de confusão. Finjo estar concentrada na tela, mas então a perna do homem se move para tocar a minha novamente, dessa vez com mais urgência, e de forma intencional demais para ser por acaso.

Olho para o lado. A tela está escura e não consigo ver muita coisa. Identifico óculos de aros grossos e um boné de beisebol, daqueles rígidos que ficam bem altos na parte da frente da cabeça. O homem está olhando para a tela, com a mão esquerda no queixo, como se estivesse em contemplação profunda.

Mexo a perna de novo e respiro fundo, preparando-me para falar alguma coisa, dizer que pare ou caia fora; não sei qual dos dois. Ao mesmo tempo, o estranho tira a mão do rosto e se vira para mim, e, quando o faz, a ação na tela abre para um plano externo, numa cena clara, que enche a sala de luz. É então que percebo que o homem sentado ao meu lado não é nenhum estranho. É Lukas. Ele está sorrindo.

Tomo um susto; mas, ao mesmo tempo, minhas entranhas se reviram de desejo. Um abismo de medo se abre diante de mim e começo a cair. O que ele está fazendo aqui, nesse cinema? O que está acontecendo? Não pode ser coincidência; seria ridículo. No entanto, como pode ser qualquer outra coisa? Lukas não sabe onde eu moro: nunca contei a ele, sei disso. Sempre fui cuidadosa.

Porém, aqui está ele. Volta a olhar para a tela agora. Afastou a perna, como se tentasse evitar contato comigo. Eu volto a assistir ao filme, e, pouco depois, olho para Connor, que está sentado do outro lado. Ele não percebeu nada.

Meu coração bate muito rápido; não sei o que fazer. Isso está indo longe demais, sinto vontade de dizer a ele. Você foi longe demais. No entanto...

Lukas encosta a perna na minha de novo, e dessa vez eu não a afasto. O toque da sua pele na minha é eletrizante, sinto cada pelinho, o calor dos seus músculos. Apesar de o meu filho estar a centímetros de distância, descubro que estou gostando.

Fecho os olhos. Minha mente rodopia, confusa. Há questão de minutos ele me enviou uma mensagem perguntando sobre as compras que eu falei que estava fazendo. Lukas devia saber que era mentira, mas como iria descobrir que eu estou aqui?

Olho para Connor de novo. Ele está concentrado no filme, sua mão às vezes mergulha no balde de pipoca no colo. Depois de um momento eu me viro para olhar para Lukas, que também parece absorto. Ele deve sentir o meu olhar. Lentamente, volta-se para mim, para me encarar diretamente, como se quisesse ter certeza de que eu sei que é ele. Olho no fundo dos seus olhos e articulo a pergunta em silêncio, e ele começa a sorrir. Não há calor humano, sinto uma frustração nauseante. Olho de novo para a tela, e, algum tempo depois, novamente para Lukas. Dessa vez, ele dá uma piscadinha, ainda sem nenhum afeto, e olha para a frente de novo. Em seguida, levanta-se para ir embora. Ao fazê-lo, diz:

— Com licença. — Ao passar pelo meu filho, fala: — E aí, carinha...?

Depois, como se nunca tivesse estado aqui, desaparece.

Sento-me. Minha mente não para quieta, não consigo me concentrar no filme. Estou pensando em Lukas, não consigo entender o que ele queria, por que apareceu.

Ou como soube onde eu estaria.

Minha mão vai até a poltrona na qual ele se sentou, como se para senti-lo ali. Ainda tem calor, eu não imaginava. Começo a tremer. Minha boca está seca e tomo um gole da água que comprei com a pipoca de Connor. Eu me sinto enjoada. Preciso me acalmar. Respiro fundo, mas o ar está viscoso graças ao cheiro dos cachorros-quentes mordidos e ketchups arrotados. Sinto náusea. Fecho os olhos. Vejo Lukas.

Preciso sair. Preciso tomar um ar.

— Vamos.

— O quê?

— A gente vai embora.

— Mas, mãe...!

— Esse filme é uma porcaria!

— Poxa, mas eu estou gostando! — Sei que estamos fazendo muito barulho; em algum ponto mais atrás, alguém manifesta impaciência.

Levanto-me. Preciso continuar em movimento.

— Tudo bem, fica aqui, então. Volto num minuto.

Vou ao banheiro. Estou nervosa quando abro a porta; ele pode estar aqui, penso, e logo lembro sem querer da vez em que transamos na cabine do banheiro, perto do hotel onde ele estava hospedado. Mas Lukas não está aqui. Só algumas garotas, da idade de Connor ou um pouco mais velhas, que retocam a maquiagem, fofocam. Alguém era *inacreditável*; outro, aparentemente, ia *fazer com que ele pagasse*. Ignoro-as e vou para uma das cabines. Tranco a porta e saco meu telefone. Nada, só uma mensagem de Hugh. "Acabou o leite. Dá pra você trazer?"

Fico sentada por algum tempo, desejando que meu telefone tocasse, ou que chegasse uma mensagem. Uma carinha sorrindo, uma piscadinha. Qualquer coisa para me garantir que Lukas estava apenas se divertindo um pouco. Mas não há nada. Não sei o que pensar.

Ligo para ele. A ligação cai direto na caixa postal. Tento de novo, e de novo, e de novo. Depois, quando não há mais nada que eu possa fazer, desisto. Guardo o telefone na bolsa e volto para ficar com o meu filho.

Capítulo 21

Voltamos para casa. Não sinto nada, não consigo pensar. Havia torcido para Connor não ter notado Lukas, mas no caminho a pé para casa ele comentou:

— Você não achou aquele cara meio estranho?

Eu estava olhando para a esquerda e para a direita, esperando para atravessar a rua, mas também procurando Lukas. Ele não estava em lugar nenhum à vista.

— Desculpa. Acho que não ouvi o que você disse.

— Aquele cara. O que veio e se sentou do nosso lado na sala de cinema quase vazia.

— Ah, *aquele*? — Tentei parecer natural, mas não sabia se estava me saindo bem. — Ah, as pessoas são estranhas mesmo.

— Aí ele vai embora antes do filme acabar. Que cara mais bizarro!

Será que aquilo fazia parte do jogo? Que eu deveria ter dado uma desculpa para o meu filho, ido atrás de Lukas, deixado que ele me comesse no banheiro? Fiquei na dúvida se lá no fundo, bem no fundo, não era exatamente isso que eu desejava ter feito.

Agora minha mente gira. Não entendo como ele fez isso, muito menos por quê. Sempre que me vem uma explicação, uma possível solução, sou obrigada a rejeitá-la. Se foi mesmo coincidência, então por que ele não me cumprimentou? Se era um jogo, então por que ele pelo menos não sorriu para mim, para indicar que estávamos jogando?

Meus pensamentos voltam sempre à mesma coisa. Isso é impossível. Lukas não sabe onde eu moro. Para ele, eu estava fazendo compras com Anna.

— Está tudo bem, mãe? — pergunta Connor. Percebo que ainda estou parada no meio da cozinha.

Dou um sorriso forçado.

— Acho que estou ficando com enxaqueca.

Outra onda de pânico me assalta. Olho para o meu filho. Ele sabe sobre você, penso. Você não está mais a salvo. Começo a me sentir sufocada.

— Quer um copo d'água? — pergunta ele. Connor vai até a pia, enche dois copos e os traz até mim.

— Sim — digo. — Obrigada. — Pego o copo da mão dele e tomo um gole; a água está morna. — Acho que vou me deitar um pouco.

Subo a escada. Lukas continua não atendendo o celular, e não recebi nenhuma mensagem de texto. Abro o computador e vejo que ele está on-line. Fico duas vezes mais furiosa.

"O que foi aquilo, hein?", digito. Hesito antes de apertar "Enviar". Eu devia me afastar, quero me afastar. Mas não consigo. Agora não há mais como fugir. Para onde quer que eu vá, lá está ele.

A resposta chega um instante depois.

"Você gostou?"

Fico estarrecida. Ele não faz a menor ideia de como eu me sinto, do que ele fez.

"Como você sabia onde eu estaria?"

Nenhuma resposta. Por um longo tempo, nada. Seu maldito, penso. Maldito. Depois, finalmente:

"Achei que seria uma surpresa bacana."

Uma surpresa bacana? Eu daria uma risada, se todo o meu corpo não estivesse retesado de medo.

"Como você sabia?"

"Precisei de um pouco de criatividade."

"O que isso significa?"

Pausa ainda maior.

"Não precisa surtar. Eu estava em Islington. Vou a um antiquário lá de vez em quando. Vi você do outro lado da rua e te segui."

Antiquário, penso. Desde quando ele gosta de antiguidades? Não sei nada sobre esse homem.

"Achei que seria divertido."

"Divertido? Você me assustou!"

Li novamente as mensagens de Lukas. Quero acreditar nele, mas não consigo. Ele estava, *por acaso*, fazendo compras em Islington? Quanta coincidência. E, mesmo que fosse verdade, por que não me mandou uma mensagem?

Não. Em vez disso, ele me seguiu, sentou-se ao meu lado, piscou para mim no escuro. Só dirigiu a palavra ao meu filho, não a mim, e sua expressão não era a de alguém que estava fazendo uma surpresa bacana para alguém. Era a de alguém que acha que descobriu alguma coisa.

"Assustei? Por quê? O que você achou que eu faria?"

"Sei lá."

De repente percebo tudo. É um instante de absoluta clareza, quando tudo o que parecia enevoado e cinza se torna claro e transparente como água gelada. Eu me envolvi com aquele homem por causa do meu filho, mas agora era o meu filho que estava em risco. Preciso dar um ponto final nessa história.

Tento me concentrar nesse pensamento, mas ao mesmo tempo uma parte mais forte de mim busca afastá-lo. Lukas me manda outra mensagem.

"O que você queria que eu fizesse?"

"Como assim?"

"No cinema. Me conta."

Sinto vontade de gritar. Como posso fazer esse cara entender que isso não é um jogo? Tem um monte de coisas em risco, coisas que posso perder para sempre.

"Agora não, Lukas. Está bem?"

Aperto "Enviar". Quero que ele entenda o que fez, o quanto me assustou. Quero que saiba que há limites que não podem ser ultrapassados.

Sua resposta chega alguns segundos depois.

"Me conta como queria que eu tocasse você", diz. "Me conta como ficou imaginando que seria, bem ali, na frente de todo mundo."

"Não."

"Qual o problema?"

Não respondo. Não vai ter jeito, não quero ter essa conversa pela internet. Não consigo fazer com que ele entenda o que fez, não naquele momento. Não quero vê-lo de novo, mas não tenho escolha.

"Quero ver você. É importante."

"Como quiser."

Passa-se um longo tempo, depois Lukas me manda uma nova mensagem.

"Falando nisso, quem é o garoto?"

— É o meu filho.

Estamos sentados frente a frente, almoçando. Eu escolhi o lugar, mas, agora que estou aqui, me arrependo de não ter escolhido algo mais reservado. Ele queria me encontrar num hotel, mas eu sabia que não seria uma boa ideia. Acabamos indo a um restaurante à beira do rio. Estamos sentados a uma mesa da área externa, embaixo de um guarda-sol. Pessoas passam a caminho da estação.

Ainda não perguntei a ele sobre sua pesquisa dos perfis de Kate na internet. Desconfio que tenha desistido. Duvido que tenha se esforçado muito.

— Filho? — pergunta Lukas. Por um instante tenho a impressão de que ele não acredita em mim. — Você nunca me disse nada.

— Não. — Eu suspiro. Preciso ser sincera. É hora disso. No mínimo. — Queria deixá-lo fora dessa história.

E não consegui. Agora Lukas sabe de tudo, ou seja, sabe demais. O que parecia administrável ficou fora de controle, o que estava guardado numa caixa se libertou.

Olho para esse homem. É quase como se ele fosse o meu dono e eu precisasse pedir a ele que me devolvesse a mim mesma.

— Como ele se chama?

Estremeço. É um instinto de proteção; estou com mais raiva do que pensei.

Desvio o olhar. Do outro lado da rua um cara com roupa de lycra discute com um motorista que por pouco não o derrubou da bicicleta.

— Não. — Olho de novo para Lukas. — Como eu disse, quero que ele fique fora dessa história.

— Você não confia em mim.

— Lukas, não é tão simples assim. Quero manter o que nós tivemos separado da minha vida real. Quero que seja algo à parte. Não queria pensar no meu marido, e muito menos no meu filho.

— O que nós tivemos. — Lukas fala isso em tom de afirmação, não de pergunta.

— O quê?

— Você disse "o que nós tivemos". Tempo pretérito. Quer dizer então que está tudo acabado, suponho.

Não respondo. Escolhi essas palavras sem premeditar, num ato falho freudiano. Porém, agora já as disse, e basta uma única palavra para confirmar. Eu poderia dizer "sim" e depois me levantar. Ir embora, trocar o número do meu celular, nunca mais entrar naqueles sites, e então tudo isso não passaria de passado. Um erro, mas um erro que pode ser facilmente reparado. Ele nunca foi à minha casa, nunca nem sequer a viu; nem eu fui à dele. Estamos envolvidos, mas não tanto a ponto de um único ato decisivo não ser capaz de nos separar de uma vez por todas.

Mas é isso que eu quero? No caminho até aqui pensei que era, mas agora não tenho certeza. Sentada diante desta mesa, sinto-me dividida. Será que ele realmente seria capaz de machucar alguém? Lukas parece tão gentil, tão carinhoso. Penso nas longas noites de solidão. Imagino voltar aos dias em que as mensagens novas no celular eram tão empolgantes quanto Hugh avisando que ia chegar mais tarde de novo ou Connor perguntando se podia se demorar mais um pouco.

— Escuta. — Ele se ajeita na cadeira e dá de ombros. Novamente me impressiono com sua presença, sua pele, bem na minha frente. Ela cintila, é tridimensional, quando todo o resto parece bidimensional. — Eu pisei na bola. No cinema. Desculpa. Achei que você ia gostar.

— Mas não gostei. — Olho brevemente por cima do ombro dele para observar a discussão lá fora, que está começando a se acalmar, e depois olho de novo para Lukas.

— Foi uma coincidência, só isso. Eu estava em Islington. Não sabia que você morava por perto.

— Lukas...

— Você não acredita em mim?

— O que você estava fazendo em Islington?

Ele hesita. Apenas uma fração de segundo, mas o bastante para que pareça uma mentira.

— Eu já disse, fazendo compras. Vou com certa frequência, quando estou por aqui.

— Então o que veio fazer aqui?

— Venho toda terça, se é que ainda não percebeu. Em geral somente para ver você. Foi força do hábito, suponho. — Ele suspira. — Estava com saudade. Meu dia parecia meio desperdiçado sem você, portanto, pensei em vir para cá mesmo assim.

— E você espera que eu acredite nisso?

— Acho que eu estava chateado. Queria ver você. Era o nosso dia. Você cancelou.

— Quer dizer que você, por um total acaso, foi parar em Islington, bem no lugar onde eu estava com o meu filho no cinema?

— Coincidências acontecem, você sabe.

Eu me pego começando a desejar acreditar nele.

— Você acha que eu estava seguindo você? Nossa. Você está paranoica *mesmo*.

— É uma grande maldade sua dizer isso.

— Desculpa. Escuta, eu vi você. Sério. Atravessando a rua. E, como passei a semana pensando em você e em mais nada, eu te segui. Talvez tenha sido um erro, mas...

— Foi um erro.

— Mas eu estava ficando maluco. Só penso em você.

— Lukas...

— Me diz que estava pensando em mim.

— Claro que sim, mas...

— Então qual é o problema?

— Não sei. É que... eu me assustei. Foi... arriscado.

— Pensei que você gostasse de correr riscos. Do perigo.

— Não desse jeito...

— É o que você sempre me diz.

Levanto a voz.

— Não desse jeito. Não quando envolve Connor.

Merda, penso. Eu disse o nome do meu filho. Agora é tarde demais.

Ele não fala nada. Ficamos em silêncio por um instante. Nenhum de nós começou a comer a comida à nossa frente: um sanduíche para ele, uma salada para mim. Eu me dou conta de que nunca fizemos nenhuma refeição juntos, não uma refeição de verdade. E jamais faremos.

— Como você sabia que filme iríamos ver? Ou você ficou olhando por cima do meu ombro enquanto eu pagava as entradas?

Ele não responde.

— Quero confiar em você, Lukas.

— Então confia. Eu nunca menti para você. Cometi um erro, só isso. Não estou perseguindo você. Não agredi seu amigo. Puxa, depois de tudo o que você passou?

240

Ele parece irritado, mas ao mesmo tempo profundamente magoado. É isso o que quase me convence. Mas, mesmo assim, não tenho certeza. Ainda não.

Vim para cá desejando terminar tudo, ir embora, mas agora não sei se consigo. Ainda não.

— Desculpa.

— Você precisa confiar em mim, Julia — diz ele.

Olho para o meu prato.

— Acho difícil confiar em qualquer um.

Ele estende o braço e segura a minha mão.

— Connor — diz ele, como se estivesse experimentando o nome, vendo a sensação que traz, como soa. — Por que não me contou que tinha um filho?

Olho para a aliança na mão dele. Você não me disse que tinha uma esposa, sinto vontade de dizer. As coisas começam a se acumular. Primeiro a aliança, depois o fato de que ele nunca, nem mesmo uma única vez, sugeriu que fôssemos a Cambridge, embora não fique longe daqui.

— Você é casado, não é? — digo baixinho, com a voz suave, como se não quisesse que ele ouvisse de verdade.

— Fui. Você sabe disso.

— Quero dizer, ainda é. Confessa.

— Não! — Ele parece irritado. Estarrecido. Como fui capaz de sugerir uma coisa dessas? — Eu disse a verdade. Não mentiria sobre isso. Jamais.

Observo sua raiva aos poucos se transformar em sofrimento. É visceral, inconfundível. A dor da perda, algo que conheço bem até demais, e por um instante sinto culpa e uma pena desesperada por ele. Gostaria de ser capaz de deixá-lo entrar na minha vida. Gostaria de ter contado a ele sobre o meu filho, desde o início.

— Promete.

Lukas segura a minha mão entre as dele.

— Prometo.

Percebo que acredito nele.

— Escuta. Meu filho... Connor... sofreu um bocado. Eu quis protegê-lo...

— Você acha que eu seria capaz de fazer algum mal a ele?

— Não. Não estou tentando protegê-lo das pessoas, propriamente, e sim das situações. Ele precisa de estabilidade. — Respiro fundo. — É complicado. Connor é adotado. Ele... A mãe dele era a minha irmã.

Espero Lukas absorver essa informação.

— Sua irmã que foi assassinada?

— Sim.

Longo tempo.

— Quando você o adotou?

— Quando ele era bem pequenininho. Minha irmã não estava conseguindo lidar com a situação, portanto o adotamos.

— E ele sabe disso?

Faço que sim. Ele fica em silêncio durante algum tempo e depois diz:

— Sinto muito.

Lukas olha para mim. Não tenho mais nada a dizer. Estou exausta, vazia. Começo a remexer minha salada. Depois de mais ou menos um minuto, ele diz:

— Quer dizer que é isso, então?

— Isso o quê?

— Foi por isso que você usou o verbo no pretérito. Esse é o motivo dessa conversa. De você não ter querido ir para um hotel. Quer que eu deixe você em paz.

A resposta deveria ser sim, mas hesito. Não sei por quê. Vou sentir falta de sentir desejo; falta de esse desejo ter sido recíproco. Vou sentir falta de poder conversar com ele sobre coisas que não digo a mais ninguém.

Quero conservar todas essas coisas, ainda que apenas por mais alguns minutos.

— Não sei.

— Tudo bem. Eu estava mesmo com o pressentimento de que essa seria uma daquelas conversas de "desculpa, mas...". Você sabe. "Não dá mais." Esse tipo de coisa.

Você teve recentemente muitas conversas dessas?, penso, por um instante. E, se sim, quão recentemente, e quem começou? Quem estava dando o pé na bunda ou quem estava recebendo?

Olho para o outro lado. Tento lembrar tudo o que aconteceu. Percebo que o lugar sombrio da minha dor tomou conta de mim. Eu me tornei frágil. Paranoica. Enxergo perigo em toda parte. Um homem fica embaixo da janela do meu quarto, meu amante ataca alguém de quem sequer sabe o sobrenome, que dirá o endereço. Se eu não tomar cuidado, vou perder tudo o que tenho de bom na vida.

Tomo uma decisão.

— Não quero terminar. Mas o que você fez naquele dia... Não faça nunca mais, certo? Não quero envolver Connor nessa história.

— Certo.

— Estou falando sério. Se isso acontecer, acabou.

— Certo.

Lukas parece ansioso, e vejo que começa a relaxar. A balança do poder mudou, mas não é só isso.

Percebo que é o que eu queria, o tempo todo. Queria vê-lo incomodado, queria saber se ele entendia o que estava em jogo, queria vê-lo assustado, com medo de me perder, queria ver as minhas próprias inseguranças refletidas em Lukas.

Digo num tom mais doce:

— Chega de joguinhos, está bem? Aquelas coisas que a gente andou conversando... — Baixo a voz. — As encenações, o sexo violento. Tudo isso precisa parar.

— Certo.

— Você não pode aparecer do nada, sem avisar. Não posso voltar para casa cheia de hematomas...

— Tudo bem, o que você quiser, desde que a gente não termine.

Estendo o braço para segurar a mão dele.

— Como poderíamos terminar?

— E agora? Como vai ser?

— Agora? Vou voltar para casa.

— E a gente se vê na terça?

— Sim. Sim, claro.

Lukas parece aliviado.

— Desculpa. Por esses joguinhos e tudo o mais. Romantismo não é o meu forte. — Ele faz uma pausa. — Vamos fazer alguma coisa. Da próxima vez. Alguma coisa legal. Deixa comigo.

Capítulo 22

Passa-se uma semana. As aulas de Connor recomeçam; agora ele está um ano mais próximo dos exames, da idade adulta e de tudo o mais que vem junto com ela; um ano mais perto de se afastar de mim. Mandei o blazer dele para a lavanderia, para ser lavado a seco, e saímos para comprar camisas e um novo par de sapatos. Ele não está animado com a volta às aulas, mas sei que isso só vai durar um ou dois dias. Então vai se reunir de novo com os amigos, retomar a rotina. Vai se lembrar de como gosta de estudar. Hugh tem razão quando diz que Connor é um bom garoto.

No dia do início das aulas, vou até a janela e o observo andando; ele dá uns poucos passos, mal chega ao fim da rua e já afrouxa a gravata. Na esquina, espera um instante. Um amigo dele se aproxima, os dois trocam tapinhas no ombro e depois saem juntos. Ele está virando um homem.

Eu me afasto da janela. Tenho um trabalho amanhã — a mulher cuja família fotografei algumas semanas atrás me recomendou a uma amiga — e outro na semana que vem. O buraco na minha alma começa a se fechar. Entretanto, parte de mim se sente vazia. A morte de Kate ainda permeia tudo o que eu faço. Quando Connor vai embora, não sei como lidar com a situação.

Tento não pensar no assunto. Hoje é terça. Vou me encontrar com Lukas. Tenho a manhã livre, horas para me arrumar. É como se estivéssemos saindo pela primeira vez, semanas e meses atrás, quando eu achava que seria algo passageiro, nada além de uma oportunidade para descobrir o que aconteceu com a minha irmã.

Como isso mudou.

Mas sei que precisa acabar. Às vezes penso nesse momento, no momento em que nos separaremos de uma vez por todas, e me pergunto se conseguirei suportar. Porém, precisamos nos separar; meu relacionamento com Lukas não tem final feliz. Sou casada. Sou mãe. Amo o meu marido e o meu filho, e não dá para ter tudo.

Quando saio de casa, Adrienne está estacionando o carro aqui em frente. É uma surpresa, nada típico dela. Aceno, e ela abre a porta. Seu rosto está sério, rígido, e fico nervosa.

— Carro novo?

— É. Querida, posso entrar?

— O que foi? Você está me assustando.

— Quero perguntar uma coisa a você. — Ela aponta para a minha casa. — Podemos?

Fico parada.

— Adrienne? O que foi?

— Você está me ignorando. Por quê?

— Querida, eu...

— Julia. Estou tentando entrar em contato com você há dias.

— Desculpa, não andei muito bem.

Outra mentira. Eu me sinto péssima.

— Aconteceu alguma coisa? Dee me contou que você não anda retornando as ligações dela também. E Ali comentou que convidou você para uma festa e você nem sequer respondeu.

Convidou? Não me lembro. Sinto algo ceder, como se alguma coisa na minha cabeça tivesse se aberto, alguma espécie de defesa. Minha mente é inundada de pensamentos. Sim, sinto vontade de dizer. Sim, aconteceu alguma coisa. Sinto vontade de dizer tudo a Adrienne, quero que tudo venha à tona.

Entretanto, eu sei o que ela vai dizer.

— Alguma coisa? Tipo o quê?

Adrienne balança a cabeça.

— Ah, minha querida...

— O que foi?

— Bob viu você.

Hesito. Não é a névoa de culpa ou vergonha que me envolve. É outra coisa, afiada, um bisturi na minha pele.

— Viu o quê?

— Viu você com um cara. Disse que vocês estavam almoçando juntos.

Balanço a cabeça.

— Na beira do rio.

Fico tensa. A adrenalina toma conta de mim. Não posso deixar que ela perceba.

— Na semana passada? — pergunto. — Pois é, fui almoçar com um amigo. Por que Bob não foi me cumprimentar?

— Ele estava num táxi. Um amigo? Bob disse que não o conhecia.

Eu me forço a rir.

— Bob não conhece todos os meus amigos, sabia?

Vejo que Adrienne começa a amolecer.

— Um amigo... Ele disse que vocês dois pareciam bem íntimos. Quem é ele?

— Só um cara que eu conheci. Tirei uma foto dele e da esposa. — Eu me arrisco agora. — Ela também estava com a gente.

— Bob disse que só viu vocês dois.

— Ela devia ter ido ao banheiro. Por que todo esse interrogatório? Você acha que estou tendo um caso?

Adrienne me encara.

— Por quê? Você está?

— Não!

Sustento seu olhar.

— Adrienne, estou falando a verdade.

— Espero que sim — diz ela.

Não desvio os olhos dos dela. *Estou mesmo*, sinto vontade de dizer. Quero jurar que sou inocente.

Mas é porque quero que seja verdade ou porque quero escapar dessa situação incômoda?

— Desculpa, mas preciso sair. Tenho uma sessão de fotos hoje.

Não estou carregando equipamento nenhum, e ela percebe.

— Mais tarde, quero dizer. Antes, preciso comprar umas coisas.

Adrienne suspira.

— Está bem, mas me liga. Assim a gente pode conversar direito.

Digo que vou ligar.

— Para onde você está indo? Quer uma carona?

— Não, não precisa — retruco.

— Promete que vai me ligar — diz ela, e vai embora.

Agora estou num táxi. Eu me sinto inquieta, ansiosa. Bob me viu com Lukas. Essa foi por pouco, mas e a próxima vez? Na próxima vez, pode ser que a própria Adrienne me veja, ou até mesmo Hugh.

Andei negligenciando o meu marido. Sei disso. Preciso desistir de Lukas.

Ou então começar a ser mais cuidadosa. Não sei o que eu quero mais.

Desço do carro em frente ao hotel em St. Pancras e entro no lobby. Lembro-me da primeira vez em que estive aqui. A mesma sensação de perigo, de empolgação. A mesma sensação de que talvez tudo estivesse prestes a mudar.

Vou até a recepção e dou meu nome. A mulher assente.

— Veio ver o Sr. Lukas? — pergunta ela.

— Sim, isso mesmo.

Ela sorri.

— Tem um pacote aqui para a senhora.

A recepcionista enfia a mão embaixo do balcão e me entrega um embrulho. É um pouco maior que uma caixa de sapatos, envolto em papel pardo e preso com fita adesiva. Meu nome foi rabiscado por cima com marcador preto.

— E o Sr. Lukas pediu a mim que lhe entregasse um recado — continua ela, e me entrega um papelzinho.

"Vou me atrasar", está escrito ali. "Tem champanhe no balde de gelo atrás do bar. Espero que goste do presente."

Eu agradeço à moça. Por que ele teria comprado champanhe, se sabe que não bebo? Começo a dar as costas para ir embora.

— Oh — digo, virando-me de novo para ela. — Poderia me emprestar uma tesoura?

— Claro.

Ela me entrega a tesoura. Diante do balcão, corto a fita adesiva. Penso em Hugh ao fazer isso; imagino que estou tocando com um bisturi uma carne amarelada, observando a pele ceder e então inchar com líquido vermelho. Devolvo a tesoura à recepcionista e em seguida levo a caixa até uma das cadeiras ali perto. Quero estar sozinha ao abrir o meu presente.

Respiro fundo e abro o pacote. Sou atingida por um odor — não é desagradável, tem um leve traço floral e o cheiro de algo que passou tempo demais guardado. Dentro, há um embrulho enrolado em papel de seda e um envelope fechado. É o que abro primeiro.

Vejo um cartão de cor creme, liso. Penso nos cartões que colocaram na minha caixa de correio, aqueles que eu disse a Lukas que achava terem sido enviados por Paddy — mas aqui não tem nenhuma mulher de lingerie, nenhum seio à mostra, nenhuma garota fazendo beicinho e parecendo não ter idade para fazer aquela pose e aquela expressão.

Viro o cartão. Do outro lado há uma mensagem.

"Um presentinho para você", está escrito. "Vejo você daqui a pouco. Vista isso. Lukas."

Coloco o cartão de lado. Se ele enfiou uma roupa dentro dessa caixa, não pode ter muito tecido. Levanto o embrulho envolto em papel de seda e o rasgo.

É um vestido. Vermelho vivo. Um minivestido, curtíssimo, com mangas compridas e decote cavado nas costas. Já antevejo o quanto deve ser justo, como vai abraçar meu corpo sem esconder nada, apenas acentuando as minhas curvas. Confiro a etiqueta e vejo que ele escolheu a numeração certa, mas esse vestido não se parece em nada com algo que eu usaria, e deve ser justamente essa a intenção. Embaixo há um par de sapatos, pretos, com saltos de uns dez centímetros, bem mais altos do que me sinto à vontade usando, com um lacinho pequenino na ponta. Eu os pego do embrulho; são lindos. Parecem caros.

No fundo da caixa vejo mais uma coisa. Um estojo de joias feito de couro vermelho macio. Meu coração bate acelerado com uma empolgação infantil quando o abro. Dentro dele há um par de brincos dourados em forma de gota, com um desenho de trevo de quatro folhas. Ao contrário dos sapatos, não parecem nada caros.

Tenho uma reação instintiva. Meu coração parece sair pela boca, e fecho o estojo depressa. Parecem os brincos que Kate estava usando. É só uma coincidência, penso. Tem de ser. Sinto-me como no dia em que Hugh mencionou casualmente que Paddy havia sido agredido, mas que não roubaram nada. Meus nervos estão à flor da pele, é isso. Preciso me recompor.

Encontro o banheiro. Estou nervosa, inquieta. Tem alguma coisa estranha. É o vestido, o sapato. Os brincos. São lindos, mas não são presentes que se compra para alguém de quem se gosta. São uma fantasia. Um disfarce. Dessa vez ele está deixando bem claro o que até então estava implícito: que tudo isso é irreal, uma fantasia. Que preciso me transformar em outra pessoa. Preciso tirar a aliança de casamento, muito embora ele saiba que sou casada. Preciso fingir ser alguém que não sou. Isso é um jogo, uma encenação. Exatamente o que eu disse a ele que não queria.

Então por que estou me trocando? Por que estou vestindo essa roupa? Não sei dizer; é quase como se não houvesse escolha. O que está acontecendo agora já estava em curso, tem um impulso forte demais para resistir. Estou entrando no desconhecido, no exótico. Sou pura luz sendo sugada para a escuridão.

Escolho a cabine mais afastada da porta e a tranco. Tiro as roupas que estou usando e seguro o vestido à minha frente. Ele se desdobra, uma cortina vermelha, e eu o enfio pela cabeça antes de fechar o zíper. Coloco os sapatos altos no chão e os calço. A altura me transporta para outro lugar, um lugar onde sou forte. Retiro meus brincos e os substituo pelos que Lukas me presenteou. A transformação está completa. Sou outra mulher. Julia não está mais aqui.

Saio da cabine e vou até o espelho. Minha perspectiva mudou; tudo está diferente. Não sei mais quem eu sou, e me sinto feliz por isso.

Sorrio para o meu reflexo e uma estranha retribui meu sorriso. Ela é linda e extremamente confiante. Parece-se um pouco com Kate, embora seja mais magra e mais velha. A porta do banheiro se fecha atrás de mim com um suspiro.

No bar, começo a relaxar. As batidas do meu coração desaceleram até voltarem ao normal, e minha respiração fica mais profunda. Antes que eu consiga impedir, o garçom me serve um pouco do champanhe que Lukas deixou para mim, mas peço água a ele também. Olho ao redor. O bar está pouco movimentado, só há umas duas pessoas por ali. Pouso o copo. Quero parecer à vontade quando Lukas chegar. Composta. Como se algo tivesse sido inventado, criado. Algo ficcional.

Bebo a água devagar; entretanto, quando termino o primeiro copo, Lukas ainda não chegou. Eu me sirvo novamente enquanto confiro a hora no celular. Ele está bastante atrasado e ainda não me mandou nenhuma mensagem. Bebo um gole e ajeito o vestido. O que será que aconteceu? Gostaria de estar usando as minhas próprias roupas.

Pouco depois percebo alguém atrás de mim, inclinado no balcão. Não consigo vê-lo, mas sei que é um homem — existe certa firmeza nele, ele ocupa o espaço com confiança. É Lukas, penso. Começo a sorrir ao me virar, mas fico desapontada. Não é ele. Esse homem é maior que Lukas; está de terno cinza e segura um copo de cerveja. Está sozinho, ou parece estar. Ele se vira e sorri para mim. A coisa fica óbvia, declarada, e não estou acostumada com isso. Porém, ao mesmo tempo, é lisonjeiro. Ele é jovem, atraente, de barba por fazer, com um maxilar poderoso e um nariz que já foi quebrado um dia. Retribuo o sorriso, porque seria falta de educação não fazer isso, e em seguida olho para o outro lado.

Ele deve ter interpretado meu sorriso como um convite, pois vira o corpo para me encarar e diz:

— Como vai?

— Bem. — Penso em Lukas, resisto à tentação de dizer ao homem que estou esperando alguém. — Obrigada.

Seu rosto se abre num sorriso e ele diz:

— Posso?

Ele indica o lugar vago entre nós, mas, antes que eu possa dizer que está reservado para outra pessoa, ele já se sentou. Fico irritada, mas apenas ligeiramente.

— Meu nome é David.

Ele me dá um aperto de mão. Sua palma tem uma aspereza que as roupas não sugeriram. Vejo seus olhos percorrerem meu corpo, descerem do meu pescoço para os meus braços e para o meu dedo sem aliança. Somente quando eles voltam para o meu rosto é que me dou conta de que ele ainda está segurando a minha mão.

Fico impaciente. Quero tocar Lukas. A pele dele, não a desse homem.

Mas Lukas não está aqui, e estou chateada, embora não queira admitir.

— Eu me chamo Jayne — digo.

— Sozinha?

Uma brisa acaricia minha nuca. Penso primeiro em Hugh e depois em Lukas.

— Por enquanto — respondo.

— Bem, muito prazer em conhecê-la, Jayne.

Ele sustenta o meu olhar de um jeito penetrante. É uma oferta, uma proposta. Não tenho a menor ilusão do contrário. Sei que é por causa da roupa que estou vestindo. Alguns meses atrás talvez eu não tivesse percebido, mas Lukas me fez ficar atenta a esses sinais.

Não sinto, porém, a mesma empolgação de quando conheci Lukas — a empolgação de ser desejada, mas de também sentir desejo. Dessa vez é meio incômodo. Penso novamente em dizer que estou esperando uma pessoa, ou que sou casada, mas por algum motivo não digo nada. Isso seria me esconder atrás de um homem. *Você não pode ficar comigo porque estou comprometida com outro.* Seria uma fraqueza da minha parte. Ele se mexe no banco, de modo que seu joelho direito fica perto o bastante para roçar o meu joelho esquerdo, e sinto uma eletricidade repentina, tão intensa que me espanta.

— Igualmente — respondo.

David pergunta se estou hospedada no hotel, se vim aqui a trabalho. Respondo que não. Não quero dar pano pra manga.

— E você? — pergunto.

— Ah, trabalho no ramo financeiro — responde ele. — Uma coisa muito chata.

— Viajando?

— Sim, moro em Washington, D.C.

— É mesmo?

— Sim. O que vai beber?

— Já estou bebendo, obrigada.

Vejo-o fingir um olhar de desapontamento. Sorrio e então olho para o celular para checar a hora. Lukas está atrasado e não me mandou nenhuma mensagem.

— Então vou querer o mesmo.

Quando a bebida é servida, sobe pelo copo com um chiado. Brindamos, mas eu não bebo. Estou vagamente consciente da impressão que isso causará quando Lukas chegar, o que não deve demorar, agora — mas isso me agrada. Prefiro que ele veja essa cena a me ver sozinha, desesperada, à sua espera.

Contudo, ao mesmo tempo, fico imaginando se terei dificuldade em dispensar esse cara, David.

— Bem — diz ele —, me fala de você. De onde você é?

— Eu? Ah, de nenhum lugar específico. — Ele parece confuso, e eu sorrio. Não vou lhe dizer a verdade mas também não estou com vontade de inventar nada. — Minha família se mudava muito quando eu era pequena.

— Tem irmãos?

— Não. — Não quero meter Kate nessa história. — Sou filha única.

Olho para os olhos dele. São grandes, e a expressão de sinceridade no rosto é tão perfeita que só pode ser falsa. Eu me dou conta de que estamos muito próximos um do outro. Sua mão está apoiada na coxa, seu joelho ainda está pressionando o meu. O clima é extremamente sexual. Todo o ambiente parece estar inclinado, desequilibrado. Com alguma coisa muito errada.

— Com licença — digo. — Vou ao toalete.

Eu me levanto. Estou trêmula. É como se eu tivesse bebido de verdade e não simplesmente molhado os lábios no champanhe e pousado a taça sobre a mesa. No banheiro, eu me olho no espelho, tentando recuperar a confiança que senti anteriormente, mas não consigo. Julia está voltando; está apenas vestida com as roupas de outra mulher.

Saco o celular e ligo para Lukas; ele não atende, portanto, deixo um recado. Jogo um pouco de água no rosto, respiro fundo algumas vezes e me recomponho.

Quando volto, David ainda está sentado no banco, ainda está inclinado sobre o balcão. Ele me observa enquanto eu me aproximo. Sorri. Está de pernas abertas — para se equilibrar, suponho, embora no fundo eu me pergunte se não estará também se oferecendo a mim de algum jeito primitivo, animalesco. Eu me sento.

Ele sorri, baixa a voz e se inclina para a frente. Por um instante acho que vai me beijar, mas diz:

— Vamos subir? Ir para um lugar mais íntimo?

Não consigo resistir. Sinto um formigamento, uma empolgação. Percebo que gosto da ideia de chatear Lukas desejando outro cara. Ele, porém, não sabe de nada, e também sinto medo. Não foi por isso que vim. Isso não devia estar acontecendo. Esse homem parece forte. Não é alguém de quem eu conseguiria me desvencilhar, se fosse preciso. Além disso, estamos em um lugar público e não quero fazer nenhuma cena. Tento ganhar tempo.

— Aqui? — digo. — No hotel? — Ele assente, e eu digo a mim mesma: "concentre-se". — Desculpa, mas...

Dou de ombros, mas ele continua sorrindo. Eu me lembro das garotas da escola, de como os garotos as chamavam quando elas não iam tão longe quanto o prometido. "Ajoelha, mas não reza", diziam.

Ele parece não entender o recado. Pousa a mão no meu joelho, sobe-a muito de leve em direção à minha coxa. Inclina-se para a frente. Sinto seu cheiro, forte e amadeirado, um cheiro de couro, como o de livros antigos. Ele começa a afagar a parte interna do meu pulso. Sei que tentará me beijar, que daqui a pouco fechará os olhos e abrirá a boca, muito de leve, e que esperará que eu faça o mesmo.

Pigarreio e olho para o balcão. Ele toca o meu braço. Sinto outro minúsculo choque de eletricidade estática.

Ele sussurra:

— Eu sei o que você é — afirma, como se tivesse lido minha mente. Sorri, mostrando os dentes como se estivesse rosnando. Ele continua afagando minha pele.

Olho para os seus lábios, para a sua pele morena, a sombra ligeira dos pelos da barba meio crescida, que ele jamais deve conseguir retirar completamente.

— O quê? — pergunto, sentindo o pânico crescer dentro de mim.

— Me dá um beijo.

Começo a balançar a cabeça. Tento sorrir, parecer confiante, mas não consigo, não sou assim. Não consigo acreditar que isso esteja acontecendo. Sem pensar, pego a taça de champanhe.

Aguenta firme, aguenta firme, aguenta firme.

— Eu... — começo a dizer, mas ele me interrompe novamente.

— Me dá um beijo.

Viro a cabeça para o outro lado e tento soltar o pulso que ele está segurando. Começo a falar, a protestar. Estamos num lugar público, sinto vontade de dizer. Me deixa em paz. Mas minhas palavras tropeçam, caem. Sua boca está a centímetros da minha, sinto o cheiro de álcool, e por trás desse cheiro outro, de algo rançoso — alho, talvez. Onde está Lukas?, penso. Preciso dele. Eu o quero.

Olho para trás. Agora há ainda menos gente no local; os únicos clientes que restaram estão entretidos nas próprias conversas. Ninguém percebeu o que está acontecendo, ou todos escolheram fingir que não perceberam.

— Quanto é? — pergunta ele.

Sufoco um leve gemido de terror, mas ele simplesmente dá de ombros. É como se a resposta a essa pergunta lhe importasse tão pouco quanto meus protestos.

— Quanto é? — repete ele. — É só isso o que eu quero saber. Diz o seu preço.

Meu preço? Minha cabeça começa a rodar, alucinada. Esse homem acha que vou me vender, que basta negociarmos um preço.

— Você entendeu errado. — Agora minha voz está trêmula, a língua embolada: não de álcool, mas de medo.

— Entendi, é? — Ele sobe mais a mão pela minha coxa; seu polegar, seus dedos, entram por baixo da barra da minha saia. De longe, como se de uma grande altura, eu me pergunto por que ainda não me afastei. Imagino que o bar inteiro esteja olhando; de alguma maneira todo mundo sabe o que ele está fazendo, pode ver que eu não estou fazendo nada para impedi-lo. Olho para a mesa mais próxima: o casal que está ali sentado parou de conversar para bebericar seus drinques; o homem atrás deles está falando ao celular. Ninguém percebeu nada. Ninguém está olhando.

— Para — mando, irritada.

256

— Só se você me der um beijo. Se prometer que vai subir comigo e me deixar te comer. — Ele passa a língua pelos lábios, como se estivesse com fome. É um gesto proposital, transmite uma mensagem; se fosse Lukas, eu ficaria lisonjeada, excitada, mas com aquele homem mais parece uma ameaça. — Eu sei que você quer ser comida, sua putinha...

Eu me viro. Sinto uma onda de raiva aumentar dentro de mim. Lukas é quem devia estar aqui, não esse homem. Eu me sinto recuperar o equilíbrio, uma perfeita serenidade que não tem como durar, e por um longo tempo não tenho certeza do que vou acabar fazendo, de para qual lado vou tombar.

Eu me enrijeço.

— Escuta aqui. — Levanto a voz, mas bem de leve. Quero atrair a atenção, mas sem causar alarme. Falo com firmeza, esperando que a minha voz transmita uma autoridade que eu não tenho. — Vou pedir a você, com toda a educação, só uma vez. Tira essas suas mãos de cima de mim agora mesmo, senão eu quebro esse seu braço de merda.

Quando digo isso, não tenho a menor ideia de como ele vai reagir. Será que ficará ofendido, mas entenderá o recado? Fico torcendo para que me dê as costas, murmure alguma coisa baixinho. Isso, porém, não vai fazer a menor diferença, porque vou me levantar e me retirar. Vou sair de cabeça erguida por aquela porta sem olhar para trás.

Entretanto, ele não se mexe. Fica completamente imóvel e então, sem nenhum aviso, segura o meu pulso. Eu me encolho, tento me desvencilhar, mas ele é forte. Aperta com mais força e torce o meu pulso.

— Você quer ir para casa? É isso? Quer voltar para a bichona do seu marido? Que não te come há semanas? É isso o que você quer, Julia?

Congelo. Sei que eu deveria gritar, mas não o faço. Não consigo. Estou paralisada.

Ele usou o meu nome verdadeiro.

— O quê...? — começo a dizer, mas ele volta a falar.

— Como é mesmo o nome dele? Do seu marido? *Hugh*?

O medo me invade. Em nenhum momento falei que era casada, muito menos disse o nome do meu marido. O bar começa a rodar; por um instante tenho a impressão de que vou cair, mas então ouço uma voz.

— Está tudo bem por aqui?

Eu me viro e é ele. Lukas. Sinto um alívio me inundar imediatamente, como se tivessem afrouxado um torniquete. Volto a escutar o som ambiente, como uma ferida sendo cicatrizada. Estou salva.

O outro cara, David, me solta. Ergue as mãos, num gesto de rendição destinado não a mim, mas a Lukas. Como se pedisse perdão a ele, dizendo que sente muito por ter tocado em sua propriedade, e isso me enche de raiva. O que foi?, é o que ele parece estar dizendo. Só estava me divertindo um pouquinho. Não tirei nenhum pedaço. Enquanto isso, Lukas se aproxima, colocando-se entre mim e David. Vejo suas costas largas, seu cabelo cacheado e desalinhado. E por fim entendo tudo. A onda de excitação e medo que sinto é tão vertiginosa que por um momento tenho a impressão de que vou dar um grito abafado. Eu pedi isso. *Um estranho*, eu disse, em uma das nossas conversas on-line. *Num bar. Alguém que não aceita um não como resposta.*

Lukas planejou tudo. Depois do que eu disse, ele planejou isso.

Subimos. A porta se fecha com um estrondo atrás de mim. Tenho uma vaga noção de que fui eu quem a fechou. Lukas se vira para me olhar. Sinto que não deveria me sentir segura com ele, mas ainda assim eu me sinto, e percebo que é uma sensação familiar. É uma sensação igualzinha à de quando eu me injetava heroína, e pensava: como é possível que uma coisa tão boa possa me fazer mal?

— Que merda foi essa? Que merda...?

— Não seja... — começa ele, mas eu o interrompo.

— Onde você estava, caralho? Que...?

— Eu me atrasei... — começa ele, mas eu o interrompo, furiosa.

— Atrasado! Como se o fato de você não ter chegado na hora fosse o que estivesse em discussão aqui! Quem era aquele cara? E como ele sabia o nome do meu marido, hein?

— O quê?

— Aquele cara chamou o meu marido pelo nome, Hugh. Eu nunca falei para você que meu marido se chama Hugh. Harvey. Eu sempre o chamei de Harvey com você...

— É mesmo; mas por quê?

— Tenho todo o direito de fazer isso. Mas não é essa a questão! Como você...?

— Relaxa. Foi você que deixou escapar o nome. Uma única vez. Hugh. Semanas atrás. Estava chateada, sei lá. Você chamou o seu marido de Hugh e eu me lembrei.

Tento me lembrar disso, recordar, mas é impossível. Porém, quero acreditar nele. Preciso acreditar. Não acreditar nele em relação a isso pode significar que não posso acreditar nele em relação a outras coisas também. E nesse caso tudo vai desmoronar de vez.

— Julia... — Ele dá mais um passo à frente.

— Não chega perto de mim! — Para minha surpresa, ele fica onde está. Depois de um instante, ele se vira e vai até o frigobar.

— Mais champanhe?

Solto um muxoxo de desdém.

— Eu não bebo.

— Comigo, não. Mas com um estranho...

Fico furiosa.

— Foi você quem pediu aquela garrafa!

— Mas você bebeu.

Olho para o lado. Não vou me dar ao trabalho de discutir, não tem o menor sentido. Fui uma idiota. Não conheço esse cara. Ignorei todos os avisos, fiquei cega a tudo o que estava acontecendo. Ele jogou todos os meus desejos mais profundos, coisas que eu nunca deveria ter contado a ninguém, contra mim.

Lukas abre uma garrafinha — de vodca, acho — e serve a bebida num copo.

— Você me disse que sua fantasia era ser salva. Ou pelo menos uma delas.

— Você acha que era isso o que eu queria?

— Quer dizer que você não curtiu?

— Você pediu a ele... àquele homem... que fosse agressivo? Para... Para me fazer pensar... Para eu me comportar assim? Disse a ele tudo o que eu contei a você?

— Tudo, não. Só o suficiente. Algumas coisas guardei só para mim.

— Eu disse chega de joguinhos, Lukas! Chega! Lembra?

Sento-me na cadeira. Lukas se senta na cama. Eu me dou conta de que ele está entre mim e a porta; um erro crucial, diria Hugh, embora eu não entenda por que ele teria motivos para se preocupar; seus pacientes não tendem a ser do tipo agressivo. Eu me levanto de novo.

— Achei que seria legal. — Lukas suspira e passa os dedos pelo cabelo. — Escuta, você me contou a fantasia. De correr perigo e ser salva. Contou ou não?

— Eu contei um monte de coisas! Isso não quer dizer que quero que todas elas se transformem em realidade. Não! É por isso que se chamam *fantasias*, Lukas!

O terror toma conta de mim. Eu me lembro de outras coisas que contei a ele, de outras fantasias minhas. De ser levada à força; não totalmente contra a vontade, mas quase. De ser amarrada na cama, com algemas, cordas. Será que ele também está planejando fazer isso?

Tento recuar.

— Metade das coisas que eu disse que queria fazer só falei para agradar você.

— É mesmo? Tipo quando descreveu o jeito como Paddy deu em cima de você?

Ele está sendo zombeteiro. Parece que não se importa nem um pouco comigo. Que eu não significo nada para ele.

— Coitado do Paddy, sendo acusado de coisas que não fez. E olha só o que acabou acontecendo com ele por causa disso.

Recuo. Cada parte do meu corpo deseja rejeitar que o que ele está me dizendo seja verdade.

— Então *foi* você!

— Era o que você queria...

— Foi *você*! — Meu coração bate alucinadamente. Fico tensa, como se me preparasse para fugir. — Foi você, o tempo todo foi você!

— E aquele vulto misterioso embaixo da sua janela...

— O quê?

— É isso que você quer, não é? Sentir medo?

Tento entender isso. A primeira vez que pensei ter visto alguém me observando foi antes de eu conhecer Lukas. Mas e naquela outra noite? Pareceu mais real. Poderia ter sido ele?

Não. Não, ele não sabe onde eu moro. Está usando a minha paranoia contra mim.

— Você é maluco.

Ele me olha e eu o encaro. Alguma coisa desliza dentro de mim, como se uma alavanca a tivesse liberado. Não sei como, eu me vejo através dele, refletida em seus olhos. Percebo as roupas que estou usando, os sapatos, até mesmo o meu cheiro. Percebo, como se pela primeira vez, onde estou e o quanto eu me envolvi.

Já tive essa sensação antes. De ser dominada por algo que me destrói. Incapaz de fugir. Penso em Marcus e em Frosty.

Eu me obrigo a dizer:

— Estou indo embora. Acabou.

O quarto fica imóvel. As palavras saíram da minha boca; não dá para desdizê-las agora, mesmo que eu quisesse. Lukas fecha os olhos e depois os abre novamente. Seu rosto se abre num sorriso. Ele não está acreditando em mim.

— Não vai, não. — Sua voz é baixa e pesada; é como se pertencesse a outra pessoa. Todo o seu fingimento caiu por terra, e no lugar restou apenas uma pesada malevolência.

Olho de relance para a porta. Se ele quiser me impedir, não vou ter como resistir.

Respiro fundo e reúno o máximo de força possível.

— Sai da minha frente.

— Ah, achei que a gente iria se divertir um pouquinho.

— Sim, iríamos. Mas agora não vamos mais.

Lukas fica ligeiramente boquiaberto, e então diz:

— Mas eu te amo.

É a última coisa que eu esperaria que dissesse. Isso me desarma, me choca completamente. Abro a boca, mas não tenho palavras.

— Eu te amo — repete.

Quero que ele pare, mas ao mesmo tempo não quero. Quero acreditar nele, mas acho que não consigo.

— O quê?

— Você ouviu. Achei que eu estivesse fazendo você feliz. Tudo isso — ele indica o quarto com um gesto — foi para você. Achei que era isso que você queria.

Balanço a cabeça. É outro joguinho. Eu sei que é.

— Não — retruco. — Lukas, não...

— Diz que me ama também.

Olho para ele. Seus olhos estão arregalados, suplicantes. Quero acreditar nele. Só dessa vez, quero saber se ele está me contando a verdade.

— Lukas...

Ele estende a mão para me tocar.

— Julia, me diz, por favor.

Eu cedo.

— Certo. Sim. Sim...

Congelo. Ele baixou as mãos. Sorri e depois começa a gargalhar.

— Isso é só mais uma das suas fantasias, não é? Eu te amar?

De repente me sinto vazia. Derrotada. É como se tudo tivesse escapado de dentro de mim e, naquele exato instante, eu o odeio.

— Vai se foder.

— Ah, Julia, dá um tempo. Qual é o problema? Hoje? David? Você quer ser salva, eu quero salvar você. Queria que você achasse que estava correndo perigo de verdade. — Ele olha para mim. Está tentando ver se estou amolecendo, se minha raiva está passando. Mas não está. Não está. — Olha — diz ele. — Eu só pedi para ele tentar agarrar você. Que você podia topar ou não. Mas que, independentemente disso, ele não devia aceitar um não como resposta. Exatamente como você queria.

Recuo um passo.

— Você é maluco — sussurro, tanto para mim quanto para ele, mas Lukas me ignora.

— Quer que eu diga o que eu acho? Acho que você está ficando com medo justamente quando a coisa está começando a ficar interessante. — Ele finge pensar nisso um instante e reconsiderar. — Não, talvez seja o contrário. Talvez você esteja gostando até demais. — Abro a boca para dizer alguma coisa, mas ele não dá chance. — Você tem medo de não merecer isso. — Lukas termina sua bebida, serve outra taça. — Olha. É tudo um jogo. Você sabe disso. Mas não consegue encarar as coisas assim. Ainda acha que jogos são coisa de criança. Algo que você já superou.

— Não — retruco. Minha voz parece rachada. Respiro fundo e repito. — Não. Você está errado. Isso aqui não é jogo nenhum.

Lukas gargalha.

— Ah, é? E o que é então?

Sinto vontade de ir embora. É só nisso que consigo pensar, em fugir.

— O seu problema — diz ele — é que você ainda está presa demais a quem foi um dia. Você pode até ir a hotéis escondida e se produzir inteira, mas continua sendo a mulherzinha dona de casa casada com Hugh. Continua sendo a mulherzinha que faz compras para ele e cozinha sua comidinha e ri das suas piadas, apesar de já ter escutado todas um milhão de vezes. Você costumava desprezar as pessoas cuja única ambição na vida era arrumar um marido rico e um filho maravilhoso e uma casa em Islington com pátio e jardim. Mas foi exatamente isso que você acabou se tornando. Você ainda é alguém que acredita que só existe uma única forma de ser casada, uma única forma de ter um caso.

Agora estou furiosa. Sinto vontade de gritar com ele. De machucá-lo. É como se ele tivesse olhado dentro de mim e depois me esvaziado completamente.

— Como é a sensação de odiar a si mesma?

— Sai da minha frente!

Ele se move e fica entre mim e a porta.

— Sabe, eu estava observando você o tempo todo — diz ele. — Hoje. No bar. — Hesita, depois baixa a voz. — E você estava adorando, não estava? Toda aquela atenção.

Ele tem razão. Eu sei disso, lá no fundo. Ele tem razão, e sinto vergonha. Como eu o desprezo.

— Por favor, me deixa ir embora.

— Senão o quê...?

— Lukas... — digo. Tento empurrá-lo para o lado, mas ele bloqueia a minha passagem.

Dou mais um passo para trás. Olho para ele, para esse homem que é quase um estranho. Ele baixa ainda mais o tom de voz, agora é ameaçador. Lukas está no poder e quer que eu saiba disso.

— Você estava adorando, não estava? Adorando saber que ele desejava você. Aquele estranho. — Lukas dá mais um passo, dessa vez para onde estou. — Nenhuma amarra... nenhum motivo de preocupação...

Tento uma abordagem diferente.

— E daí se eu estivesse? E daí se eu resolvesse que gostava daquele cara? Que ia transar com ele? Com o tal David? E daí?

— Aí as coisas poderiam ter sido diferentes — responde ele. — Você sentiu vontade?

Não hesito. Quero feri-lo. Mais que qualquer outra coisa, quero que sinta um pouco da dor que está me causando.

— Talvez.

Lukas não se mexe. Não sei o que ele vai fazer.

— Antes de ele começar a ameaçar você? Ou depois?

— Difícil dizer. — Fico parada.

— O medo deu um temperinho. Confessa. Foi isso que deixou você acesa.

Agora ele está sussurrando, murmurando. Como não digo nada, ele dá um passo à frente, na minha direção. Sua boca está a centímetros da minha orelha. Lukas põe a mão na minha cintura, eu a sinto e tento me afastar, mas ele é forte. Sua pele toca a minha.

— Você teria subido com ele?

Lukas me puxa para perto, sinto o calor do seu corpo, suas mãos em mim, tateando minha pele, movendo-se com firmeza, agarrando, apertando. Isso desencadeia alguma coisa, uma memória muscular, e contra a minha vontade meu corpo começa a responder.

— Sozinha? Ou comigo?

Não respondo. Em algum lugar lá no fundo, sei que eu deveria gritar. Deveria lutar, chutar. Berrar pedindo socorro.

Mas não. Não faço nada disso. É como se meu corpo tivesse se rebelado. Ele se recusa a reagir a qualquer outra coisa que não o toque desse homem.

— Por favor — digo. — Lukas...

Ele tenta me beijar. Começo a reagir, é a traição final do meu corpo. Reúno forças e me obrigo a falar.

— Para! Lukas, isso tem de parar.

Ele não faz nada. Continua a empurrar o corpo contra o meu, agora com mais força.

— Então me faz parar, se é o que você quer. Se é o que você realmente quer.

Sinto suas mãos em toda a parte, na minha nuca, no meu cabelo, entre as minhas pernas. Ele pressiona e agarra, com uma urgência cada vez maior. Tenta me empurrar para trás ou me virar. Lembro a vez em que transamos na cabine do banheiro, as mãos de Lukas no meu pescoço; naquele dia tinha sido um jogo, mas hoje não. Preciso me soltar.

Tento acertar o seu rosto, os seus olhos. É um golpe fraco, mas minhas unhas arrancam sangue. Ele limpa o rosto com a mão, de olhos arregalados, furioso. Parece prestes a me bater, e tento fugir.

Ficamos frente a frente. Abro a boca para falar alguma coisa, mas justamente nesse instante ouço a tranca da porta se abrir. Sou inundada pelo alívio. Deve ser uma faxineira, alguém trazendo comida, algo assim. Vai perceber o que está acontecendo e Lukas terá de parar. Posso me recompor agora, dar uma desculpa, ir embora. Ele não vai me seguir. Não vou deixar.

Nós dois olhamos para a porta. É tarde demais para ver que Lukas está sorrindo.

— Ah! — diz ele. — Já estava achando que você tinha se perdido por aí.

O pavor me atinge com toda a força, direto nas minhas entranhas. É David.

Pego a minha bolsa. Saio correndo. Empurro David para o lado e saio em disparada pelo corredor. Lágrimas afloram. Fecho os olhos, trombo nas paredes enquanto corro em direção às escadas, mas continuo correndo mesmo assim. Vejo a mim mesma como se de uma grande altura. Essa mulher se parece comigo, mas não sou eu. Ela não está usando as roupas que eu costumo usar. Não está fazendo as coisas que eu costumo fazer.

Corro, corro, corro sem parar, e de repente me vejo novamente em Berlim. Estou tremendo, num aeroporto, sem saber como vou conseguir voltar para casa. Ligo para Hugh do orelhão da sala de embarque, depois espero. Espero ser salva pelo homem com quem em breve vou me casar, enquanto o outro, o que eu pensava ser o amor da minha vida, está caído no chão, morto, num apartamento invadido do outro lado da cidade.

Parte Quatro

Capítulo 23

Consegui sair do hotel. Minhas pernas tremiam, eu suava, meu coração batia tão forte que pensei que meu peito fosse explodir, mas consegui fingir calma enquanto atravessava o lobby e saía para a rua. Lá fora andei sem parar, e só quando tive certeza de que ninguém conseguiria me ver do hotel foi que parei para ver em que direção eu tinha ido. Fiz sinal para um táxi e entrei.

— Para onde? — perguntou o taxista.

— Para qualquer lugar. — E em seguida: — Para o rio. — E depois: — Para South Bank.

Partimos, e ele me perguntou se estava tudo bem comigo.

— Sim — respondi, embora não estivesse.

Quando chegamos, encontrei um banco em frente ao Tâmisa e, porque sabia que Adrienne diria "eu bem que avisei" e não sabia para quem mais ligar, quem eu ainda não tinha afastado de vez, liguei para Anna.

— Como você está?

Contei tudo, soltando a história numa embolação sem lógica que deve ter sido em grande parte incompreensível, mas ela primeiro ouviu tudo e depois me acalmou, e então pediu que eu tentasse explicar novamente. Quando terminei, Anna disse:

— Você precisa ir à polícia.

Ela parecia inflexível, determinada. Absolutamente confiante.

— Polícia? — Era como se eu estivesse pensando nisso pela primeira vez.

— Sim! Você foi agredida, Julia.

Eu me lembrei das mãos dele no meu corpo, agarrando a minha carne, arrancando as minhas roupas.

— Mas... — falei.

— Julia, você *precisa* ir.

— Não — retruquei. — Não, eles... eles não... eles não... e Hugh...

Imaginei contar a verdade para Hugh e ligar para a polícia. O que eu iria dizer?

Eu sabia como isso funcionava. Ainda que eu tivesse sido estuprada, quase com certeza não me levariam a sério, e, se levassem, eu que seria levada a julgamento, não David nem Lukas. "E você foi até lá para transar?", perguntariam, e eu seria obrigada a dizer que sim. "E se vestiu com as roupas que ele deu a você?" Sim. "Depois de ter dito a ele, mais ou menos, que tinha a fantasia de ser estuprada?"

Sim.

E qual seria a minha defesa? *Mas eu não queria que acontecesse de verdade. Não desse jeito!*

Eu me senti desabar. Comecei a chorar novamente imaginando o que poderia ter acontecido, o que Lukas poderia ter feito e saído ileso.

Pensei em Hugh e em Connor. Imaginei os dois descobrindo aonde eu tinha ido e como isso tudo terminou. Preciso contar a eles, não conseguiria mentir; já havia mentido demais.

— Eu não sei nem sequer onde ele mora.

Anna fez uma pausa.

— Existe alguma coisa, qualquer coisa, que eu possa fazer para ajudar?

Não existe nada que ninguém possa fazer para me ajudar, pensei. Eu simplesmente preciso acabar com essa história, ir embora, levar à frente o rompimento que horas atrás tanto temia fazer.

— Não.

Voltei para casa. Eu sabia o que precisava fazer. Deixar Lukas voltar ao passado, fazer o possível para esquecê-lo. Não entrar mais no site. Não checar mais as minhas mensagens. Não ter esperanças de haver flores, desculpas, explicações. Seguir em frente.

Basicamente me saí bem. Consegui trabalhar. Disse a Hugh que decidi parar de fazer terapia e voltar a frequentar as reuniões. E foi o que fiz, e além disso me mantive ocupada de outras maneiras. Liguei para Ali, Dee e meus outros amigos, falei com Anna todos os dias. Passei mais tempo com Connor, cheguei mesmo a tentar conversar com ele sobre Evie, para que soubesse que podia me falar da namorada, se quisesse.

— Gostaria de conhecê-la um dia — falei.

Ele deu de ombros, como era de se esperar, mas pelo menos fiz um esforço.

Também encontrei Adrienne. Finalmente. Ela me convidou para um concerto e saímos para jantar depois. Conversamos; a discussão que tivemos em frente à minha casa parecia coisa do passado. Antes de nos despedirmos, ela se virou para mim.

— Julia, você sabe que eu te amo. Incondicionalmente. — Assenti e aguardei. — Por isso não vou perguntar o que está acontecendo. Mas preciso saber: está tudo bem? Tem algum motivo para eu ficar preocupada?

Fiz que não.

— Não, não tem mais.

Ela sorriu. Foi o mais perto que consegui chegar de uma confissão, e Adrienne sabia que um dia eu contaria tudo a ela.

Só fraquejei uma única vez, num domingo à tarde algumas semanas atrás. Briguei com Hugh e Connor estava impossível.

Não consegui me conter e entrei no encountrz, ignorei as poucas mensagens novas que tinham se acumulado na caixa de entrada e busquei o nome de usuário dele.

Nada. *Nome de usuário não encontrado.* Lukas havia desaparecido. Não consegui me segurar e liguei para ele.

Seu número estava indisponível. A chamada nem sequer foi para a caixa postal. Tentei outra vez — podia ser que tivesse acontecido algum problema, que ele estivesse fora do país, que tivesse ocorrido um problema de conexão — e depois mais uma vez, e outra, e mais outra. E, em todas elas, nada.

Então me dei conta do que estava fazendo. Disse a mim mesma que estava sendo ridícula. Prometi a mim mesma que faria um corte total e absoluto; assim seria mais fácil, a melhor maneira.

E aqui estava ele. O rompimento que eu tanto desejava. Devia me sentir agradecida.

Volto para casa tarde. Estive fora, tirando fotos, primeiro retratos de uma família que tinha entrado em contato comigo pelo meu site; depois, na volta, parei para fotografar pessoas esperando na frente dos bares do Soho — eu estava tentando retornar a temas que realmente me interessam, acho —, mas Hugh já está em casa. Ele me pede para acompanhá-lo, tem algo a me dizer.

Parece terrível. Penso em quando voltei da galeria e encontrei a polícia na cozinha; recebi a notícia de que Kate estava morta. Sei que Connor está bem, a luz está acesa lá em cima. É sempre a primeira coisa que pergunto quando entro em casa e já fiz isso hoje, mas mesmo assim fico nervosa. Me diz logo, sinto vontade de pedir, diz logo, seja lá o que for, mas fico em silêncio. Eu o sigo até a cozinha. Deixo a minha bolsa no chão e a minha câmera em cima da mesa.

— O que foi? — Hugh parece sério. — O que foi? O que aconteceu? Ele respira fundo.

— Roger ligou. Do Ministério das Relações Exteriores. Eles acham que sabem o que aconteceu com Kate.

Eu me sinto desabar. As perguntas saem num atropelo — O quê? Quem? — e Hugh explica:

— Tem um homem, um cara que foi preso por um motivo completamente desconectado do caso dela. Roger não pode nos dizer o que exatamente, mas deu a entender que tinha alguma coisa a ver com drogas. Um traficante, acho. Enfim, pelo visto ele é conhecido na região. Ele chegou a ser interrogado por causa de Kate, mas disse que não tinha visto nada. — Hugh respira fundo. — Quando o apartamento dele foi revistado, encontraram o brinco de Kate.

Fecho os olhos. Imagino esse homem arrancando o brinco dela, ou ela sendo obrigada a entregá-lo a ele, acreditando que, se cooperasse, poderia salvar sua vida, o que na verdade não adiantou de nada.

Um traficante. Será que o problema foi drogas, então? E não sexo?

De repente me vejo lá de novo. Eu e Marcus. A gente ia junto, mas eu ficava esperando — no fim da rua, na esquina, em frente à estação de metrô. Ele se encontrava com o nosso traficante e entregava a grana para ele. Então voltava com aquilo que nós dois queríamos. Sorrindo.

Kate, porém, não viu nada disso. Fiz questão de que não visse, mesmo na única vez que ela foi nos visitar, nas férias escolares. Kate não queria voltar para casa e ficar sozinha com papai, e implorou a mim que a deixasse me visitar. "Só por uns diazinhos", disse ela, e eu cedi. Juntei dinheiro aqui e ali para ajudar a pagar a passagem e papai completou o restante. Kate chegou num feriado prolongado e dormiu na cama do nosso quarto, enquanto a gente dormia no sofá, mas tenho certeza de que ela não viu nada. Isso foi algumas semanas antes de Marcus morrer, e não estávamos mais usando. Levei Kate para as galerias, a gente passeou pela Unter den Linden, tomou chocolate quente no alto do Fernsehturm. Eu a fotografei nas ruas de Mitte — fotos que se perderam — e passeamos pelo Tiergarten. Só a deixei sozinha com Marcus uma vez, para fazer compras no supermercado. Como ele sabia o quanto eu queria deixá-la afastada das drogas, confiei em Marcus completamente. Quando voltei para

273

casa, eles estavam jogando cartas com Frosty, a televisão ligada ao fundo, passando desenho animado. Ela não viu nada.

Ainda assim, não seria minha obrigação ter dado um exemplo melhor?

Começo a soluçar, um som que se transforma num uivo de dor. Hugh segura minhas mãos entre as dele. Achei que isso faria com que eu me sentisse melhor, saber quem matou a minha irmã. Saber que o cara tinha sido preso, que seria punido. Isso supostamente riscaria a questão. Abriria espaço para o futuro, me permitiria seguir em frente.

Mas não. Parece tão sem sentido. Tão banal. É até pior saber.

— Julia. Julia. Está tudo bem.

Olho para Hugh.

— Não consigo suportar isso.

— Eu sei.

— É ele mesmo? Com certeza?

— Eles acreditam que sim.

Começo a chorar de verdade, um rio de lágrimas escorre pelo meu rosto. Minha irmã está morta e o filho dela, arrasado... por causa de drogas?

— Por quê? — não paro de repetir sem parar. Hugh me abraça até eu me acalmar.

Eu quero o meu filho.

— Você já contou para o Connor?

Ele faz que não.

— Precisamos contar — digo.

Hugh assente e se levanta. Sobe a escada enquanto entro na cozinha. Pego um rolo de papel toalha e seco as lágrimas do rosto, depois me sirvo de um copo d'água. Quando volto para a sala, ele está sentado em frente ao pai. Connor me olha e pergunta:

— Mãe?

Sento-me no sofá e seguro a mão dele.

— Meu amor... — começo. Não tenho certeza do que dizer. Olho para Hugh, depois novamente para o nosso filho. Vou o mais fundo possível em mim, buscando minhas últimas reservas de força. — Querido, a polícia pegou o homem que matou a tia Kate.

Ele fica parado por um instante. Toda a sala está completamente imóvel.

— Querido?

— Quem foi?

O que dizer? Isso aqui não é um filme, não há nenhuma grande trama, nenhuma resolução satisfatória para essa história amarrada no fim com chave de ouro. Apenas a sensação de uma vida desperdiçada.

— Um homem qualquer.

— Quem?

Olho novamente para Hugh. Ele abre a boca para responder. Não diga, penso. Não diga que foi um traficante. Não coloque essa ideia na cabeça dele.

— Tia Kate estava no lugar errado na hora errada — acrescenta ele. — Só isso. Topou com um homem ruim. Não sabemos o porquê nem o que aconteceu, mas ele agora está detido, depois vai para a prisão definitivamente para pagar pelo que fez.

Connor assente. Está tentando entender, tentando lidar com a falta de explicação.

Depois de um longo tempo ele solta a minha mão.

— Posso voltar para o meu quarto agora?

Digo que pode. Sinto um impulso de ir atrás dele, mas sei que não devo fazer isso. Eu o deixo sozinho por dez, quinze minutos. Ligo para Adrienne, depois para Anna. Ela fica chocada.

— Drogas? — pergunta ela.

— Sim. Ela...?

— Não! Não. Bom, quero dizer, ela curtia, sabe como é. Todos nós. Mas nada pesado.

Até onde você sabe, penso. Sei bem até demais o quanto é fácil esconder esse tipo de coisa.

— Talvez você simplesmente não soubesse.

— Acho que não — retruca ela. — Sinceramente, eu acho que não.

Conversamos mais um tempinho, mas quero subir para ver o meu filho. Digo a Anna que estou ansiosa para vê-la dali a duas semanas, e ela responde que mal pode esperar. Nós nos despedimos e então conto a Hugh que vou subir para dar uma olhada em Connor.

Bato à porta e ele me diz para entrar. Está ouvindo música, deitado na cama, olhando para o teto. Seus olhos estão vermelhos.

Não digo nada. Entro. Abraço-o e, juntos, choramos.

Capítulo 24

Ela chega hoje. Vou buscá-la mais tarde, vamos tomar um café ou algo assim, mas por enquanto estou sozinha. O jornal está aberto na minha frente. Opto pela revista, leio por alto alguma matéria sobre uma estilista de moda, o que ela gostaria de saber quando era mais jovem, e então viro a página. Uma matéria sobre um caso real, a história de uma mulher cuja filha se tornou dependente de heroína; viro essa página também. Penso em como escapei por pouco — se é que foi isso mesmo o que aconteceu, se posso de fato dizer que escapei — e me pergunto por um momento se fariam uma matéria sobre mim e Lukas. Estremeço com essa ideia, mas minha história não é incomum. Eu me envolvi com um homem que não era quem eu achava que fosse, e as coisas acabaram indo longe demais. Isso acontece o tempo todo.

Fecho a revista e esvazio o lava-louça. Pego o pano de limpeza e a garrafa de desinfetante. Limpo as superfícies. Será que a geração da minha mãe se sentia assim? Valium no banheiro, uma garrafa de gim embaixo da pia. Um caso com o leiteiro, só para ter uma aventura. Veja só quanto progresso. Eu sinto vergonha.

Depois de terminar as tarefas de casa, vou ver Hugh. Ele está no escritório, apesar do resfriado com o qual vem lutando há quase uma semana. Está preparando um relatório; a acusação contra ele avançou, o paciente teve uma recaída e advogados foram acionados. A equipe jurídica do hospital quer impedir que a coisa vá parar no tribunal.

— Disseram que, se isso acontecer, estou ferrado — contou Hugh. — O problema é que não deixei por escrito o que eu disse para a família; é como se não tivesse dito nada.

— Faz diferença que eles tenham optado pela cirurgia mesmo assim?

— Não. Eles só querem uma grana.

Maria é quem está lidando com a família agora. Segundo Hugh, se estivessem mesmo tão chateados, teriam buscado uma segunda opinião em outro hospital.

Perguntei a ele se poderia perder o emprego. Hugh disse que não, ninguém morreu, ele não foi criminosamente negligente, mas percebo o que o estresse está lhe causando. Bato à porta e entro. Ele está sentado à mesa. A janela está aberta, apesar da corrente de ar frio do início de outubro. Hugh parece pálido.

— Como você está? — pergunto.

— Bem. — O suor brilha em sua testa.

— Tem certeza? — insisto. É bom cuidar dele; faz tempo que não tenho a sensação de que precisa de mim. — Quer alguma coisa?

— Não, obrigado. E você, quais são os seus planos para hoje?

Eu o lembro de Anna.

— Vou buscá-la na estação.

— Mas ela não vai ficar aqui em casa, não é?

— Não, ela fez reserva num hotel. Mas vem jantar com a gente na segunda.

— E Connor, onde ele está?

— Saiu. Com Dylan, acho.

— Não foi com a namorada?

— Não sei.

Novamente sinto aquela sensação de perda. Eu me viro para as prateleiras do escritório de Hugh e passo a arrumar as coisas. Começo a me preocupar agora. Connor continua chateado por causa da conversa da outra noite, mas não quer falar comigo a respeito. Como posso querer protegê-lo, aconselhá-lo na sua passagem para a vida adulta, se ele não me deixa entrar no seu mundo?

E essa é a minha função... não é? Nas últimas semanas, a necessidade de protegê-lo, de mantê-lo seguro, só aumentou. Mas sei que preciso confiar no meu filho. Preciso acreditar que ele já tem idade suficiente, que é maduro o suficiente. Que não vai arrumar problemas — ou pelo menos não um problema muito grande, nada com repercussões consideráveis. Não faz muito sentido exigir que Connor leve uma vida sem graça e impecável depois do que eu mesma fiz. Ele precisa cometer seus próprios erros, exatamente como eu cometi.

E é o que ele vai fazer; espero apenas que não sejam tão catastróficos quanto os meus. Fumar escondido num beco, tudo bem. Uma garrafa de vodca ou de sidra barata, comprada ilegalmente por algum dos seus amigos que já quase tem barba. Maconha até; isso vai acontecer mais cedo ou mais tarde, quer eu goste, quer não. Porém, nada mais forte que isso. Nada de acidentes, de engravidar alguém. Fugir de casa. Nem se meter com gente que não deve.

— Eles continuam juntos? — pergunto.

— Não sei direito.

Sinto-me momentaneamente aliviada. Sei que é uma contradição; quero que Connor seja próximo de Hugh, mas não gosto da ideia de ele lhe contar coisas que não conta para mim.

— O que você acha dessa história?

— Qual? — Eu me viro novamente para Hugh. — Da namorada?

Ele faz que sim.

— Eles se conheceram pela internet, sabia?

Estremeço. Volto a me virar para as estantes.

— Pelo Facebook?

— Acho que sim. Ela é amiga dele?

— Não sei. Imagino que seja.

— Bom, eles continuam ou não juntos?

— Hugh, por que você não pergunta ao Connor? Ele fala mais dessas coisas com você do que comigo.

Ele aponta para a tela.

— Porque já tenho muita coisa com que me preocupar.

Chego a St. Pancras, peço uma água no bar e me sento. Dali consigo ver a estátua na extremidade das plataformas onde eu e Lukas nos encontramos, tantas semanas atrás.

Eu me sento de frente para ela. As lembranças voltam; sinto dor, mas é fraca, suportável. Encaro isso como um teste. Ele já ganhou demais. Agora só preciso superá-lo, de uma vez por todas, e posso começar por aqui. Tomo um gole enquanto o trem se aproxima.

Vejo Anna pela parede de vidro que separa os trens de onde eu estou. Ela caminha pela plataforma com o celular pressionado ao ouvido e uma mala surpreendentemente grande para a estadia de apenas uma semana que ela me disse que passaria em Londres. Observo-a quando encerra a ligação e depois desaparece pela escada rolante. Parece séria, como se houvesse alguma coisa errada, mas poucos minutos depois está na minha frente, com um sorriso enorme e imediato. Anna parece feliz, aliviada. Eu me levanto e ela me abraça.

— Julia! Que bom ver você!

— Igualmente. — O que digo se perde nas dobras da echarpe de seda que ela está usando. Anna me aperta e então me solta. — Está tudo bem?

Ela parece intrigada. Indico com a cabeça a plataforma pela qual ela acabou de chegar.

— Quando você saiu do trem, parecia preocupada.

Ela ri.

— Ah! Não, está tudo ótimo. Era o pessoal do escritório. Aconteceu uma confusão, mas nada muito sério. — Ela me olha. — Você está bonita. Na verdade, está linda!

Agradeço.

— Você também.

— Bom... — começa ela.

Existe algo no sorriso de Anna que me faz pensar que sua alegria não é apenas por me ver novamente. Ela tem alguma coisa para me dizer, alguma coisa que andou guardando, mas que não consegue mais segurar.

— O que foi?

Eu também estou animada agora, e intrigada, embora ache que talvez tenha adivinhado o que é. Já vi essa mesma expressão antes; eu mesma a fiz uma vez.

Anna ri.

— Me conta!

Ela sorri e ergue a mão esquerda. Pouco depois vejo o anel em seu dedo, atraindo a luz das janelas mais acima.

— Ele me pediu em casamento...

Sorrio, mas por um brevíssimo instante só consigo sentir inveja. Vejo a vida dela diante de mim, e é uma vida empolgante, cheia de descobertas e paixão.

Eu a abraço de novo.

— Que maravilha! Isso é realmente maravilhoso!

Estou sendo sincera: minha reação inicial não foi boa, mas durou pouco. Então olho para o anel. É um único diamante com engaste de ouro; parece caro. Anna começa a falar. Ele a pediu em casamento na semana passada.

— Ele estava segurando o anel, não chegou a se ajoelhar, mas... — Ela hesita, lembrando-se com clareza. — Queria que você fosse uma das primeiras a saber...

Dou um sorriso forçado. Sinto inveja por Kate. É como se a morte dela de alguma maneira tivesse libertado Anna. Ela, entretanto, não parece notar nada. Aperta o meu braço.

— Eu me sinto tão próxima de você, Julia. Por causa de Kate, imagino. Por causa de tudo o que aconteceu.

Seguro a mão dela.

— É. É, eu também me sinto. Acho que às vezes a questão não é há quanto tempo você conhece uma pessoa, mas as coisas pelas quais vocês passaram juntas.

Anna parece aliviada: somos mesmo amigas. Solto sua mão e pego sua bolsa antes de enfiar o braço no dela.

— Então... — digo, enquanto começamos a andar na direção do carro. — Me conta como foi! Como ele pediu sua mão?

Anna parece voltar a prestar atenção imediatamente, sua cabeça estava vagando, suponho que por suas memórias.

— Fomos à Basílica de Sacré-Coeur — diz ela. — Achei que seria só um passeio, para vermos a paisagem, sabe como é, ou quem sabe almoçar.

As palavras se atropelam ao sair da boca de Anna, cheias de ex clamações e frases pela metade. Enquanto isso, sou contagiada pelo seu entusiasmo e me sinto mal pela minha reação inicial à notícia. Teria sido inveja mesmo ou pura tristeza? Tristeza porque essa alegria toda quem está vivendo é ela e não Kate?

Enquanto Anna fala, lembro-me de como Hugh me pediu em casamento: estávamos num restaurante — nosso preferido, em Picca-dilly —, e ele pediu minha mão entre o prato principal e a sobremesa.

— Julia — disse, e eu me lembro de pensar em como ele parecia sério, como parecia nervoso.

Pronto, pensei, por um brevíssimo instante. É isso, ele me chamou aqui para terminar comigo, para me dizer que conheceu alguém, ou que, agora que melhorei, que estou curada, está na hora de tocar minha vida. Mas, ao mesmo tempo, achei que não devia ser isso, não era possível; estávamos tão felizes nos últimos meses, tão apaixonados.

— O que foi? — perguntei.

— Você sabe que eu te amo, não sabe?

— Eu também te amo...

Hugh sorriu, mas não parecia particularmente aliviado. Acho que foi então que percebi o que ele iria dizer.

— Meu amor — começou ele. Segurou a minha mão por cima da mesa. — Julia, eu...

— O que foi, Hugh? O que foi?

— Quer casar comigo?

Minha felicidade foi imediata, avassaladora. Não houve nenhum gesto romântico, nada de se ajoelhar ou se levantar da mesa para declarar suas intenções para todos os outros clientes, mas fiquei feliz por isso; não era o estilo dele nem o meu. Hugh era um bom homem, eu o amava, por que diria não? Além disso, ele me conhecia, tinha me visto nos meus piores momentos, sabia tudo ao meu respeito.

Quase tudo, pelo menos. E as coisas que ele não sabia eram aquelas que eu jamais contaria a ninguém.

— Claro! — respondi então, mas parte de mim hesitou, a parte que pensava que eu não merecia o que Hugh me oferecia, o que ele já tinha me dado, essa segunda vida. Porém, o alívio que dominou o rosto dele fez com que aquela fosse a decisão mais certa, a única possível.

Percebo que Anna parou de falar. Eu me obrigo a voltar ao presente.

— Ele parece perfeito!

— Olha. Quer saber, acho que é mesmo!

— Ele é de Paris?

— Não, ele trabalha lá. A família dele é de algum lugar perto de Devon. — Ela sorri. — Essa visita vai ser meio rápida. Vou conhecê--los daqui a algumas semanas.

Chegamos ao carro e guardo sua mala no porta-malas. Depois de afivelarmos os cintos de segurança e eu dar partida no carro, Anna volta a me contar a história de como eles se conheceram.

— Bom — começa ela —, eu contei a você do jantar?

Ela suspira, como se o encontro dos dois estivesse escrito nas estrelas, fosse uma união do destino. Digo que sim, embora não tenha muita certeza se ela contou mesmo. Anna continua falando e me conta mesmo assim, de como eles se deram bem na mesma hora, de como tudo pareceu imediatamente perfeito.

— Sabe quando uma coisa não parece só fazer sentido, mas parece *certa*? — pergunta ela.

— Sei — respondo, virando o volante. Suspiro. — Sei, sim.

Anna acha que estou falando de Hugh, mas não. Estou falando de Lukas. Tentei fingir a mim mesma que não sinto saudade dele, mas sinto. Ou melhor, sinto saudade do que achei que poderíamos ter vivido.

Acreditei que ele me conhecia; tive a sensação de que havia me aberto ao meio e me enxergado como realmente sou. Eu me convenci de que Lukas era a única pessoa que ainda era capaz de fazer isso.

— ... então acho que vamos continuar morando em Paris por um tempinho — diz Anna —, e depois, quem sabe, nos mudamos para a cidade dele.

— Boa ideia. Quando foi mesmo que vocês se conheceram?

— Quando? Ah, logo depois do Natal. Algumas semanas antes de Kate... — Ela hesita, tenta se corrigir, mas o estrago já está feito. — ... logo antes de eu conhecer você.

Sorrio, mas ela percebe que fiquei chateada. Agora já consigo falar de Kate, pensar nela, mas ouvir uma referência assim tão explícita à sua morte, vinda do nada, ainda me balança.

— Desculpa — diz Anna. — Eu e essa minha boca grande...

— Tudo bem.

Não quero continuar falando desse assunto e também não quero que ela se sinta culpada. Anna é a última pessoa com quem eu esperaria evitar falar da minha irmã, mas, mesmo assim, mudo de assunto.

— É que tudo parece ter acontecido tão rápido — comento. Estou mais uma vez pensando em Lukas, na rapidez com que me apaixonei. — Espero que não fique chateada com a pergunta que vou fazer, mas... você tem certeza?

— Ah! Sim, você tem toda a razão! Mas não, tenho certeza absoluta! Nós dois temos — acrescenta ela. — Ele é da mesma opinião. Nenhum de nós vê sentido em continuar namorando se temos tanta certeza do que queremos.

Ela fica em silêncio por algum tempo. Sinto que está me olhando enquanto eu dirijo, sem dúvida medindo o que dizer, sem saber ao certo quanta felicidade conseguirei suportar.

— Sabe, eu acho que, de um jeito muito esquisito, isso está relacionado com Kate. Com o que aconteceu. Me fez lembrar que a vida está aí para ser vivida, sabe? Que a vida não é um ensaio.

— Não — concordo. É um clichê, eu sei, mas é pura verdade.

— Não é mesmo.

— Acho que foi isso que a morte de Kate me ensinou.

— É mesmo? Acho que a morte dela não me ensinou nada.

Digo isso sem pensar e em seguida me arrependo, mas é impossível voltar atrás no que eu disse.

— Não diga isso.

— É verdade. A única coisa que fiz até agora foi tentar fugir dela.

E veja aonde isso me levou. Passei o verão inteiro obcecada por Lukas, um homem dez anos mais novo que eu, entregando-me a uma paixão que fui idiota o bastante para imaginar que seria correspondida.

No fim, fugi de um sofrimento que eu devia à minha irmã e que nunca serei capaz de pagar. Parece uma traição final a ela.

— Só estou com pena de mim mesma. Ryan parece um cara maravilhoso, estou ansiosa para conhecê-lo.

— E vai! Talvez ele venha para cá durante a semana. Ele ainda não sabe como vai ser. Talvez você o conheça na segunda mesmo.

— Não sabia que ele estava em Londres. Ele precisa vir jantar com a gente.

— Não, não, ele ainda não chegou, ele precisou ficar para terminar um serviço. Não sei direito quando vai chegar, e... bom, de qualquer maneira, vou convidá-lo, se você não se importar.

— Claro que não.

— Como estão as coisas entre você e Connor agora?

— Muito melhores. — Ela assente e eu continuo: — Acho que ele arrumou uma namorada.

— Namorada?

Sinto uma onda de orgulho.

— Sim. — Paro diante de um sinal de trânsito. Pelo espelho lateral vejo um ciclista ziguezagueando pelo meio dos carros, aproximando-se de nós. — Mas ele não fala do assunto, claro — acrescento. — Connor mal admite a existência dela para mim, mas aparentemente conversa sobre isso com Hugh.

— Isso é comum? — Anna parece genuinamente interessada. — No caso dele, quero dizer?

Eu me lembro do que Adrienne me disse.

— Provavelmente é algo comum entre adolescentes. — Suspiro.

O sinal abre e partimos. Estamos quase chegando à Great Portland Street. Quase. Fico feliz por Connor estar crescendo mas também triste porque isso inevitavelmente significa um afastamento. Eu me lembro da conversa que tive com Adrienne a respeito disso há algumas semanas.

— É uma coisa pela qual todos eles passam — tinha dito ela, depois hesitara e se corrigira: — Bom, *passar* talvez não seja a melhor palavra, porque nunca acaba de verdade. É o primeiro estágio do abandono do ninho, receio...

Olho para Anna de relance.

— Ele não quer mais sair comigo e com Hugh. Só quer saber de ficar trancado no quarto...

Anna sorri.

— Quer dizer que você tem certeza de que ele arrumou uma namorada?

— Ah, sim. Acho que sim, mas Connor diz para eu não me meter na vida dele, óbvio.

Não conto a Anna que insisti para que ele me mostrasse uma foto da menina hoje de manhã, depois de conversar muito sobre o assunto com Hugh. Ela parece um pouco mais velha que Connor. Ainda estou convencida de que é a menina da festa de Carla, mas ele afirma de pés juntos que ela não foi à festa.

— É amiga de um amigo dele. Os dois se conheceram pelo Facebook. — Ela me olha com um sorriso cúmplice. — Hugh já conversou com Connor sobre ela. Os dois pelo visto ficam conversando por chat, embora ela não more longe.

Passa-se um longo tempo, depois Anna pergunta:

— E você, teve notícias de novo daquele cara? O tal de Lukas?

— Ah, não, não tive mais notícias dele.

Fico satisfeita por estar dirigindo; posso demorar para responder às perguntas, decidir o que dizer. Posso fingir que meus silêncios são porque preciso me concentrar no trânsito e não porque estou achando a conversa difícil. Posso ficar olhando fixamente para a rua, disfarçar a expressão no meu rosto. Posso evitar a verdade ao relatar o que tem acontecido. Por mais que eu sinta que posso confiar em Anna, também me sinto envergonhada.

— Quer dizer que Hugh...?

— Ele não sabe de nada — respondo depressa. Olho de relance para Anna. Ela está me olhando, com o rosto impassível. Tento suavizar o meu tom, para que saiba que foi uma estupidez, mas já acabou. — Ele nunca... nunca entenderia.

— Ah, imagina, eu nunca diria nada a Hugh! Não fica pensando que... eu nunca faria isso.

— Mas foi legal, sabe? Uma distração. Foi bom enquanto durou.

— Ah, sim. Claro.

Só que chegou uma hora em que não era mais legal, penso.

— Enfim, seja como for, ele sumiu.

— Você parece meio desapontada.

— De jeito nenhum.

Há uma pausa maior. Eu me sinto tensa, constrangida, porque nós duas sabemos como terminou meu caso com Lukas. O silêncio se estende; uma fica aguardando a outra quebrá-lo. Eventualmente Anna faz isso e me pergunta quais são os meus planos para essa semana, e eu lhe conto. Vou trabalhar um pouco, talvez pegue um cineminha. Finalmente chegamos ao hotel.

— Ah, chegamos.

Estaciono. O hotel é surpreendentemente bacana, embora nem de longe tão pomposo quanto os lugares aonde Lukas me levava.

— Quer que eu entre com você?

Anna faz que não.

— Não, estou bem, e você provavelmente precisa ir.

É uma desculpa, e eu sorrio. Gostaria de saber mais das novidades, porém ela parece cansada; esqueci que Anna veio para cá a trabalho e que provavelmente deseja descansar um pouco antes de se preparar para a sua conferência na manhã seguinte. Vamos ter bastante tempo para conversar quando ela for jantar lá em casa.

Saímos do carro e eu pego sua mala no porta-malas.

— Bom, vejo você na segunda então.

Ela me pergunta a que horas deve chegar.

— E o que eu levo?

— Nada, não precisa levar nada. Você só precisa ir. Aliás, é melhor eu dar o endereço a você e explicar como chegar lá — digo. Ela retira o celular da bolsa.

— Vou usar isso. — Anna desliza de tela em tela. — É muito mais fácil. Pronto. Adicionei você...

Não tenho ideia do que ela está falando.

— Eu não... — começo a dizer, mas Anna me interrompe.

— Find My Friend. É um aplicativo que mostra onde seus amigos estão em relação a você num mapa. Já vem instalado. Dá uma olhada na sua caixa de entrada agora.

Obedeço e vejo uma nova mensagem.

— Aceita o convite para conectar os nossos perfis — pede ela. — Então vou poder ver onde você está no mapa e você vai poder me ver. Eu uso esse aplicativo o tempo todo em Paris. Depois que Kate morreu, era uma espécie de consolo saber onde os meus amigos estavam.

Ela pega o meu celular e me mostra: um mapa se abre e vejo uma lista de seguidores. O nome de Anna está entre eles, mas, embaixo dele, vejo outro nome: o de Lukas.

Sinto como se tivesse levado um tapa.

— Merda.

Anna parece espantada.

— O que foi?

— É ele. Lukas. — Tento manter a voz calma, não quero que ela perceba o meu medo. — Ele está me seguindo nesse aplicativo...

— O quê? Como assim?

Mostro a Anna a tela do meu celular.

— Olha. Como é que... — começo a dizer, mas ela começa a explicar.

— Ele deve ter conectado o perfil de vocês. Você não sabia?

Faço que não. Não consigo acreditar no que está acontecendo.

— Ele deve ter dado um jeito de enviar um convite a você e depois o aceitou no seu nome. Deve ter sido fácil, se um dia ele ficou a sós com o seu telefone.

Eu me lembro de todas as vezes em que fui ao banheiro e deixei o celular na bolsa ou na mesinha de cabeceira. Anna tem razão. Ele não deve ter tido dificuldade.

— Dá para impedir que ele me siga?

— Fácil. — Ela desliza a tela e depois devolve o celular para mim. — Pronto — declara com firmeza. — Deletado.

Olho. Agora só tem o nome dela.

— Ele não pode mais ver onde estou?

— Não. — Anna pousa a mão no meu braço. — Está tudo bem com você?

Assinto, e percebo que sim, que estou bem. Eu me sinto estranhamente aliviada. Então era assim que ele descobria onde eu estava. O tempo inteiro. Pelo menos agora eu sei. Pelo menos agora, por fim, me livrei de Lukas.

— Tem certeza?

— Estou meio chocada, mas estou bem. Sério.

— Vejo você na segunda, então? Assim que Ryan souber a programação dele, eu aviso a você.

— Ótimo. Ele será muito bem-vindo. Estou ansiosa para conhecê-lo.

Anna me dá um beijo e se vira para ir embora.

— Ele está ansioso para conhecer você.

Ao voltar para casa vou direto ao computador. Ver o nome de Lukas despertou alguma coisa em mim. Vai ser a última vez, digo a mim mesma. Abro o encountrz, procuro o nome dele e mais uma vez recebo a mesma mensagem, tão evidente e clara quanto a minha frustração.

Usuário não encontrado.

É como se ele jamais tivesse existido. Lukas desapareceu como os hematomas que deixou em mim.

Digito o nome dele no Google. Nada. Nenhuma menção a Lukas ou a alguém que pudesse ser ele. Tento o Facebook e descubro que seu perfil não existe mais, depois ligo para o seu celular outra vez, embora saiba exatamente o recado que vou ouvir. Em geral eu repetiria o ciclo de novo e de novo. E de novo. Dessa vez, porém, é diferente. Dessa vez eu sei que isso precisa parar. Volto a me logar no encountrz, com o perfil que criei naquela tarde no jardim. Navego pelos menus até encontrar o que procuro. Deletar perfil.

Hesito, respiro fundo uma, duas vezes, e depois clico.

Tem certeza?

Escolho *sim*.

A tela muda: *Perfil deletado.*

Jayne não existe mais.

Eu me recosto na cadeira. Pronto, penso. Agora sim, finalmente terminou.

Capítulo 25

Estou na sala quando Anna chega. Ela vem sozinha. Ryan tinha outro compromisso, disse ela, mas os dois vão se encontrar mais tarde. Chamo Hugh, que está lá em cima, e vou até a porta receber Anna. Nossa convidada está ali, parada, segurando uma garrafa de vinho e um buquê de flores.

— Cheguei cedo! — diz, quando peço que entre. — Desculpa!

Digo que não tem problema e pego seu casaco, um impermeável vermelho ligeiramente úmido.

— Está chovendo?

— Um pouquinho, só um chuvisco. Que casa linda!

Vamos até a sala de estar. Está tudo correndo bem na conferência, diz, embora haja muito em que pensar, e sim, o hotel é ótimo. Enquanto fala, Anna se aproxima da foto de Kate na lareira e a pega. Observa a imagem por um instante antes de recolocar o porta-retratos no lugar. Dá a impressão de que vai dizer alguma coisa — conversamos sobre o fato de terem encontrado o homem que a assassinou, talvez ela queira dizer mais alguma coisa —, mas então Hugh chega para cumprimentá-la. Os dois trocam um abraço carinhoso, como se se conhecessem há anos.

— Ah, trouxe isso para vocês! — diz ela, curvando-se sobre uma sacola. Hugh a abre: uma caixa de *macarons*, delicadamente embrulhados.

— Que ótimo! — exclama ele, e os dois se sentam.

Peço licença para verificar como está a comida, feliz por eles estarem conversando. Por um momento, parece que estou fazendo um teste de melhor amiga com Anna e fico ansiosa por causa de Adrienne, depois me sinto culpada. Nossa amizade passou por maus bocados recentemente e está apenas começando a entrar nos eixos novamente.

Porém, também é natural que eu e Anna nos tornemos amigas. Nós duas perdemos Kate; o vínculo entre nós é recente, mas extremamente poderoso.

— E Connor, onde ele está? — pergunta ela quando volto à sala. — Estou ansiosa para vê-lo de novo!

— Ele saiu com uns amigos. — Sento-me no sofá em frente a Hugh, ao lado de Anna. — Com seu amigo Dylan, acho. Ele não deve demorar...

Eu pedi isso a ele. Talvez Hugh tenha razão. Preciso ser mais firme com Connor.

Dou de ombros.

— Sabe como são os adolescentes — digo, e Anna sorri, embora eu desconfie de que não faça ideia.

— Você quer ter filhos? — pergunta Hugh, e ela ri.

— Não! Ainda não, pelo menos. A gente acabou de ficar noivo!

— Tem irmãos ou irmãs?

— Só um meio-irmão — responde ela. — Seth. Ele mora em Leeds. Trabalha com informática, nunca sei no que exatamente.

— Seus pais moram lá?

Anna suspira.

— Não, meus pais morreram.

Eu me lembro de Anna ter me contado sobre os pais lá em Paris, quando estávamos no sofá da sala dela bebendo. Sua mãe sofria de depressão, tentou se matar. Sobreviveu, mas até o fim de seus dias precisou de cuidados em tempo integral. O problema de alcoolismo do pai piorou e em menos de dez anos os dois morreram com uma diferença de seis meses entre eles, e ela e o irmão ficaram sozinhos.

Hugh pigarreia.

— Sinto muito. Você se dá bem com o seu meio-irmão?

— Muito. A gente sempre se deu bem. Ele é tudo para mim. Não sei o que eu faria se alguma coisa acontecesse com ele.

Tento não esboçar reação, mas ela deve ter percebido como fiquei incomodada.

— Ah, meu Deus, Julia, eu não... Desculpa...

— Não tem problema.

É a segunda vez em poucos dias que ela se atrapalha com as palavras e menciona, ainda que não diretamente, a morte de Kate. Será que realmente a superou, que falta pouco para esquecê-la? Em nenhum momento penso que tenha sido proposital.

— Vamos comer?

O jantar é ótimo. Preparei uma torta de frango que ficou muito boa. Connor chega logo depois de eu servir a sopa e se senta conosco. Parece se dar particularmente bem com Anna. Ela pergunta como vai a escola, o time de futebol; chega a sacar o celular num momento e ele a ajuda com alguma dificuldade que ela vinha tendo. Ao terminarmos o prato principal, Anna me ajuda a levar os pratos para a cozinha e, quando sabe que eles não conseguem nos escutar, comenta:

— Connor é um rapaz adorável.

— Você acha?

— Sim! — Ela pousa os pratos. — Você devia se sentir orgulhosa. Vocês dois!

Sorrio.

— Obrigada.

A aprovação de Anna parece importante, de certa maneira. Significativa. Ela diz que vai subir para usar o banheiro. Indico o caminho a ela e depois peço a Hugh que me ajude com o café.

Ele faz o que peço.

— Como estão as coisas?

— Bem. — Preparei uma musse de vinho e limão, mas agora fico na dúvida se deveria servir também os *macarons*. Pergunto a Hugh.

— Acho que deve servir os dois. Anna vai voltar dirigindo?

Sei que ele está pensando em servir de sobremesa um vinho que guardou na geladeira. Hugh está se comportando de um jeito estranho em relação a bebidas desde que menti dizendo que bebi com Adrienne; ele não toca no assunto, embora ainda tenhamos bebidas em casa. Mas sabe que é melhor tentar controlar o meu comportamento do que fingir que não existe álcool no mundo.

— Não. O namorado dela vem buscá-la.

Há uma nota de ressentimento na minha voz. Hugh está pensando em servir mais vinho, mas eu não posso tomar nem uma gota. Reconheço a sensação e depois deixo pra lá. Ele pega o pacote de grãos de café do armário e retira alguns.

— Como foi mesmo que ela e Kate se conheceram?

— As duas eram colegas de escola. Perderam o contato durante algum tempo e depois se reencontraram — respondo.

Lá no fundo, percebo que estou pensando em Kate, falando nela, e que isso não me dói. Deve ser porque Anna está aqui, penso. Está ficando mais fácil, desde que eu pense na vida de Kate e não na morte dela.

Tiro a musse da geladeira. Hugh termina de preparar o café; chamo Connor e peço a ele que pegue alguns pratos. Ele vem quase imediatamente. Nós levamos as coisas e as colocamos na mesa da sala de jantar. Aquela unidade familiar me agrada; parte de mim se sente desapontada por Anna não presenciar isso. Eu a chamo e pergunto se está tudo bem. Ela grita em resposta dizendo que sim, está tudo bem, daqui a pouquinho desce. Quando chega, pousa o celular sobre a mesa com um sorriso envergonhado.

— Desculpem, Ryan ligou. — Anna parece subitamente feliz, radiante. — Ele já está vindo.

— Ele devia vir jantar conosco algum dia — diz Hugh. — Quanto tempo vai ficar aqui?

— Não sei. Até a semana que vem, acho.

— E você, quando volta? — pergunta ele.

— Sábado. — Anna se vira para mim. — Isso me faz lembrar uma coisa... Que tal um almoço no sábado? Antes de eu pegar o trem?

Digo que seria ótimo.

— Tudo bem mesmo...?

Digo que sim.

— Você precisa convidar Ryan para tomar alguma coisa com a gente também — digo.

— Ah, não — começa ela —, nem em sonhos eu...

— Imagina! — protesta Hugh. — Chame-o!

Hugh se vira para mim e eu digo:

— É claro!

Anna parece aliviada. Sirvo café a ela. Connor pede licença e volta para o quarto. Conversamos mais um pouquinho enquanto tomamos nossas bebidas, mas a noite está chegando ao fim. Quinze minutos depois ouvimos um carro estacionando lá fora e uma porta batendo, o alarme do carro e, pouco depois, passos subindo em direção à nossa casa e a campainha tocando. Olho para Anna, que diz:

— Ele chegou cedo!

Ela parece agitada, como uma menininha esperando o carteiro lhe trazer cartões de aniversário, e também me sinto empolgada, além de curiosa; estou ansiosa para conhecer o homem que trouxe uma felicidade tão transparente e descomplicada para Anna. Que a ajudou a lamentar a morte de Kate e seguir em frente.

Eu me levanto.

— Deixa que eu atendo.

Vou até a porta, no corredor. Arrumo o cabelo, ajeito a blusa e abro a porta.

É Lukas.

Dou um passo para trás. É como se eu tivesse levado um soco; a sensação é física e intensa, minha pele arde com uma dose de adrenalina tão instantânea quanto se tivessem me dado uma injeção. Não consigo desviar os olhos dele. Meu corpo reage, meus músculos se tensionam para fugir ou lutar. A lembrança de seu ataque foi gravada a ferro e fogo no meu corpo. Enquanto o olho, ele inclina a cabeça de leve e sorri.

— Você deve ser a Julia.

Ele fala com clareza, num tom que me parece alto, alto o bastante para ser ouvido na sala.

Minha mente dispara. Todo o pânico e toda a dor começam a voltar em ondas. Aguenta firme, digo a mim mesma. Aguenta firme. Mas não consigo. Por um instante, penso que isso é um jogo, outro jogo doentio, como se ele soubesse que acabei de deletar o meu perfil, que resolvi nunca mais voltar a ligar para ele. Como se estivesse me dando uma lição de que não sou eu quem decide quando vou encerrar nossa história.

Sinto como se estivesse caindo, a sala atrás de mim se inclina e gira.

— O que você está fazendo aqui? — pergunto em voz baixa, mas ele não responde. Percebo que estou segurando o batente da porta, tremendo.

O sorriso não abandonou seu rosto.

— Bem, não vai me convidar para entrar?

Olho para o outro lado, depois para o chão. Penso em Hugh, que está na sala. Anna também, esperando Ryan.

Connor, que está lá em cima.

Olho de novo para ele, de modo que nos encaramos.

— Que *merda* você veio fazer aqui? — digo, irritada.

Ele não responde, simplesmente fica ali parado, sorrindo. Abro a boca para dizer alguma coisa, para perguntar de novo, pela terceira vez, mas então ele olha por cima do meu ombro e tudo muda. É como se tivessem ligado um interruptor; seu rosto se abre num sorriso largo, ele começa a tagarelar. Lukas segura a minha mão, num cumprimento, como se estivesse me vendo pela primeira vez.

— O que... — começo a protestar, mas pouco depois percebo que Anna está bem atrás de mim.

— Meu bem! — exclama ela.

Penso que está falando comigo, mas então estende a mão para a porta e segue em direção a Lukas. Ele se vira para ela, a abraça e os dois se beijam. Isso leva apenas um instante, mas parece durar uma eternidade, e, quando terminam, ela se volta para mim.

— Julia — diz, sorrindo —, esse é o Ryan.

Outra onda quebra. Sinto um rubor nas faces; estou com muito calor. O corredor recua; a música que Connor está ouvindo lá em cima parece de alguma maneira mais baixa e ao mesmo tempo ensurdecedora, como se eu a estivesse ouvindo no volume máximo, mas numa atmosfera sufocante. Tenho a sensação de que vou desmaiar. Estendo a mão — para segurar a maçaneta, qualquer coisa, mas não consigo.

— Querida? — pergunta Anna. — Tudo bem com você?

Tento me recompor.

— Sim, eu só... Não sei, não me sinto muito bem...

— Você parece meio vermelha... — comenta Lukas, mas eu o interrompo.

— Estou ótima. Sério...

E um instante depois a dinâmica na sala volta a se alterar. Hugh aparece, e eu o observo dar um passo à frente e se apresentar, sorrindo. Ele aperta a mão de Lukas e diz:

— Você deve ser o Ryan. — Hugh parece muito feliz em vê-lo, em recebê-lo em casa. — É um prazer conhecê-lo — diz, e em seguida: — Como vai?

Eles parecem dois camaradas, dois velhos amigos. Sinto um aperto no estômago. Meu marido e meu amante. Juntos.

— Bem — responde Lukas. — Bem, mas estou um pouco preocupado com Julia.

Hugh se vira para mim.

— Está tudo bem com você, meu amor?

— Sim — respondo, embora não esteja nada bem. A sala parou de girar, mas ainda tremo com uma ansiedade tão intensa que tenho medo de não conseguir controlá-la. — Não sei o que deu em mim.

— Bem — diz Hugh —, entra, Ryan. Entra.

Lukas agradece a gentileza. Vamos até a sala de estar, um grupo esquisito. Hugh convida Lukas a se sentar no sofá, Anna se senta ao lado dele e segura sua mão. Hugh lhe oferece uma bebida, mas ele recusa, diz que está dirigindo. Observo tudo isso através da fina tela do medo, como se estivesse acontecendo em outro lugar, com outras pessoas, aquela cena de normalidade cordial que não parece ter nada a ver comigo. Sem conseguir pronunciar uma única palavra, aceito a bebida que Hugh me oferece: um copo d'água.

— Toma, você vai se sentir melhor.

— Tem certeza de que você está bem mesmo? — pergunta Anna.

Tomo um gole, assinto e digo que sim, depois Lukas se dirige a mim.

— É tão bom conhecê-la. Ouvi falar tanto a seu respeito.

Sorrio, sem graça.

— Igualmente.

Observo quando ele agradece e depois segura e aperta a mão de Anna.

— Anna já contou a novidade a vocês? — Lukas afaga a mão dela, olhando em seus olhos com uma expressão que reconheço, de amor, de pura adoração.

— Sim, sim, que maravilha!

— É, sim! — concorda Hugh. Ele ativou seu charme, está se esforçando para impressionar. — Tem certeza de que não quer tomar nada? Nem um único drinque?

Lukas não diz nada por um instante, depois assente.

— Tudo bem, então. Por que não? Um drinquezinho não vai fazer mal. Uma dose pequena. Tem certeza de que não se importa de eu aparecer aqui assim?

— De jeito nenhum — responde Hugh, indo ao armário das bebidas e retirando as garrafas de uísque, vodca e gim. — O que vai querer?

Lukas escolhe um uísque puro, algo que nunca o vi tomar antes. Hugh serve a bebida. Lukas se vira para mim.

— Anna me disse que você é fotógrafa, certo?

Seu rosto é sincero, a cabeça está inclinada, como se estivesse realmente interessado. Olho dele para Anna e de Anna para ele.

Não consigo entender o que Lukas está fazendo, se eu deveria dizer alguma coisa, se deveria contar tudo a ela naquele exato momento. Estou em choque, imagino, embora haja também uma espécie de distanciamento esquisito. Preciso descobrir o que é. Durante todo esse tempo, enquanto eu pensava que estava tendo um caso, ele já estava saindo com a melhor amiga da minha irmã. Fui completamente traída. A outra era *eu*.

Mas, se eles se conheceram antes de Kate ser assassinada, por que ele me escolheu? Não pode ser coincidência. Se fosse, ele teria se espantado quando fui recebê-lo à porta essa noite. "Julia!", exclamaria. "O que você está fazendo aqui? Cadê a Anna?" Então acho que eu teria lhe contado como conheci sua noiva e combinaríamos de manter silêncio sobre tudo aquilo. Ele tentaria dar o fora dali o mais rápido possível, não aceitaria uma bebida, não ficaria para conversar, não faria perguntas cujas respostas já está cansado de saber.

Percebo que todos estão olhando para mim, aguardando minha resposta. A sala está em silêncio, o ar pesado e quente demais. Eles me fizeram uma pergunta e eu preciso responder.

— Sim, sim, isso mesmo.

Olho dele para Hugh. Uma palavra, bastaria isso. É o que ele quer? Romper minha relação com Hugh, detonar a bomba que eu armei embaixo da minha própria família?

— Parece muito interessante.

Lukas se inclina para a frente. Realmente dá a impressão de alguém fascinado. Absorto. Ele pergunta que tipo de fotos eu tiro e, apesar de a dor e de a ansiedade que eu sinto serem praticamente físicas, embora ele já tenha visto as minhas fotos, embora já tenhamos olhado o meu trabalho deitados nus numa cama, eu respondo.

Lukas assente e pouco depois volta a falar.

— Ah, por falar nisso, fiquei muito triste ao saber da sua irmã.

Seu filho da puta, penso. *Você está curtindo essa merda.*

Faço que sim com a cabeça. Sorrio, mas meus olhos estão desconfiados.

— Obrigada — respondo.

Preciso lembrar a mim mesma que ele não matou Kate, ainda que nesse momento eu dificilmente conseguiria odiá-lo mais do que já o estava odiando, caso tivesse matado mesmo.

Luka me olha no fundo dos olhos.

— Não a conheci. Lamento muito que ela tenha... falecido.

Então a raiva me atinge com força. Não consigo evitar, se bem que a última coisa que eu queira seja que ele perceba como está me irritando.

— Ela não *faleceu*. Foi assassinada.

Você sabe muito bem disso, penso. Procuro algum sinal de remorso, de tristeza ou até mesmo de malícia, mas não encontro nenhum. Penso que até preferiria que risse — então eu poderia odiá-lo sem sentir medo dele —, mas Lukas não faz nada. Absolutamente nada. Nem mesmo seus olhos traem qualquer indício de que já nos vimos antes: nesse momento, ele parece um irmão gêmeo de si mesmo.

A sala está imóvel. Percebo que falei alto demais. Que pareço desafiadora, que o estou desafiando a dizer alguma coisa. Hugh olha de mim para ele e dele para mim. O instante se estende; o único som que se ouve vem do quarto de Connor lá em cima.

A tensão se espessa e então se rompe. Lukas balança a cabeça.

— Ah, nossa, eu ofendi você. Desculpa, desculpa mesmo. Nunca sei o que dizer nessas situações...

Eu o ignoro. Percebo que Hugh está inquieto, que deseja que eu fale alguma coisa, mas não digo nada. Sustento o olhar de Lukas. Anna olha dele para mim, ansiosa, e depois de um momento eu cedo.

— Tudo bem. Ninguém sabe o que dizer. Não existe nada para dizer.

Ele dá de ombros e me olha fixamente. Hugh e Anna estão ali, observando tudo. Estão percebendo, penso. Com certeza. Será que ele é maluco? Será que ele *quer* que eles percebam o que está acontecendo?

Ou quem sabe não esteja nem aí. Estamos numa luta cerrada, o domínio passa rapidamente de um para o outro. Estamos cegos para os nossos parceiros, eles não importam, foram relegados ao papel de observadores. Somos potássio na água, ácido na pele. Poderíamos queimar um ao outro, arruinar tudo e nem perceber, nem ligar.

Abro a boca para dizer alguma coisa — ainda não sei o que —, mas Hugh diz:

— Em que área você trabalha, Ryan?

Ele está tentando dissipar a tensão, e por um instante Lukas não se mexe.

— Ryan trabalha no ramo artístico — responde Anna, e Lukas se vira para segurar sua mão.

— Tenho uma empresa na área de produção digital.

Não foi o que ele me disse.

Hugh assente.

— Em Paris?

— Sim, estamos lá há quase cinco anos. Mas viajo bastante.

Olho para as minhas próprias mãos, cruzadas no meu colo. A cada resposta de Lukas percebo com mais clareza; era para mim que ele estava mentindo o tempo todo, e não para Anna. Não para sua noiva, a mulher que ele via várias vezes por semana. Olho para Lukas. Não consigo parar de pensar naquela última vez, no quarto de hotel, quando David chegou. Ainda sinto suas mãos em mim.

E agora ele voltou querendo mais. Não consigo suportar. Antes que eu me dê conta do que estou fazendo, já me levantei. Mas o que posso fazer? O que posso dizer? Anna vai se casar com esse homem e está na cara que não sabe o que está acontecendo. Abro a boca, fecho-a de novo. Minha mente está em choque.

Então, de repente, eu me sinto despedaçar por dentro. É como se estivesse desaparecendo, sendo reduzida a nada.

— Julia! — exclama Hugh. — Está tudo bem?

— Sim. Com licença — consigo dizer, e então subo a escada e vou ao banheiro.

Quando volto, Anna me pergunta se estou bem.

— Sim, estou ótima.

Lukas está terminando a bebida e colocando o copo em cima da mesinha de centro.

— É melhor irmos! — anuncia ele. Vira-se para mim. — Pensamos em ir ao Soho, quem sabe a um bar de jazz. Ronnie Scott's. Conhecem? — Os dois se viram para mim. — Vocês deviam vir.

Digo que não. Estou anestesiada. Só quero que tudo isso acabe.

— Pode ir se quiser — diz Hugh. — Eu estou muito cansado...

Sinto uma onda de culpa quando imagino os dois ali. O que fiz com a minha amiga? O que poderá acontecer?

— Não, está tarde. É melhor eu também ficar em casa.

— Ah, vamos — pede Anna. — Vai ser legal!

— Eu não me importo mesmo, amor — insiste Hugh.

— Não! — respondo, ríspida demais, depois me viro novamente para Anna e digo num tom mais doce. — Sério, vão vocês.

Eles se levantam e vamos todos até o corredor. Anna se volta para mim e sorri.

— Bem... — Ela estende as mãos e eu dou um passo à frente para abraçá-la também, enquanto Hugh e Lukas trocam um aperto de mãos. — Foi tão rápido! — exclama Anna. Ela percebeu que tem alguma coisa errada. — Promete que vai me visitar em breve. Traz o Connor! Promete! E eu vou avisar sobre o casamento assim que a gente começar a planejar tudo. Vocês vão, não é?

Olho para Lukas. Ele está sorrindo, esperando minha resposta.

— Claro que sim. A gente vai se ver no sábado, de todo jeito, mas eu ligo para você antes disso. Logo. Mais tarde, certo?

Anna me solta. Quero abraçá-la, dizer que tome cuidado, adverti-la, mas não quero assustá-la. Seja como for, Lukas já está dando um passo à frente.

— Bem, foi um prazer conhecê-la. Lamento pelo que aconteceu. Não quis chatear você.

Por um brevíssimo momento, tenho a impressão de que ele está falando do ataque, mas então percebo que está falando de Kate.

— Não fiquei chateada.

Estendo a mão. A última coisa que desejo é que ele me toque, mas não seria certo evitá-lo de um modo tão flagrante.

— Foi um prazer para mim também.

Lukas segura a minha mão e me puxa para perto; percebo que ele deseja me abraçar, como se estivéssemos ligados, como se agora fôssemos grandes amigos. Não quero sentir seu corpo e resisto. Mas ele é forte. Lukas me abraça com força, depois me dá um beijo. Primeiro numa face, depois na outra. Sinto os músculos do seu peito; apesar de tudo, não consigo evitar sentir uma leve pontada de desejo. Ele me abraça por um instante e eu fico congelada. Estou oca, vazia por dentro. Tenho consciência de que Anna e Hugh estão se despedindo, rindo de alguma coisa, sem notar o que está acontecendo.

Lukas sussurra ao pé do meu ouvido.

— Se você contar a ela, eu te mato.

Eu me sinto fria, paralisada, mas logo depois ele me solta. Sorri mais uma vez para mim e em seguida pega a mão de Anna e aperta o meu braço.

— Foi um prazer conhecê-los! — despede-se ele, e então os dois viram as costas para nós e, depois de uma nova onda de acenos e sorrisos, Hugh e eu ficamos a sós.

Capítulo 26

Fecho a porta. Ouço os passos de Lukas e Anna se afastando em direção à rua, depois escuto suas risadas. Os dois parecem tão felizes, tão satisfeitos com a vida que estão levando juntos. Eu quase consigo acreditar que Ryan é quem ele realmente diz ser, que imaginei o que aconteceu na última meia hora. Quase consigo me convencer de que meu caso com Lukas faz parte do passado, que o noivado de Anna acabou de começar e que essas duas coisas não têm nenhuma relação uma com a outra.

Mas não. As últimas palavras que ele me disse ainda ecoam no meu ouvido.

Eu me viro para Hugh. Ele está atrás de mim, onde estava ao se despedir dos nossos convidados. Não mexeu nem um dedo ainda.

— O que deu em você? — questiona ele baixinho, de modo que somente eu possa ouvir, mas seu tom é furioso.

Não posso deixar que Hugh saiba de nada. Ele não pode desconfiar.

— Não sei do que você está falando. — Vou para a sala.

Ele me segue.

— O que foi aquilo, hein?

Pego um prato e um copo.

— Aquilo o quê?

— Eu sei que é irritante quando as pessoas dizem "faleceu", mas esses eufemismos são muito comuns, você sabe muito bem. Eu escuto esse tipo de coisa o tempo todo. Ele não falou por mal.

Nem passa pela minha cabeça lhe contar a verdade.

— É que... eu fiquei de saco cheio, sabe? Ela não *faleceu*, não *foi para um lugar melhor*. Kate foi assassinada. O cara bateu na cabeça dela com sabe-se lá o que até seu crânio ser perfurado e ela sangrar até a morte caída em um beco na... na... merda de *Paris*.

Hugh dá um passo na minha direção. Vejo que está tentando se acalmar agora, colocar panos quentes.

— Meu amor, eu sei que você está com raiva, mas isso não é motivo para descontar no nosso convidado. E pensa em Connor...

— Hugh, pelo amor de Deus!

Estou tremendo, ele percebe o quanto estou irritada; não quero que sequer suspeite do verdadeiro motivo. Não quero que relacione o que aconteceu com a maneira como reagi após a chegada de Lukas.

Respiro fundo, fecho os olhos. Tento fazer a raiva passar.

— Escuta, eu sinto muito.

Ele sorri, mas é um sorriso triste.

— Você não está bem, Julia.

Eu sei onde isso vai parar.

— Não começa, Hugh!

Eu me viro para encará-lo, tremendo de raiva, o coração batendo alucinadamente como se estivesse prestes a explodir.

— Eu só... — começa a dizer, mas viro as costas e saio da sala de estar com passos pesados, depois subo a escada. Sei que Connor vai escutar, mas nesse exato momento não estou nem aí, já não tenho capacidade de pensar no meu filho.

Entro no quarto e fecho a porta. Fico imóvel, paralisada. Não sei o que fazer. Ouço Hugh vindo atrás de mim, parando no alto da escada.

Preciso avisar Anna. Mesmo que isso acabe com a nossa amizade. Não tenho escolha.

— Julia?

— Eu estou *bem*! — berro. — Me deixa em paz, por favor.

Penso mais uma vez no que Lukas disse. *Eu te mato*. Sinto os hematomas nas minhas costas, nos meus braços, nas minhas coxas; eles começam a latejar de novo, como se fossem recentes. Eu me lembro do que ele fez comigo naquele quarto de hotel, de como eu me senti. Eu me senti usada — usada e depois descartada.

Mas me *matar*? Lukas não devia estar falando sério.

Ouço Hugh recuar. Tento me acalmar. Digo a mim mesma que o assassino de Kate foi detido, porém mesmo assim esse pensamento não sai da minha cabeça. Foi ele. A polícia errou. Pegaram o cara errado.

Minha mente não se aquieta, não quer ser racional. Ele fez isso comigo. Ele me fez chegar a esse ponto — de rejeitar todo o bom senso.

Meu coração bate alucinadamente. Eu me lembro de ter feito login no Facebook, de ir ao perfil dele. De ter visto as fotos dele na Austrália, em Sydney, em frente ao Uluru. De como as datas batiam. De checar o perfil dos amigos dele, aqueles com quem foi para lá, e de ter visto que eles também postaram fotos diferentes daquela viagem. Uma delas mostrava Lukas numa praia, em outra ele estava surfando, em uma terceira pulando com máscara e snorkel de um barco. As provas estavam todas lá.

Se realmente tivesse alguma coisa a ver com a morte de Kate, então metade dos amigos dele também devia estar envolvida.

Sinto minha respiração voltar ao normal. Lukas não é um assassino, é só um canalha. Que está me assustando porque sabe que a minha irmã foi assassinada. Talvez seja vingança por eu ter terminado o nosso caso, por ter lhe dado um pé na bunda. Ele deve me odiar.

Preciso encontrar algum jeito de avisar a minha amiga. Pego o celular na mesinha de cabeceira e deslizo pela agenda de contatos até encontrar o nome de Anna. Sem hesitar, aperto o botão de chamada; não penso em nada enquanto o telefone chama, mas a ligação cai na caixa postal. É como se ela o tivesse desligado; eu me pergunto o que os dois estarão fazendo. Talvez tenham desistido de ir ao Ronnie Scott's, ou sei lá para onde iriam, e estejam voltando para o hotel.

Eu os imagino: Anna embaixo dele, beijando-o enquanto Lukas a penetra, descendo os dedos pelos músculos das suas costas.

Ou talvez esteja encolhida, morrendo de medo, enquanto um hematoma já começa a se formar.

Uma onda de náusea me atinge, e eu a engulo. Preciso acreditar que ele a ama. Preciso. Que o relacionamento dos dois é sincero, que ele não passa de alguém que viu a minha foto — talvez aquela que Anna tirou de mim em Paris — e me desejou.

Imagino a conversa dos dois. Anna contando que me conheceu, mostrando minha foto a ele. Dizendo "ela é muito legal", e ele concordando. E, depois, ele me procurando, e eu disposta demais a deixá-lo me conquistar.

Deve ter sido assim. Ele não vai atacá-la.

Então, porém, minhas próprias lembranças vêm à tona. O carpete sob meu corpo no quarto de hotel, a queimação nos meus pulsos. Eu sei do que ele é capaz. Tenho de avisá-la. Anna precisa saber, antes de se casarem, que ele pode fazer uma coisa dessas.

Pego o celular novamente. Dessa vez, deixo um recado. "Me liga." Tento controlar a voz, não dar na vista que estou nervosa, com medo. "É urgente", acrescento. "Preciso conversar com você." Baixo a voz, embora Hugh ainda esteja lá embaixo e não possa me ouvir. "É sobre aquele cara com quem eu estava saindo. É sobre Lukas." Estremeço ao dizer o nome dele. "Por favor, me liga."

Desligo o telefone. Tiro o computador da minha bolsa e, com as mãos trêmulas, vou até a lixeira. O arquivo que deletei naquele dia continua ali, com as mensagens que salvei. Abro algumas delas, como se para conferir se estou mesmo certa. Ele disse que morava em Cambridge. Não mencionou namorada nenhuma, muito menos noiva.

Decido que é melhor imprimir uma delas, para o caso de precisar mostrá-la a Anna para convencê-la, mas a impressora fica lá em cima, no escritório de Hugh. Pego o laptop e subo a escada. Acendo a luz, mal notando os papéis que começaram a atulhar o chão desde o processo contra Hugh. Seleciono uma das mensagens e a imprimo. No papel, ela se transforma em algo sólido, irrefutável. "Só quero você e mais ninguém", está escrito. "Fomos feitos um para o outro."

Mesmo assim, a única coisa que isso prova é que eu estava trocando mensagens com alguém chamado Lukas — e isso ela já sabe. Gostaria de ter uma foto de nós dois, mas não tenho. Apaguei todas as que eu tinha, com medo de que Hugh as descobrisse.

Dobro a folha de papel mesmo assim e a guardo na bolsa, depois verifico o celular. Anna não me ligou e eu sei o que preciso fazer. Desço a escada. Hugh está na cozinha, enchendo o lava-louça.

— Vou sair.

— E para onde, posso saber?

Tento aparentar calma, leveza, embora sinta o contrário.

— Pensei melhor e no fim das contas decidi ir encontrar Anna e Ryan. No tal do bar de jazz.

— Tem certeza?

— Sim. Eu me sinto péssima por ter reagido daquele jeito. Quero pedir desculpas. E também acho que vai ser legal. Anna tem razão, eu e ela quase não nos vemos.

Hugh parece intrigado, confuso. Por um momento terrível, temo que ele se ofereça para ir comigo, mas então me lembro de Connor.

— Não vou chegar tarde. Se certifica de que o Connor não vá se deitar tarde.

— Claro. — Ele pega outro prato.

— Amanhã ele tem aula.

— Eu sei. Pode ir. Divirta-se. Você vai de carro?

Eu sei o motivo da pergunta. Ele quer ter certeza de que não vou escorregar na minha decisão de não beber. Não há motivo para preocupação, porque não vou ao Ronnie Scott's. Não posso me arriscar a um confronto num bar barulhento, cheio de estranhos. Em vez disso, vou aguardar Anna em frente ao seu hotel.

— Sim — respondo. — E deixa aí o resto das coisas, está bem?
Amanhã de manhã eu acabo de arrumar a bagunça do jantar.

Hugh assente.

— Tudo bem.

Vou direto ao hotel. Ao chegar, estaciono o carro e volto a ligar para
Anna: nenhuma resposta ainda; novamente a chamada cai direto
na caixa postal. Dou um tapa no volante. Vou ser obrigada a entrar.

O lobby é grande, imponente, mas mal presto atenção. Sigo até
o bar e encontro um sofá de couro macio próximo à porta. Através
da divisória de vidro vejo a entrada principal. Será impossível não
os ver entrando.

Um garçom se aproxima e pergunta se eu gostaria de beber
alguma coisa.

— Água — peço, e ele reage como se fosse exatamente isso que
estava esperando ouvir. O garçom volta ao balcão e sussurra o meu
pedido, olhando para trás, para onde estou sentada.

A água chega com uma tigelinha de pretzels. O garçom hesita
por um instante, bloqueando a minha visão da entrada do hotel, e
em seguida se inclina na minha direção.

— A senhora está aguardando alguém? — pergunta, enquanto
passa um pano na mesa antes de pousar minha bebida e organizar
o petisco e os guardanapos sobre o tampo. Ele tenta parecer casual,
mas a pergunta tem um tom de desaprovação.

— Sim — respondo. Minha voz treme de nervosismo. — Estou,
sim — repito, agora com mais ênfase.

— Perfeito. — Acho que o garçom não acredita em mim. — Um
hóspede?

— Sim. Ela está hospedada aqui. — Ele não se afasta. — Acabou
de ficar noiva. Aliás, poderia me trazer uma garrafa de champanhe?
Para fazer uma surpresa a ela, quando chegar? E duas taças?

Ele assente.

— Perfeito.

O garçom se vira para ir embora. Quando volto a olhar para o lobby, avisto Anna. Ela deve ter chegado enquanto eu estava conversando com o garçom. Parece diferente, de certa forma, mais triste e séria do que quando saiu da minha casa há cerca de uma hora, e levo um instante para reconhecê-la. Começo a me levantar, mas ela está caminhando em direção ao elevador. Eu poderia gritar para chamá-la, mas a porta entre nós está fechada e ela jamais me ouviria. Apesar disso, meu coração se alegra — por um instante sinto que tive sorte: Anna está sozinha. Em seguida, porém, meu coração fica arrasado: vejo Lukas a poucos passos de distância dela. Congelo, enquanto o observo dar passagem a um casal atrás dele. Quando começo a andar, percebo que é tarde demais para alcançá-los.

— Merda.

As portas do elevador estão prestes a se fechar, mas Anna me vê por cima do ombro do noivo. Ela me encara por um momento e parece chocada, porém, antes que eu possa sorrir, as portas do elevador se fecham e já não posso mais vê-la.

Saio do bar e vou até o lobby. Vou correndo até o elevador, mas ele já começou a subir. Observo, xingando baixinho, enquanto ele para no terceiro, no quinto e no sexto andar; não tenho como saber qual é o andar deles, muito menos em que quarto estão. Quando o elevador começa a descer novamente, eu me viro e volto ao sofá. Procuro meu celular, enquanto imagino a conversa dos dois.

— Tenho certeza de que vi Julia no lobby — diria Anna. — O que será que ela veio fazer aqui?

— Impossível — retrucaria ele. — Não era ela.

Os dois entrariam no quarto.

— Vem... — chamaria ele, então a beijaria e tiraria sua roupa, do mesmo jeito como fazia comigo. Ela cederia ao toque de Lukas. As mãos deles, suas bocas, se encontrariam. O pau dele já estaria endurecendo quando ela começasse a abrir sua calça.

Afasto esse pensamento. Preciso me concentrar. Meu celular está tocando quando o encontro. Atendo depressa. É Anna.

— Era você? Aqui no hotel?

Ela parece feliz, relaxada, ainda que surpresa. Ouço Lukas ao fundo. Parece estar servindo bebidas.

— Era.

— Achei ter visto você quando cheguei. Está tudo bem?

— Sim. — Então percebo que não faz o menor sentido fingir. — Na verdade, não. Escuta, preciso ver você. Tentei ligar várias vezes. Deixei recado no seu celular. Vou explicar tudo; daria para você descer?

Anna parece hesitante. Intrigada.

— Por que você não sobe?

— Não, não, desce você. Por favor.

Penso na mensagem que imprimi e trouxe comigo. Não quero mostrá-la para Anna, mas talvez seja necessário. Será que ela vai acreditar em mim? Certamente, mas eu preferiria não ter de fazer isso com ela.

— Hugh está com você? — pergunta Anna.

— Não, ele ficou em casa. Por favor, desce. Por favor, me deixa explicar.

Ouço Anna cobrir o bocal do telefone e perguntar a Lukas se para ele está tudo bem. É óbvio o que ele vai responder.

— Anna! — chamo. — Anna...

Depois de um tempo, ela diz:

— Vamos descer em dois minutos.

— Não! — Tento controlar a voz, mas mesmo assim devo parecer desesperada, em pânico. — Não. É melhor se... Será que você não poderia descer sozinha? Por favor.

Ela hesita.

— Certo, me dá cinco minutos.

Embora seja tarde, ela colocou uma calça, um suéter e tênis. O bar agora está menos movimentado; as poucas pessoas presentes estão terminando as bebidas antes de subirem para o quarto. A garrafa de champanhe sobre a mesa à minha frente parece deslocada.

— Julia! — diz Anna, depois de trocarmos beijinhos. — Está tudo bem? Você parecia tão preocupada! — Ela baixa a voz. — Está tudo bem com Hugh?

— Sim. — Olho por cima do ombro dela; não tem ninguém ali, somente o garçom recolhendo copos e indo atender um recém--chegado. Sentamos.

— Que bom. Fiquei com medo de ter acontecido alguma coisa. Ou, sei lá, de Hugh ter descoberto sobre *aquele cara*.

Anna pronuncia essas duas últimas palavras com a voz bem baixa, como se achasse que existem espiões em toda parte, ansiosos para entregar informações aos interessados.

— Não, não é nada disso — respondo. — Nada disso mesmo.

— Ótimo! — Ela ergue a taça. Assinto. A minha continua vazia. — O que é, então?

— Você chegou a ouvir o recado que deixei no seu celular?

Ela faz que não.

Não consigo falar. Não quero contar a ela. Não quero destruir sua felicidade, mesmo que seja baseada em mentiras. Mas então penso em todas as coisas que Lukas me fez, as coisas que eu mesma pedi, as coisas que não pedi. Não posso falhar com Anna da mesma maneira que, lá no fundo, sei que falhei com a minha irmã. Não posso deixá--la na mão só para me poupar de uma conversa difícil.

— É sobre Ryan.

— Sobre Ryan?

— Escuta. — Seguro a mão dela. Digo a mim mesma que Kate teria feito o mesmo. — Não quero que você pense que estou... sei lá... com inveja...

— Inveja? Você não está falando coisa com coisa!

— De você com Ryan, quero dizer.

Hesito. Estou procurando as palavras certas, mas elas parecem fora de alcance.

— Mas é que...

— O quê?

— Você tem certeza de que pode confiar nele?

— Claro! Por quê?

— É que você o conhece há pouco tempo e...

Isso parece mesquinho, baixo; percebo que disse a coisa errada. Anna parece irritada.

— Eu o conheço há tempo suficiente! — retruca ela. — Por que esse papo, Julia? Você era a última pessoa no mundo de quem eu esperaria uma coisa dessas!

Respiro fundo e começo a explicar.

— Acho que ele não é quem diz ser — declaro. Fecho os olhos. — Sinto muito...

— O quê? — Ela parece estarrecida. — Do que você está falando? Como assim?

Prossigo com mais cautela. Preciso que Anna chegue a essa conclusão. Que perceba que o homem que ela chama de Ryan mente sobre para onde vai toda semana.

— O que ele faz nas terças?

— Vai trabalhar...

— Em Paris?

— Isso varia. Ele viaja muito.

— Londres?

— Às vezes... Aonde você está querendo chegar, Julia?

— O negócio é o seguinte — digo, mas então paro.

O ambiente mudou, a porta do bar foi escancarada e uma corrente de ar gelado entra. Por cima do ombro de Anna vejo Lukas correndo os olhos pelo local, procurando por nós. Ele parece completamente calmo.

— Merda!

— O que foi? — Ela olha para trás. — Ah, oi! — Anna chama o noivo por sobre as poucas mesas que os separam e, quando ele a avista, acena.

Seguro a mão dela.

— Escuta. — Começo a falar depressa, preciso dizer tudo antes que ele nos alcance. — Você não pode confiar nele, ele não é quem diz ser. Ele está saindo com outra pessoa. Você precisa acreditar em mim...

— Julia! — Anna balança a cabeça.

Sinto uma urgência crescente; a qualquer momento isso poderá se transformar em pânico.

— *Acaba com esse relacionamento!* — Isso sai alto demais. O garçom ouve e, sem dúvida, Lukas também.

Anna puxa a mão da minha e se levanta. Ela me olha sem acreditar. Sem acreditar e com raiva.

— Desculpa... — começo a dizer, mas em seguida Lukas chega.

— Está tudo bem? — pergunta ele. O rosto de Anna relaxa. Ela se vira para beijá-lo, depois olha novamente para mim.

— Julia já estava de saída. — Ela sorri. — Não é mesmo?

— Não. Escuta...

Lukas dá um passo à frente e se coloca entre mim e Anna. Como se eu é que oferecesse perigo. Ele parece irritado, protetor em relação à futura esposa.

— O que está acontecendo aqui?

Anna se vira para me encarar.

— Eu sei o que está acontecendo. — Ela parece desapontada, mas segura. — Você está com inveja. Só porque seu casamento com Hugh está desmoronando e nós dois vamos nos casar. Ou será que é por causa do dinheiro?

— Dinheiro? — Não tenho ideia do que ela está falando.

— Ah, você sabe que a audiência do testamento é na sexta...

— O quê? — Minha cabeça gira. Não sei de nada disso. Tento lembrar, recordar nossa última conversa.

— Anna, não. Não, não é nada disso. O dinheiro é seu. Kate deixou para você. *Eu quero* que você fique com ele.

Lembro a conversa que tivemos em Paris, meses atrás. Eu já havia lhe dito isso naquela ocasião.

— Escutem aqui — diz Lukas. Ele pousa a mão no meu braço e eu estremeço. — Não sei o que está acontecendo, mas vocês duas precisam se acalmar.

Agora Anna está com raiva. Os funcionários do bar perceberam; um homem se aproxima.

— Senhora — diz ele para mim —, está tudo bem por aqui?

— Tudo bem — responde Lukas. — Está tudo bem. Nada que a gente não possa resolver sozinho.

Ele começa a conduzir Anna em direção à porta. Ela me olha com uma expressão de quem não está acreditando, balançando a cabeça como se não pudesse crer na pessoa em que eu me tornei. Eu me pergunto o que mais estará pensando — talvez que Kate tivesse razão o tempo todo, que sou uma vagabunda invejosa que a traiu, roubou seu filho e não quis devolvê-lo.

— Acho melhor você ir embora — diz Lukas com firmeza, voltando o corpo para mim. Ao mesmo tempo, sinto uma mão no meu braço. É do barman, que está me virando para o lado oposto.

— Ele é o Lukas! — grito quando os dois chegam à porta, mas ela está olhando para o outro lado e as minhas palavras são engolidas pelo bar cavernoso.

Os outros clientes me olham — acham que estou bêbada, que sou uma baderneira, alguma ex-namorada ciumenta —, mas não sei se Anna me ouviu. Somente quando me livro do garçom e me viro novamente para repetir aquilo é que percebo que já é tarde demais.

Ela se foi.

Pago a conta e vou embora. Não há mais nada que eu possa fazer, e não posso ficar, depois da comoção que causei. Quando chego ao meu carro, abro a janela e acendo um cigarro do maço que agora guardo no porta-luvas. Penso em Hugh — ele não gosta que fumem no carro — e lamento por ele não estar aqui agora.

Eu ferrei tudo. Não sei o que eu poderia ter feito de diferente, mas não importa: eu ferrei tudo.

Solto o ar e me recosto no assento de couro. Estacionei o carro numa rua lateral perto da Portland Place e, dali, dá para ver a entrada do hotel pelo espelho lateral. Embora já passe da meia-noite, pessoas ainda entram e saem.

Será que Anna estava certa? Talvez a questão seja mesmo o dinheiro da minha irmã, embora não do jeito que ela pensa. Imagino Lukas ouvindo a notícia da morte de Kate e dando em cima de mim, mas, logo em seguida, descobrindo que a minha irmã deixou toda a grana para a melhor amiga.

Mas não, isso não faz o menor sentido; ele já estava saindo com Anna antes de Kate morrer. Ou seja, voltei à estaca zero.

Novamente se forma o mesmo pensamento que vem me incomodando há tempos. Ele cresce, não consigo afastá-lo, não consigo contê-lo. É porque agora sei que ele mora em Paris. O pensamento aflora inexorável, irrefreável.

Foi ele.

Mas não pode ser. E o brinco de Kate? A polícia prendeu um homem. Além do mais, sabemos que checaram todo mundo, todos os contatos de Kate na internet. E que ficaram satisfeitos. Não pode ter sido ele.

Então por que fui alvo dele? Ou será que não fui alvo nenhum, que tudo não passou de pura coincidência?

Termino o cigarro e o atiro no asfalto, pela janela entreaberta. No mesmo instante sinto vontade de acender outro; luto contra esse ímpeto, mas parece inútil. Preciso acalmar a minha mente, descobrir o que está acontecendo. Pego a bolsa do banco do passageiro e começo a remexer dentro dela.

Tudo acontece muito rápido. Eu não o vejo saindo do hotel, não o ouço se aproximando, mal percebo quando ele abre a porta do carro. Quando desvio o olhar da bolsa ele já está lá; num instante não estou mais sozinha. Meu coração dá um pulo de terror repentino.

— Mas o que...? — começo a dizer, porém ele se vira para mim.

— Surpresa! — Sua exclamação é seca e sem um pingo de humor.

O rosto de Lukas está a centímetros do meu; ele cheira a loção pós-barba, o mesmo cheiro com o qual me acostumei. Cheiro amadeirado — sândalo, creio eu — misturado com outra coisa, um odor de remédio. Ele parece mais pálido, as feições mais magras. Tento dizer a mim mesma que se eu o conhecesse hoje não olharia duas vezes, mas é mentira.

— Lukas! — exclamo, espantada.

Minha memória muscular entra em cena mais uma vez; instintivamente eu pressiono o corpo para trás o máximo possível no assento, me afasto dele o máximo que consigo sem abrir a porta e sair correndo. Fico na dúvida se eu não deveria fazer exatamente isso: sair correndo.

— O que você quer?

— Ah, meu amor. Não seja assim... — Sua voz parece grossa, muito diferente do normal.

— Cadê a Anna?

Eu a imagino no quarto, andando de um lado para o outro. Será que ela sabe que ele está aqui comigo? Talvez ele tenha lhe dito que saiu para dar um passeio, pegar um pouco de ar.

Ele sorri. É um sorriso amargo, ressentido.

— Relaxa. Não sei o que você acha que está acontecendo aqui, mas fique sabendo que você está completamente enganada. — Ele faz uma pausa. — Anna está no quarto — diz. — Tomando banho.

Lukas sorri. Será que eu deveria achar esse comentário sugestivo, sexual? Excitante? Será esse o jogo que ele quer: nós três no quarto, nus?

— Ela sabe que estou aqui, ela que me mandou vir. Está arrependida de ter perdido a cabeça. Quer que você suba e tome alguma coisa com a gente. Para consertar o mal-entendido. — Ele dá de ombros. — Que tal?

Quero acreditar nele, mas não consigo. Como posso acreditar? Anna acha que acabei de conhecê-lo.

— Quem é você? Diz o que você quer.

Ele me ignora.

— Não? Ah, achei que não iria querer mesmo. — Ele se vira. — Olha. Anna já é bem grandinha. Ela sabe se cuidar. Não sei por que você resolveu se meter nessa história.

— Me meter?

— Avisar a ela, dizer que não sou quem ela acha que sou. Talvez eu seja exatamente quem ela acha que sou, mas não seja quem você achava que eu era. — Ele parece pensativo. — Talvez você é que não saiba nada a meu respeito, e não Anna. — Ele se inclina sobre mim. — Anna confia em mim, sabia? Ela me conta tudo...

Penso na mensagem impressa que levo na bolsa. Eu devia tê-la entregado para Anna quando tive a oportunidade.

— Talvez sim, mas só por enquanto... — começo a dizer. Ele é rápido, porém. Agarra meu pulso e o torce para trás. É um gesto repentino, brutal. Grito, de espanto e pânico, depois fico em silêncio.

— Sabe — diz ele, em voz baixa e feroz, ainda segurando o meu braço, ainda com os dedos enfiados na minha carne. — Não gosto que putinhas como você se intrometam na minha diversão. Então, é isso o que vai acontecer...

Torce ainda mais o meu braço. Eu me debato, mas ele continua me segurando. Mesmo usando apenas uma das mãos, isso parece fácil para ele. Dá a impressão de que seria capaz de quebrar o meu braço quase sem nenhum esforço, de que isso é exatamente o que gostaria de fazer. Dou mais uma vez um grito abafado; novamente me lembro das suas mãos no meu corpo, de como um dia elas acariciaram essa mesma pele que agora berra de dor.

— Você vai dar o fora da minha vida — afirma ele. — Vai deixar Anna em paz e não vai mais se meter, sacou?

Reúno todas as minhas forças. Eu me viro para ele; finalmente consigo soltar o braço do seu aperto forte.

— Senão o que, hein? O que vai acontecer? Eu vi você, sabia? Antes. Entrando no elevador. Você não me pareceu assim tão apaixonado. Não sei o que está armando, mas ela não merece isso. Ela não fez nada a você. Anna realmente acha que você a ama.

Sinto a determinação dele falhar, muito de leve. Atingi um ponto sensível. Em seguida, porém, ele diz:

— Para mim não faz a menor diferença o que você viu ou deixou de ver. — Seu sorriso é doentio, superficial. — Você *vai* deixar a gente em paz.

Lukas parece ter tanta certeza. Eu me encho de pavor.

— Senão...?

— Senão talvez os meus arquivos pessoais virem algo um pouquinho mais público...

Não entendo do que ele está falando, no entanto fico mais tensa. É como se o meu corpo já tivesse compreendido tudo, enquanto a minha mente continua fazendo força para entender.

— Seus o quê?

— Isso mesmo. Tenho umas fotinhos bastante interessantes na minha coleção. Aliás, uns vídeos também. Quer ver?

Eu me sinto despencando. Lukas parece completamente confiante. Não sou nada, ninguém. Ele poderia acabar comigo sem o menor esforço.

Balanço a cabeça. Ele tira o celular do bolso e começa a deslizar entre as telas.

— Ah, sim, essa aqui é legal.

Lukas escolhe uma das fotos e o brilho da tela ilumina por um breve momento o interior do carro, depois ele inclina o telefone de modo que eu consiga enxergar a imagem. Mostra uma mulher, nua da cintura para cima.

Demoro um pouco para me dar conta de que sou eu.

Eu me sobressalto.

— Essa é... — começo a dizer, mas as palavras se embolam na minha boca, não consigo dizê-las.

— Essa é daquela primeira vez... — diz ele. — Da primeira vez em que você ligou a câmera do computador. Lembra?

Claro. Eu estava no meu estúdio, com a porta fechada. Havia angulado a câmera, me levantado. Eu tinha me sentido ridícula, mas já estava envolvida naquela história, de modo que tudo parecia se resumir a mim e ele, o resto do mundo havia se dissolvido em nada.

A traição me parece absoluta. Não consigo mais olhar para a foto mas também não quero olhar para ele.

— Você tirou uma foto... e a *guardou*?

— Ah, eu adoro ter um arquivinho. — Ele dá de ombros, como se isso não tivesse importância. — Para quando estou entediado, sabe?

— Como se atreve!

A fúria começa a aumentar no meu peito, mas junto vem alguma outra coisa também. Um medo novo, frio, duro e penetrante. Se ele tem essa foto, então existem outras.

Lukas começa a navegar pelas telas do celular.

— Tenho muitas outras — comenta. — Que tal essa, por exemplo? Ou essa outra aqui?

Ele me mostra uma foto atrás da outra. É uma reprise dos últimos meses, uma edição somente com os destaques. Ali estão quase todas as vezes que tirei a roupa para Lukas — porque ele estava entediado, ou com tesão, ou porque eu estava com saudade e queria agradá-lo. A cada foto eu afundo mais, até ter a impressão de que estou me afogando. A água me envolve completamente, invadindo-me, até eu não conseguir mais respirar.

— Ah, é, e tem essa aqui.

É uma foto diferente, foi tirada no hotel depois de transarmos. Estou de pé, sorrindo para a câmera; ele tirou uma foto minha enquanto eu estava me vestindo. Eu me lembro desse dia. Na hora me senti lisonjeada; ele desejava guardar uma lembrança daquela ocasião.

Eu tinha ficado feliz, mas me lembro de que pedi para ele apagar a foto.

— Não me sinto à vontade — eu tinha dito. Ele me falou que eu estava linda, que queria uma foto. — Por favor, Lukas, apaga.

Obviamente ele não fez isso. Agora, ao olhá-la, eu me sinto horrorizada. É como se fosse uma versão de mim mesma olhando para a outra. Julia olhando para Jayne. Pensei que poderia mantê-las em compartimentos separados, trancados, mas estava errada. As coisas têm o costume de escapar.

Outra onda de desespero me invade. Nada daquilo foi real. Desde o início, tudo era baseado numa mentira, num fingimento de amor.

— Bom, enfim. Dá para ter uma ideia geral.

— Seu filho da puta... — sussurro. Até mesmo esse palavrão parece completamente inadequado, depois do que ele arrancou de mim.

— Ah, dá um tempo, por favor. Essas fotos são ótimas! Você, mais do que ninguém, deveria perceber. Eu seria muito egoísta se não as compartilhasse... — Lukas enfia a mão no bolso mais uma vez. Ao retirá-la, traz um cartão de memória. Ele o levanta. — Por exemplo, aqui está uma cópia para você. — Eu o encaro, mas me recuso a pegar o cartão. — Não? Você bem que poderia ficar com ele. Tem muito mais fotos...

Ele sorri, depois coloca o cartão de memória entre nós, sobre o painel do carro.

— Mas você aparece em metade dessas fotos. Por que iria querer divulgá-las?

— Em algumas eu apareço, sim, mas não em todas. E, seja como for, não tenho filhos. Não sou casado com um cirurgião. Acho que eu conseguiria me safar muito bem. — Ele sorri. — Pensa só nisso... — Lukas balança a cabeça. — Tsc, tsc. Imagina o que a imprensa iria dizer? *The Mail*, por exemplo? "Esposa de cirurgião renomado envolvida em escândalo sexual"? Isso poderia até se transformar em algo viral. Você não acha?

Não respondo. Ele tem razão. O futuro desaba em câmera lenta. Isso, mais o processo contra Hugh, seria demais. Imagino o escândalo, nossos amigos se afastando de nós. Maria, Carla.... todos os colegas de trabalho do meu marido. Eu me vejo andando pela rua e sentindo os olhares das pessoas sobre mim, sem saber o que elas viram, em que fofoca acreditaram.

Lukas venceu, penso, não há nada que eu possa fazer. Ele tem Anna. Colocará as mãos no dinheiro da minha irmã e irá abusar de Anna e maltratá-la como fez comigo. Porém, ele ainda não terminou.

— Tem também o chefe de Hugh no hospital, todos os colegas dele...
Não vai ser nada bom do ponto de vista profissional. Para a reputação
dele. Além disso, tem a escola de Connor, os pais dos amigos dele... Acho
que não deve ser muito difícil conseguir o e-mail de toda essa gente. Ah,
é! — exclama ele, como se tivesse acabado de ter uma ideia. — Acabei
de me lembrar de uma coisa. Todos os sites pornôs onde posso colocar
essas imagens. "Amadora tesuda." — Ele olha para mim, querendo ver
minha reação. — "Mulher madura traça garanhão jovem."

Então acontece — de repente, do nada, eu lhe dou um tapa com
toda a força. É como se toda a energia que eu estivesse contendo
entrasse em erupção. Sinto vontade de chutar, berrar e lutar.

A única reação dele, porém, é rir baixinho, de um jeito quase
inaudível, e percebo que está satisfeito. Lukas olha para mim. Seus
olhos são inexpressivos. Eu me pergunto se ele é capaz de sentir dor.

— Bem, como eu ia dizendo, você vai ficar bem longe de mim
e da Anna.

Sinto que começo a chorar. Digo a mim mesma que não vou deixar
as lágrimas escorrerem, que não vou dar a ele a satisfação de me ver
chorar, mas meus olhos ardem. Ao mesmo tempo, sinto quase um
alívio. Quando tudo está perdido, não existe mais dor, não existe
mais nada a perder.

Ficar longe dele e de Anna pode ser difícil, mas é possível.

— Além do mais — continua ele —, por que não pensa no
quanto essas fotos podem valer para você? Quero dizer, sei que a sua
irmã deixou uma boa grana para Anna mas também sei que uma parte
ainda maior foi para o seu filho...

— Seu filho da puta! — repito.

Ele se vira para abrir a porta. A temperatura do carro parece cair
quando ele se afasta de mim e o resto do mundo volta a entrar em cena.

— É melhor eu ir — anuncia ele. — Anna vai ficar preocupada,
sem saber para onde fomos. Além disso, acho que você tem muito
no que pensar. Vou dizer a ela que você ainda está chateada, que
precisou voltar para casa por causa de Connor. Algo assim.

Sinto vontade de desistir, de deixá-lo ir, mas então penso novamente em Kate e no que preciso fazer. Sou forte o bastante; se tem algo que esse ano me ensinou foi isto: que sou mais forte do que imagino.

— Espera.

Lukas puxa o trinco, mas não sai. Então se vira para mim.

— O que foi?

— Anna confia em mim. — Agora que tomei minha decisão, meu tom é forte e desafiador. — Ela nunca vai acreditar em você. Não se eu disser a ela o que você está fazendo.

Ele fecha a porta do carro.

— Pode dizer o que você quiser. A verdade é que Anna está começando a achar que você é meio maluca. Doente, sabe? Ela acha que a morte da sua irmã pode ter feito você pirar. A vida perfeitinha que você levava... bem, agora... — Ele enfia a mão no bolso. — Ela também acha você meio imprevisível. Que está com um pouquinho de ciúmes, talvez. E está mesmo, embora ela não saiba por quê.

Penso nos dias que passei com Anna em Paris, em todas as conversas que tivemos ao longo daqueles meses. Ele está errado.

— É mentira. O que levaria Anna a...

— A pensar isso? Ah. Acho que não adianta...

Ele ergue a mão entre nós. Está segurando alguma coisa que antes devia estar guardada no bolso. Levo um instante para perceber que é uma faca.

O pânico me invade. Tento recuar, mas o carro é apertado e não há para onde ir. Tudo acontece muito rápido. Lukas segura a minha mão entre as suas, com muita força. A faca fica exposta, apontada para mim, na mão dele, embora pareça estar na minha. Eu me debato para me soltar, achando que ele vai me esfaquear, e ele começa a balançar a minha mão — para a esquerda, para a direita, para a esquerda de novo. É como se estivéssemos lutando e ele tentasse tirar a faca da minha mão, embora quem a esteja segurando na verdade seja ele. Ouço um grito e, no começo, tenho a impressão de que vem de fora do carro, mas então percebo que é a minha própria voz. E tudo fica claro. É como se eu fosse alguém olhando para dentro do carro, assistindo àquilo da rua. Quem olhasse de fora pensaria que estou tentando esfaqueá-lo e que ele tenta me conter com as duas mãos. Lukas relaxa por um instante, e então, justamente quando acho que vai soltar a faca, com uma brutalidade repentina, ele leva as duas mãos ao próprio rosto e a ponta da lâmina abre um corte na pele da sua bochecha.

— Porra! — exclama ele, e um instante depois vejo o sangue aflorar. — Sua puta idiota!

Ele sorri. Afasta as minhas mãos como se eu o enojasse e solta a faca, que cai no meu colo. Então percebo que não passa de uma faca de cozinha, a mesma que eu usei para picar legumes, e, portanto, não poderia causar grande estrago. Contudo, ela é afiada e abriu um rasgo na pele dele. O sangue começa a escorrer pelo rosto de Lukas.

— Você tentou me esfaquear!

Ele luta para se desvencilhar, como se eu o estivesse segurando, depois sai aos tropeções do carro. Não consigo dizer nada, sentir nada. Um casal está lá fora, um homem e uma mulher. Eles olham para dentro do carro, tentando ver o que está acontecendo. Abro e fecho a boca de um jeito ridículo. Vejo que a ferida no rosto de Lukas não passa de um arranhão, mas mesmo assim sangra. O sangue agora alcançou sua boca e está escorrendo pelo queixo, manchando sua camisa branca.

Imagino a reação de Anna quando ele voltar para o quarto. Àquela altura o sangue já terá manchado toda a roupa dele e parecerá que o que houve foi um ataque feroz, do qual ele escapou por pouco. Então ela vai acreditar no que quer que ele lhe diga. Que sou invejosa, ciumenta, maluca. Que estou tentando separar os dois por despeito, porque meu relacionamento não anda bem.

— Ainda acha que ela vai acreditar em você? — pergunta ele, e, pouco depois, vai embora.

Estou sozinha. Mesmo que haja carros e pessoas em torno, estou sozinha, e tudo o que consigo ouvir são as batidas do meu coração e os latidos de um cachorro que, a distância, uiva para a escuridão.

Capítulo 27

Não tenho escolha. Volto para casa.

É tarde; a casa está em silêncio, escura. Deveria parecer segura, um refúgio, mas não. Hugh e Connor estão dormindo, lá em cima. Sem nenhuma ideia do que está acontecendo, de onde estive. Estou separada da minha família. Separada e sozinha.

Entro na sala de estar e acendo o abajur, depois sento sob seu brilho suave. Reviro o cartão de memória entre os dedos sem parar. É tão pequeno, tão frágil. Eu poderia destruí-lo com facilidade, esmagá-lo com o pé, derretê-lo com a chama do meu isqueiro. Por um instante penso em fazer justamente isso, mas sei que é inútil. Deixo-o de lado e volto a pegá-lo.

Trago o laptop, ligo, insiro o cartão de memória. Sei que eu não deveria olhar, mas de certa maneira não consigo me conter. Houve uma época, talvez poucas semanas atrás, em que eu ainda poderia pensar que isso era uma brincadeira, que Lukas tinha colocado no cartão um desses cartões virtuais bregas que antes eu odiava, mas que agora mando rotineiramente sempre que me esqueço de algum aniversário. Eu meio que esperaria que fosse uma animação, com macaquinhos dançando e o meu rosto superposto cantando uma música qualquer. *Peguei você!*

Mas não agora. Agora não consigo fingir nem para mim mesma.

Ali há mais de dez arquivos, alguns deles fotos, outros vídeos. Verifico se o som do computador está silenciado e então escolho um deles ao acaso.

É um vídeo. De nós dois. Na cama, nus. Estou embaixo dele, mas meu rosto continua em quadro, é possível me reconhecer.

Meus olhos estão fechados, minha boca aberta. Pareço ligeiramente ridícula. Só consigo assistir àquilo durante alguns segundos. Sinto uma espécie de horror alheio; alheio porque eu poderia com toda a facilidade acreditar que a mulher da tela não tem nada a ver comigo, horror porque o mais íntimo dos atos está ali, registrado sem meu conhecimento, preservado para a posteridade.

Eu me sinto exausta de repente. Como ele conseguiu filmar isso? Será que deixou o laptop posicionado com a câmera na direção da cama? Mas eu teria percebido, não teria?

Talvez tenha sido um esquema mais sofisticado. Uma câmera oculta, disfarçada de lata de bebida ou escondida na ponta de uma esferográfica. Sei que essas coisas existem, inclusive já as vi em lojas de departamento — na John Lewis, na Selfridges — quando fui dar uma olhada nas câmeras. Na época, pensei: por que alguém iria querer uma coisa dessas? Com certeza deviam ser câmeras para profissionais, detetives particulares. Pertenciam ao mundo de James Bond. Bem, acho que agora eu sei por quê.

Estremeço. Esses vídeos e essas fotos remetem ao início do nosso caso; ele devia estar planejando isso o tempo inteiro, desde o começo. Sinto uma onda de náusea. Respiro o mais fundo que consigo, respirações longas e lentas que não ajudam em nada, depois fecho o laptop antes de arrancar o cartão de memória do slot e atirá-lo do outro lado da sala. Ele quica na parede e cai ruidosamente no chão, aos meus pés.

Eu me levanto. Não posso deixá-lo ali. Imagino Connor pegando o cartão e olhando o que tem dentro. O que ele iria dizer? O que iria pensar? Pego o cartão e o levo para o andar de baixo. Guardo-o na minha gaveta; amanhã vou atirá-lo no canal ou embaixo das rodas de um ônibus. Quero beber, mas sei muito bem que é a última coisa que eu deveria fazer, porque, quando começar, posso não conseguir mais parar. Então subo para tomar um banho, o mais quente possível. Entretanto, minha pele nunca me pareceu menos viva. Somente quando a água está tão quente que quase me escalda é que sinto alguma coisa.

Não prego o olho durante os dois dias seguintes. Ligo para Anna sem parar, mas ela não atende. Estou inquieta. Eu me assusto com qualquer barulhinho, com medo de que seja Lukas. Tenho medo de qualquer ligação ou mensagem, de cada correspondência que recebo. Não tenho certeza do que fazer. Ligo para Adrienne, mas não consigo contar a ela o que há de errado. Digo apenas que não estou bem, que peguei um vírus, que a gente se fala de novo na semana que vem. Tudo bem, ela vai mesmo estar viajando por uns dias, diz. Bob vai levá-la para Florença.

Decido aparecer sem avisar no hotel de Anna para almoçar com ela, como havíamos combinado antes. Claro, pode ser que Lukas esteja lá ou ela não queira falar comigo, mas não tenho escolha. E, em todo caso, decido que uma ruptura definitiva talvez seja melhor; eu poderia retornar à minha própria vida, focar Connor e Hugh.

Entretanto, não consigo me aquietar. Quero sair de casa, mas não sei para onde. Quero desligar o celular, mas não me atrevo a fazê-lo, com medo de perder alguma ligação de Anna. Na quinta, Hugh já percebeu a mudança; ele me diz que preciso sair, fazer alguma coisa para deixar de pensar em Kate.

— Você deu um passo para trás — comenta ele, pensando que meu luto retornou. E, de certa maneira, ele tem razão. Existe um sofrimento que ele conhece, e outro que não.

Levo Connor para jantar. Peço um hambúrguer sem pão e uma salada, mas, quando olho para o que ele está comendo, cheio de queijo derretido e batata frita, eu me pergunto para que faço tanto esforço. Minha vida está desmoronando, meu caso amoroso prestes a ser desmascarado da pior maneira possível. Por que estou preocupada com a minha aparência, com o que eu como ou deixo de comer?

Talvez Kate estivesse certa. Coma, beba, transe com quem quiser e não se importe com as consequências.

E depois morra.

Pego umas batatinhas de Connor. Ele ergue os olhos do celular, com a testa franzida e uma expressão de indignação fingida.

— Mãe! — protesta, mas está rindo.

É um brevíssimo momento de prazer, vê-lo assim feliz. É a primeira vez que o vejo desse jeito desde que contamos a ele que prenderam o assassino de Kate.

Faço um gesto para o telefone de Connor.

— O que está digitando aí? — pergunto.

Ele pousa o celular na mesa, com a tela para baixo, ao alcance da mão. Quase imediatamente o aparelho vibra.

— Ah, só estou no Facebook. E jogando uma partida de xadrez.

— Com o seu pai?

— Não. Hugh só gosta de jogar no mundo real.

— Hugh? — Fico estarrecida por um instante.

— Ele me disse que posso chamá-lo assim, se eu quiser, que ele não liga.

Isso me incomoda. Ele está crescendo, mas ao mesmo tempo se afastando de nós. O primeiro processo é inevitável — entretanto, como toda mãe, eu esperava evitar o segundo, pelo menos por mais algum tempo.

De certa maneira, porém, é bom ficar chateada por isso. Depois dos horrores dos últimos dias, da preocupação com Anna e com as fotos que Lukas tem no computador, isso é algo mundano e fácil de resolver. Parece normal, problema de família.

— OK, mas não me peça para me chamar de Julia. — Para você eu sou *mamãe*, sinto vontade de acrescentar.

— Beleza.

Sorrio. Quero que saiba que eu entendo, que me lembro de como é ser adolescente; que me lembro da vontade desesperada de que cheguem a idade adulta e a responsabilidade. Quero que saiba que faço parte do seu mundo, que eu o amo. Connor dá uma enorme mordida no hambúrguer, o suco escorre pelo queixo. Ele o limpa com as costas da mão e eu lhe entrego um guardanapo. É mais forte que eu. Connor aceita o guardanapo, mas não o usa. Como um pouquinho da minha salada, procurando algum assunto.

— Como anda o futebol?

— Fui escolhido de novo para fazer parte do time. Vou jogar no sábado. — Ele faz uma pausa e depois exclama: — Ah, é! Eu já te contei?

Abaixo o garfo. De repente, o barulho no restaurante parece aumentar. Ele me olha cheio de expectativa, com as sobrancelhas erguidas, e faço que não.

Dá outra mordida no hambúrguer e come algumas batatas.

— Bom... — começa a dizer. Estou prestes a falar que primeiro termine de mastigar, mas alguma coisa, alguma espécie de premonição, me impede. — Você se lembra daquela vez que a gente foi ver *Planeta dos macacos*?

Fico tensa.

— Sim.

Ele pega a maionese.

— Bom. Você se lembra daquele cara bizarro do cinema? Que entrou atrasado, se sentou na cadeira ao nosso lado e depois foi embora?

Tento fingir que estou me esforçando para lembrar.

— Ah, é — escuto minha voz dizer. Não a reconheço; parece filtrada, distorcida, como se viesse de uma grande distância. — Eu tinha me esquecido completamente dele — acrescento.

O tom da minha voz soa falso até mesmo para mim, mas ele não parece perceber. Observo-o em silêncio enquanto a bile sobe até a minha garganta, e aguardo que continue, enquanto ele espreme um pouco de maionese no prato e em seguida pega o ketchup. Connor continua falando e misturando os dois molhos, criando uma meleca rosada marmorizada. Quero que ele se apresse, que diga logo de uma vez o que tem para me dizer.

— Ontem de noite eu o vi — diz Connor. — Lembra que eu saí para jogar boliche? Com Dylan, Molly e a galera? Bom, o cara estava lá, na pista do lado. — Ele pega um punhado de batata frita e o mergulha no molho cor-de-rosa. — Fui o primeiro a reparar nele, porque ele parecia estar lá sozinho. Tipo, não estava com um filho, nem ninguém assim. A gente até pensou que ele estivesse esperando alguém, mas não, ninguém apareceu. Ele só ficou lá jogando sozinho, depois se mandou. Bizarro, né? Tipo, quem faz esse tipo de coisa? Molly achou que ele parecia um pedófilo.

Minha cabeça começa a rodar. Fico corada, como se todo o sangue no meu corpo estivesse subindo para a cabeça e o pescoço, e no momento seguinte tudo — Connor, o restaurante — começasse a recuar, desaparecendo em um túnel.

— Mãe? — chama Connor. — Está tudo bem?

Tento pegar o copo d'água na minha frente, que está frio ao toque; levo-o à boca. É um gesto mecânico, que faço sem pensar. Tomo um gole e um pouco de água cai do copo, que está cheio demais. Mal percebo; é como se eu estivesse me observando de fora, do outro lado do ambiente.

— Mãe? — repete Connor, com mais urgência. Ele parece preocupado, mas não há nada que eu possa fazer para aliviar seu medo.

Minha cabeça roda com imagens de Lukas. Eu devia saber. Devia ter protegido o meu filho. Eu deixei Connor na mão, exatamente como fiz com Kate e Anna. Eu me obrigo a voltar ao presente.

— Sim? — Percebo que tem água pingando do meu queixo e o enxugo. — Estou bem. Desculpa. Continua o que você estava dizendo...

— Ah, foi só isso. O cara apareceu, jogou boliche e...

Outra onda de pânico me atinge.

— Como você sabe que era ele?

— Ah, você sabe... — Connor pega outro punhado de batata frita. Seguro sua mão.

— Connor. Como você... tem certeza?

Ele olha para a minha mão em seu braço e depois para o meu rosto.

— Sim, mãe. Eu reconheci o cara. Ele estava com o mesmo boné. Lembra? Da Vans? Com o bordado na frente...

Não tenho a menor ideia do que ele está falando. Devo parecer perdida, porque Connor parece prestes a descrever o boné para mim, mas muda de ideia.

— Enfim, ele estava com o mesmo boné.

— Tem certeza?

— Claro!

— Ele disse alguma coisa a você?

— Não exatamente...

A raiva começa a tomar o lugar do pânico. Raiva de mim mesma, de Lukas, de Connor.

— "Não exatamente"? Isso é um sim ou um não? Hein, Connor?

Levantei a voz, tanto em volume quanto em tom. Faço um esforço para me controlar.

— Ele só pediu desculpas. — Connor parece ressentido, amuado. Ele olha para mim como se eu tivesse enlouquecido. Dá para ver que se sente arrependido de ter me contado a história. — Ele derramou cerveja em mim. Foi só isso. Um acidente. Enfim...

Está na cara que ele quer mudar de assunto, mas eu não dou bola.

— O que ele disse?

Connor suspira.

— Falou: "Foi mal, carinha." Só. Foi por isso também que eu tive certeza de que era o mesmo cara, porque foi exatamente assim que ele me chamou no cinema: de carinha. Ninguém mais usa essa gíria. — Ele toma um gole de milk-shake. — Mãe, dá para soltar o meu braço?

Eu não tinha percebido que ainda estava agarrando o braço dele.

Solto-o e me recosto no assento. A raiva agora arde em mim, a fúria; mas não encontra válvula de escape, nada para consumir, portanto fica parada, profunda e venenosa. Tento manter a expressão neutra, o rosto calmo. Estou caindo. Tensiono o corpo, mordo o lábio inferior.

Uma pergunta me ocorre, com um impulso terrível, doentio: sei que Lukas estava me seguindo no aplicativo do iPhone, mas como ele podia saber onde o meu filho estava? Como se aproximou de Connor?

Inclino o corpo para a frente.

— Quem sabia que você ia sair para jogar boliche? — pergunto, tentando não fazer o pânico transparecer na minha voz. — Para quem você contou?

— Para ninguém. Por quê? O que foi, mamãe?

— Não seja ridículo! — Agora estou quase gritando. — Você deve ter contado isso para alguém!

— Mamãe...

— Molly e Dylan, por exemplo. Eles sabiam, para começo de conversa! Quem mais foi jogar com vocês?

Ele olha para mim com uma expressão estranha; quase com medo.

— O pai do Dylan levou a gente.

— Quando? — As perguntas começam a vir depressa. — Quando vocês combinaram o programa? Para quem você contou que ia, Connor? Quem sabia que você ia jogar boliche?

— Meu Deus do céu, mãe! Uns amigos, esse tipo de coisa, sabe? A gente convidou Sahil e Rory, mas eles não puderam ir. Ah, e acho que é capaz da Molly ter convidado umas pessoas também. E do pai do Dylan ter comentado algo com a mãe dele. É possível... — A voz de Connor tem um tom que nunca ouvi antes. Sarcasmo.

— Não precisa falar desse jeito...

Ele me ignora.

— ... e provavelmente ela contou para a Evie, e acho que posso ter postado alguma coisa no Facebook, então tem também toda a galera que me segue lá, e...

Eu o interrompo.

— Quem segue você no Facebook?

— Sei lá. Meus amigos. Os amigos dos meus amigos. Esse tipo de gente.

Uma ideia começa a crescer na minha cabeça. Durante todo esse tempo Lukas sempre soube mais do que imaginei que o deixei saber. Agora sei que ele rastreava a minha localização o tempo todo, mas nunca cheguei a descobrir como ele soube dos outros detalhes: o fato de estarmos planejando ir ao cinema, o filme que pensávamos em assistir. O nome de Hugh, sendo que eu só o chamava de Harvey.

Agora, entretanto, acho que descobri. Se ele estivesse seguindo os posts de Connor, e Connor estivesse postando tudo...

Uma ideia horrível me vem à cabeça. Será que também foi assim que ele descobriu o sobrenome de Paddy? E o endereço dele? Eu me dou conta de como a coisa pode ter acontecido. Talvez Connor tenha mencionado o nome dos nossos convidados e, a partir daí, bastaria uma busca rápida — Maria, Hugh, cirurgião — para chegar a um sobrenome. Então ele poderia facilmente ter checado o perfil de Paddy no Facebook, no LinkedIn, ou sei lá onde.

— Me passa o seu celular.

— Mãe! — Ele tenta protestar, mas eu o calo.

— Me dá o seu celular, Connor. Agora.

Ele me entrega o telefone e eu lhe peço que desbloqueie a tela de entrada e abra o perfil do Facebook. Percebo que ele quer brigar, protestar, mas sabe que ainda não tem idade o bastante para se opor a mim. Estendo a mão para que me entregue o telefone de novo, mas ele o atira sobre a mesa.

Pego o aparelho e corro os olhos pelas suas atualizações. Na maior parte dos dias ele faz várias postagens; o número é grande demais para eu conseguir verificar, e várias delas eu não entendo. São mensagens para os amigos, piadas internas, fofocas, conversas sobre futebol ou coisas a que ele assistiu na televisão. Volto na linha do tempo, até o verão, e encontro o que eu estava procurando. "A

333

caminho do Vue Islington", diz uma das postagens. "Com a minha MÃE." Volto ainda mais, para postagens anteriores, percebendo nesse processo como já me acostumei a ler as coisas em ordem cronológica invertida. Algumas postagens depois, vejo: "Cineminha familiar amanhã. Planeta dos macacos!"

— Quem são seus amigos? — Devolvo o telefone para ele. Quero ver.

Connor começa a protestar, mas eu o interrompo.

— Connor! Quero ver agora!

Ele me devolve o telefone. Connor tem centenas de seguidores, alguns cujo nome reconheço, mas muitos que me são desconhecidos. Corro os olhos rapidamente por eles e, depois de um instante, vejo: David Largos. Sem querer eu me lembro da minha primeira conversa com Lukas, quando as coisas pareciam simples e administráveis. O sobrenome é o mesmo do seu nome de usuário daquela época. Qualquer esperança que eu ainda pudesse ter — de estar enganada, errada — cai por terra.

Mostro o telefone para Connor.

— Quem é esse cara? — grito. — Quem é David Largos?

— Não sei, mãe. — Ele levanta a voz. — Só um cara qualquer, está bem? É assim que funciona. Eu não conheço *todo mundo* que me segue, OK?

Seleciono o perfil e aparece uma foto: é de um cachorro usando um boné de beisebol com a palavra "Vans". Não há mais nenhuma informação, mas é ele. Pronto, penso. Descobri como ele sabia de tudo.

Primeiro Anna, depois eu. E agora eu sei que Connor também está envolvido na história toda.

— Deleta. — Devolvo o celular para Connor. — Deleta o seu perfil.

Estou tremendo, mas ele não se mexe.

— Não!

Connor parece horrorizado, como se o que eu tivesse pedido para ele fazer fosse uma completa loucura. Gostaria de poder contar a ele por que isso é tão importante, mas não posso. Gostaria de poder lhe contar o quanto me deixa furiosa essa sua postura ridícula e praticamente constante de estar sendo injustiçado, mas não posso dizer nada.

— Não estou brincando, Connor. Você precisa deletar o seu perfil.

Ele começa a discutir, a me dar uma porção de "mas" e "não posso" e "não vou". Ignoro tudo isso.

— Connor! — grito.

Há um repentino silêncio — uma imobilidade — no restaurante, e sei que, se eu olhasse ao redor, veria todo mundo nos olhando. Na mesa ao lado há um casal jovem, ele de calça de moletom e casaco de capuz, ela de minivestido, e na mesa em frente uma senhora com alguém que imagino ser sua filha e um carrinho de bebê parado ao lado. Não quero ser a diversão da noite mas também não quero que ninguém saiba que estou constrangida. Baixo a voz, mas continuo de olhos fixos no meu filho.

— Isso não é uma brincadeira. Estou mandando. Deleta o seu perfil. Agora. Senão confisco o seu celular e você volta a usar o antigo...

— Não! Você não faria isso.

— Ah, não? Então espera só para ver.

Ele fica boquiaberto. Está incrédulo, ofendido, não acredita que eu sequer pudesse pensar em fazer uma coisa dessas. Connor olha para mim e eu o encaro.

Estendo a mão.

— O celular, Connor. Entrega para mim. Agora.

Ele pega o celular e se levanta. No começo acho que vai pedir desculpa ou apelar para o meu lado bom, mas ele está furioso e, óbvio, não faz nada disso. Apenas diz numa voz baixa e irritada:

— Vai se foder.

Pouco depois ele se vira e sai caminhando em direção à saída, deixando-me para trás, boquiaberta.

Eu também me levanto; meu guardanapo cai no chão.

— Connor! — digo com o máximo de firmeza que consigo, mas ele me ignora. — Volta já aqui!

As pessoas nos olham, ouço murmúrios silenciosos. Estou perdendo o controle, tudo começa a recuar. É como se eu estivesse entrando num túnel em disparada, tentando voltar para uma realidade que foge de mim tão rápido quanto eu escapo dela. Tento seguir Connor enquanto ele ziguezagueia entre as pessoas que estão paradas na porta e sai. Preciso alcançá-lo e me obrigo a voltar à realidade.

— Eu já volto — aviso ao garçom, que parece já ter visto esse tipo de coisa antes.

Eu me espremo para passar entre as mesas — as pessoas afastam as cadeiras e viram o rosto para o outro lado quando passo, como se fosse melhor me evitar —, mas, quando consigo sair, Connor já foi embora. Eu o vejo lá longe, correndo pela Upper Street na direção contrária à da nossa casa, e, sem pensar duas vezes, começo a correr atrás dele.

Hugh está à minha espera quando chego. Ele vai até a porta enquanto ainda a estou abrindo. Estou afobada, sem jeito com as chaves. Deixo-as cair no chão ao retirar a chave da fechadura. Ele se abaixa e as pega, em seguida as entrega a mim.

— O que está acontecendo? — pergunta.

Tiro o casaco e pergunto:

— Ele veio para cá?

— Sim.

Connor deve ter mudado de ideia ou veio pelas ruas laterais.

— Onde ele está?

— Lá em cima. O que está acontecendo, Julia? — Hugh fala mais alto, mas parece bastante calmo.

Eu o empurro para o lado para passar por ele. Estou furiosa. Tive de voltar ao restaurante; as pessoas me encararam enquanto eu pedia a conta e a pagava. Uma mulher havia inclinado a cabeça com um meio sorriso, de um jeito que, suponho, seria para demonstrar empatia e compreensão, mas que me fez sentir vontade de dar um tapa nela. Em seguida saí do restaurante apressada, esquecendo a sacola que havia escondido embaixo da minha cadeira, e fui obrigada a voltar para buscá-la.

— Ele me fez parecer uma completa idiota.

Hugh tenta me interromper, mas não deixo. Subo a escada até o quarto de Connor. O que não posso deixar que ele veja é que, além de furiosa, estou com medo. Lukas agora tem acesso ao meu filho, além de a mim e a minha amiga. Agora ele o está perseguindo e não sei o motivo. Só posso torcer para que seja para me intimidar, para que eu saiba que ele tem esse poder. Só posso torcer para que, agora, ele já tenha dado seu recado e o assunto esteja encerrado.

Porém, talvez ele goste disso. De me assustar, de provar o quão profundamente se infiltrou na minha vida. Eu me dou conta de que terei de vê-lo mais uma vez, confrontá-lo de alguma maneira. Não posso deixar que ele se safe assim.

Estou no alto da escada quando Hugh me chama.

— Julia! O que está acontecendo?

Eu me viro para encará-lo.

— O que foi que ele contou?

— Que vocês discutiram por causa do celular dele. Ou da internet, sei lá. Ele disse que você estava sendo completamente injusta.

Eu poderia contar a Hugh, talvez. Contar tudo. Então Lukas não teria mais poder sobre mim.

Isso, entretanto, acabaria com o nosso casamento. E Connor não conseguiria lidar com um divórcio, depois da morte da mãe. Eu poderia perdê-lo também, se essa história viesse à tona.

Preciso protegê-lo. Prometi a Kate que ele viria em primeiro lugar, sempre. Assim que o adotamos, eu disse a ela que Connor era tudo para mim, e repeti isso de novo e de novo quando ela tentava pegar o filho de volta. Deixá-lo na mão agora seria o ápice da traição, do fracasso.

— Ele está de castigo.

É uma punição por ter me deixado sozinha no restaurante, por usar o Facebook para contar ao mundo inteiro coisas da minha vida, mas então percebo que também serviria como proteção. Se Connor não puder sair de casa, Lukas não conseguirá se aproximar dele.

— Estou falando sério — acrescento.

Hugh fica imóvel. Dou de ombros, como se dissesse "você é quem sabe", mas então ele diz:

— Isso é realmente tão importante assim?

Isso me enfurece ainda mais. Hugh acha que está protegendo Connor, mas ele não entende. Eu me viro para ir ao quarto de Connor, mas minha fúria agora foi atiçada, lateja. Vagamente percebo que seria melhor direcionar toda essa raiva a Lukas, mas, como isso não é possível, tenho de descarregá-la em outro lugar. Então, cá estamos.

— Vou confiscar o celular dele — acrescento. — Só isso — digo, como se Hugh fosse argumentar alguma coisa.

Connor fechou a porta do quarto, obviamente. Bato, mas é mera formalidade; abro a porta antes mesmo de terminar de avisar que estou entrando. Não sei o que eu esperava encontrar — ele deitado de bruços na cama desfeita, quem sabe, com os fones de ouvido, ou deitado de costas olhando tristemente para o teto —, mas o que vejo me surpreende. O quarto de Connor está ainda mais bagunçado que o normal e ele está de pé na cama, enfiando como um louco tudo o que tem nas gavetas da cômoda dentro da bolsa de viagem, que está aberta à sua frente.

— Connor!

Ele olha para mim, com o rosto sério, mas não diz nada. Pergunto o que pensa que está fazendo.

— Que merda você acha que eu estou fazendo, hein?

— Não fala assim comigo!

Percebo que Hugh acaba de chegar e está ao meu lado, embora um pouco para trás; essa discussão é minha e ele não vai escolher nenhum lado na incerteza. O quarto cai em silêncio por um instante, repleto de veneno e animosidade.

Connor murmura alguma coisa. Mais uma vez parece dizer "Vai se foder", mas creio que pode ser minha imaginação finalmente se recusando a lhe dar o benefício da dúvida.

— O que foi que você disse?

Agora estou berrando. Sinto meu coração acelerado também, batendo depressa demais. Preparando-se para a briga.

— Julia... — começa a dizer Hugh na porta, mas eu o silencio.

— Connor Wilding! Para o que está fazendo agora mesmo!

Ele me ignora. Vou até lá, arranco a bolsa da cama e a atiro no chão às minhas costas. Connor ergue a mão, como se fosse me bater. Olho em seus olhos e vejo que gostaria de fazer exatamente isso. Seguro seu pulso. Por um instante eu me lembro de Lukas segurando o meu e sinto vontade de torcer o pulso do meu filho daquele mesmo jeito, de machucá-lo daquele mesmo jeito. No mesmo instante, sinto vergonha. Tenho uma vaga impressão de que nunca teria esse pensamento em relação a um filho que fosse mesmo meu, a quem eu tivesse dado à luz; a ideia de lhe infligir dor jamais passaria pela minha cabeça, nem mesmo brevemente. Ele torce o braço para se soltar; fico surpresa com sua força.

— Seu pirralho idiota! — Isso sai sem que eu queira. Sinto Hugh se inquietar ao meu lado; ele dá um passo à frente, prestes a dizer alguma coisa. Porém, eu me adianto: — Para onde você pensa que vai? Fugir? Na sua idade? Deixa de ser ridículo!

Ele parece magoado.

— Você acha que sobreviveria mais de cinco minutos? — pergunto.

— Vou para a casa da Evie! — berra ele, com o rosto a centímetros do meu. Sinto seus perdigotos nos meus lábios.

— Evie? — Começo a rir e me arrependo imediatamente, mas de alguma maneira não consigo parar de falar. — Sua "namorada"?

— É.

— Sua namorada, aquela com quem você só conversa pela internet? Ele fica de queixo caído. Vejo que tenho razão.

A voz dele sai trêmula.

— É, ela mesma. E daí?

Experimento um instante de triunfo e em seguida me sinto completamente arrasada.

— Tem certeza de que ela é mesmo quem diz ser?

Isso era para ser uma pergunta séria, mas fica parecendo uma acusação cheia de desdém.

— Julia... — Hugh agora deu outro passo à frente e está ao meu lado. Sinto o calor do seu corpo, o aroma suave do seu corpo depois de um dia no trabalho. — Já chega — diz. Ele coloca a mão no meu braço, mas eu me desvencilho.

Há um longo silêncio. Connor me encara com um olhar de ódio profundo, depois diz:

— Puta que o pariu! É claro que ela é quem diz ser!

— Já chega de xingar! — diz Hugh. Ele escolheu um lado. — Vocês dois se acalmem...!

Eu o ignoro.

— Você já falou com ela? Alguma vez? Ou vocês não passam de amiguinhos do *Facebook*?

Meu tom de voz é extremamente arrogante, como se eu achasse meu filho patético. Mas não acho. É de mim que estou falando, na verdade. Eu fiz exatamente isso: me apaixonei por alguém que conheci na internet. É comigo que estou furiosa, não com ele.

Tento me acalmar, mas não consigo. Minha raiva é irrefreável.

— Claro que já falei com ela. Ela é minha namorada. — Connor me encara. — Quer você goste ou não, mãe. — Ele faz uma pausa e sei o que vai dizer em seguida. — Ela me ama.

— Amar? — Sinto vontade de dar uma gargalhada, mas consigo me controlar. — Como se você...

— Julia! — interrompe Hugh, em voz alta. É uma tentativa de me assustar e me fazer calar a boca, mas não vou me calar.

— ... Como se você tivesse alguma ideia do que é o amor! Você só tem 14 anos, Connor. *Catorze*. E ela, quantos anos tem?

Ele não responde.

— Quantos anos ela tem, Connor?

— Que importância isso tem?

Hugh volta a interromper.

340

— Connor, sua mãe fez uma pergunta!

Ele se vira para o pai. Vá em frente, penso. Ouse. Ouse dizer "Vai se foder" para ele.

Ele não ousa, claro.

— Dezoito — responde. É mentira, eu sei. Desdenho. Por causa do nervosismo, do medo, mas não consigo evitar.

— Dezoito? — digo. — Não, Connor. De jeito nenhum vou deixar você namorar essa menina. De jeito nenhum...

— Você não pode me impedir.

Ele tem razão. Se ele quiser mesmo, eu não posso fazer nada.

— Onde ela mora?

Ele não responde.

— Connor, onde ela mora?

Ele continua em silêncio. Dá para ver que não vai me dizer.

— Pela mala, suponho que não more aqui na rua. Então como você vai para lá, hein?

Connor sabe que está derrotado. Ele não pode sobreviver sem mim. Ainda não.

— Eu quero ver a Evie! — Ele ergue a voz, num tom suplicante, e sou transportada para a época em que ele era uma criança, quando queria sorvete, outro pacote de doces ou ficar acordado até tarde para assistir a algum programa de televisão. — Tudo foi uma merda esse ano! — exclama ele. — Menos ela! E você sabe por que, mãe!

É uma acusação, vomitada; magoa porque é verdade e ele sabe. Então me vem à cabeça que Connor viu, sim, o beijo que dei em Paddy; que andou guardando essa história, e que agora vai contar tudo ao pai. Balanço a cabeça. Quero que ele chore, que se transforme de novo no menino que eu sabia consolar, mas ele permanece resoluto. Determinado.

— Eu odeio você! Queria que nunca tivesse me adotado! Que tivesse me deixado com a minha mãe verdadeira!

Algo se rompe. O que quer que eu estivesse guardando finalmente arrebenta. Eu dou um tapa no rosto dele com toda a força.

— Seu *merdinha* ingrato!

Eu me odeio assim que essas palavras saem da minha boca, no entanto é tarde demais. Os olhos de Connor são insolentes, mas ele sorri. Sabe que venceu. Perdi a cabeça. Ele se transformou no adulto e eu, na criança.

Estendo a mão.

— Me entrega o celular.

— Não.

— Connor. — Ele continua imóvel. — O celular.

— Não!

Olho para trás, para Hugh. Minha cabeça está inclinada, implorando. Odeio ter de pedir que ele interfira, mas não posso me arriscar a perder essa batalha. Ele hesita; por um longo tempo não tenho certeza do que vai dizer ou fazer, mas então fala:

— Entrega o celular para a sua mãe, Connor. Você está de castigo por uma semana.

Hugh e eu nos sentamos no sofá. Juntos, mas separados. Não nos tocamos. Connor está no quarto. Amuado. Entregou o celular, pegou o antigo que havia guardado em uma das gavetas e que dissemos que podia manter. O antigo não acessa a internet; ele pode fazer ligações, receber SMS, tirar fotos, mas é só. Nada de Facebook nem de Twitter. Deixamos seu computador no quarto, mas eu disse que ele deveria deletar todos os amigos que não conhece na vida real. Ele reclamou, mas eu lhe disse que era isso ou ficar sem computador. Connor está agindo como se tivéssemos amputado um membro seu.

— Então... — começo a dizer.

Hugh olha para mim com algo semelhante a pena. Há uma calma na sala, apesar da música que Connor insiste em ouvir a todo volume lá em cima. De um jeito estranho, é um consolo eu e Hugh estarmos unidos em alguma coisa.

— Vai passar. Prometo.

Conto a ele?, penso. Poderia, mas significaria o fim de tudo. Meu casamento, a vida que construí, o meu relacionamento com Connor. Tudo isso estaria destruído.

Ainda assim, eu me imagino fazendo isso. Seguraria a mão de Hugh, olharia nos seus olhos.

— Hugh — eu diria. — Preciso contar algo.

Ele já saberia, obviamente, que havia alguma coisa errada, alguma coisa ruim. O que pensaria? Que estou doente, que vou abandoná-lo, que quero ir embora de Londres? Quais serão seus medos mais profundos? Sobre o que sua mente ficaria dando voltas e mais voltas?

— Querida, o que houve? — iria me perguntar.

Então suponho que eu falaria alguma coisa sobre o quanto eu o amo e como isso não mudou. Ele assentiria, esperando o golpe, e então, eventualmente, depois que eu preparasse o terreno, eu lhe contaria tudo.

— Conheci alguém. Conheci um homem e tivemos um caso, mas já acabou. Acontece que ele era noivo, e, de todas as pessoas do mundo, justamente de Anna. Ele tem fotos do nosso caso e agora está tentando me chantagear.

O que Hugh faria? Brigaríamos. Claro que sim. Talvez atirássemos coisas pela casa. Ele poderia culpar o fato de eu ter bebido, acho. E meu dever seria deixar que ele explodisse, que sentisse raiva e me acusasse do que bem quisesse, que atirasse louças em mim, e eu deveria continuar em silêncio enquanto ele explodiria com o nosso filho ouvindo tudo.

Então, com sorte, talvez pudéssemos tentar pensar no que fazer, em uma maneira de salvar a nossa relação. Ou então — algo tão provável quanto isso, talvez até mais provável — seria o fim. Eu o traí. Sei o que ele diria. Que eu devia tê-lo deixado me ajudar a lidar com a morte de Kate, mas que, em vez disso, eu preferi fugir. Primeiro, em Paris, para a bebida; depois, aqui em Londres, para a internet, e em seguida para a cama de um estranho. Tenho certeza de que Hugh me ajudaria a resolver a confusão em que me meti, a ajudar Anna, mas só isso. Seria o fim do nosso relacionamento.

343

E ele desejaria a guarda de Connor, e Connor desejaria ficar com ele, e eu não teria como impedir. Minha vida estaria arruinada. Seria o fim de tudo. Esse simples pensamento é completamente insuportável.

— Essa tal de Evie... — começo.

— A namorada dele?

— Você sabia que eles nunca se viram? Hein, Hugh? Isso não o incomoda?

— É assim que as coisas são hoje em dia, não é?

— Será que ela é realmente quem diz ser?

— O quê?

— Ah, a gente escuta umas histórias por aí. — Falo do assunto com todo o cuidado. Ele não pode saber que faço parte de uma delas. — Todo tipo de coisa — continuo. — Tem verdadeiras histórias de terror, Adrienne me disse. De adolescentes sendo seduzidos...

— Bom, Adrienne às vezes é meio exagerada. Connor tem a cabeça no lugar.

— Sim, mas essas coisas acontecem.

Imagino Lukas sentado na frente de um computador conversando com o meu filho.

— Talvez ela nem mesmo seja uma mulher.

— Você é a última pessoa que eu imaginaria que ficaria incomodada com algo desse tipo!

Eu me dou conta do que ele quer dizer.

— Não, não estou falando de ele ser *gay*. — Eu poderia lidar com isso, acho. Seria fácil, pelo menos em comparação com essa situação. — O que eu quero dizer é que não sabemos nem mesmo se essa tal de Evie é a pessoa que ele imagina ser. Talvez ela seja mais velha, ou um cara, sei lá, qualquer coisa.

Percebo que estou mais perto do que pensava de lhe contar tudo. Agora seria fácil. Eu poderia simplesmente desembuchar: acho que sei quem ela é. Acho que é o cara com quem eu estava saindo. Desculpa, Hugh, mas...

— Bom... — Ele respira fundo. — Eu já conversei com ela...

Uma mistura de emoções me atinge de vez. Primeiro, alívio, por Connor estar protegido, mas depois também irritação. Hugh teve acesso a uma parte da vida do nosso filho à qual minha entrada foi negada.

— Como assim? Quando?

— Não lembro. Ela ligou. Na noite em que você saiu com Adrienne, acho. Queria falar com Connor.

— E...?

— E você queria saber se ela é uma garota. Sim. É.

— De que idade?

— Não sei! Não perguntei. Mas parece ter... sei lá... uns 17 anos?

— O que ela disse?

Ele ri, procurando aparentar leveza. Está tentando me tranquilizar.

— Disse que tentou ligar para o celular dele, mas que só chamava e ninguém atendia, que ele talvez tivesse deixado o celular no modo silencioso ou algo assim. Queria saber se Connor estava em casa. Eu respondi que sim, que estávamos no meio de uma partida de xadrez...

— Aposto que ele adorou isso...

— Como assim?

Dou de ombros. Não quero que Hugh descubra que nenhum dos amigos de Connor sabe que ele joga xadrez com o pai.

— Continua. O que aconteceu depois?

— Nada. Passei o telefone para ele e ele o levou até o quarto.

Sinto raiva, mas ao mesmo tempo alívio.

— Você devia ter me contado.

— Você anda muito distraída — retruca ele. — Nunca parece possível encontrar um momento para a gente conversar. Mas, enfim, ele está crescendo. É muito importante que tenha sua privacidade. Connor passou por maus bocados. A gente devia se sentir orgulhoso dele, e dizer isso a ele.

Não falo nada. O silêncio paira entre nós, pegajoso, viscoso, mas ao mesmo tempo familiar e não de todo incômodo.

— Julia, o que foi?

Se ao menos eu pudesse dizer. A vida está girando em espiral. Vejo perigo em toda parte, estou paranoica, histérica.

Não digo palavra. Uma única lágrima se forma.

— Julia?

— Nada — digo. — Nada. Eu...

Deixo a frase no ar. Novamente gostaria de poder contar a ele, mas como? Tudo isso aconteceu porque tentei ter mais do que me cabia. Mais do que eu merecia. Eu tive minha segunda chance, e não foi o bastante. Eu quis mais.

E agora, se eu contar a verdade ao meu marido, vou perder o meu filho.

Subo a escada. Tem uma mensagem no meu celular, que, imagino, eu já estava esperando.

É de Lukas. Meu coração dispara, embora agora minha reação seja pavloviana, sem sentido, e, assim que surge, desaparece e se transforma em terror.

Você venceu, penso. Certo, você venceu.

Quero deletar a mensagem sem ler, mas não posso. É como se eu estivesse compelida, fosse guiada. Fico espantada com o timing de Lukas, quase como se ele soubesse exatamente o momento em que estou mais vulnerável. Será que Connor, de alguma maneira, já está no Facebook contando as novidades ao mundo?

Clico na mensagem.

Há um mapa.

"Me encontra aqui." É igualzinho aos velhos tempos, só que dessa vez a mensagem continua. "Meio-dia. Amanhã."

Eu o odeio, mas mesmo assim olho para o mapa. É Vauxhall, um lugar que não conheço muito bem.

Digito rapidamente:

"Não. Aí, não. Esquece."

Espero, e em seguida chega uma mensagem.

"Aí, sim."

Sinto ódio, ódio e nada mais. É a primeira vez que meus sentimentos por ele são integral e decididamente negativos. Entretanto, longe de me dar forças, por um segundo isso me entristece.

Um instante depois, chega uma imagem. Eu, de quatro, na frente dele.

Seu escroto, penso. Deleto a foto.

"O que você quer de mim?"

"Me encontra amanhã", é a resposta dele. "Aí você vai descobrir."

Uma pausa, e em seguida:

"Ah, e está na cara que não preciso dizer para você ir sozinha, não é?"

Capítulo 28

Não durmo à noite. A manhã chega, minha família toma o café. Digo que estou com dor de cabeça e meio que deixo que Hugh garanta que Connor se apronte para a escola. Não sinto nada. Estou anestesiada de medo. Incapaz de pensar em qualquer coisa além do que preciso fazer hoje.

Pego o metrô, pensando na última mensagem de Lukas. E quem eu poderia trazer de qualquer forma? Será que ele acha que conheço alguém a quem confiaria uma tarefa dessas? Anna ainda não atende minhas ligações e, ainda que eu pudesse revelar tudo a Adrienne, ela está viajando e só volta na semana que vem. Mais uma vez eu me dou conta de como o sofrimento tomou conta de mim, levou embora tudo o que eu tinha, sem deixar nada além do vazio. Portanto, aqui estou eu, enfrentando Lukas, sozinha.

Saio da estação de metrô para a luz clara de um dia ensolarado. Há gente por todo lado, indo almoçar, empurrando carrinhos de bebê, fumando nos degraus da entrada dos escritórios e na saída da estação. À minha frente vejo grandes prédios prateados, cintilando depois de uma breve chuva, e, mais além deles, o rio. Sigo o mapa pelo celular e atravesso um túnel, iluminado com luz néon, enquanto os trens passam ruidosamente acima, e saio numa região com mais trânsito e barulho. Há becos, grafites, latas de lixo em toda parte, mas a área tem uma beleza estranha. Áspera, com arestas. Real. Em outras circunstâncias, eu me arrependeria de não ter trazido a câmera; mas, agora, não dou a mínima.

Verifico mais uma vez o celular. Estou quase lá, mais ou menos — na esquina da Kennington Lane com a Goding Street. A Royal Vauxhall Tavern assoma solitária; atrás do bar vejo um parque. Eu me pergunto se Lukas quer ir para lá. Digo a mim mesma que, se for isso, recusarei. É arriscado demais.

Acendo um cigarro, o terceiro do dia. Acho que isso quer dizer que voltei a fumar. Trago. Seguro. Solto a fumaça. O ritmo me acalma, mesmo nessas circunstâncias desesperadas; não consigo acreditar na falta que senti disso. Olho meu relógio de pulso.

Estou atrasada. E ele mais ainda, penso, porém novamente sinto seu olhar queimando a minha pele e sei. Lukas está aqui, fora de vista, observando-me.

De repente, eu o vejo se aproximar. Está na minha frente, com uma parca azul. Caminha devagar, de cabeça erguida. Percebo que as minhas mãos tremem e, instintivamente, enfio uma delas no bolso, tateio em busca do meu celular, exatamente como havia praticado. Quando ele está bem perto de mim, estou pronta, recomposta. Ficamos nos entreolhando por um longo tempo, depois ele fala:

— Oi, Julia.

Lukas olha para a minha roupa: jeans, suéter e um tênis Converse. Digo a mim mesma que não reaja. Não posso deixar que se irrite. Vim aqui para descobrir o que ele quer exatamente, para fazê-lo parar.

Noto a marca vermelha no rosto de Lukas. Abro a boca para fazer algum comentário, mas ele se atira sobre mim. Segura o meu braço e dou um gemido de dor.

— Mas o que...? — começo a dizer, porém ele me cala, me segura com força.

Depois, me dá um beijo no rosto. Um beijo agressivo, desagradável, mas breve. Mesmo assim, todas as partes do meu corpo reagem com força, por reflexo. Eu me afasto.

— Em nome dos velhos tempos. Relaxa.

Ele tenta me puxar pela Goding Street, em direção aos arcos embaixo dos trilhos do trem. É uma rua de lojas de bicicleta e armazéns, com as portas dos fundos dos bares e das boates do Albert Embankment fechadas. Resisto.

— O que tem ali? — pergunto, em voz alta, ansiosa. — Para onde você está me levando?

— Para um lugar tranquilo — responde ele.

Eu me vejo sendo encontrada com o pescoço quebrado, sangrando, e as tripas para fora como um dos pacientes de Hugh. Preciso lembrar mais uma vez que ele não matou Kate, que eu não devo deixá-lo perceber meu medo. Seja lá que outras coisas Lukas fez, essa não foi uma delas. Repito isso como um mantra.

Solto meu braço. Eu poderia sair correndo, penso. Ir até o bar, embora as janelas fechadas indiquem que talvez não esteja aberto.

— Relaxa. Não vou machucar você.

— Fica longe de mim! — Estou tremendo de medo, minha voz falha. — A gente pode conversar aqui mesmo...

— Você quer que *eu* fique longe de *você*? — Lukas parece incrédulo. — Eu quero que *você* fique longe de *mim*, e de Anna também.

— Começo a protestar, mas ele continua. — Você é que fica me mandando mensagens sem parar, que me liga dia e noite, sem me dar nenhuma merda de sossego. Fui obrigado a mudar a porra do meu número só para me livrar de você.

Olho para Lukas. Estamos completamente imóveis, como se presos num impasse, em seguida retruco:

— Não. Não.

— Então, é *você* que não larga do meu pé. — Ele aponta para o rosto. — Quer dizer, olha isso aqui. Sua maluca. Você é maluca.

A ferida já estava quase cicatrizada. Era superficial, logo não seria nem sequer visível.

— Foi você que se cortou.

Ele ri.

— Está maluca? Eu levei a faca para me proteger, não para eu mesmo me cortar! Nem imaginava que você iria perder o juízo e tentar arrancá-la da minha mão...

— Não. Não, não... — Dou um passo para trás. Lembro a mim mesma o motivo pelo qual vim. Para proteger Connor. — Você está perseguindo o meu filho!

— O quê?

— O boliche. Ele me contou.

Lukas ri.

— Você é mais maluca do que eu pensava! Fica longe de mim, tá legal? Senão...

— Senão o quê?

— Será que você ainda não se ligou? Posso fazer qualquer coisa. Qualquer coisa... Hugh? Anna? Posso acabar com os dois. A não ser que tenha algum jeito de você me convencer a não perder meu tempo com isso...

— Você está enganado. — Tento manter a voz calma. Quero que ela transmita uma força que não sinto. Quero que ele pense que estou falando a verdade. — Você acha que eu estou me importando, mas não estou. Hugh e eu só estamos juntos por causa de Connor. Eu já contei de você para ele. Ele entendeu. Portanto — dou de ombros — o que você está tentando fazer não vai funcionar. Pode mostrar essas fotos para quem você quiser...

— Para qualquer um?

Faço que sim.

— É mesmo?

— É.

— E Connor?

Tento não me encolher de medo, mas não consigo. Lukas percebe.

— Connor está de castigo. Você não tem mais como chegar perto dele. Coincidentemente ou não.

— Ah, não se preocupa... Eu e Connor temos uma história, agora. Somos amigos na internet.

Sinto um arrepio. O que ele quer dizer com isso? Será que existe algo mais que eu não sei? Outra vez vem o medo de que ele tenha alguma coisa a ver com Evie. Preciso me lembrar de que Hugh já falou com ela na vida real. Que ouviu sua voz. Ela não pode ser Lukas. Preciso me lembrar disso.

— Você não me mete medo.

— Será que você não sacou ainda? Você e eu? Foi bom enquanto durou, mas agora estou me divertindo com outra pessoa. Você precisa meter nessa sua cabeça burra que acabou.

Fico chocada.

— Anna? Anna? Do jeito que fala, ela parece um objeto, mas você a pediu em *casamento*!

— Existem vários tipos de jogos diferentes, sabe...

Ele está a pouco mais que um braço de distância. Pode não ser perto o suficiente. Dou um passo em sua direção e ergo a voz.

— O que você está fazendo com Anna? De verdade. Sei que você a está usando. Você não a ama, assim como também não me amava.

Lukas sorri. Isso em si é uma resposta, mas quero ouvir de sua boca.

— O que você está fazendo com ela? Eu sei que o que está em jogo é a grana, a grana da minha irmã, mas por que envolver Anna?

Ele se inclina para perto de mim.

— E de que outro jeito eu conseguiria me aproximar de você?

Então me lembro do motivo que me trouxe até aqui.

— Você não a ama? Nunca a amou?

Tomo o cuidado de dizer isso em tom de pergunta. Lukas responde quase que imediatamente.

— Eu? Amar *Anna*? Olha, a gente tem um arranjozinho bem legal, mas eu não *amo* a Anna. O sexo é ótimo, só isso. E quer saber o que mais? Adoro pensar em você enquanto transo com ela.

Respiro fundo. Pronto, penso. Consegui. Quase dou um sorriso. É a minha vez de me sentir convencida.

— Ah, por falar nisso, nem pensa em entrar em contato com Anna de novo.

Respondo, sem conseguir me controlar:

— Você não pode me impedir.

— Ah, é? — Ele hesita, mas está curtindo isso. — Ah — diz. — Está pensando que vai almoçar com ela amanhã? — O sorriso de Lukas é gélido. — Acho que ela não deve ter contado a você. Ela trocou a passagem. Houve alguma emergência familiar, algo assim. Ou um problema no trabalho, não lembro direito. Talvez o motivo mesmo seja porque ela acha que você é completamente maluca e queria ficar o mais distante possível. Enfim, seja como for, vocês duas não vão se ver amanhã. Na verdade, se bem me lembro, ela deve estar saindo do hotel... — ele confere o relógio de pulso — ... mais ou menos *agora*.

Olho desconfiada para Lukas. Preciso que acredite que me derrotou.

— Como assim?

— Você ouviu muito bem. Anna acha que você é maluca. Ela vai voltar para Paris e eu vou daqui a alguns dias. Então por que você também não volta para a sua casa, hein? Volta para o seu maridinho e seja uma boa mulherzinha para ele. Que tal?

Não reajo. Não consigo. Não quero que perceba o quanto estou com medo. O jogo ainda não está ganho, ainda não. Não até eu falar com Anna. Preciso que ele acredite que vou fazer exatamente o que está mandando: voltar para casa.

Balanço a cabeça.

— Vai se foder — digo, e viro as costas para Lukas.

O olhar de Lukas me queima enquanto faço o caminho de volta. Não saio correndo, preciso dar a impressão de que não estou preocupada. Não me atrevo a olhar para trás, não quero que saiba o quanto estou torcendo para que não me siga. Tudo depende de ele me deixar em paz, ainda que apenas por duas horas. Tudo depende de eu alcançar Anna antes de ela embarcar no trem. Viro a esquina e fico longe de vista. Então, saio correndo. Olho para trás, mas não o vejo em lugar nenhum. E por que continuaria por ali? Ele venceu. Um táxi para no sinal. Está vazio, e eu o chamo.

— St. Pancras — falo, e entro em seguida.

— Certo, meu bem — concorda a motorista. Ela deve ter percebido que estou com pressa, porque diz: — O trânsito está ruim hoje. Que horas é o seu trem?

Afirmo que não sei, que estou indo encontrar uma pessoa.

— Por favor, vai o mais depressa que puder — repito.

O sinal abre e ela arranca. Diz que vai fazer o possível. Tiro o celular do bolso, onde ele esteve o tempo inteiro — o gravador de áudio ainda está ligado e eu o desligo. Voltarei a ligá-lo assim que encontrar Anna. Se tive sorte, consegui gravar toda a nossa conversa.

Olho para trás. Continuo não vendo Lukas em lugar nenhum.

Estamos com sorte. O caminho por Lambeth está livre e os sinais a nosso favor. Ouço o que consegui captar. Está abafado, pois foi gravado no bolso da minha jaqueta enquanto nós dois caminhávamos. Parte da gravação ficou boa — em alguns trechos em que a minha voz está alta —, mas o que eu precisava era da resposta de Lukas e ela mal foi registrada. Grande parte, contudo, dá para o gasto. É possível ouvi-lo dizendo "em nome dos velhos tempos" depois de me beijar, e ele também ergueu a voz para dizer "Você é mais maluca do que eu pensava". Mas só isso não serve. Isso não é o que eu estou procurando. Avanço a gravação, desesperada para encontrar um trecho que seja uma prova irrefutável do que preciso mostrar a Anna: que ele não é quem diz ser, que ela corre perigo e que precisamos ajudar uma à outra.

Achei. O trecho que eu esperava conseguir. Por sorte, naquele momento eu me aproximei dele, Lukas estava perto; além disso, minha estratégia de falar mais alto na esperança de que isso o estimulasse a falar mais alto também funcionou.

Volto a gravação. Toco novamente. O início do trecho está truncado — "... você a está usando... não a ama...". Em seguida vem um vazio, mas dá para ouvir com clareza a próxima frase: "Eu sei que o que está em jogo é a grana, a grana da minha irmã, mas por que envolver Anna?"

A resposta dele também é clara.

"E de que outro jeito eu conseguiria me aproximar de você?"

Então sou eu quem fala. Devo ter me mexido; a primeira parte da frase se perdeu quando alguma coisa roçou o microfone do gravador do celular. Reconheço a minha voz, mas o que eu disse se perdeu completamente. Só é possível entender uma palavra: "Anna".

Provavelmente isso não importa muito. Sei que é da resposta dele que preciso; eu me lembro do que Lukas disse, mas a gravação como um todo só terá alguma utilidade se for compreensível.

Por sorte, dá para ouvir perfeitamente a resposta dele. Eu a toco duas vezes, somente para ter certeza.

"Eu?", diz ele. "... Olha, a gente tem um arranjozinho bem legal, mas eu não *amo* a Anna."

Fecho os olhos, como se tivesse vencido, depois volto a gravação e escuto o trecho pela terceira vez. Isso deve bastar para convencer a minha amiga, imagino. Agora só preciso chegar lá a tempo.

Congelo. É a primeira vez que essa ideia me ocorre. Não preciso fazer isso. Poderia deixar para lá, ir embora, voltar para casa e pronto. Por que não? Lukas mesmo exigiu que eu o deixasse em paz.

Eu me lembro das mãos dele em mim. Dos lugares para onde me levou. Será que eu conseguiria abandonar a melhor amiga da minha irmã a essa sorte? Que tipo de pessoa eu seria se fizesse isso?

Do nada, lembro o discurso de Anna no funeral. "Para os irritados, fui traída, mas para os felizes estou em paz."

Anna acha que está em paz, mas essa paz não vai durar. Não posso abandoná-la agora e ficar com a consciência limpa sabendo que a traí. Não posso.

Olho as horas e fico na ponta do assento. Passa pouco de uma da tarde. O trânsito piorou, mas estamos andando; já atravessamos o rio e agora trafegamos pela cidade. Se eu soubesse o horário do trem de Anna, teria alguma ideia de se ainda dá tempo de alcançá-la ou se não tenho mais nenhuma chance.

No celular, tento abrir a página da Eurostar para ver a tabela de horários dos trens. A conexão está lentíssima — sou obrigada a apertar o botão de *refresh* duas ou três vezes —, mas pelo menos tenho a sensação de estar fazendo alguma coisa. Finalmente a página carrega. Há um trem que parte logo depois das duas; ela teria de fazer o check-in com no mínimo meia hora de antecedência.

Olho para a frente. Já chegamos a Lambeth North. É um trajeto de vinte minutos, calculo, e depois teremos de encontrar algum lugar para encostar o carro. Vou precisar pagar a taxista e então encontrar a minha amiga. Estou desesperada, mas não há nada que eu possa fazer. Torço para que o trânsito ande, para que os sinais abram. Xingo quando ficamos presas atrás de um ciclista, quando alguém pisa na faixa de pedestre e precisamos frear.

Não sei se vou conseguir, e, além do mais, Lukas pode ter ligado para ela avisando que estou a caminho. É inútil.

É quase uma e meia quando encostamos o carro em frente ao terminal; é como se eu estivesse anestesiada, tenho certeza de que não vou conseguir encontrá-la. Entrego o dinheiro à taxista — muito além da tarifa, mas digo para ela ficar com o troco e depois começo a correr. Ela grita "Boa sorte, meu bem!", mas não respondo, nem sequer olho para trás. Já estou procurando Anna freneticamente. Entro correndo na estação e saio em disparada em direção aos portões de embarque, passando pelos cafés e pela bilheteria, lembrando as vezes que eu e Lukas nos encontramos aqui. As imagens me tomam de assalto, em tecnicolor. Penso no nosso segundo encontro, logo depois que ele mentiu para mim e revelou que morava perto de Londres. Na época em que eu não sentia quase nada por ele, pelo menos em comparação ao que vim a sentir depois. Na época em que teria sido relativamente fácil sair da relação. Na época em que minha preocupação era que fosse casado, quando na verdade ele estava prestes a pedir alguém em casamento.

Alguém, não, eu penso. Anna. E agora, percebo com pânico crescente, aqui estou eu correndo para salvá-la. A estação está lotada; não consigo vê-la em nenhuma parte. Paro de correr. Find My Friend, acho que era esse o nome do aplicativo. Nossos perfis ficaram conectados. Abro o mapa, mas só vejo um ponto: o meu.

Ela desconectou os nossos perfis. Anna me odeia. Estou quase entrando em desespero. Ela vai voltar para casa; está tudo perdido. Eu poderia ligar, sim, mas provavelmente ela não iria atender, e, mesmo que atendesse, como eu a faria acreditar em mim? Preciso estar diante dela, cara a cara. Para fazer com que entenda.

Vejo um borrão vermelho no meio da multidão e, sei lá como, tenho certeza de que é o casaco de Anna. Quando a multidão se dispersa um pouco, percebo que é mesmo. Ela está diante do portão, puxando a mala com uma das mãos enquanto a outra passa o bilhete pelo scanner automático.

— Anna! — grito, mas ela não me ouve e não responde.

Começo a correr de novo. Minhas palavras se perdem por causa da minha respiração ofegante, se perdem em meio ao caos barulhento da estação, levantam e ecoam no arco do teto. Grito de novo, dessa vez mais alto

— Anna! Espera!

Mas, quando ela me vê, é tarde demais; os portões automáticos já registraram seu bilhete, abriram, e ela já atravessou para o outro lado.

— Julia! — exclama ela, virando-se para me encarar. — O que você está...?

Paro de correr. Estamos diante dos portões, cada uma de um lado, a centímetros de distância. Logo atrás dela há uma cabine de segurança e, mais atrás, a sala de espera e os restaurantes do terminal internacional.

— Acabei de me encontrar com o Lukas. — Por um instante ela parece confusa, mas em seguida eu lembro. — Quero dizer, Ryan. Eu me encontrei com Ryan.

Anna olha para mim com as sobrancelhas arqueadas. É uma expressão de pena. Ela tem pena de mim. Mais uma vez, eu me lembro de que Lukas venceu.

— Eu sei. Ele me ligou.

— Eles são a mesma pessoa, Anna. Juro. Ryan é Lukas. Ele mentiu para você.

Ela parece perder a cabeça. Algo que estivera guardando há tempos vem à superfície, explode.

— Pensei que você fosse minha amiga!

— E eu sou. — Mas então me lembro da cicatriz no rosto de Lukas, que estava começando a criar uma casquinha. Nem imagino o que ele falou para Anna. — Não sei o que Ryan disse, mas é mentira. — Olho-a no fundo dos olhos. — Acredita em mim...

Anna balança a cabeça.

— Tchau, Julia.

Ela se vira para ir embora. Seguro a grade. Por um segundo, penso em saltá-la, ou invadi-la, mas já atraímos atenção. Um funcionário está de olho em nós e dá um passo à frente, como se estivesse pressentindo confusão.

Então eu grito:

— Anna! Volta. Só por um minuto. Me deixa explicar!

Ela olha para trás.

— Adeus, Julia.

Anna começa a se afastar.

— Não! Espera!

O funcionário está bem ao nosso lado e agora nos olha, de uma para a outra. Anna não se vira para trás.

Penso em uma maneira de convencê-la. Estou desesperada. Preciso de uma prova de que fiquei com Ryan achando que o nome dele era Lukas, de que tivemos um caso. Então me lembro.

— Ele tem uma marca de nascença. Na perna. Na coxa. Na parte superior da coxa.

No início fico achando que Anna não me ouviu, mas então ela para de andar, vira-se e, devagar, começa a voltar até a barreira que nos separa.

— Uma marca de nascença. — Aponto para o meu corpo. — Bem aqui.

A princípio ela não diz nada. Balança a cabeça. Parece magoada, arrasada.

— Sua... *puta.*

A última palavra sai num silvo furioso. É óbvio que ela me odeia, e eu me odeio por ter de fazer isso com ela.

— Anna!... Desculpa...

Agora ela está bem na minha frente, do outro lado da barreira. Se uma de nós esticasse o braço poderia tocar a outra, porém Anna parece completamente fora de alcance, como se a barreira entre nós fosse impenetrável.

Ficamos completamente imóveis, só nos olhando. Logo em seguida uma voz interrompe o silêncio como um choque.

— Algum problema por aqui?

Olho na direção da voz. É o guarda, que está logo atrás de Anna. Nós duas balançamos a cabeça.

— Não, está tudo bem.

Tenho a vaga noção de que estou bloqueando a passagem, que uma fila começa a se formar atrás de mim.

— A senhora poderia chegar para o lado, por favor?

Ele parece tão calmo; essa educação é um contraste gritante com o que está acontecendo.

Estendo a mão com a palma para cima, como se oferecesse alguma coisa.

— Anna, por favor. — Ela olha para a minha mão como se fosse um objeto desconhecido, perigoso, estranho. — Anna?

— Por que você está fazendo isso? — Agora ela está chorando, as lágrimas escorrem pelo seu rosto. — Eu achei que éramos amigas...

— E éramos. — Estou desesperada, insistente. — E continuamos sendo. — Gostaria de fazê-la entender que só estou fazendo isso porque a amo, não o contrário. Pego o celular. — Ele não é a pessoa que você acha que é. Ryan, quero dizer. Acredita em mim.

— Você tem tudo. Assim que eu contei que a gente estava noivo você não foi nem capaz de *fingir* que se sente feliz por mim. Tenho pena de você, sabia?

— Não... — tento dizer, mas Anna me interrompe.

— Para mim chega.

Ela se vira para ir embora, e tento segurar seu braço. O cara que está nos observando dá um passo à frente; mais uma vez ele pede que a gente saia dali.

— Só um segundo, está bem? Por favor.

Preciso fazer com que Anna entenda, antes que ela entre no trem e desapareça em Paris e tudo esteja perdido. Senão ela vai se casar com aquele homem e destruir sua vida. Então um pensamento me ocorre: posso até conseguir convencê-la, mas Lukas vai concretizar sua ameaça e mandar as fotos para Hugh. Seja lá o que aconteça, corro o risco de perder tudo.

Sinto que estou entrando na escuridão de novo, mas sei que não posso fazer isso. É a minha última chance de fazer a coisa certa.

— Espera um minuto. Você precisa escutar uma coisa. — O restante da estação desaparece; não consigo pensar em mais nada. Agora só existimos eu e Anna. Minhas palavras saem num jorro. — Ele... Ele se apresentou para mim como Lukas... Ele é aquele cara que eu conheci pela internet, aquele de quem falei com você... Ele... Ele... está atrás de Connor. Está seguindo o meu filho... e a mim também... Ele pirou, eu juro...

— Mentirosa. — Ela repete isso sem parar: — Sua mentirosa! Mentirosa!

— Eu tenho provas. — Mostro a tela do meu celular. — Ouve isso aqui, por favor. E então...

— Senhora, desobstrua o caminho. Agora.

O funcionário se coloca entre nós duas. Meu desespero se transforma em raiva; o mundo volta a entrar em foco numa velocidade estonteante. A estação parece ruidosa e não sei se Anna conseguirá escutar a gravação. Um grupinho se reuniu agora dos dois lados da barreira e nos olha. Um homem está tirando fotos com o celular.

— Por favor! É importante. — Estou mexendo no telefone, desbloqueando a tela, abrindo o arquivo. — Por favor, Anna. Por Kate.

Ela me encara. De repente, há um silêncio, e o guarda me pede mais uma vez para desobstruir a passagem. Essa é a minha última chance.

— Entrega isso a ela, por favor.

— Senhora... — ele tenta dizer, mas Anna o interrompe, com a mão estendida.

— Vou escutar. Não sei o que você quer, mas vou escutar.

Entrego o telefone ao homem que está entre nós e ele o entrega a Anna.

— Aperta o play, por favor.

Ela hesita e então obedece. Está de pé com a cabeça inclinada para a frente. O trecho que selecionei já estava preparado: minha voz, a voz dele. Exatamente como no táxi. Ela está longe demais e não consigo escutar o que ela está ouvindo, mas sei de cor: "um arranjozinho legal... eu não *amo* a Anna." Ela ouve o suficiente, por alguns instantes, e então a gravação chega ao fim. Anna se retorce. É como se toda a tensão dos últimos minutos a tivesse feito desmoronar.

— Desculpa.

Ela olha para mim. Está arrasada. Parece menor, vazia, sem nenhuma emoção. Gostaria de estender o braço, consolá-la. Não consigo suportar a ideia de fazer isso com Anna e depois mandá-la para casa. Sozinha.

Então, ela diz:

— Eu não acredito em você. Não é a voz dele. Ryan tem razão.

Vejo a dúvida em seu rosto: ela está incerta.

— Escuta de novo. Escuta...

— Não é ele. — A voz de Anna falha, oscila. — Não pode ser ele.

No entanto, sua mão livre vai até o meu telefone, e ela aperta o play, tenta aumentar o volume.

"Amar Anna? ... Eu não *amo* a Anna."

— Anna... por favor. — Sinto a mão de alguém no meu braço, puxando a manga da minha jaqueta e tentando me arrastar para longe. — Anna?

Então ela me olha. Sua expressão é de gelar o sangue, os olhos arregalados de descrença e puro horror. É como se eu estivesse assistindo a todos os seus planos evaporarem, alçarem voo como pássaros agitados, sem deixar coisa alguma para trás.

— Desculpa.

— A gente precisa conversar.

Ela fala isso tão baixo que mal escuto. As pessoas ao redor pressentem o fim da tensão e começam a andar, a voltar a cuidar de suas vidas. A bolha de drama que tinha se formado diante delas se rompeu. Anna se vira para o funcionário que está entre nós e diz:

— O senhor pode permitir que eu vá até lá de novo? Por favor. Preciso conversar com a minha amiga...

O tempo parece se acelerar. O mundo antes estava em pausa, escravo da fúria de Anna e do meu desespero. Agora, porém, a pausa se desfez; tudo irrompe com força: o barulho da estação, o burburinho e as conversas, o velho piano que instalaram no saguão e que alguém está tocando mal — a mesma frase musical sem parar. Seguro o braço dela, que não oferece resistência; seguimos juntas, subimos a escada rolante, uma apoiando a outra. Em silêncio. Sugiro um café, mas Anna diz que não, que precisa beber algo mais forte. Também preciso, e digo a mim mesma: eu poderia tomar um drinque, só dessa vez. Mas afasto com força esse pensamento. Anna está chorando, sua voz treme quando ela tenta falar alguma coisa. Pega um lenço de papel e subimos até o bar. Eu me sinto arrasada, meu sentimento de culpa é quase insuportável. A única coisa em que consigo pensar é: *Fui eu que causei isso. É tudo culpa minha.*

Sentamos embaixo dos guarda-sóis. A porta às minhas costas leva a um hotel, ao quarto onde eu e Lukas transamos pela primeira vez.

As lembranças do nosso caso estão em toda parte, então desvio o olhar, tento ignorá-las. Anna murmura algo sobre o trem.

— Vou perder o trem — diz ela, constatando o óbvio. — Quero voltar para casa.

Passo um lenço de papel a Anna.

— Não se preocupa, eu ajudo você. Pode ficar lá em casa ou então...

— Não. Por que eu faria uma coisa dessas?

Ela parece irritada. É como se as coisas finalmente estivessem se juntando na cabeça de Anna; a mágoa que sente se condensou, ficou mais fácil de entender. Quero fazer alguma coisa, algum pequeno gesto, qualquer um, por mais insignificante que seja.

— Então eu pago a sua passagem no próximo trem. Mas, Anna, você precisa me deixar explicar. Eu não queria que nada disso acontecesse...

— Eu posso pagar a minha própria passagem, obrigada.

Seu tom é desafiador, mas em seguida ela olha para o colo. Imagino que esteja se perguntando como foi parar nessa situação, como foi capaz de um dia confiar em Ryan. E também como foi capaz de confiar em mim. O garçom chega e peço água e uma taça de vinho branco. Ele pergunta qual e se eu gostaria de ver a carta.

— Qualquer um. O vinho branco da casa já está ótimo...

Anna olha para mim depois que ele se afasta.

— Por quê?

— Não sei. Acredita em mim, eu não sabia... Não sabia que aquele homem, Lukas, estava saindo com você. Se eu soubesse, jamais teria sonhado em...

— Quer dizer que ele não disse nada a você? Não falou que estava noivo? De mim?

— Não. — Meu tom é de empatia. — Claro que não. — Quero que ela entenda; nesse momento isso é tudo o que importa.

— E nem passou pela sua cabeça perguntar?

— Anna, não. Não passou. Ele usava uma aliança de casamento...

Ela me interrompe, abismada.

— Aliança?

— É, ele me disse que foi casado, mas que a esposa tinha morrido. Só isso. Achei que ele fosse solteiro. Eu não... não teria começado a sair com ele se soubesse que estava envolvido com outra pessoa. Muito menos se soubesse que era você...

Porém, quando digo isso, eu mesma me pergunto se é verdade. Estarei me enganando? Meu relacionamento com Lukas tinha se desenvolvido exponencialmente — começou com minha busca pela verdade, virou uma conversa on-line e a partir daí se transformou no que se transformou. Se ele fosse casado, ou noivo, em que momento eu teria parado e dito "não, até aqui tudo bem, mas mais que isso nem pensar"? Em que momento eu *deveria* ter feito isso?

Existe um momento em que um namorinho virtual pode se tornar perigoso, mas quem é capaz de dizer exatamente quando?

— Eu juro.

— E você quer que eu acredite nisso?

Sinto um arroubo de raiva, de orgulho ferido, mas o rosto dela é impassível.

— Ele me perseguiu, Anna. Talvez você não queira ouvir isso, desculpa, mas precisa saber. Foi ele que veio atrás de mim.

Anna pisca.

— Sua mentirosa. Ele jamais faria isso.

As palavras dela são como um tapa. Doem. Por que não?, sinto vontade de perguntar. Por que não faria isso? Mais uma vez tomo consciência de como ele me fez sentir. Jovem. Desejável. Viva.

— Por causa da minha idade?

Ela suspira.

— Desculpa — diz. — Não foi isso que eu quis dizer. Eu quis dizer que... — A frase se dissolve, a cabeça dela pende na direção do peito. Anna parece exausta. — Não sei mais o que pensar.

— Anna...

Ela ergue a cabeça. Parece derrotada, está procurando ajuda, alguém a quem recorrer.

— Me conta o que aconteceu. Quero saber tudo.

Então é o que faço: eu lhe conto tudo, nos mínimos detalhes. Ela fica em silêncio enquanto falo. Por cinco minutos. Dez. O garçom chega com a água e o vinho, mas eu afasto a bebida e continuo a falar. Algumas das coisas que digo ela já ouviu antes, outras não, mas essa é a primeira vez que fica sabendo que a história não é sobre mim e um estranho, mas sim sobre mim e seu noivo. Considero isso muito difícil; para ela a dor deve ser insuportável. Sempre que pergunto se gostaria que eu parasse, ela faz que não. Diz que precisa ouvir. Eu lhe conto sobre como Lukas me abordou. Digo que começamos a trocar mensagens regularmente, que eu achava que ele morava na Itália, em Milão, que ele me disse que viajava muito. Expliquei que ele pediu para se encontrar comigo e que aceitei vê-lo, achando que seria uma única vez, que poderia conseguir informações que me levassem mais perto da verdade sobre o que aconteceu com a minha irmã.

— E aí vocês foram para a cama?

Os lábios dela estão hirtos. Hesito. Anna sabe que sim.

Assinto.

— E como foi?

— Anna... por favor. Não sei se é uma boa ideia...

— Não, eu quero saber.

Sei que ela quer que eu diga que foi frustrante, que não nos demos bem, que ele não se envolveu de corpo e alma no ato e isso ficou evidente. Ela quer pensar que o que eles dois têm é especial, que o que aconteceu entre mim e ele foi uma coisa à toa, que não significou nada.

Não posso mentir, mas por outro lado não quero que ela se sinta ainda pior do que já está se sentindo agora.

Olho para o lado. Sem querer, meus olhos são atraídos para a estátua localizada do outro lado das plataformas.

— Foi... legal.

— Legal. Então vocês nunca mais se viram depois dessa única vez. É isso?

O sarcasmo dela é cáustico. Anna sabe que nos vimos depois.

— Não era a minha intenção ter um caso com ele. Não era mesmo.

— Não era, mas enfim. Aqui estamos nós.

— Sim, aqui estamos nós. Mas você precisa entender, Anna, eu não sabia nem que ele te *conhecia*. Eu juro. Quer que eu jure pelo quê? — Sussurro. — Pela vida do Connor? Acredita em mim. Se eu precisar jurar, eu juro.

Ela olha para o vinho na taça à sua frente e depois volta a olhar para mim. Parece ter tomado uma decisão.

— Por quê? Por que ele está fazendo isso?

— Sei lá. Pelo dinheiro?

— Como assim?

— Ele sabe que Kate deixou dinheiro para você, que deixou para você e para o Connor. Talvez ele tivesse esperança de pôr as mãos tanto na parte do Connor quanto na sua...

— Ele não vai *pôr as mãos* na minha parte! A gente vai se casar! Ela parece estarrecida, afrontada.

— Desculpa, você sabe o que eu quis dizer.

— E de que jeito ele colocaria as mãos na sua parte?

Mais uma vez olho para o lado.

— Ele tem umas fotos... De nós dois. De mim...

— Transando? — Anna parece arrasada, as palavras saem aos borbotões.

Confirmo e baixo a voz.

— Ele ameaçou mostrar as fotos por aí. Para Hugh.

Imagino o rosto de Hugh, sentado à mesa do jantar olhando aquelas fotos com uma expressão confusa, depois de choque, depois de raiva. "Como você pôde fazer uma coisa dessas?", diria ele. "Como?"

— Ele pediu o dinheiro de Connor? — pergunta Anna. Eu me lembro da chantagem. Se eu ceder, isso nunca vai ter fim: ele simplesmente exigiria mais e mais, sem parar.

— Ainda não. Mas talvez peça.

Ela volta a olhar para baixo. Seus olhos parecem ter perdido o foco. Bem devagar, Anna assente. Está se lembrando, juntando os fatos.

— Aquela gravação... — diz ela, por fim. — Ele fala que não me ama.

Estendo o braço por cima da mesa e seguro a mão dela.

— Nada disso é culpa sua. Não se esquece disso. Ele pode ser qualquer pessoa. Provavelmente não se chama nem Lukas nem Ryan. Não sabemos quem ele é, Anna. Nenhuma de nós...

Respiro fundo, isso é dolorido. Estou tentando consolá-la quando eu mesma já não tenho mais forças em mim.

Mas preciso fazer isso.

— Anna — chamo. Odeio ter de lhe perguntar isso, mas sei que é necessário. — Ele já machucou você alguma vez?

— Machucar? Não, por quê?

— Durante o sexo, quero dizer.

— Não!

Anna responde um pouco rápido demais, e fico na dúvida se está me contando toda a verdade.

— Eu só queria ter certeza se...

Ela parece horrorizada.

— Ah, meu Deus. Você ainda acha que foi ele que matou Kate?

— Não — retruco. — Tenho certeza de que não foi ele. Não pode ter sido...

— Você é louca — acusa ela, mas percebo um vislumbre de horror no seu rosto. É como se eu estivesse vendo sua fé, sua confiança no noivo, desaparecer. — Ele matou Kate.

— Não, não pode ter sido ele...

Anna me interrompe.

— Não! Você não entende — retruca ela. Está falando depressa, presa nas engrenagens da própria fantasia. Eu mesma já fiz isso, não faz muito tempo. Tentei encaixar o comportamento dele num padrão reconhecível. — Ele pode ter conhecido Kate na internet, e aí descoberto sobre a grana. Pode ter se aproximado de mim só para chegar perto de Kate e depois a matou, e...

— Não. Não. É só uma coincidência. Lukas estava na Austrália quando Kate morreu. E, seja como for...

— Mas não temos certeza! Ele pode ter mentido para nós duas...

— A polícia pegou o homem que a matou, esqueceu? — Ela não parece convencida. Eu continuo: — Tem umas fotos dele na Austrália. Da época em que Kate foi assassinada...

— Mas isso é conclusivo? Quero dizer, não dá para alterar esse tipo de coisa?

Não respondo.

— O principal é que a polícia pegou o cara, Anna. Pegou o cara que matou Kate.

Isso por fim parece entrar na sua cabeça.

— Eu não acredito nisso — diz ela. Um gemido baixo começa a sair de sua garganta; tenho a impressão de que ela vai gritar. — Como ele pôde fazer isso comigo? Como?

— Vai ficar tudo bem. Eu prometo.

— Preciso terminar o noivado, não é? — Faço que sim. Ela pega a bolsa. — Vou fazer isso agora mesmo...

— Não! Não, ainda não. Ele não pode saber que eu contei tudo. Ele disse que se eu fizesse isso ele mostraria as fotos para Hugh. Anna, precisamos agir com inteligência...

— Como?

Fico em silêncio. Sei o que quero que ela faça. Que espere um pouco, fingindo para o homem que se diz Ryan que ela continua apaixonada por ele. E depois terminar tudo, fazendo parecer que não tem nada a ver comigo.

Porém, como posso lhe pedir uma coisa dessas? Não posso. É uma ideia monstruosa. Anna precisa perceber sozinha.

— Não sei, mas se você terminar agora, ele vai saber que eu tive alguma coisa a ver com isso.

Ela parece incrédula.

— Você quer que eu continue saindo com ele?

— Não exatamente...

— Quer, sim!

— Não, Anna. Não... Não sei...

O rosto dela desaba. Todo o ar de desafio desaparece e é substituído por amargura e arrependimento.

— O que eu vou fazer? — Ela abre os olhos. — Me diz! O que eu vou fazer?

Estendo a mão para tocá-la. Fico aliviada quando ela não puxa a mão. A tristeza toma conta do seu rosto. Ela parece muito mais velha, mais próxima da minha idade do que da de Kate.

— Você é quem sabe.

— Preciso pensar. Me dá uns dias.

Preciso lidar com a incerteza. Perto do que ela precisa lidar, entretanto, isso não é nada.

— Queria que isso nunca tivesse acontecido. Queria que pudesse ser diferente.

— Eu sei — diz ela.

Ficamos ali sentadas por algum tempo. Estou exausta, sem energia, e, quando olho para Anna, vejo que ela também. A estação parece mais vazia, embora talvez seja minha imaginação; o movimento típico da hora do almoço não pode fazer tanta diferença em um lugar que está sempre tão agitado. Mesmo assim, uma quietude se instala. Anna termina o vinho e em seguida diz que precisa ir embora.

— Outro trem vai sair daqui a pouco. Preciso comprar uma passagem...

Levantamos. Seguramos as cadeiras para ter apoio, como se o mundo tivesse se inclinado para fora do eixo.

— Quer ajuda? Eu não me importo mesmo de pagar...

— Não, tudo bem. Não precisa.

Anna sorri. Ela sabe que me sinto culpada, que oferecer dinheiro é uma maneira de eu tentar amenizar a culpa.

— Sinto muito mesmo — repito.

Preciso desesperadamente saber se ainda tenho sua amizade, mas por um longo tempo ela não se move. Então, apoia-se em mim. Nós nos abraçamos. Tenho a impressão de que Anna vai começar a chorar de novo, mas não chora.

— Eu ligo para você. Daqui a um dia, mais ou menos?

— Sim. Você vai ficar bem?

Tenho consciência de como essa pergunta parece banal, inútil, porém estou exausta. Só quero que saiba que me importo.

Ela assente.

— Vou ficar bem, sim. — Em seguida, me solta. — E você?

— Sim. — Estou longe de ter certeza de que é verdade. Anna pega a mala.

— Pode ir. Deixa isso comigo. E boa sorte.

Ela volta a me beijar. Sem dizer palavra, Anna se vira para ir embora. Observo enquanto ela atravessa o saguão e segue em direção às escadas que levam até as bilheterias. Vira a esquina e some de vista. Subitamente, terrivelmente, eu me sinto só.

Parte Cinco

Capítulo 29

Segunda-feira. A reunião de Hugh sobre o caso é hoje; ele vai descobrir se sua declaração satisfez o chefe-executivo, o diretor do departamento clínico e a equipe de administração hospitalar. Se tiver satisfeito, a acusação será refutada; caso contrário, eles admitirão que Hugh cometeu um erro.

— E aí o cerco vai se fechar sobre mim — explicou ele. — A questão vai ser proteger a reputação do hospital. Provavelmente vou ter de me retratar.

— Mas você não vai perder o emprego, vai?

— É improvável. Mas eles dizem que pode acontecer.

Não consigo nem imaginar que isso seja possível. Aquele emprego é a sua vida. Se ele o perder, os efeitos serão catastróficos, e não sei se tenho força suficiente para lidar com um golpe dessa magnitude sobre a nossa família. Muito menos com tudo o que está acontecendo.

Mas preciso ter, não há escolha. Eu me aferro, então, à palavra "improvável".

Preciso ser forte.

— Você está bem? — perguntei.

Ele respirou fundo, enchendo os pulmões, e inclinou a cabeça para trás.

— Estou. Preciso estar. Tenho de fazer uma cirurgia hoje de manhã, operar uma mulher que, se não for operada, certamente vai morrer daqui a algumas semanas. E tenho de fazer isso de cabeça fria, não importa o que esteja acontecendo ao redor. — Hugh balançou a cabeça, parecendo irritado. — Isso é o que mais me tira do sério. Eu não fiz nada de errado, sabe? Só me esqueci de avisar que durante algumas semanas o pai deles poderia se esquecer de onde colocou o controle remoto. Não — ele se corrigiu —, não foi nem isso. Eu me esqueci de *escrever* que os avisei. O problema foi causado por essa besteira. Eu estava preocupado demais com a cirurgia para me lembrar de anotar os detalhes de uma conversa trivial dessas.

Dei um sorriso triste.

— Tenho certeza de que vai dar tudo certo. Você me liga?

Ele disse que sim, mas agora o telefone toca e não é Hugh.

— Anna?

Ela hesita. Ao falar, parece distante, chateada.

— Como andam as coisas?

— Bem — respondo.

Quero que me diga o que decidiu. Durante dois dias fiquei me convencendo de que Anna tinha mudado de ideia ou que não havia acreditado em mim em nenhum momento. Imaginei-a conversando com Lukas, contando que fui encontrá-la na estação e relatando tudo o que eu disse.

Não ouso imaginar qual poderia ser o próximo passo dele.

— Como você está se sentindo?

Ela não responde.

— Andei pensando... Ryan está viajando, vai ficar mais uma semana em Londres. Preciso de mais uma semana depois que ele voltar.

Não tenho certeza se sei o que ela quer dizer.

— Uma semana?

— Preciso terminar com ele. Mas tenho de fazer isso de um jeito que não pareça ter nada a ver com você. Eu já disse a ele que não vejo você desde aquela noite no hotel, que não tivemos nenhum contato.

Disse que achava você uma maluca, que não queria mais nada com você. Quando Ryan voltar, vou fingir que estou ocupada, que tenho muito trabalho ou algo assim. Acho que consigo segurar as pontas por mais uma semana.

— E depois?

— Depois vou terminar o noivado.

Seu tom é de desafio, de certeza absoluta.

— Vou conseguir as fotos que Ryan tirou de você e deletá-las do computador dele. Vou dar um jeito; tenho a chave do apartamento dele, acho que não vai ser muito difícil. E, se ele desconfiar, vai ser tarde demais para poder fazer alguma coisa.

Fecho os olhos. Eu me sinto tão agradecida, tão aliviada. Pode dar certo. Precisa dar.

— Você vai ficar bem?

Anna suspira.

— Para falar a verdade, não. Mas acho que eu meio que já sabia. Sempre senti algo estranho nele, só não conseguia identificar o que era. Ele estava sempre viajando, sempre de última hora. Eu devia desconfiar.

Não sei se acredito no que ela diz. Parece mais uma justificativa para um fato consumado.

Anna continua:

—Talvez, quando tudo isso acabar, a gente possa sair para beber. Não vamos perder a nossa amizade por causa disso.

— Seria legal — respondo. — Vamos manter contato nessas duas semanas?

— Não seria nada bom se Ryan descobrisse que a gente anda se falando...

— Não.

— Vou tentar ligar para você quando eu puder.

— Certo.

— Você precisa confiar em mim — diz ela.

Conversamos por mais um ou dois minutos, depois ela se despede. Antes de desligarmos, concordamos em nos reconectar pelo Find

My Friend. Depois fico sentada um instante, sentindo o alívio me inundar, o alívio e o medo, e então ligo para Hugh. Não sei direito por quê. Quero ouvir sua voz. Quero mostrar que eu o apoio, que não esqueci o que ele está enfrentando hoje. Quem atende é sua secretária; ele continua na reunião.

— Poderia pedir para ele me ligar assim que acabar?

Ela diz que sim. Quase num impulso, pergunto se eu poderia falar com Maria. Quero saber se Paddy está bem, se já se recuperou. Penso nos passos. Fiz meu inventário moral agora; inconscientemente, estou me esforçando para corrigir os meus erros.

— Ela não veio hoje — responde a secretária. Pergunto se está de férias. — Não, houve algum problema em casa. — Ela baixa a voz. — Parecia bastante chateada.

Desligo o telefone, inquieta. Hugh sempre disse que colocaria a mão no fogo por Maria; ela nunca faltava, nunca se atrasava. Não consigo imaginar o que pode ter acontecido. Uma doença? Paddy, ou talvez os pais dela? Eles não são idosos, mas isso não quer dizer nada — eu, mais do que ninguém, deveria saber disso.

Quase ligo para a casa de Maria, mas decido que é melhor não. Já tenho problemas suficientes por enquanto, e, além do mais, o que eu poderia dizer? Não somos exatamente amigas. Não a vejo desde que fomos visitar Paddy, semanas atrás. Hugh não os convidou para virem em casa — ou talvez tenha convidado e eles não tenham vindo. Poderia ter sido uma decisão de Paddy? Se foi, que desculpa ele deu à esposa?

Passo a tarde trabalhando. Connor chega da escola e sobe para o quarto. "Vou fazer o dever de casa", diz ele, mas não sei se é verdade. Suspeito que fique horas conectado na internet — conversando com os amigos, com Dylan, com a namorada; e, mesmo agora, sempre que subo para ver se quer beber alguma coisa ou tentar convencê-lo a descer para jantar — para tentar estabelecer algum tipo de conexão com ele —, Connor parece fazer questão de ser frio comigo. Continua irritado por causa do castigo, imagino. Mesmo que seja apenas uma semana, Connor parece estar demorando uma eternidade para se conformar.

Talvez seja outra coisa. Ele continua chateado pelo fato de a prisão do homem que matou Kate não ter lhe trazido o alívio que esperava. Então, está focado em outra coisa agora.

— Você sabe quem é o meu verdadeiro pai? — perguntou a mim outro dia, e, quando eu disse que não sabia, ele questionou: — Você me diria, se soubesse?

Óbvio que não, era o que ele parecia querer dizer, mas tentei manter a calma.

— Sim — respondi. — Lógico que diria. Mas eu não sei mesmo.

Sinto vontade de dizer que isso não muda nada. De dizer: "Seu pai, seja lá quem ele for ou quem foi, seguramente era muito jovem. Ele abandonou a sua mãe — aliás, muito provavelmente nem sabia que ela estava grávida." Mas, em vez disso, eu falei:

— *Nós* somos sua família.

Ele, porém, simplesmente ficou me olhando, como se isso não fosse mais o bastante.

É frustrante, mas digo a mim mesma que é normal, ele é apenas um adolescente. Está só crescendo, afastando-se de mim. Logo, logo fará exames para a universidade, sairá de casa. Então seremos apenas eu e seu pai, e quem sabe se um dia vai voltar para nos visitar. Todos os filhos passam por uma fase de odiar os pais, mas dizem que para os adotados o rompimento pode ser ainda mais fácil. Às vezes, a quebra do vínculo é permanente. Não sei se eu conseguiria lidar com isso. Não sei se isso não seria a morte para mim.

Estou na cozinha quando Hugh volta para casa. Ele me dá um beijo e vai direto para a geladeira pegar uma bebida. Parece furioso. Pergunto como foi a reunião.

— Eles vão fazer uma oferta. Um acordo extrajudicial.

— Você acha que a família vai aceitar?

Aguardo enquanto ele esvazia o copo e se serve de outra dose.

— Espero que sim. Se isso for parar no tribunal, eu estou fodido.

— O quê?

— Eu sou culpado. Isso é ponto pacífico, pelo menos para eles. Cometi um erro. Se isso for parar no tribunal, vamos perder, e eles vão ter de me usar como uma espécie de pretexto para dar o exemplo.

— Ah, querido...

— Na semana que vem vou ter de fazer um curso. — Hugh dá um sorriso amargo. — De registro de prontuário. Preciso cancelar as minhas cirurgias para aprender a como fazer umas merdas de anotações.

Sento-me diante dele. Dá para ver o quanto está infeliz. Parece tão injusto; afinal de contas, ninguém morreu. Ele não cometeu nenhum erro na cirurgia.

Tento parecer esperançosa.

— Tenho certeza de que vai dar tudo certo.

Hugh suspira.

— Sim, de um jeito ou de outro. E a maldita da Maria nem deu as caras hoje.

— Eu sei.

— Sabe?

— Liguei para falar com você e me disseram que ela não estava. O que aconteceu?

Ele pega o celular e faz uma ligação.

— Não tenho a menor ideia, mas espero que ela esteja pensando em aparecer amanhã. — Hugh leva o fone ao ouvido. Depois de alguns toques, alguém atende, com um alô fraquinho. É a voz de Maria. — Maria? Escuta... — Ele olha para mim e depois se levanta. — Como estão as coisas?

Não ouço a resposta dela. Hugh virou as costas e está saindo da cozinha, com a atenção completamente voltada para a colega. Volto a preparar o jantar. Hugh, Connor, Anna. Espero que tudo acabe bem no fim.

Dois dias depois, Paddy liga. É a primeira vez que ouço a voz dele em semanas, e parece meio diferente. Pergunto se aconteceu alguma coisa com Maria, mas ele diz que não, que ela está ótima.

— Pensei de a gente se encontrar. Para almoçar ou algo assim, o que acha?

Será que a questão é essa? Ele quer tentar me seduzir mais uma vez?

— Melhor não...

Ele interrompe.

— Por favor. Só um café, então? Quero conversar com você.

Parece horrível; certamente não é algo à toa. Como posso dizer não?

— Certo.

Naquela noite falo sobre a ligação para Hugh.

— Paddy? — pergunta ele. Assinto. — Mas para que ele quer ver você?

Digo que não sei. Pergunto por que ele quer saber; somos amigos, afinal de contas, não deveria ser algo tão espantoso assim.

Hugh dá de ombros, mas parece preocupado.

— Nada, só curiosidade.

Então me vem à cabeça que Connor deve ter visto algo naquele dia, com certeza. Talvez tenha contado ao pai, mas Hugh decidiu não dizer nada, a menos que a coisa avançasse.

Ou talvez ele esteja preocupado de irmos a um bar e Paddy me convencer a beber.

— Não existe nada entre mim e Paddy Renouf — afirmo. — Só vamos sair para tomar um café. E vai ser café mesmo. Prometo.

— Certo — diz ele, mas ainda não parece convencido.

A gente combina de se encontrar num Starbucks no centro. Está frio, chovendo, e ele chega atrasado. Estou sentada com uma bebida quando Paddy chega. Da última vez em que o vi, ele estava cheio de hematomas, com o rosto inchado, mas isso foi semanas atrás, e agora ele parece normal.

Trocamos um beijo desconfortável antes de nos sentarmos. Um beijo amistoso, um beijinho em cada bochecha. Lembro-me de quando nos beijamos no caramanchão de Carla, de como foi diferente. Então me vem um pensamento à cabeça: teria sido melhor se eu tivesse ido para a cama com ele e não com Lukas. O resultado, porém, poderia ter sido ainda pior. Como saber?

— Como você está?

Tomo um gole da minha bebida.

— Bem.

O clima entre nós está pesado, esquisito. Eu não sabia exatamente o que esperar, mas não era isso. Está na cara que ele está aqui por algum motivo, que tem algo a me dizer.

— Está tudo bem? — pergunto.

— Eu só queria pedir desculpa. — É uma surpresa, isso de ele me pedir desculpa.

Olho para a minha bebida. Um chocolate quente com chantili no topo.

— Pelo quê?

— Pelo que aconteceu no verão. Você sabe, na festa de Carla. E depois...

Interrompo:

— Deixa pra lá.

Mas ele continua:

— ... e depois por não ter ligado. Passei o verão inteiro querendo pedir desculpa. Eu bebi demais naquele dia, mas isso não é desculpa. Acho que fiquei com vergonha.

Olho para Paddy. Percebo o que essa sinceridade é custosa para ele, porém não posso retribuí-la. Por um instante, minha vontade é fazer isso, contar tudo a ele. Dizer que não tem nada que se desculpar porque, em comparação com o que fiz, o que ele fez é insignificante.

Mas não faço isso. Não posso. Existem coisas que eu jamais vou ser capaz de contar a qualquer pessoa.

— Sério, não tem problema nenhum...

Foi um período esquisito, sinto vontade de dizer. Eu também não fui uma boa amiga.

Mas não digo isso.

Ele olha para mim.

— Como você está agora?

— Ah, melhor. — Percebo que basicamente é verdade; ainda sinto dor, mas estou começando a vislumbrar uma maneira de conviver com ela. — Você ficou sabendo que pegaram o cara que matou a minha irmã?

Ele faz que não. Hugh não deve ter comentado isso com Maria, ou então ela não contou nada ao marido. Conto a história para Paddy e, ao fazê-lo, percebo que a névoa sobre a morte de Kate começa a se dissipar. A dor continua ali, presente, mas pela primeira vez desde fevereiro não é mais o prisma através do qual vejo o resto do mundo refratado. Não estou presa num pântano, atravessando com dificuldade uma vida espessa com todo o sofrimento e a raiva, ou que ricocheteia descontroladamente, e não sinto mais raiva — dela por ter se descuidado a ponto de acabar sendo assassinada, de mim por não ter feito nada para protegê-la.

— Ainda dói muito — continuo. — Mas está melhorando.

— Que bom. — Ele faz uma pausa. Estamos avançando. — Você tem amigos com quem pode contar?

Será que tenho? Adrienne, sim; nós nos falamos nos últimos dois dias, mas ainda tem um bom caminho até eu reparar o estrago.

— Tenho amigos, sim. Por quê?

Ele parece estranhamente aliviado e me dou conta de que estou envolvida de alguma maneira no motivo daquele encontro.

— O que foi, Paddy?

O rosto dele fica inexpressivo por algum tempo, e ele parece finalmente se decidir.

— Tem uma coisa que preciso contar a você.

Tento me concentrar, focar no presente.

— O que foi?

Mal respiro. O ar entre nós é espesso como óleo.

— Maria me disse que foi para a cama com outro cara.

Assinto devagar, e então já sei o que vou ouvir. Parte de mim — uma parte enterrada, repulsiva — sabe exatamente o que ele está prestes a me dizer.

Paddy abre a boca para dizer, mas parece demorar uma eternidade. Falo por ele.

— Hugh.

O rosto de Paddy se abre numa expressão de alívio. Apesar disso, parte de mim ainda torce para que me contradiga, mas ele não faz isso. Quando terá descoberto?

— É, ela me disse que dormiu com Hugh.

Não consigo saber como me sinto. Não estou espantada; é como se eu soubesse o tempo inteiro. É quase uma ausência de sensações, de sentimentos. Respiro fundo. O ar enche meus pulmões. Eu me expando, sem saber se poderia continuar respirando até me tornar maior que a dor.

— Quando? — Minha voz ecoa nas paredes.

— Em Genebra. Ela diz que foi só uma vez. Parece que isso não se repetiu.

Paddy para de falar. Eu me pergunto se estará esperando que eu diga alguma coisa. Não tenho nada a dizer. Só uma vez? Será que ele acredita na esposa? Será que eu acredito?

— Hugh não contou a você?

— Não.

Então é por isso que há meses Hugh não os convida para ir à nossa casa. Não tem nada a ver com o fato de Connor ter ou não nos visto no caramanchão.

Eu me sinto fria, como se estivesse em meio a uma corrente de ar. Hugh e eu sempre dissemos a verdade um ao outro. Por que ele não me contou isso?

Mas olha o que eu não contei a ele.

— Sinto muito.

Olho para Paddy. Ele está mais amargurado que eu. Parece vazio, oco. Percebo que não pregou os olhos.

Então a ficha cai. Foi por isso que ele me beijou. Ele sabia, ou pelo menos suspeitava. Foi sua revanche.

Não o culpo. Eu deveria estender a mão e abraçá-lo e dizer que vai ficar tudo bem, do mesmo jeito que digo a Connor que vai dar tudo certo. Porque preciso. Porque é o meu dever, quer eu acredite, quer não.

Mas eu não acredito. Não tiro as mãos da mesa.

— Obrigada por me contar.

— Achei que deveria. Sinto muito.

Ficamos quietos por um tempo. O espaço entre nós parece aumentar. Deveríamos poder ajudar um ao outro, mas é impossível.

— Não, você fez o certo. — Paro. Será que fez mesmo? Não é assim tão preto no branco; às vezes é melhor não saber algumas coisas. — O que você vai fazer?

— Não sei. Ainda não decidi. Maria e eu ainda temos muito que conversar, mas eu sei. Acho que todo mundo comete erros. — Ele está falando consigo mesmo, não comigo. — Não é?

Concordo.

— Sim, todo mundo.

No caminho de volta para casa, ligo para Hugh. Eu me sinto diferente, mas não sei exatamente como. É como se algo tivesse se movido dentro de mim, como se tivesse acontecido algum rearranjo violento e as coisas ainda se acomodassem. Estou furiosa, sim, mas não é só isso. Minha fúria está misturada com algo mais, algo que não consigo identificar direito. Inveja, pelo caso de Hugh ter sido tão curto e descomplicado? Alívio, pelo meu marido ter um segredinho próprio, quase equivalente ao meu, e por agora eu não precisar mais sentir tanta culpa?

O telefone dele toca sem parar. Ainda não sei o que vou lhe dizer quando nos falarmos e me sinto aliviada quando a ligação cai na caixa de mensagens.

Ouço minha própria voz dizer:

— Só queria saber se você está bem. — Então me dou conta de que esse foi o verdadeiro motivo da minha ligação. Eu queria ouvir sua voz. Ter certeza de que ele ainda existe, que não foi arrastado pela onda gigantesca que ameaçou todo o resto. — Me liga quando puder.

Desligo. Como eu me sentiria se ele não retornasse a ligação, se jamais voltasse a me ligar? Imagino um carro o esmagando, um atentado terrorista ou algo tão banal quanto um ataque cardíaco, um derrame. Eu me imagino tentando tocar a vida, sabendo que nos últimos meses da sua vida eu estava ressentida com ele, desconfiando dele, fazendo de tudo para evitar confrontar a mim mesma. Tento imaginar tudo isso, mas percebo que não consigo. Ele está sempre presente. Sempre esteve. Ainda me lembro do desembarque do voo que me trouxe de volta para casa — cuja passagem foi paga por ele. Hugh estava à minha espera, não com flores, nem mesmo com amor, mas com algo muito mais simples e muito mais importante naquele momento: aceitação. Naquela noite ele me levou para sua casa, não para dormir na sua cama, mas no quarto vago. Deixou que eu chorasse e dormisse; ficou ao meu lado quando eu quis sua presença e me deixou sozinha quando eu não quis. Na manhã seguinte, foi procurar ajuda para mim. Não exigiu nada, nem mesmo respostas às suas perguntas. Prometeu não contar a ninguém que eu estava ali até me sentir mais forte, até me sentir preparada.

Ele ficou ao meu lado do modo mais real e mais honesto possível. E continua sendo a pessoa que procuro quando preciso, em quem confio. A pessoa a quem só desejo o melhor e para quem quero ser a melhor, da mesma maneira como ele faz comigo.

Eu o amo. Descobrir que ele dormiu com outra pessoa — mesmo que seja com a chata da Maria — de alguma forma fez com que esse amor parecesse ainda mais real. Lembrou-me de que Hugh é desejável, capaz de sentir paixão.

Fecho os olhos. Será que eles só dormiram juntos uma única vez mesmo? Não importa. Seja como for, ele teve um caso que pode se comparar ao meu. Um dos trunfos que Lukas achou que tinha sobre mim não existe mais, simples assim. Anna vai apagar as fotos e expulsá-lo da vida dela e da minha. Pela primeira vez em meses eu me imagino começando um futuro sem Lukas, limpa, pura e livre.

Hugh volta para casa. Está atrasado; uma cirurgia tinha demorado mais que o previsto.

— Desculpa, querida — diz, ao entrar na cozinha. — Hoje o dia foi um pesadelo. E Maria me deixou na mão de novo, de última hora. — Ele me dá um beijo. Novamente me sinto aliviada. — Ela está passando por alguma crise em casa.

Quer dizer que ela não disse a Hugh que Paddy sabe de tudo. Eu me pergunto por que ela terá contado ao marido, o que a levou a confessar. Culpa, acho. No fim das contas, a coisa sempre se resume a isso.

— Como foi o café com Paddy?

Então me ocorre que, se quero contar a Hugh, a hora é essa. Sei de tudo o que aconteceu entre você e Maria, eu poderia dizer. Paddy me contou. E tenho algo para lhe contar.

— Hugh?

Ele olha para mim.

— Hum?

Paro. Estou servindo o jantar. O que aconteceria se eu continuasse? Se lhe contasse sobre Lukas? Será que ele entenderia, será que já desconfiava? Eu me pergunto se me perdoaria como, percebo agora, eu já o perdoei.

Mudo de ideia. O segredo que agora eu sei que ele guarda faz com que o poder de Lukas sobre mim pareça de certa forma menor. Eu amo Hugh e não quero desistir desse amor. Um erro não compensa o outro, mas talvez faça com que as coisas fiquem mais igualitárias.

— Você poderia chamar o Connor?

Ele vai, e alguns minutos mais tarde o nosso filho desce a escada. Jantamos juntos, à mesa. E eu observo a minha família durante o jantar. Fui uma tola, uma idiota. Por pouco quase pus tudo a perder. Mas aprendi a lição — que bem faria confessar, a essa altura?

Naquela noite vamos dormir mais cedo. Digo a ele que o amo, e Hugh me diz que me ama também, e estamos sendo sinceros. Não é um gesto automático. Dizemos isso de coração, conectados ao que existe de mais profundo e desconhecido.

Ele me beija e eu correspondo ao seu beijo. Estamos juntos enfim.

Capítulo 30

Lukas volta hoje para Paris, para Anna. Quando Hugh me liga, estou trabalhando, fotografando uma família que entrou em contato comigo por meio da página que criei no Facebook. Duas mulheres com seus dois filhos pequenos.

A sessão vai bem, é uma distração. Estamos quase no fim e por isso atendo a ligação, senão teria deixado ir para a caixa de mensagens.

— Vocês se importam se eu atender? — pergunto às duas mulheres, e a mais alta responde:

— Nem um pouco. Acho que Bertie quer ir ao banheiro, de qualquer forma.

Indico o banheiro lá de baixo, nos fundos da casa, e então atendo a ligação.

— Hugh?

— Você está ocupada?

Saio para o ar frio do outono e fecho a porta do chalé. Estou inquieta hoje, assustadiça.

— Estou terminando uma sessão de fotos. Está tudo bem?

— Sim, sim. — Ele parece otimista. O medo que havia começado a me dominar diminui um pouco. — Eu só queria dar a notícia a você.

— O que foi?

— Aceitaram a oferta de acordo extrajudicial. Vão engavetar a queixa.

Meus ombros relaxam de alívio. Eu não havia me dado conta de quanta tensão estava acumulada no meu corpo.

— Que ótimo, Hugh. Isso é maravilhoso.

— Pensei em comemorarmos. Vamos sair para jantar hoje? Nós três? Você não tem nenhum compromisso, tem?

Digo que não. Isso vai me ajudar a relaxar, acho, fazer com que eu pare de pensar no que pode estar acontecendo em Paris. Durante uma semana fiquei me perguntando o que Anna estaria pensando, tentando resistir à tentação de ligar para ela, com medo que mudasse de ideia e decidisse ficar com ele. O que aconteceria então? Alguma chantagem, imagino, atrás de dinheiro. Nunca acreditei que a única coisa que ele quisesse fosse que eu deixasse Anna em paz.

E, mesmo que fosse verdade, eu não poderia fazer isso. Não poderia deixá-la à mercê de um homem disposto a mentir como Lukas mentiu. Ela é minha amiga. A melhor amiga da minha irmã. Devo isso a Anna.

Mas vamos ver, digo a mim mesma. Falta só mais uma semana, e então tudo estará acabado.

— Eu adoraria — respondo a Hugh.

— Vou fazer reserva em algum restaurante. Você avisa ao Connor?

É pouco antes de meio-dia quando encerro a sessão. Conto ao casal que mandarei um e-mail assim que as fotos estiverem prontas e assim elas poderão escolher as que mais gostaram. As duas me agradecem, nós nos despedimos e então guardo meu equipamento, desmonto as luzes. Penso no que Anna terá de fazer. Imagino-a tendo aquela conversa. *Não é você, sou eu. Não sei se quero me casar agora.*

Daria certo? Lukas acreditaria que aquilo não tem nada a ver comigo, que eu continuei afastada?

Seria melhor se eles conversassem num bar, penso. Em algum lugar neutro, onde ele poderia ficar bravo, mas não violento. Eu devia ter sugerido que ela mudasse as fechaduras de casa antes da conversa.

Eu me pergunto se não deveria ir para lá, ficar ao lado de Anna. Mas isso poderia piorar a situação. Por enquanto, ela está sozinha.

Termino de arrumar o estúdio e entro em casa. Abro a geladeira; tem salada para o almoço e cavala defumada. Coloco ambos para fora e verifico as horas; Connor já deve estar almoçando a essa altura. Pego o celular e ligo para ele. Aviso que vamos sair à noite. Ele reclama:

— Mas eu ia sair com o Dylan!

Seu tom é de quem implora. Connor quer que eu lhe diga que tudo bem ele sair à noite com o amigo, mas eu não faço isso.

— É importante, Con. Para o seu pai.

— Mas...

Troco o telefone de orelha e pego um prato no armário.

— Isso não é uma discussão, Connor. Depois da aula você volta para casa.

Ele suspira, mas concorda.

Termino de preparar o almoço e como na cozinha, depois volto para o estúdio. Olho para as fotos que tirei e começo a pensar no processo de edição, anotando quais ficaram melhores. Mais ou menos às duas da tarde meu celular toca. Dou um pulo. É Anna, penso, mas, quando atendo, não reconheço a voz.

— Sra. Wilding?

— Sim?

— Ah. — A mulher do outro lado da linha parece aliviada. Ela se apresenta como Sra. Flynn, da escola de Connor. — Estou ligando da St. James. É sobre o Connor.

Estremeço, como se pressentisse algo.

— Connor? O que aconteceu?

— Gostaria apenas de saber se ele está em casa.

O mundo para; ele se inclina e se move. A cozinha de repente fica fria demais.

— Não. Não, não está. Ele está na escola — declaro com firmeza, com autoridade. É como se, só de dizer isso, eu pudesse fazer virar verdade. — Liguei para ele agora no horário de almoço. — Olho para o meu relógio. — Ele está aí, não está?

— Bem, ele não estava presente na chamada vespertina. — Ela não parece preocupada, o que é um contraste absoluto com o pânico que começa a aumentar dentro de mim, mas ao mesmo tempo parece forçado. Ela só está tentando me tranquilizar. — Não é do feitio dele, portanto, queríamos apenas verificar se ele estava em casa.

Começo a tremer. Connor anda fazendo muitas coisas que não são do *feitio dele* ultimamente.

— Não. Não, ele não está em casa. — Não sei se eu deveria me desculpar por ele ou não. Estou ao mesmo tempo brava e na defensiva, e, por trás de tudo isso, a onda de medo está prestes a quebrar. — Vou ligar para ele e descobrir onde está. Connor estava na escola de manhã?

— Ah, sim, como sempre. Fui informada de que tudo parecia normal.

— Certo.

Digo a mim mesma que fique calma, que não há motivo para me preocupar; ele está chateado, eu o obriguei a voltar para casa quando ele queria sair com os amigos, Connor está tentando me dar uma lição.

— Ele simplesmente não voltou depois do almoço.

— Certo — repito.

Fecho os olhos enquanto outra onda de pânico quebra. Será que estive me preocupando demais com o que estava acontecendo em Paris e de menos com o que está acontecendo bem debaixo do meu nariz?

— Sra. Wilding?

— Obrigada por avisar.

Ela parece aliviada por eu ainda estar na linha.

— Ah, não há de quê. Tenho certeza de que não deve ser nada de mais. Vou conversar com ele a respeito na segunda, por isso seria muito bom se a senhora pudesse falar com ele no fim de semana.

— Pode deixar.

— A senhora poderia me avisar quando o localizar?

— Claro.

— É que existem procedimentos, só isso. Se ele desaparece quando está na escola, quero dizer.

— Claro — digo mais uma vez. — Eu vou avisar.

Nós nos despedimos. Sem pensar, ligo para Connor. Seu telefone toca várias vezes e então vai para a caixa de mensagem, portanto, tento o de Hugh. Ele atende imediatamente.

— Julia? — Ouço uma conversa ao fundo; ele não está sozinho no escritório. Vagamente me pergunto se está com Maria, mas isso pouco me importa.

Minhas palavras saem num atropelo, minha voz falha.

— Connor sumiu.

— O quê?

Repito.

— Como assim, *sumiu*?

— A secretária da escola ligou. Sra. Flynn. Ele estava lá de manhã, mas não voltou à tarde.

Ao dizer isso, vejo uma imagem. Lukas enfiando Connor em um carro e indo embora com ele. Não consigo afastar a sensação de que algo terrível está acontecendo e que Lukas está por trás disso, de alguma maneira. Pensei que eu havia escapado, mas ele continua aí, uma força malévola, uma sereia me arrastando para um pesadelo.

Digo a mim mesma que estou sendo ridícula, embora não acredite nisso.

— Você já ligou para ele?

— Sim, claro que sim. Ele não atendeu. Ele ligou para você?

— Não. — Imagino Hugh balançando a cabeça.

— Quando foi a última vez que vocês se falaram?

— Calma — diz ele. Eu não havia notado o quanto a minha voz estava aterrorizada. Ele tosse e em seguida baixa a voz. — Vai dar tudo certo. Fica calma.

— Ele fugiu.

— Ele só matou aula. Já tentou falar com algum dos amigos dele?

— Não, ainda não...

— Dylan? Eles dois andam saindo muito ultimamente.

Imagino os dois no parque, bebendo uma garrafa de sidra barata, meu filho sendo atropelado por um carro ao atravessar a rua. Ou talvez os dois numa ponte ferroviária, desafiando um ao outro a ficar na beirada e se desviar de um trem que se aproxima.

— Ou Evie. Será que não daria para ligar para a mãe dela?

Claro que não daria para ligar para a mãe dela, sinto vontade de dizer. Eu não sei quem é a mãe dela.

Mais uma vez vejo Lukas, agora de pé sobre Connor. Pisco para afastar a imagem.

— Não tenho o telefone dela. Você acha que ele está com ela?

— Não sei.

Eu me lembro do outro dia, quando ele me deixou sozinha no restaurante. Eu o encontrei arrumando uma mala. "Vou para a casa da Evie!"

— Sim, ele está com ela. — Começo a rumar para a escada, em direção ao quarto de Connor. — Precisamos encontrar essa garota.

— A gente não tem certeza... — diz Hugh, mas já estou subindo a escada de dois em dois degraus e encerrando a ligação.

Hesito na porta do quarto do meu filho, procurando inutilmente por alguma espécie de pista. A cama está desfeita, há pilhas e mais pilhas de roupas em cima da mesa e da cadeira, um copo vazio ao lado da cama, um prato cheio de migalhas. Ele se tornou mais reservado nas últimas semanas, com medo, acho, de eu acabar encontrando uma coleção secreta de revistas ou uma camiseta manchada de esperma atirada embaixo da cama, sem se dar conta de que, quanto mais reservado ficava, mais difícil eu não querer olhar.

Dou um passo para dentro do quarto e então estaco. Ligo para ele novamente, mas dessa vez seu telefone está desligado. Tento uma terceira vez, e uma quarta, e por fim deixo uma mensagem:

"Querido, por favor, me liga." Tento manter a voz calma, não deixar transparecer nada além de preocupação. Não quero que ele perceba algo que possa confundir com raiva, nem mesmo de leve. "Me dá um toque, para eu saber que está tudo bem?"

Entro um pouco mais. Sei por que ele está fazendo isso. Eu o impedi de fugir para a casa de Evie naquele dia e agora ele está me mostrando que, se quiser fazer alguma coisa, vai fazer. E eu não posso fazer nada para impedir.

Olho primeiro seu armário e depois embaixo da cama. Pilhas de roupas, tênis velhos, CDs e jogos de video game, mas nada de mala. Ele deve tê-la levado, já feita, para a escola.

— *Merda!* — exclamo baixinho.

Fico parada no meio do quarto, sob a luz evanescente da tarde. Estou me afogando, impotente.

Abro seu computador e primeiro verifico seus e-mails. Há centenas deles, de Molly, Dylan, Sahil e um monte de outras pessoas, mas nenhum da namorada. Em seguida tento o Skype, depois o Facebook. Ele já voltou a ter um perfil, lógico. Na caixa de busca do alto da tela, digito "Evie".

Aparece o nome dela, ao lado da fotografia. É uma foto diferente da que ele tinha me mostrado; ela parece um pouco mais velha e está sorrindo, alegre. Percebo que não é a mesma menina da festa de Carla, mas as duas se parecem um pouco.

Ao fundo, porém, vejo a Basílica de Sacré-Coeur.

Sinto um novo puxão para baixo; afundo e fico nauseada.

Não é nada, nada mesmo, eu me ouço dizer em voz alta. Um monte de adolescentes visita Paris. A basílica é um ponto turístico, algo a ser visto, um lugar onde tirar uma foto de si mesmo. O fato de ter sido lá que Lukas pediu Anna em casamento não passa de pura coincidência. Tem de ser.

Um instante depois, o computador solta um bipe e uma caixinha de diálogo surge no canto da tela. É uma nova mensagem. De Evie.

"Você está on-line!"

Sou transportada imediatamente de volta ao meu caso com Lukas. Tantas conversas começaram assim, ou de um jeito semelhante. Tantas vezes eu me deixei envolver.

Mas eu queria aquilo, o tempo todo. Não queria? Ah, eu queria tudo aquilo.

Afasto esses pensamentos. Preciso ter foco. Preciso responder à mensagem de Evie.

Eu lembro a mim mesma que ela pensa que está conversando com o meu filho. Eu poderia dizer a ela que está errada... ou, então, tentar descobrir o que está acontecendo.

"Pois é!"

"No celular?"

Por um instante não consigo entender a relevância dessa pergunta, mas então entendo. Ela quer saber se ele não está no computador, em casa.

"Sim."

"Eu te amo."

Não sei o que falar. Novamente sou arremessada de volta ao passado, com uma violência que me deixa sem fôlego.

"Diz que me ama também."

Preciso me concentrar em Connor. Essa menina acha que o ama, ou pelo menos é isso o que ela lhe afirma.

"Eu te amo", digo.

"Deu tudo certo na fuga da escola? Você já está a caminho?"

Então é mesmo verdade. Ele realmente fugiu da escola para ir se encontrar com essa garota. Estou prestes a responder quando o meu celular toca. O ruído me parece alto demais e tomo um susto antes de atender.

— Connor? — indago, mas não é ele. É Anna.

— Julia — diz ela. Parece apressada, sem fôlego de tanta ansiedade, mas não posso conversar com ela agora. Comparada a Connor, ela não tem importância nenhuma.

— Não dá para falar agora. Desculpa.

— Mas...

— Connor sumiu. É complicado. Eu ligo para você mais tarde, prometo. Desculpa.

Finalizo a ligação antes que Anna possa responder qualquer coisa e digito:

"Sim, já estou a caminho."

"Ah, nem acredito que a gente finalmente vai se conhecer! Não acredito que você o encontrou!"

Sinto meu corpo se contrair, minha pele se retesar. Encontrou quem?

"Imagina só! Depois de todo esse tempo! Encontrar o seu pai!"

O alçapão se abre. Eu despenco.

Então era isso que ele estava fazendo? Tentando encontrar o pai? Ele conseguiu.

Mas como?

Eu me obrigo a permanecer no presente. Preciso. Eu me obrigo a imaginar o que o meu filho escreveria.

"É! Vai ser demais! Onde mesmo a gente vai se encontrar?"

Aperto "Enviar". Um instante depois, ela responde.

"Na estação, onde combinamos! Vejo você lá!"

Eu me inclino para digitar uma resposta, mas em seguida chega a última mensagem dela. Três beijinhos. Depois Evie se desconecta.

Merda, penso. Merda. Acho que eu devia ter dito a ela quem eu sou, que estou furiosa, que é melhor ela me dizer agora mesmo onde está planejando encontrar o meu filho.

Mas agora é tarde demais. O pontinho verde ao lado do seu nome sumiu. Evie está off-line e não tenho como entrar em contato com ela. Estou de mãos atadas, sem a menor ideia de para onde meu filho foi. *Na estação*. Essa tal estação pode ser em qualquer lugar.

As engrenagens enferrujadas da minha mente começam a funcionar, o motor pega. Não posso me dar ao luxo de ceder ao desespero. Preciso me manter focada. Preciso encontrá-lo. Que estação, onde? Deve haver uma pista. Em cima da mesa há uma pilha de jornais e revistas e eu a reviro, depois abro a gaveta. Nada. Apenas lápis e canetas, um exemplar do *Guia do mochileiro das galáxias* que Hugh deu de presente de aniversário a ele há alguns anos, um perfurador e um grampeador, uma tesoura, Post-its e alguns papéis antigos de estudo.

Eu me levanto e me viro. Olho para o pôster de futebol sobre sua cama, o cachecol atirado na parte de trás da porta. Nenhuma pista, nenhum lugar óbvio onde procurar.

Então tenho uma ideia. Volto ao computador de Connor e, um instante depois, já tenho em mãos seu histórico de navegação. A primeira coisa que vejo é uma nova conta de Twitter que ele deve ter criado: @meajudeaencontrarmeupai. Mas, antes que eu consiga absorver o significado disso, vejo no alto o último site em que ele entrou. Foi hoje de manhã, antes de ir para a escola. Eurostar.com.

O link me leva a um mapa da Gare du Nord.

Ele está a caminho de Paris.

Capítulo 31

Tento dizer a mim mesma que é só coincidência, que não tem nada a ver com Lukas.

Porém, não acredito nisso. Não hoje — justamente hoje. O dia em que ele iria voltar para Paris. O fato de o meu filho também estar indo para lá não pode ser coincidência.

Mesmo que Hugh tenha falado com a tal de Evie e esteja certo de que ela é uma garota.

Anna atende depois do segundo toque.

— Graças a Deus! — exclama ela.

Minha boca está seca, mas meu desespero é grande.

— Anna, escuta...

— Graças a Deus! — repete ela. Ouço um tom de alívio em sua voz, mas tem algo mais além disso. Ela parece péssima. Sem fôlego, quase paralisada de pânico. — Ai, me desculpa, me desculpa. — Anna baixa o tom de voz até quase um sussurro, mal consigo escutar o que ela está dizendo. É como se não quisesse que a ouvissem. — Eu tentei dizer a ele. Tentei. Desculpa, desculpa, desculpa de verdade.

Ela parece se sentir péssima, e o medo me contagia.

— Anna, o que aconteceu? Qual o problema? Onde está Lukas, ele está aí?

É como se ela não me escutasse.

— Não deu para esperar. Eu tentei dizer a ele. Hoje. Tentei dizer que estava tudo terminado, que ele precisava ir embora...

— Onde ele está? Anna!

— Saiu como um furacão, mas vai voltar a qualquer momento. Eu entrei no computador dele, Julia, como a gente combinou. Para olhar aqueles arquivos. Mas encontrei outra coisa.

A voz de Anna está tremendo com uma incerteza que jamais ouvi antes.

— O quê? O que você encontrou?

— Os arquivos estavam lá. Tinha uma pasta chamada "Julia", mas tinha outra também.

Eu já sei o que ela vai me dizer.

— Chamada "Connor"...

Meu mundo se encolhe até não ser mais nada.

— Cheia de fotos.

Congelo, um pontinho minúsculo. Sinto como se não respirasse há dias. Eu me obrigo a falar. Minha voz é um sussurro.

— Que tipo de foto?

— Ah... você sabe, fotos dele...

— Que tipo?

— Fotos comuns. Ele sorrindo para a câmera.

— Meu Deus...

— Você acha que ele estava me usando só para chegar até o Connor...?

— Não. Não, não.

Será que a minha certeza vem apenas do fato de que não consigo enfrentar a ideia de que isso é mesmo verdade?

— Connor fugiu.

— Fugiu?

— Para encontrar Evie. A namorada dele. Foi para Paris. Eles vão se encontrar com o pai de Connor.

— O pai de Connor? Mas como...?

— Não sei. Pela internet, acho.

— Espera aí. Como é mesmo o nome da namorada?

Fecho os olhos. O medo aumenta, me infecta. Minha pele está toda arrepiada. Eu me obrigo a falar.

— Evie. Por quê?

Anna suspira.

— Julia, eu encontrei uma lista. No computador de Ryan. Cheia de nomes de usuários e senhas. — Ela fala com hesitação, como se não tivesse certeza ou estivesse tentando entender alguma coisa enquanto fala. — Pelo menos é o que eu acho que era. — Longa pausa. — Um deles é Lukas, mas há muitos mais. Argo-qualquer coisa, Crab, Baskerville, Jip. E tem um monte de nomes, um monte, Deus sabe o que ele andou fazendo.

Já sei o que Anna vai dizer antes mesmo de ela falar.

— E um dos nomes é Evie.

Sinto um aperto no peito. Agora tenho certeza.

— Ah, meu Deus... — digo. Eu tive semanas para entender. Meses. Só não quis enfrentar.

— Como você acha que ele conheceu essa menina? Como acha que ele conheceu a namorada de Connor?

— Anna, ele não *conheceu* menina nenhuma. Eu acho que *ele* é a Evie.

— Mas...

— O computador dele está aí?

— Está, mas...

— Entra na internet. No Facebook.

Escuto quando ela vai a outro cômodo. Ouço-a pegar um laptop, uma musiquinha toca quando o computador sai do modo soneca. Alguns instantes depois, Anna diz:

— Pronto. Ele deixou os dados de login. O que...?

Então ela para.

— O que foi? Anna, fala!

— Você tem razão. A foto que ele está usando é de uma garota — responde ela. — E o nome dela... não é Ryan. Você tem razão, Julia. É Evie.

Entendo tudo de uma só vez. Tudo que ignorei, que não quis ver. Tudo que deixei por examinar. Vou até a cama de Connor. Sento; o colchão cede, o edredom tem seu cheiro. O cheiro do meu filho. Do meu filho, que eu expus ao perigo.

— Anna, você tem de me ajudar. Vai para a estação de trem. Gare du Nord. Encontra o meu filho.

Lá embaixo, primeiro peço um táxi e depois ligo para Hugh. Não há tempo para ir até o consultório nem para explicar tudo pessoalmente. Preciso pegar o próximo trem para a França.

Ele atende no terceiro toque.

— Julia, alguma notícia?

Ainda não sei o que vou dizer.

— Ele está indo para Paris.

— Paris?

Hugh está chocado. Quero contar a ele. Preciso contar. Mas, ao mesmo tempo, não sei como.

— Eu posso explicar...

— Por que Paris?

— Ele... Ele acha que vai se encontrar com a Evie.

— Como você sabe?

— Eu falei com ela.

— Bom, espero que tenha dito a ela o quanto tudo isso é ridículo. Ele só tem 14 anos, pelo amor de Deus. — Hugh inspira. — O que ela disse?

Tento explicar.

— Não é assim tão simples. A gente se falou pela internet. Eu fiz login no computador de Connor. Ela pensou que estava falando com ele. É por isso que eu sei.

Paro de falar. Meu táxi já chegou, ouço o motor do carro esperando em frente à porta da minha casa.

— Preciso ir — aviso.

Não tive tempo de arrumar uma mala, mas na minha bolsa está o meu passaporte e os 40 euros que eu trouxe da última vez que fui para lá e deixei guardados num pote em uma das prateleiras da cozinha.

— Aonde você vai?

— Paris. Vou para lá. Vou trazer o Connor de volta.

— Julia...

— Preciso ir, Hugh.

Há um momento de silêncio antes de ele decidir o que fazer.

— Também vou. Vou pegar o primeiro trem que puder. Encontro você lá.

No trem, ocupo o meu assento. Estou anestesiada, não consigo me concentrar em nada. Não consigo ler nem comer. Deixei a segurança para trás e não sei o que se encontra à minha frente.

Concentro-me em permanecer o mais imóvel possível. Olho para as pessoas ao meu redor. Um casal americano está sentado do outro lado do corredor, conversando sobre a reunião da qual obviamente está voltando; os dois parecem comedidos e profissionais; decido que não devem ser amantes, apenas colegas de trabalho. Outro casal, do outro lado, está sentado em silêncio, ela com fones de ouvido e balançando a cabeça ao ritmo da música, ele lendo um guia turístico de Paris. Percebo com súbita clareza que estamos todos usando máscaras, todos nós, o tempo inteiro. Mostramos uma face, uma versão de nós mesmos, para o mundo, para os outros. Mostramos um rosto diferente dependendo de com quem estamos e o que esperam de nós. Mesmo quando estamos a sós, isso não passa de outra máscara, da versão de nós mesmos que preferimos ser.

Viro o rosto e olho pela janela enquanto atravessamos a cidade, o campo. Parecemos ganhar velocidade; entramos num túnel muito rápido. O barulho do trem é abafado, e por um instante tudo fica escuro. Fecho os olhos e vejo Frosty, pousando sua bebida — vinho tinto, e, como sempre, ela bebe de canudinho. Está toda maquiada, embora seja de tarde, e sua peruca ficou no andar de baixo.

— Amorzinho, cadê o Marky?

Olho para ela. Frosty parece aterrorizada e não sei o motivo.

— Lá em cima. Por quê?

— Vem comigo! — chama ela, e sai correndo da cozinha.

Embora eu vá atrás dela o mais rápido que posso, é em câmera lenta que seguimos, e subimos a escada, aqueles degraus escuros e sem carpete. Quando chegamos ao quarto que eu dividia com Marcus, a porta não abre. Ele colocou uma cadeira para impedir a abertura. Frosty é obrigada a investir com força contra a porta, com o ombro.

Afasto essa imagem. Verifico mais uma vez o celular. Devíamos ter sinal agora, mas não tenho. Eu me inclino na direção do casal americano e pergunto se eles têm sinal.

— Eu não — responde a mulher, balançando a cabeça.

Seu colega diz que já perguntou qual o problema para um dos funcionários, porque ninguém está com sinal.

— Foi algum problema no equipamento, aparentemente.

Dou um sorriso forçado e agradeço, depois me viro para o lado. Não tem remédio, vou ser obrigada a esperar.

Penso sem querer no que Anna me disse. Os nomes de usuário de Lukas. Argo-qualquer coisa eu conheço. Crab, Baskerville, Jip. Existe uma relação entre eles, eu tenho certeza, mas não sei qual.

Baskerville é fácil, acho. Tem a fonte tipográfica, óbvio, mas a única outra referência em que consigo pensar é Sherlock Holmes, *O cão dos Baskervilles*. Lentamente os outros me ocorrem: Jip é de *David Copperfield*, assim como de *A história do Dr. Dolittle*, e Crab é de uma peça de Shakespeare, não lembro o nome dela agora. E Argos, da *Odisseia*.

São todos nomes de cães.

Então entendo tudo. Uma epifania. Alguns anos atrás, quando Connor tinha uns 9 ou 10 anos, nós três passamos férias na ilha de Creta. Ficamos hospedados num hotel perto da praia. Certa noite, durante o jantar, a gente ficou conversando sobre os nossos nomes, de onde vinham, o que significavam. Depois Hugh procurou o significado deles na internet e, no café da manhã, nos contou suas descobertas. O meu significa "jovem"; o dele, "mente" ou "espírito".

— E o meu? — quis saber Connor.

— Bom, o seu é irlandês — respondeu o pai. — Aparentemente significa "amante de cães".

A verdade que tanto me esforcei para não ver agora é inevitável. Desde o início, desde a primeiríssima vez que Lukas me mandou uma mensagem com o codinome Largos86, a questão era Connor.

O tempo todo.

Capítulo 32

Ao sairmos do túnel, está escurecendo. Pego o celular, mas continua sem sinal, e, enquanto espero, olho pela janela do trem.

A paisagem francesa parece irreal, coberta por uma fina névoa. Vejo os hipermercados vazios, seus enormes estacionamentos sem o menor sinal dos clientes que já os visitaram. O trem parece ter um ritmo diferente agora, como se o simples fato de viajar até outro país tivesse feito o mundo sair ligeiramente do eixo. Adianto o relógio uma hora; o meu celular já fez isso automaticamente. Um minuto depois, vejo três barrinhas na tela e, um segundo depois, meu telefone solta um bipe, indicando a chegada de uma mensagem de voz. É Anna.

Ouço.

— Julia! — diz ela. Já estou procurando pistas; ao fundo, ouço algo que parece ser o burburinho da estação, e ela parece animada. Boas notícias? Será? Anna continua. — Eu o encontrei! Ele estava saindo do trem quando cheguei. — Sua voz está abafada, como se ela tivesse segurado o celular contra o peito. Depois: — Desculpa, mas ele não quer falar com você. — Anna baixa a voz. — Acho que está envergonhado, sei lá. Enfim, estamos aqui tomando um milk-shake e depois vamos para o meu apartamento. Me dá um toque assim que receber essa mensagem. A gente se encontra lá.

O alívio se mistura à ansiedade. Eu preferiria que ela ficasse com ele onde está, ou que o levasse a algum outro lugar; qualquer coisa, menos voltar ao apartamento, sinto vontade de dizer. Anna não entende o perigo que está correndo.

Ligo de volta, mas o telefone toca e ninguém atende. Vamos, digo a mim mesma, sem parar, mas ela não atende. Tento de novo, depois uma terceira vez. Nada ainda. Não adianta. Deixo um recado, é a única coisa que posso fazer, depois tento ligar para Hugh.

Ele também não atende; o telefone vai direto para a caixa de mensagens. Deve estar num trem logo atrás do meu, sem sinal. Deixo um recado pedindo que me ligue. Estou sozinha.

Fico imóvel, ali sentada. Eu me concentro na minha respiração, em ficar calma. Eu me concentro em não desejar beber.

Tento imaginar por que Lukas está fazendo isso. Por que está fingindo ser a namorada do meu filho, por que o atraiu a Paris.

Penso nos cães. Largos86.

Finalmente minha mente se concentra na última verdade que esteve evitando.

Lukas é o pai de Connor.

Todas as peças começam a se encaixar. Ele deve ter ficado amigo de Kate primeiro; depois, quem sabe, de Anna, por volta da mesma época. É possível que uma não soubesse da existência de Lukas na vida da outra; talvez ele fosse amigo de Kate somente pela internet. Provavelmente foi ele quem insistiu para que ela tentasse retomar a guarda de Connor, e então, justamente quando tudo parecia prestes a dar certo, ela foi assassinada.

Então ele veio atrás do meu filho usando a única outra via que conseguiu encontrar: eu.

Por que não enxerguei nada disso? Eu me lembro de todas as vezes em que desconfiei que havia algo por trás do nosso relacionamento, algo que eu não sabia o que era, todas as coisas que intuí e em seguida evitei.

Não sei o que Lukas achou que iria acontecer. Não sei se ele esperava que eu fosse terminar meu casamento para ficar com ele, que nós nos tornaríamos uma grande família feliz.

Eu me lembro daquela época. Kate me ligando: *Eu quero o Connor de volta. Ele é meu filho. Você não pode ficar com ele assim. Maldita hora em que deixei você tirá-lo de mim.*

Agora eu sei que na verdade era Lukas, era ele quem a mandava dizer aquelas coisas. Lukas, que havia voltado em busca do filho. Meu filho.

— Eu quero o Connor — repetia ela sem parar, todas as noites.

No fundo, sei que Kate ainda estaria viva caso eu não tivesse negado seu pedido.

Chegamos à Gare du Nord. Saio do trem e pego um táxi. Está escuro, a chuva cai sobre as ruas prateadas de Paris enquanto vamos em direção ao 11º arrondissement. Já consegui falar com Hugh pelo telefone e lhe dei o endereço de Anna; ele disse que nos encontraria lá. Agora tento mais uma vez falar com ela. Preciso conversar com o meu filho.

A tela mostra que ela está on-line, disponível para uma videochamada. Pressiono "Ligar" e pouco depois uma janelinha se abre na tela do meu celular. Vejo a sala do apartamento de Anna, os mesmos móveis que já vi antes, as mesmas gravuras nas paredes. Um instante mais tarde ela aparece.

— Graças a Deus! Anna...

Estaco. Ela parece inquieta, os olhos arregalados, vermelhos. Parece aterrorizada.

— O que foi? Cadê o Connor?

Anna se aproxima da tela. Antes ela estava chorando.

— O que aconteceu? Cadê o meu filho!

— Ele está aqui — responde ela, mas balança a cabeça. — Ryan voltou. Ele estava furioso...

Interrompo.

— Mas você estava com o Connor!

— Não, não. Connor estava esperando lá fora. Mas... não consegui impedir. As fotos do computador dele... acho que ele vai mandar todas para o Hugh. E, além disso... ele me bateu.

Ela parece entorpecida, quase como se tivesse sido anestesiada.

Eu me lembro do incidente com David, o que aconteceu no carro, a faca.

— Ele estava furioso.

— Isso não é desculpa! Anna, você precisa dar o fora daí!

Ela se aproxima mais do computador.

— Eu estou bem. Escuta — Anna olha para trás —, não tenho muito tempo. Preciso dizer uma coisa a você. Eu tenho uma arma.

No começo penso ter escutado errado, mas a expressão dela é grave. Eu me dou conta de que escutei muito bem, que Anna está falando sério.

— O quê...? Uma arma? Como assim?

Ela começa a falar depressa.

— Quando Kate morreu... um amigo meu... disse que poderia arrumar uma arma para mim. Para eu me proteger. Eu disse que não, mas aí...

— Mas aí o quê?

— Mas aí, depois de todo esse lance com o Ryan... eu fiquei com medo e...

— E você aceitou.

— É.

Eu me pergunto como a coisa chegou a esse ponto e se haverá algo que ela está escondendo de mim sobre Lukas. Sobre o que ele já pode ter feito a essa altura.

— Mas... — balbuciei. — Uma arma?

Anna não fala nada. Vejo que olha para trás. Ouço um barulho, que em seguida se repete. Batidas.

— Escuta... — diz ela depressa, sussurrando. Eu me esforço ao máximo para entender o que está dizendo. — Tem outra coisa. Hugh me fez prometer não contar nada a você, mas eu tenho de contar...

— Hugh? — O último nome que eu esperava ouvir era o dele.

— É sobre a Kate. O cara. Aquele que encontraram com o brinco. Não foi ele.

Balanço a cabeça. Não. Não, não pode ser.

— Como assim, não foi ele?

— Ele tinha um álibi.

— Hugh teria me contado. Não teria me deixado pensar que...

A frase fica no ar. Talvez deixasse. Para que eu ficasse tranquila.

— Desculpa, mas é verdade. Ele disse... — Ouço um barulho ao longe, alto. Parece uma porta batendo, uma voz, embora eu não consiga entender o que ela fala.

— Preciso ir. Ele voltou.

— Anna...! — começo a dizer. — Não...

Não consigo terminar a frase. Por cima do ombro de Anna, vejo Lukas. Ele está berrando, parece fora de si. Vejo o brilho de algum objeto em sua mão, mas não consigo identificar o que é. Anna se levanta, bloqueando minha visão. Ouço-o perguntar com quem está falando, ouço as palavras "Que merda é essa?" e "garoto". Ela arqueja, e a tela fica escura. Percebo que ele empurrou Anna até a mesa, que ela caiu sobre o laptop e bloqueou a câmera. Quando a imagem volta, o computador está caído no chão e, pela câmera, vejo o assoalho, um tapete, a beira de uma das cadeiras.

Mas ouço tudo o que está acontecendo. Ouço quando ele diz que vai matá-la, e Anna, ofegando, chorando, diz "Não!" sem parar. Chamo o nome dela, mas é em vão. Ouço uma batida, de um corpo na parede ou no chão. Não consigo tirar os olhos da tela. O computador de Anna leva uma pancada, a câmera muda de direção. A cabeça dela surge sendo jogada no chão. Anna arfa, e logo depois é lançada violentamente para trás. Ouço um ruído seco quando ele lhe dá um soco, depois outro ruído, nauseante. Grito o nome de Anna, mas a única coisa que posso fazer é observar sua cabeça ser novamente lançada para trás até que, por fim, ela cai em silêncio.

Olho fixamente para a tela. A sala está quieta. Vazia. E nenhum sinal de Connor, ainda. O terror toma conta de mim.

Desesperada, desligo. Num francês péssimo, pergunto ao motorista quanto tempo vamos demorar para chegar, e ele diz que cinco minutos, talvez quinze. Fico inquieta, todos os meus nervos se agitam com uma energia impossível de conter. Sinto vontade de abrir a porta do carro, saltar no meio do trânsito e sair correndo até o nosso destino, mas, mesmo que eu pudesse fazer isso, não chegaria mais rápido. Portanto, recosto-me no assento e torço com todas as forças para que não haja trânsito, para os carros irem mais depressa.

Ligo para Hugh. Nenhuma resposta ainda.

— Porra! — exclamo, mas não posso fazer nada.

Depois de algum tempo começo a reconhecer as ruas. Eu me lembro de ter caminhado por ali em abril. Assolada pela tristeza, consumida num fogo que achava que conseguiria evitar, enganando a mim mesma. Como as coisas eram simples então — a única coisa que eu precisava fazer era segurar as pontas, suportar a dor —, mas não consegui entender isso.

Finalmente chegamos à rua de Anna. Vejo a lavanderia, ainda fechada, e, em frente, a *boulangerie* onde, da vez passada, compramos pão fresco para o café da manhã. Preciso tomar cuidado.

Peço ao motorista que pare a alguns metros do prédio de Anna; talvez seja melhor pegá-los de surpresa. O homem obedece, e pago a corrida. Logo depois de o carro arrancar, meu celular toca.

É Hugh.

— Acabei de chegar à França. Onde você está?

— Na casa de Anna — respondo. — Acho que Connor está aqui.

Eu conto o que acabei de ver e peço que ele ligue para a polícia.

— Anna foi atacada. Explico o resto depois. Hugh?

— Sim?

Não quero perguntar, mas sei que preciso.

— Aquele cara que prenderam. O que aconteceu com ele?

— Como assim, o que aconteceu?

Conte-me a verdade, penso. Conte-me a verdade, sem que eu precise pedir, e então talvez ainda tenhamos uma chance.

— Você me disse que eles tinham feito uma acusação contra ele.

Hugh fica quieto, então percebo que Anna disse a verdade e que ele sabe que eu sei de tudo.

Ouço-o pigarrear.

— Desculpa.

Não digo nada. Mal consigo respirar, mas tenho de manter a calma.

— Achei que estivesse fazendo o melhor. Julia?

Digo a mim mesma que vai ficar tudo bem. Hugh vai ligar para a polícia, eles vão chegar aqui sem demora. Tento dizer a mim mesma que, seja lá o que Lukas fez, ele é o pai de Connor. Pode tê-lo levado a algum lugar, mas não lhe fará mal.

Eu devia contar tudo para Hugh. Dizer o motivo de estarmos ali. Mas não consigo. Não dessa maneira.

— Chama a polícia e vem para cá, por favor.

Saio correndo até o prédio de Anna e tento girar a maçaneta. Estou com sorte. A trava digital está quebrada novamente, como ela me disse que costumava acontecer. A porta se abre e eu entro no edifício, depois a fecho com cuidado.

Não acendo a luz, mas subo as escadas. No primeiro patamar, avisto a porta do apartamento de Anna, exatamente como eu me lembrava. Uma luz fraca entra pelas vidraças, e, quando fico ao lado da porta para tentar ouvir alguma coisa, não ouço nada. Nenhuma voz, nenhum grito, nada. Vou até a escrivaninha e, tentando fazer o mínimo de barulho, abro a gaveta, rezando para que a chave que Anna guarda ali dentro não tivesse sido retirada e para que ela não tivesse mudado o segredo das fechaduras.

Continuo com sorte. A chave está ali, grudada com fita adesiva na parte inferior da gaveta. Eu a pego e vou novamente me postar em frente à porta do apartamento. Nenhum ruído ainda. Entro. A luz do corredor está acesa, numa mesinha de canto tem um vaso de flores mortas. Dou um passo; meus sapatos rangem incrivelmente alto em meio a todo aquele silêncio.

O apartamento parece bem maior na escuridão. Preciso reunir toda a minha força de vontade para não gritar, não perguntar se tem alguém ali. Percebo então que não sei o que eu quero mais: que haja alguém ou que o apartamento esteja vazio.

Começo a fazer uma busca. Um cômodo de cada vez. A televisão está ligada na sala — num canal de notícias qualquer, porém com o som desligado —, e na cozinha vejo uma cadeira virada e os restos amarronzados de alguma refeição manchando as paredes. Meus pés chapinham; quando olho para baixo, vejo os cacos da tigela de listras azuis onde a comida devia ter estado antes.

Sigo em frente. Olho no quarto de Kate e então vou até o de Anna. Hesito à porta. Não sei o que posso encontrar ali. Imagino Kate com um rombo na cabeça, o cabelo manchado de sangue, os olhos arregalados, braços e pernas retorcidos.

Respiro fundo e engulo em seco. Empurro a porta e a abro.

A cama emite um brilho vermelho-sangue sob a luz fraca, mas, quando acendo a luz, percebo que é apenas o edredom, que foi retirado de uma das extremidades da cama. O quarto está tão vazio quanto o restante do apartamento.

Não entendo. Pego o celular, abro o aplicativo Find My Friend. O pontinho roxo continua piscando, agora em cima do meu, bem ali, exatamente onde estou. Teoricamente ela deveria estar aqui.

Pressiono "Ligar". Por um segundo ouço o toque internacional e depois um zumbido, baixo e insistente, vindo de algum lugar próximo aos meus pés. Eu me abaixo. Um telefone vibra embaixo da cama, no chão, brilhando. Deve ter caído ali, sido chutado para lá. Fico de quatro e o pego. Ao fazer isso, vejo que tem mais uma coisa embaixo da cama, algo brilhante e metálico. A arma.

Congelo de medo. Não quero tocá-la. Como terá ido parar aí, embaixo da cama? Imagino Anna e Lukas brigando, ela tentando pegar a arma, tentando ameaçá-lo. Talvez a pistola tenha sido chutada para lá durante a briga. Ou talvez Anna não tenha ido tão longe. Talvez guardasse a arma ali embaixo e não tivesse sequer tido a chance de pegá-la.

Mas onde está Connor?

Sinto o meu mundo desabando, começando a se desintegrar. Respiro fundo e digo a mim mesma que preciso manter a calma.

Sento-me na cama, com a pistola ao meu lado. O telefone de Anna mostra minha chamada perdida, mas tem outra mensagem ali também, uma mensagem de texto que foi enviada de um número que não reconheço. "Julia, se quiser encontrar o Connor, retorne essa ligação."

Hesito, mas apenas por um segundo. Não tenho escolha. Deslizo o dedo pela tela para desbloquear o telefone e a ligação é feita.

É uma videochamada. Alguém atende imediatamente; surge a silhueta de um rosto. É Lukas, sentado na escuridão, diante de uma janela. Seu corpo bloqueia a pouca luz que vem da rua lá embaixo, fazendo seu vulto ficar recortado. Por um segundo isso me faz lembrar dos programas de televisão de reconstituição de crimes reais, em que a vítima é mostrada de maneira irreconhecível, com a voz alterada, mas em seguida me lembro de todas vezes em que eu e ele conversamos por vídeo.

— Ah, você achou o celular.

Respiro fundo, tento reunir o máximo de coragem que consigo. Pouso a mão na arma ao meu lado; isso me dá um pouco de forças.

— O que você quer? — Minha voz ainda está trêmula. Tenho consciência de quão fraca e impotente aquela pergunta parece.

Ele se inclina para a frente. Seu rosto está iluminado pelo brilho da tela. Ele sorri.

Lukas não mudou nada, porém eu não o reconheço. O Lukas que conheci desapareceu completamente.

— Cadê o Connor?

— Não faço a menor ideia.

As palavras dele têm um tom de ameaça.

— Me deixa ver o meu filho.

Lukas finge que não escuta.

— Como eu disse, resolvi que quero a grana que a sua irmã deixou para Connor.

Eu sei que ele está mentindo. Suas palavras não têm entonação nenhuma, não convencem. Mesmo que eu não soubesse a verdade, perceberia.

— A questão não é o dinheiro. Eu sei quem você é.

— É mesmo?

Fecho os olhos. O ódio me invade; minha mente não para. Há quanto tempo esse homem vem conversando com o meu filho? Seu pai, fingindo ser sua namorada.

Por um momento eu me sinto imensa, irrefreável, como se meu ódio fosse ilimitado e eu pudesse transcender esses aparelhos que nos conectam, as fibras ópticas, os satélites, e destruí-lo simplesmente com a força da minha vontade.

Entretanto, sei que é impossível. Eu me obrigo a me concentrar novamente na tela. Lukas ainda está falando, mas não ouço o que ele diz.

— Solta o Connor — digo. — Solta os dois. O que foi que eles fizeram para você?

Ele não responde, me ignora, e levanta o cartão de memória.

— Eu avisei o que iria acontecer se você não deixasse a mim e a Anna em paz...

Uma imagem entra em foco. Eu e ele num quarto de hotel, trepando. Estou segurando a cabeceira da cama com uma das mãos, ele está atrás de mim. Eu me sinto nauseada.

— Para com isso. Por favor. Me deixa ver o Connor.

Ele gargalha.

— Tarde demais. Eu avisei que contaria a verdade para a sua família.

Lukas se levanta segurando a câmera do celular à sua frente, de modo que seu rosto fica estático. A impressão é que o fundo é que está girando violentamente. Uma única lâmpada descoberta entra no campo de visão — desligada, creio, ou queimada —, em seguida aparece uma porta de vidro, atrás da qual deve estar outro cômodo, e ao lado dessa porta um fogão.

— Julia... — diz ele.

A imagem gira novamente e então para; ele está de pé, como se imerso em uma profunda reflexão. Por cima de seu ombro vejo uma janela, e, através dela, a rua.

— Quero a grana que a sua irmã deixou para Connor. É o justo, já que agora não vou mais conseguir colocar as mãos na parte de Anna.

Não consigo entender por que ele está fazendo isso.

— Eu sei que a questão aqui não é a porra do dinheiro! — grito, enquanto sou atravessada pela raiva, com um fervor intenso. — Eu sei quem você é, seu monstro!

Ele me ignora.

— Não se esqueça dessas fotos. Sabe o que mais? Por que você não passa a noite aí? Fica à vontade, tenho certeza de que Anna não vai se incomodar. Então amanhã cedinho eu dou um pulo para te ver. Você me entrega a grana e eu te entrego isso aqui. — Ele mostra o cartão de memória mais uma vez. — Senão ele vai cair nas mãos da sua família. Você é quem sabe.

Fico em silêncio. Não sei o que dizer, não sei para que lado ir.

— Certo. Até amanhã, então. — Lukas ri. Estou prestes a falar quando ele diz: — Ah, e, se quiser, podemos dar uma última trepadinha em nome dos velhos tempos.

Então sua imagem some.

Eu me levanto. Minha raiva é impetuosa, mas ao mesmo tempo impotente. Tenho vontade de soltá-la, de destruir tudo, mas não há nada que eu possa fazer. Olho para a pistola e a pego. É pesada na minha mão.

Não tenho tempo para pensar. A polícia ainda não apareceu, mas deve chegar a qualquer momento. Será uma viagem perdida para eles — mas dei um jeito de entrar no apartamento, estou segurando uma arma, eles vão fazer perguntas. Preciso dar o fora daqui. Pego a pistola e reviro as gavetas da cômoda que fica encostada à janela. Tiro dali um suéter amarelo-limão e embrulho a arma com ele, depois guardo-a na minha bolsa. Fecho a porta ao sair, e desço correndo as escadas.

Lukas cometeu um erro. Quando movimentou o celular pela cozinha, vi de relance, pela janela à direita do seu ombro, a rua lá fora.

Foi bem rápido, mas o suficiente. Pela janela vi a rua, uma fileira de lojas, uma placa de néon onde se lia CLUB SANTÉ! com um ponto de exclamação animado e a logo de um corredor formado a partir de uma curva e um ponto. Acima dele, uma palavra: "Berger".

Quando estou longe de vista de quem pudesse estar no apartamento, faço uma busca no celular. Digito aquelas palavras no navegador, rezando para que só exista uma filial. Fico arrasada quando surgem duas — uma no 19º e outra no 17º arrondissement —, mas há um mapa para cada uma. Uma delas parece ficar numa rua movimentada, enquanto a outra fica diante de um parque.

Deve ser a do 19º, que suponho estar a uns quatro quilômetros daqui.

Preciso ir até lá. Preciso trazer Connor de volta, e, quem sabe, conseguir obrigar Lukas a me entregar o cartão de memória, assustá-lo para que solte Anna e deixe todos nós em paz.

Faço sinal para um táxi. Dou o endereço, depois entro.

— Quanto tempo até lá? — pergunto ao motorista. Levo um instante para perceber meu erro de não ter falado em francês e repito: — *Combien de temps pour y arriver?*

Ele me olha pelo espelho retrovisor, praticamente indiferente. Dá de ombros e responde:

— *Nous ne sommes pas loin.*

No espelhinho tem uma árvore de plástico pendurada, e no painel uma foto: uma mulher, uma criança. A família dele, suponho, que se parece com a minha. Olho para o lado, pela janela, para as ruas que passam. A chuva começa a cair, pesada; as pessoas abrem os guarda-chuvas ou começam a correr segurando jornais sobre a cabeça. Apoio a cabeça no vidro frio e fecho os olhos. Quero ficar assim para sempre. Em silêncio, aquecida.

Mas não posso. Ligo para o meu marido.

— Hugh, onde você está?

— Estamos chegando à Gare du Nord.

— Conseguiu ligar para a polícia?

Ele fica em silêncio.

— Hugh?

— Sim, consegui. Eles estão a caminho.

— Você precisa ligar de novo. Por favor. Estive no apartamento de Anna. Ela não está lá. O lugar está vazio. Ela e Connor... Acho que aconteceu algo terrível.

— Terrível?

— Me encontra aqui. — Eu passo o endereço para ele. — O mais rápido possível.

— Por quê? Julia? O que tem nesse lugar?

Fecho os olhos. É agora. Preciso contar tudo a ele.

— Hugh, escuta. É para onde levaram Connor. Essa tal de Evie não existe.

— Mas eu falei com ela!

— É só um nome que ele usou para atrair Connor até aqui.

— Ele quem? Você não está falando coisa com coisa, Julia.

— Hugh, escuta. Connor encontrou o pai. O pai verdadeiro. Ele veio para cá para conhecê-lo, mas agora corre perigo.

Há um silêncio. Mal consigo imaginar o que o meu marido deve estar sentindo. Daqui a pouco ele vai me perguntar como eu sei disso, o que aconteceu, e toda a verdade virá à tona. Respiro fundo. Estou pronta.

— O pai do Connor... Eu o conheço. Ele não me disse quem era, mas...

Hugh me interrompe.

— Isso é impossível.

— O quê? Como assim?

Eu o ouço suspirar.

— Desculpa, Julia. Kate me contou...

— O quê?

— O pai do Connor morreu.

Fico em silêncio.

— Como assim? Quem é ele então? Isso é ridículo.

415

— Não posso dizer agora. Não desse jeito.

Ouço um aviso ao fundo. O trem está chegando à estação.

Começo a gritar:

— Hugh? Me conta!

— Chegamos. Preciso ir.

— Hugh!

— Desculpa, meu amor. Daqui a pouco vou estar aí. E conto tudo.

Capítulo 33

O carro desacelera lentamente e para no meio do trânsito. Há um sinal mais à frente, um cruzamento movimentado com uma ferrovia elevada sobre a rua. Hugh está enganado, tem de estar. O pai de Connor não morreu, ele está aqui e, além disso, atraiu o filho para cá.

— *Nous sommes ici* — avisa o taxista, mas aponta para a frente.

Espio através da chuva; mais adiante, vejo o local. Berger. Ainda está aberto, a entrada parece aconchegante, convidativa. Uma mulher sai de lá e quase tromba com um cara que entra. Observo-a se recompor e acender um cigarro. Não posso ficar aqui parada por mais tempo; preciso ir. O motorista resmunga quando digo a ele que vou saltar aqui mesmo; pago a corrida e saio do carro. A chuva me atinge com força e fico ensopada imediatamente. A mulher do cigarro caminha na minha direção; ela me cumprimenta quando nos cruzamos, e me vejo diante da academia. O apartamento de Lukas deve ser do outro lado da rua, mas, agora que estou aqui, não sei o que fazer. Olho para a rua, para além de um monte de escritórios pré-fabricados cobertos de grafites. O edifício em frente é cinzento, com janelas monotonamente iguais. O tipo de prédio que abrigaria alguma instituição; talvez uma prisão. Qual será o apartamento de Lukas e como vou conseguir entrar? Mais além um trem passa ruidosamente pelos trilhos, e avisto uma fileira

417

de pequenos postes baixos que mais parecem sentinelas bloqueando o asfalto. Logo à frente há um quiosque de um azul vibrante, anunciando a *Cosmétiques Antilles*, e ao lado dele fica um beco que faz uma curva em direção a sabe-se lá onde.

Então eu sei. Tenho certeza. Já vi esse lugar antes, no meu computador. Não o reconheci de imediato, assim no escuro, mas é aqui. Saio correndo, passo pela Berger e chego à entrada do beco. É isso mesmo.

Foi aqui que a minha irmã morreu.

Entro correndo no beco. Está tudo molhado, quase completamente escuro. Não consigo acreditar. Estou aqui. É aqui. Foi aqui que encontraram o corpo da minha irmã, onde ela sangrou até a morte sobre o calçamento de pedra. Foi aqui que começou o pesadelo dos últimos meses.

Minha mente dispara. Fui uma idiota. O tempo todo. Lukas não estava de férias na Austrália, ou pelo menos não quando Kate foi assassinada. Ela não foi morta por traficante nenhum.

Kate não foi atacada por causa de um brinco fuleiro, nem enquanto comprava drogas, nem foi morta num ataque casual ao voltar para casa depois de ir beber em um bar. Ela veio aqui para vê-lo — para se encontrar com o pai do filho dela.

Tento imaginar a cena. Estaria Lukas esperando uma reconciliação? Vejo Kate rejeitá-lo, dizer que não quer nada com ele, que ele nunca mais verá Connor. Os dois discutem, se insultam, um punho se ergue.

Ou talvez tenha sido esse o plano o tempo inteiro, pensando melhor. Trazê-la até aqui. Puni-la por ter entregado Connor e depois não conseguir trazê-lo de volta.

Saco o celular: preciso falar com Hugh. Preciso da ajuda dele, quero descobrir se ainda está muito longe, mas não é só isso. Quero dizer que ele está errado, que, seja lá o que Kate tenha lhe falado, ela mentiu. Quero que Hugh entenda e preciso contar a ele como descobri tudo isso, dizer que a culpa é minha e que estou arrependida. Quero lhe dizer que o amo.

Mas a ligação cai na caixa de mensagens. Estou sozinha.

Sinto-me estranhamente calma, como uma pedra, porém começo a sentir um nó na garganta e sei que é o primeiro sinal de uma onda que se aproxima. Preciso continuar focada, aguentar firme. Minha mão vai até a arma na minha bolsa, mas dessa vez isso não me traz confiança; pelo contrário, me lembra da impossibilidade do que preciso fazer. Por um instante quero sair correndo, não para ir à polícia, mas para fugir. Fugir de tudo, fugir para uma época em que nada disso tinha acontecido, em que Kate ainda estava viva e Connor era feliz.

Mas isso não é possível. O tempo avança, inexorável. E, assim, aqui estou, presa; não há escapatória. Tenho vontade de me afundar no chão molhado e deixar a chuva fria me lavar.

De repente ouço um ruído, um guincho agudo. Tomo um susto. Um trem atravessa o trilho acima da rua. Ele parece ter vindo do nada. Olho; é amarelo e branco, e passa tão rápido que é praticamente uma mancha. Ainda assim, consigo ver os passageiros, todos olhando para baixo, sem sorrir. Estão lendo jornal, sem dúvida, ou então trabalhando no laptop, falando ao celular. Será que nenhuma delas viu o que aconteceu? Será que ninguém olhou para baixo por acaso e viu a minha irmã brigando com Lukas?

Ou talvez alguém tenha visto, mas não deu importância. Ah, é só uma briguinha, uma discussão. Essas coisas acontecem o tempo todo.

As rodas guincham, o trem some, tão rápido quanto surgiu. Olho para o fim do beco, onde dá na rua.

E ele está ali. Mesmo não tendo como saber que eu estaria aqui, que descobri onde mora, ele está ali. De pé na extremidade do beco, com a mesma parca azul que estava usando da outra vez. Lukas.

Algo se mexe dentro de mim. A intensidade da onda aumenta, e dou um passo para trás.

— O quê...? — começo a balbuciar, mas já sei como ele conseguiu me encontrar.

— Você achou que foi por acaso? Deixar você ver por cima do meu ombro? Você é esperta, Julia. Eu sabia que daria um jeito de descobrir onde estou. Além disso, sabia que você não ia querer deixar para amanhã...

— Onde está o Connor? Cadê o meu filho?

— Não sei do que você está falando.

Maldito! Começo a andar. Minha mão vai até a bolsa e se enfia ali dentro. Sinto o peso da arma, sua dureza. Fico em dúvida se a chuva pode atrapalhar seu funcionamento, então me lembro de que isso não tem a menor importância. Não tenho intenção de usá-la. Só preciso assustá-lo. Preciso fazer com que Lukas pense que sou capaz de matar, coisa que agora sei que ele mesmo foi capaz de fazer.

Não. Afasto essa ideia. O rosto de Connor surge na minha cabeça. Não posso me dar ao luxo de pensar em Kate, não agora. Preciso me concentrar. Preciso fazer esse homem me devolver o meu filho e depois confessar o que fez, encontrar um jeito de fazer com que ele se entregue à polícia.

Ergo o rosto para ele, desafiando-o. Sinto a chuva em mim.

— Eu sei o que você fez.

— O que eu fiz? Com Anna? O que foi, hein?

— Aqui. Eu sei o que aconteceu aqui. Você e Kate conversavam on-line. Você... Você a *atraiu* para cá. Você a matou...

Lukas balança a cabeça.

— Eu sei que você é o pai do Connor. Não importa o que ela tenha dito para Anna ou Hugh. Você é o pai do Connor.

Ele estreita os olhos.

— Você é mais louca do que eu pensava! Eu nem conheci Kate.

— Seu mentiroso! — Tento manter a voz calma e repito: — Você não passa de um mentiroso.

— Não seja irracional. Eu não...

Levanto a mão da bolsa. O suéter cai no chão. Ele vê a arma e arregala os olhos.

— Merda!

Sinto uma raiva imensa, uma ira. A onda está quebrando, mas não posso ceder à sua força, ainda não. Preciso manter a cabeça fria.

— Você matou Kate! — Minha fúria se transformou em lava derretida, que incendeia e não pode ser contida. Passo as costas da mão que está segurando a arma nos olhos por causa da chuva. — Você matou a minha irmã!

Lukas dá um passo à frente.

— Julia, escuta...

Uma expressão de medo atravessa seu rosto e toda a sua pose de valentão cai por terra. Ele volta a ser Lukas, o homem que conheci. Minha mente retorna à época em que eu estava com raiva dele, quando lhe disse que não tinha certeza do que estava acontecendo entre nós e se eu queria continuar aquela história. Ele então pareceu sentir medo. Achei que fosse medo de me perder porque ele me amava, quando na verdade era somente porque eu estava prestes a escapar.

Ergo a pistola e a aponto para o peito dele. Penso em puxar o gatilho, ver a mancha vermelha em sua camisa. Por um instante gostaria de ter coragem para fazer isso.

— Fica longe de mim!

Ele estaca. Vejo que está pensando no que fazer. Provavelmente acha que poderia sair correndo na minha direção e pegar a arma. Provavelmente pensa que eu não seria capaz de puxar o gatilho.

— Eu disse: fica longe de mim!

Lukas recua um passo. Parece ter menos certeza agora, não sabe o que fazer. Ele olha para trás, para o lugar de onde veio, e depois para cima, para o apartamento, como se a resposta pudesse estar ali.

— É assim que as coisas vão acontecer. — Hesito; estou tentando me acalmar. — A gente vai subir para o seu apartamento. Vamos soltar Anna e depois...

— Escuta. — Lukas olha para mim, implorando, e por um instante sinto vontade de acreditar que ele é inocente, que nada disso é verdade. — Você entendeu tudo errado. Eu não matei a sua irmã. Eu nunca a vi na vida. Anna me disse que você tinha herdado uma grana e que achava que a gente conseguiria colocar as mãos nela...

Arremeto a arma na direção dele.

— Mentira.

— Não, escuta. Anna é só um casinho sem importância, sabe? Eu a conheci pela internet, do mesmo jeito que conheci você. Uns meses atrás...

— Cala a boca!

— A gente não ia se casar. Ela disse que tínhamos de chantagear você.

Dou um passo na direção de Lukas, com o dedo no gatilho.

— Para de fingir que a questão é o dinheiro!

Fecho os olhos, abro-os de novo. Quero acreditar nele. Quero acreditar que nada disso tem a ver com Connor.

Mas tem. Meu filho desapareceu. Claro que tem.

— Cadê o Connor?

— Era parte da brincadeira. Não sei nada sobre o seu filho. Você precisa acreditar...

— Cadê ele? — grito. Minha voz ecoa nas paredes frias do beco. Lukas balança a cabeça. — Meu filho sumiu! Minha irmã foi morta bem aqui, exatamente onde estamos, e você ainda espera que eu...

— O quê?

Ele parece genuinamente confuso.

— Ela morreu aqui.

Lukas balança a cabeça.

— Não. Não.

Novamente a dúvida me invade, sorrateira. Talvez eu esteja enganada, talvez isso seja um equívoco.

Endireito a arma. Não vou deixar que ele me convença de novo. Por cima do seu ombro vejo o beco; tem uma pessoa ali, atravessando a rua, vindo lentamente na nossa direção. Um transeunte? Não vi ninguém até agora, desde que chegamos aqui. Parece Anna. Não quero que ele se vire e a veja.

— Para de mentir para mim.

— Julia, acredita em mim. Como posso ter matado a sua irmã? Eu estava na Austrália. Você sabe disso...

Ignoro-o. A pessoa que se aproxima agora está embaixo do poste. Eu tinha razão, é Anna, e mesmo sob aquela luz fraca percebo que o estado dela é péssimo, com o rosto inchado. Sua blusa branca tem uma mancha escura que pode ser de sangue. Sufoco um grito, sem querer.

— Anna!

Lukas olha para trás, mas não se mexe. Ela passa correndo por ele e vem se juntar a mim.

— Julia, seja lá o que ele disse a você, é mentira! — Ela está sem fôlego, mas fala depressa, com raiva. — Escuta... Ele matou a Kate... Eu descobri tudo... Foi por causa de Connor... mas ele me obrigou a mentir... ele me obrigou...

Meu último fiapo de esperança se esvai. Olho nos olhos dele e lembro que um dia o amei — ou pelo menos achei que sim — e que ele matou a minha irmã.

— Então foi você *mesmo*!

— Deixa de ser louca! Não acredita no que ela diz! Julia! Eu não matei a sua irmã. Eu juro...

— Você matou, sim. — Estou quase sussurrando; as minhas palavras são engolidas pelo barulho da chuva. — E fez com que eu me apaixonasse por você. — Hesito. As palavras não me vêm. — Eu te amava, e você matou a minha irmã. Você me usou para se aproximar do Connor.

— Não! — Ele dá um passo para a frente. A chuva fez seu cabelo ficar grudado na testa, pingando, encharcado. — Não matei ninguém, eu juro. — Lukas olha de mim para Anna. — O que você está fazendo? — Estende a mão para tocá-la, mas eu agito a arma, e ele recua. — Como pode dizer que eu te obriguei a mentir? Eu menti por sua causa!

Ergo a pistola.

— Conta para ela! — diz ele, então, falando com Anna. — Conta que eu estava viajando, fora do país, naquela noite!

Anna faz que não.

— Não vou mais mentir por você. — Ela soluça. — Eu menti para a polícia, mas não vou mais mentir. Você me disse que estava fora do país, mas não estava. Você matou a Kate, Lukas. Você.

— Não! — exclama ele. — Não!

Mas eu mal consigo escutar o que ele diz. A única coisa que ouço é a voz de Anna. *Você matou a Kate.*

— Escuta — pede ele. — Eu posso explicar...

Minha mão começa a tremer. A arma é pesada e está escorregadia por causa da chuva.

— Onde está o Connor?

Ninguém responde.

— Onde ele está?

Anna olha para mim.

— Julia — diz ela, e vejo que está chorando. — Julia. O Connor... está lá em cima. Eu tentei protegê-lo...

Vejo o sangue em sua blusa.

— Mas não pude. Precisamos chamar uma ambulância. Precisamos levar Connor para um hospital...

Tudo desaba. É automático, impulsivo. Um reflexo. Nem penso no que estou fazendo. Olho para a arma na minha mão e, mais à frente dela, Lukas.

Puxo o gatilho.

O que acontece depois não deveria acontecer. Há um instante — um momento quase imperceptível — de algo que se parece com uma imobilidade. Estase. Não tenho a sensação de ter tomado uma decisão irreversível; por um momento é quase como se eu pudesse voltar atrás. Dar as costas. Transformar-me em outra coisa ou seguir um caminho que leve a um futuro diferente.

Mas, então, a arma dispara. Minha mão salta para trás com o coice; há um clarão, um ruído. É intenso; todo o meu corpo reage enquanto a explosão da pistola ecoa pelas paredes do beco. Um segundo depois, passou; e em seu lugar só há um silêncio ensurdecedor. Na quietude, olho horrorizada para a arma na minha mão, como se não pudesse acreditar no que acabei de fazer, e em seguida olho para Lukas.

O disparo faz com que o corpo dele se vire, afastando-se de mim, apertando o peito com as duas mãos. Mesmo durante o movimento, vejo que está de olhos arregalados, aterrorizado; logo depois está no chão, encostado na parede do outro lado do beco. A estase retorna. Meus ouvidos zumbem, mas todo o resto é silencioso. Olho para a arma. Sinto um cheiro fraco, seco e acre, algo que nunca senti antes. Ninguém se mexe. Nada acontece. Consigo sentir as batidas do meu coração.

E então uma mancha vermelha surge na camisa de Lukas, o mundo dos ruídos retorna com toda a intensidade e tudo acontece simultaneamente.

Dou um passo para trás, sinto a parede fria às minhas costas. Lukas fala; o som de sua voz parece absurdamente alto, agora que a minha audição retornou, mas, ao mesmo tempo, não passa de um ruído fraco, fino, que sobe da sua garganta.

— Sua vaca idiota! Você atirou em mim!

Minha coragem se esvaiu, minha valentia desapareceu Levo a mão à boca.

Lukas está ofegando, olhando para o sangue que começa a encharcar seus dedos. Ele dá um grito. Não consigo entender o que está dizendo, é pouco mais de um gemido rouco, mas ele olha do peito que sangra para Anna e parece dizer algum nome, algo como "Bella".

A palavra me parece vagamente familiar, mas não sei onde a ouvi. Olho para Anna. Me ajuda, quero dizer. O que foi que eu fiz? Mas ela está olhando para mim. Seu rosto é frio. Seus olhos estão arregalados, como se estivesse em estado de choque, porém, ao mesmo tempo, ela dá um meio sorriso.

— Bella — repete ele.

— Cala essa sua boca de merda! — diz ela, e dá um passo adiante. Anna caminha devagar, está absolutamente calma.

Olho para ela. Não consigo acreditar. Não sei o que dizer. Minha boca se abre, se fecha. Anna olha para mim.

Meu mundo está implodindo. Não consigo entender o que está acontecendo. Tudo parece intenso demais, como se eu estivesse olhando diretamente para o sol. Só consigo ver silhuetas, sombras. Nada é sólido, nada parece real.

— Onde está o Connor? Onde ele está?

Ela sorri, mas não diz nada.

— Anna? O que significa isso tudo? Somos amigas... não somos?

Anna dá uma gargalhada. O nome começa a flutuar até a superfície. Eu já o ouvi antes. Sei que sim. Bella.

Só não sei onde. Olho para o corpo caído aos meus pés, procurando desesperadamente por ajuda.

— Lukas? — Ele olha para mim. Está ofegando, pálido. Fecha os olhos, abre-os de novo. — Lukas?

Ele tenta respirar fundo mais uma vez, falar alguma coisa, mas as palavras se quebram, falham.

Então Anna fala. É difícil entender, mas é como se ela tivesse começado a chorar.

— Logo, logo a polícia vai estar aqui, Julia.

Olho para a arma na minha mão, para o homem em quem acabei de atirar. A verdade começa a aparecer, mas ainda está distorcida, ainda não entrou em foco.

— Eu não queria matá-lo.

— Ninguém quer...

— O quê?

— Mas, mesmo assim, as pessoas continuam morrendo...

Não sei o que ela quer dizer com isso.

— O quê? Anna...!

— Ah, Julia. Você ainda não entendeu nada, não é?

Começo a soluçar.

— Essa arma é sua. Sua. Foi você quem me disse que ela existia.

— Mas não fui eu quem puxou o gatilho.

— Ele matou a minha irmã!

Anna sorri e então dá um passo, ficando sob a luz.

— Não, não matou.

Seu tom é absolutamente calmo, as palavras afiadas o bastante para cortar a carne.

— O quê?

— Ela foi se encontrar comigo naquela noite. Eu disse que a gente precisava conversar. Mas não aqui. — Anna olha para Lukas, que está caído em silêncio no chão. — No apartamento dele. Ele falo que a gente podia usá-lo.

— O quê?

— Mas ela chegou atrasada. Resolveu tomar um último drinque. Então topei com ela bem aqui. Bem aqui onde a gente está.

— Kate?

Anna faz que sim.

— Eu disse a Kate que já estava na hora. Que tínhamos tentado de tudo, mas que mesmo assim você se recusava a deixar Connor ficar com ela. Por isso falei que era melhor a gente contar a verdade a você.

Uma onda de terror me envolve com força, ao redor da minha garganta. Eu me esforço para respirar.

— Foi *você*? Que estava convencendo Kate a...?

— Sim. Eu disse que era melhor a gente contar a verdade sobre o pai de Connor a você. Dizer que ele tinha família, uma família que cuidaria dele. Não só de Kate...

Mais uma vez olho para Lukas.

— Ele?

— Para de ser tão ridícula. Ele era só um cara com quem eu estava trepando. — Anna balança a cabeça. — Estou falando de mim.

Dou um passo para trás. Minha mão com a arma baixa. Não consigo acreditar no que estou ouvindo.

— Mas...

— Ela não queria escutar. Prometeu que não ia contar nada. Que isso magoaria você demais. — Anna balança a cabeça. — Como se machucar você tivesse alguma importância, depois do que você fez. A gente brigou.

— O quê...? Quem é *você*?

— Não era a minha intenção empurrá-la, veja bem.

— Foi *você* que a matou!

Ela me olha. Ergue o queixo, desafiadora. Seu ódio é quase físico, e entra fundo em mim. Ela me olha, e vejo o quanto a enojo.

— Eu a empurrei. Kate caiu e bateu a cabeça. Eu estava com raiva, queria parar, mas... — Dá de ombros. — Eu não sabia que ela estava morta quando fui embora. Mas, sim: eu a deixei caída aqui e fui até o apartamento dele — ela olha novamente para Lukas —, e no dia seguinte descobri que ela havia morrido. E fiquei feliz, sabia? Feliz por tê-la deixado aqui sozinha.

Meus soluços se transformam em lágrimas escaldantes, que escorrem pelo meu rosto. Ergo a arma.

— Fico feliz, porque foi isso que você fez com meu irmão.

— O quê...? — pergunto, mas então me vem uma imagem. A última vez em que estive de pé diante de um cadáver caído, de um moribundo. E então finalmente as coisas entram em foco. Eu me lembro de como Marcus chamava a irmã.

— Bella... Você é Bella.

Vejo tudo agora, o que não pude ver durante todo esse tempo. Sob certas luzes, de certos ângulos, ela se parece um pouco com o irmão.

De repente, estou de volta ao apartamento. Eu o vejo naquela noite, seu rosto cinzento, sem sangue, porém banhado de suor. Marcus parecia de certa maneira irreal, feito de borracha. Sua boca estava coberta de saliva; havia vômito no chão.

— Sai daqui! — mandou Frosty.

— Não, eu não posso.

Ela olhou para mim, chorando.

— Mas você precisa ir. Se encontrarem alguma de nós por aqui...

— Não.

— ... estaremos fritas. — Ela se levantou, me abraçou. — A gente não pode mais ajudar o Marky agora, meu bem. Ele não está mais aqui, ele não está mais...

— Não.

— ... e você também precisa ir.

Então eu percebi a verdade. As vidas que eu destruiria se ficasse ao lado de um homem que já não poderia mais ser ajudado.

— Mas...

— Prometo que vou dar um jeito de avisar que ele está aqui. — Frosty me deu um beijo no alto da cabeça. — Agora vai. E se cuida.

Frosty voltou para o lado de Marcus e, depois de olhá-lo pela última vez, dei as costas a ele e fui embora.

Olho para a mulher que pensei que fosse a minha amiga Anna. A mulher que estava fingindo ser a namorada do meu filho.

— Você é a irmã de Marcus.

Nenhuma resposta. Minhas mãos tremem.

— Olha, não sei o que você acha que...

— Marcus ia voltar para casa, sabia? A gente ia cuidar dele. A gente o amava de verdade. Nós, a família dele. Não você. Você nem sequer *estava* lá. Você o abandonou.

— Ele teve uma overdose, Anna! Você pode até não gostar, mas é a verdade. Ele estava limpo há semanas e injetou mais do que poderia aguentar. Não foi culpa de ninguém.

— Ah, é verdade? — Ela balança a cabeça devagar, os olhos estreitados de amargura. — Você estava vendendo suas fotos e comprando drogas para ele. Eu sei...

— Não. Não.

— E, quando ele não conseguiu mais aguentar a situação, quando ele teve uma overdose, você o largou para morrer.

— Não! Eu o amava. Eu amava Marcus...

Agora estou soluçando, meu corpo tem convulsões, minhas lágrimas se misturam com a chuva e descem pelo meu rosto.

— Eu nunca amei ninguém tanto quanto o amei.

O olhar frio de Anna se conecta ao meu.

— Você nem sequer sabe o que aconteceu. Ele já estava morto. Eu tinha de ir embora. Marcus tinha... A gente... Eu simplesmente tinha de ir.

— Você o largou sozinho para morrer no chão. E fugiu. Voltou para casa para começar uma vida nova, com sua casinha maravilhosa e seu maridinho bem-sucedido de merda. E seu filhinho. Seu Connor querido.

— Connor. Onde ele está?

— Você tirou tudo o que eu tinha. Minha mãe se enforcou...

Aponto a arma para ela.

— Onde ele está?

— Depois foi a vez do meu pai. Você devia ser presa pelo que fez. — Ela para, com a cabeça inclinada para o lado. Ouço sirenes acima do barulho da chuva intensa. — E agora vai mesmo. A polícia veio para pegar você.

— *O que você fez com o meu filho?* — berro.

— Com Connor? Nada. Eu jamais tocaria o dedo em Connor. Ele é a única coisa que me restou.

Então entendo tudo, finalmente.

— Marcus? Marcus era o pai do Connor?

Ela não diz nada, porém, por mais que eu não queira acreditar, sei que é verdade. Enxergo tudo. Deve ter sido quando Kate foi nos visitar. Logo antes de Marcus morrer. Ela assente.

— Eu não sabia que ele tinha tido um filho, mas ano passado Kate me contou tudo sobre Connor. Como ela engravidou quando foi visitar a irmã em Berlim, e como a irmã ainda não sabia de nada. Eu não fazia ideia de que Kate estava falando de Marcus, mas então ela me mostrou aquela foto de vocês dois. Eu quase disse a ela que Marcus era o meu irmão, mas decidi que era melhor não. Sabe por quê? Porque, finalmente, tudo fez sentido. Depois de todos aqueles anos, descobri quem era a vadia que o deixou morrer à própria sorte. — Ela me olha fundo no olho. — Foi você, Julia. E lá estava eu, morando com a sua irmã. — Anna balança a cabeça. — Aquela foto. Eu comecei a vê-la em toda parte...

— Se você tiver machucado o meu filho...

— Ele é meu sobrinho e quero ficar com ele, Julia. Ele não pode ficar com você. Olha só para você. Olha o que você fez. Você não está qualificada para ser mãe dele, eu acabei de provar isso. Enviei os vídeos para Hugh, para todo mundo. Agora todos vão conhecer a puta barata que você é.

Então é isso. A questão o tempo inteiro era conseguir Connor de volta, e não a grana.

Olho para Lukas. Lukas, que pensou que estivesse me chantageando por dinheiro. Ele está caído, imóvel, de olhos abertos que não mais enxergam.

Ouço um carro parar, uma porta se abrir. Não me viro. Olho para a arma na minha mão. É como se não tivesse nada a ver comigo.

Ele morreu. O homem que era a prova do que está acontecendo morreu. E fui eu que o matei.

— Uma piranha — continua Anna.

Ela dá um passo até mim e fica quase ao alcance da minha mão. Ouço passos, ali perto. Arrisco um olhar rápido para trás. Dois carros de polícia estacionaram, e Hugh sai do primeiro, junto com três ou quatro policiais. Todos estão gritando numa mistura de francês e inglês. A voz de Hugh é a única que consigo distinguir.

— Julia! — diz ele. — Julia! Abaixa essa arma!

Olho para ele. No carro atrás de Hugh vejo outra pessoa e, com um choque, percebo que é Connor. Ele está olhando para mim. Parece perdido, assustado — mas está vivo. Anna estava mentindo. Ele está a salvo. Hugh deve tê-lo encontrado caminhando a esmo pela Gare du Nord, exatamente como Anna fingiu ter feito. Ou, quem sabe, Connor finalmente cedeu e ligou o celular para telefonar para o pai.

— Julia! — repete Hugh mais uma vez, e para. Os policiais estão à sua frente, agachados. Armas apontam para mim. Olho para Anna.

— Ela matou Kate! — exclamo.

Anna então fala, baixo demais para qualquer um, além de mim, ouvir.

— Você é uma viciada, uma puta, uma assassina.

Ainda estou olhando para o meu marido. Eu me lembro do que ele disse pelo telefone, a caminho daqui. *O pai do Connor morreu.*

Ele sabia. Kate deve ter lhe contado, e ele guardou segredo.

Olho mais uma vez para Anna. Sei que ela está dizendo a verdade: ela mandou as fotos para Hugh. Anna sorri.

— Eu tirei tudo de você. Destruí a sua vida, Julia, e agora você vai perder o seu filho.

— Não... — começo a dizer, mas ela me silencia.

— Acabou, Julia.

Levanto a arma. A polícia grita, Hugh diz alguma coisa, mas não consigo entender o quê. Sei que ela tem razão. Seja lá o que aconteça agora, acabou. Não há volta. Eu amei um homem, um homem que não é o meu marido. Amei um homem e atirei nele. Não há como voltar atrás depois disso. Minha vida — minha segunda vida, aquela para a qual fugi ao escapar de Berlim — acabou.

— Eu devia te matar — digo.

— Então mata.

Fecho os olhos. Ela quer isso. Eu sei. E, se eu obedecer, ela vence. Mas agora não me importa. Perdi Hugh, vou perder Connor. É irrelevante.

Minha mão treme, não sei o que vou fazer. Quero e ao mesmo tempo não quero disparar a arma. Talvez ainda não seja tarde demais, talvez eu ainda consiga provar que foi Bella quem matou a minha irmã, que ela me manipulou para que eu matasse Lukas. Mas não consigo ver que diferença isso faria; Lukas pode ter sido muitas coisas, mas não era um assassino. Matei um inocente; se deliberadamente ou não, parece não ter muita relevância. Não consigo viver desse jeito.

Abro os olhos. Seja lá o que aconteça depois, quer eu atire, quer não... é o fim.

FIM

Agradecimentos

Um agradecimento especial a Clare Conville, Richard Skinner e Miffa Salter. Agradeço a Annabel Staff e Stuart Sandford pelos conselhos sobre fotografia. Agradeço aos meus editores ao redor do mundo, especialmente a Larry Finlay, Claire Watchtel, Michael Heyward e Iris Tupholme. Agraço a minha família e aos meus amigos, em especial a Nicholas Ib.

O nome do personagem "Paddy Renouf" foi suprimido por seu detentor original, que ganhou o direito de ter o nome neste livro durante um leilão beneficente para levantar fundos para o Kellington Hospital, Norfolk. O personagem é inteiramente fictício.

Este livro foi composto na tipologia Adobe
Garamond Pro, em corpo 12,5/16, e impresso
em papel off-white no Sistema Cameron da
Divisão Gráfica da Distribuidora Record.